JOHN SAUL

HAUCH DER VERDAMMNIS

Roman

Aus dem Amerikanischen
von Thomas Hag

Deutsche Erstausgabe

WILHELM HEYNE VERLAG
MÜNCHEN

HEYNE ALLGEMEINE REIHE
Nr. 01/10601

Titel der Originalausgabe
THE PRESENCE

Besuchen Sie uns im Internet:
http://www.heyne.de

Umwelthinweis:
Das Buch wurde auf
chlor- und säurefreiem Papier gedruckt.

Redaktion: Redaktionsbüro Dr. Andreas Gößling

Printed in Germany 1998
Umschlagillustration: Gruner + Jahr Fotoservice/
photonica/Keyvon Benpour
Umschlaggestaltung: Atelier Ingrid Schütz, München
Satz: Pinkuin Satz- und Datentechnik, Berlin
Druck und Bindung: Pressedruck, Augsburg

ISBN 3-453-13666-7

Für alle meine Freunde auf Maui. Mein besonderer Dank gilt der Maui Writers Conference and School, die mein ganzes Leben – nicht nur das des Schriftstellers – bereichert hat.

Wie wir alle wissen: Maui No Ka Oi – *Maui ist wirklich die Schönste, ein Paradies auf Erden.*

DIE ENTDECKUNG

Von oben sah der Tag vollkommen aus.

Ein azurblauer Himmel, ein türkisglänzendes Meer. Vereinzelt trieben Wolken wie aus Zuckerwatte über den unendlichen blauen Hintergrund.

Der Wind hatte sich gelegt, und die Ozeanwellen schlugen sanft gegen das zersplitterte Ende des Lavastroms, der sich von seinem Eruptionskanal an der Flanke des Kilauea auf der Insel Hawaii bis zum Meer erstreckte.

Auf der Großen Insel, die bei weitem größer war als alle anderen hawaiianischen Inseln zusammen.

Und sie wuchs mit jedem Tag.

Heute jedoch schien sich die Erde der Ruhe des Wassers und des Windes anzupassen. Die Feuer im Kern der Insel brodelten offenbar nur leicht vor sich hin, als warteten sie auf eine günstigere Gelegenheit, sich durch die Felskruste einen Weg nach oben zu bahnen und Flüsse aus glühendem Magma auszusenden, damit diese sich die Bergflanken hinabwälzten und immer weiter ins Meer vordrangen.

Auf einen Tag wie diesen hatte das Tauchteam gewartet.

Eine Stunde nach Sonnenaufgang waren sie an Bord des Schleppdampfers gegangen, der sie aus der Hilo-Bucht herausbrachte. Jetzt lag das Schiff etwa zweihundert Meter hinter dem Ende des Lavastroms, befestigt durch drei Anker, die an schwere Trosse gekettet waren. Den Schleppkran hielt ein kleinerer Anker in Position. Die Schiffscrew hatte nicht viel zu tun, solange die Taucher keine Signale gaben. Die Männer vertrieben sich die Zeit auf Deck, spielten Karten und tranken Bier.

Bei dem herrlichen Wetter dachte niemand an etwas Böses.

Hätten sich nicht Wind und Meer gegen sie verschworen, so hätte vielleicht jemand den winzigen seismischen Ausschlag bemerkt und erkannt, daß die Idylle dieses ruhigen Tages bloße Illusion war.

Unter der dicken Lavazunge, die von dem Vulkanschlot an der Bergflanke bis zum Meer führte, war der Druck im heißen Kern weit unter der Erdkruste ständig gestiegen und hatte einen riesigen Gesteinsbrocken aufgespalten.

Es handelte sich nicht um eine explosive Spalte – nicht annähernd von der gewaltigen Kraft, die freigesetzt worden war, als die Kontinentalplatten zerbrachen und Hunderte von Kilometern scheinbar fester Erde jählings in entgegengesetzte Richtungen geschoben wurden.

Auch handelte es sich nicht um eine Spalte jener Art, in der sich urplötzlich der Meeresboden hebt, woraufhin große Flutwellen Tausende von Kilometern in alle Richtungen jagen, sich über dem Land auftürmen und alles niederwalzen, was ihnen im Weg steht.

Diese Spalte, die sich dicht unter der Oberfläche befand, erzeugte nur winzigste Ausschläge auf den Seismografen, welche die Bewegungen des Berges registrierten. Wenn es irgend jemand auf der Insel überhaupt bemerkt hatte, dann fragte er sich einen Augenblick später, ob er sich das Ganze nicht bloß eingebildet hatte.

Unter der Lavazunge bot der Riß im Gestein gerade so viel Platz, daß sich eine glühende Säule geschmolzenen Felsens langsam ihren Weg nach oben bahnen konnte. Dabei verbreiterten Hitze und Druck den Kanal, bis schließlich weißglühendes Magma den leeren Tunnel unter der Lavazunge füllte, dort, wo vor Jahren der flüssige innere Kern des Lavastroms aus der Röhre abgeflossen war, welche die sich schnell abkühlende Oberfläche der Lavamasse geschaffen hatte.

Und nun, da der Schlepper friedlich am Ende der Zunge im Wasser schaukelte und die Taucher nichtsahnend in der Tiefe arbeiteten, strömte das flüssige Feuer den Berg hinab, durch das schwarze Gestein darüber verborgen und isoliert.

Schließlich erreichte es das Ende der Röhre, dort, wo der Fluß durch das Meer abgekühlt und zum Stillstand gebracht worden war. Dort häufte sich nun die neue Lava an, und mit jeder Minute strömte weitere Masse hinzu, deren Gewicht gegen die Innenwand des Kliffs drückte und deren Hitze unablässig gegen die Steinwände brannte, die das brodelnde Magma von der See trennten.

Dreißig Meter unter der Oberfläche arbeiteten die beiden Taucher, ein Mann und eine Frau. Sie wollten das Objekt bergen, das sie vor einer Woche entdeckt hatten.

Es lag eingebettet in die Lavaschicht auf dem Meeresboden und war von fast vollkommener Kugelform. Seine Farbe ähnelte der von Lava so sehr, daß die Taucher es fast übersehen hätten, als sie zum erstenmal daran vorbeikamen. Doch schließlich war der Frau die gerundete Form, die sie so eben aus den Augenwinkeln wahrgenommen hatte, doch noch aufgefallen.

Sie hatte das Ganze etwas näher angesehen, weil ihr eine solche Lavaformation noch nicht begegnet war. Kurz darauf merkte ihr Partner, daß sie sich nicht mehr in der üblichen Position rechts neben ihm befand, und machte kehrt, um sie zu suchen. Kaum hatte er die Kugel gesehen, zeigte er ein ebenso großes Interesse wie sie.

Fast zehn Minuten lang untersuchten sie das Objekt. Obwohl es fest in der Lava steckte, konnten sie erkennen, daß es kein Bestandteil dieser Schicht, sondern eine Art Hohlraum war. Nachdem sie es fotografiert und seine genaue Position bestimmt hatten, beendeten sie ihren Tauchgang, um später an jenem Tag ihrem Arbeitgeber von ihrer Entdeckung zu berichten.

Nun waren sie an ihren Fundort zurückgekehrt. Fast eine Stunde hatten sie sich unter Wasser aufgehalten und sorgsam ein speziell angefertigtes Netz um die Kugel plaziert. Dann hatten sie das Netz an einem Haken befestigt, der von einem Kran auf dem Deck der Barke herunterhing. Das Korbnetz, das nur für diese Aufgabe entworfen worden war, ähnelte den geknüpften Wadennetzen, die Generationen japanischer Fischer an Glasschwimmern befestigt hatten. Das Material war allerdings eine Kunststoffaser und stärker als Stahl.

Nachdem sie das Netz angebracht und sich davon überzeugt hatten, daß das schwere Geflecht nicht abgleiten konnte, aktivierte die Frau einen Signalgeber, der an ihrem Bleigürtel hing.

Die Crew auf dem Schlepper machte sich daran, die Kugel vom Boden des Ozeans nach oben zu ziehen.

Einer der Männer glaubte, einen Hauch Schwefel in der Luft zu riechen. Er rümpfte die Nase. Wahrscheinlich wieder die Tankbatterien, die von Zeit zu Zeit unangenehme Dämpfe ausstießen.

Da sie sich auf die Arbeit mit dem Kran konzentrierten, bemerkte keiner der Matrosen die Rauchfäden, die langsam durch die ersten winzigen Risse an der Oberseite des zweihundert Meter entfernten Kliffs drangen.

Dreißig Meter tiefer hielten die Taucher nun einen Abstand von etwa zehn Metern zu der Kugel. Sie beobachteten, wie sich das Seil, an dem der Haken hing, straffte. Einen Augenblick lang geschah nichts, doch dann schoß die Kugel, die einen Durchmesser von etwa einem Meter hatte, förmlich aus ihrem Lavabett, um sofort wieder bis fast auf den Boden herabzusinken wie ein gigantisches Jo-Jo. Nach einer kurzen Ruhepause stieg die Kugel langsam an die Oberfläche, während die beiden Taucher dorthin schwammen, wo sie gelegen hatte.

In dem Augenblick, als die Kugel über dem Deck des Schleppers baumelte und herabgelassen wurde, gab die Außenseite des Kliffs nach. Ein Strom glitzernder gelber Lava ergoß sich aus der Öffnung ins Meer, wo die heiße Masse in Millionen winziger Fragmente explodierte, als sie mit dem Wasser in Berührung kam. Der Kranführer stieß einen Warnschrei aus. Innerhalb von Sekunden hatte die Crew die Ankerkette gekappt, Anker und Ketten aufgegeben. Mit voller Kraft flüchtete der Schlepper aufs offene Meer.

Das eben noch trügerisch ruhige Wasser schlug nun heftig gegen das Boot. Es reagierte auf die explosive Kraft des rasch anwachsenden Lavastroms, der aus der weiter nachgebenden Öffnung im Kliff schoß.

»Was ist mit den Tauchern?« schrie ein entsetzter Matrose.

Doch er kannte die Antwort selbst.

Die Taucher spähten gerade in die Spalte, in der die Kugel geruht hatte, als sie die ersten Unterschallvibrationen spürten. Aus Überraschung wurde in Sekundenschnelle Panik, aber als sie nach ihren Gürteln griffen, um die Gewichte zu lösen und so schnell wie möglich nach oben zu schwimmen, war es bereits viel zu spät.

Plötzlich zerbarst der Boden des Ozeans, und als das brodelnde Magma durch diesen Riß ins Meer brach, war es, als würde das Wasser selbst explodieren in einem Höllenfeuer aus Schwefelsäure, kochendem Wasser und Dampf. Vulkanisches Glas schoß wie Schrapnellfeuer in alle Richtungen. Eine Sekunde, nachdem Dampf, Säure und das kochende Wasser die Taucher getötet hatten, wurden ihre Leichen von den Silikatfragmenten zerfetzt, die wie Millionen heißer Skalpelle durch ihre Körper fuhren.

Nach wenigen Sekunden war nichts mehr von ihnen übrig.

Eine Meile weiter draußen auf dem Meer betrachtete die Crew des Schleppers fasziniert und entsetzt das Schauspiel, das sich ihnen bot. Die Küste war verschwunden, eingehüllt in einen dichten Nebel aus Dampf, giftigen Gasen und vulkanischer Asche, die wie ein Vorhang dort hing, wo noch vor wenigen Minuten das Kliff gewesen war. Eine aufkommende Brise ließ die Wellen rollen, und am Himmel zogen dunkle Wolken auf, als hätten die Kräfte, die den Zorn des Berges entfesselt hatten, auch einen Sturm entfacht.

Mit Ferngläsern suchten die Matrosen das Wasser nach irgendeinem Lebenszeichen der beiden Taucher ab, auch wenn sie wußten, daß es sinnlos war. Sie selbst waren nur knapp mit dem Leben davongekommen. Als der Sturm stärker wurde und die Wellen immer heftiger gegen den Schlepper schlugen, wendete der Kapitän das Boot, und sie fuhren in den sicheren Hafen von Hilo zurück.

An Deck machten drei Männer die Kugel fest. Während sie arbeiteten, fragten sie sich, ob dieses Ding die Leben wert war, die seine Bergung gekostet hatte.

PROLOG

Los Angeles

Irgendwie hätte es anders sein sollen.

Alles sollte doch besser werden, nicht schlechter.

Das hatten sie ihm versprochen – alle hatten das getan.

Zuerst der Arzt: »Wenn du die Tabletten nimmst, geht es dir besser.«

Dann sein Trainer: »Du mußt dich eben anstrengen. Ohne Fleiß kein Preis.«

Sogar seine Mutter: »Versuch einfach, jeden Tag ein Stückchen weiterzukommen, mach nicht alles auf einmal.«

Also hatte er die Tabletten geschluckt, und er hatte sich angestrengt und zugleich darauf geachtet, daß er sich nicht übernahm. Und es schien auch tatsächlich besser zu werden, letzte Woche. Obwohl der Smog so dicht über der Stadt hing, daß sich die meisten seiner Freunde früh aus der Schule verabschiedet hatten und an den Strand gegangen waren, wo der Küstenwind frische Luft vom Meer heranbrachte, hatte er alle seine Stunden absolviert. Nach dem letzten Läuten hatte er im Umkleideraum seine Laufshorts angezogen und sich auf der Laufstrecke an seine vier Aufwärmrunden gemacht, die der eigentlichen Arbeit an den Hürden stets vorangingen.

Denn im Hürdenlauf wollte er an seinem achtzehnten Geburtstag Sieger der State Championships werden. Dafür trainierte er.

Letzte Woche hatte es einen Tag gegeben, an dem die Tabletten endlich zu wirken schienen. Er war allein auf der Strecke gewesen. Eigentlich hatte er erwartet, daß ihm schon nach der Hälfte der ersten Runde die Luft ausgehen würde, aber noch als er durch die letzte Kurve lief, spürte er die Ener-

gie in seinem Körper, spürte, wie seine Lunge den Sauerstoff mühelos pumpte. Sein Herzschlag war kaum erhöht. In Runde zwei und drei lief er sogar noch etwas schneller, fühlte sich aber noch immer gut dabei – richtig gut. Deshalb hatte er in der vierten Runde noch einmal alles gegeben, und es war plötzlich wieder wie vor einigen Monaten gewesen, als er sich immer großartig gefühlt hatte. Aber an jenem Tag in der letzten Woche fühlte er sich besser als je zuvor. Seine Lunge hatte so viel Luft eingeatmet, und sein ganzer Körper hatte positiv darauf reagiert. Statt des schwachen brennenden Schmerzes, den er sonst nach der Aufwärmmeile spürte, fühlte er nur ein angenehmes Kitzeln in den Muskeln. Seine Brust hob und senkte sich in einem gleichmäßigen Rhythmus, der mit seinem regelmäßigen Herzschlag in Einklang war. Alle Teile seines Körpers schienen wieder zu harmonieren. Er war an diesem Tag sogar noch ein paar Extrarunden gelaufen, so sehr hatte er die neue Kraft genossen. Endlich zeigten die Tabletten Wirkung. Später, als er die Hürden aufbaute, setzte er sie im gleichen Abstand wie sonst, aber etwas höher.

Er flog förmlich über sie hinweg, ohne auch nur eine einzige zu streifen. Er fühlte sich nahezu schwerelos, während er mühelos die Hindernisse überwand.

Als er sich zwei Stunden später wieder auf den Weg zu den Umkleideräumen machte, war er nicht einmal außer Atem. Sein Herz schlug leicht, und seine Beine fühlten sich an, als wäre er vielleicht eine halbe Stunde leicht getrabt und hätte nicht zweieinhalb Stunden Spurten und Springen hinter sich.

Doch am nächsten Tag brach all das über ihm zusammen.

Kaum hatte er das erste Viertel einer Runde zurückgelegt, als er wieder dieses bekannte, beklemmende Gefühl in der Lunge spürte, und sein Herz schlug so heftig wie auf der Zielgerade eines Zehn-Kilometer-Laufs. Er machte weiter und versuchte sich einzureden, daß dies nur eine ganz natürliche Reaktion auf den gestrigen Tag sei, an dem er seinen Körper überanstrengt hatte. Aber als er die erste Runde beendete, wußte er, daß es keinen Sinn hatte. Er bog von der harten Erde der Bahn ab und ließ sich auf den Rasen fallen. Auf dem Rücken liegend, starrte er in den blauen Himmel und kniff die Augen zum Schutz gegen die grelle Nachmittagssonne zu. Was, zum Teufel, war nur los? Gestern hatte er sich großartig gefühlt. Heute fühlte er sich wie ein alter Mann.

Er weigerte sich, dem Schmerz in seiner Lunge nachzugeben, ignorierte sein heftig pochendes Herz und das Ziehen in seinen Beinen. Als sein Trainer zu ihm kam und fragte, ob alles in Ordnung sei, wehrte er ab. Es sei nur ein Krampf, sagte er und rieb sich den rechten Wadenmuskel, um seine Lüge glaubhafter zu machen. Der Trainer hatte ihm geglaubt – oder zumindest so getan, was ihm ebenso recht war –, und er war aufgestanden und wieder auf die Bahn gegangen.

Er schaffte vier Runden, die letzte jedoch nur in einem Tempo, das eher einem zügigen Gehen glich.

Der Trainer hatte ihn angeschnauzt: Er solle sich mehr anstrengen oder nach Hause gehen.

Er hatte sich angestrengt, aber schließlich gab er doch auf und ging nach Hause.

Und seitdem war es mit jedem Tag schlimmer geworden.

Und mit jedem Tag mußte er stärker gegen den Schmerz ankämpfen.

Vorgestern war er beim Arzt gewesen, das viertemal seit Silvester, und auch diesmal hatte der Arzt nichts finden können. Wieder einmal hatte er die gleichen Fragen beantwortet. Ja, es sei ihm gut gegangen, als er nach Silvester mit seiner Mutter von Maui zurückgekehrt sei. Nein, sein Vater sei nicht dabeigewesen. Er war mit seiner neuen Frau und ihrem Baby zum Grand Canyon gefahren. Nein, es mache ihm nichts aus, daß sein Vater nicht mit nach Maui gekommen sei – im Gegenteil, er war heilfroh, daß seine Mutter seinen Dad endlich in die Wüste geschickt hatte, weil es seinem Dad offenbar Spaß gemacht hatte, sie beide zu verprügeln, wenn er besoffen war, was in den letzten beiden Jahren praktisch jeden Tag passierte, bevor er endlich abhaute. Nein, er hasse seinen

Vater nicht. Er möge ihn nicht besonders und sei froh, daß er fort sei, aber er hasse ihn nicht.

Er haßte nur die Schmerzen in seinem Körper.

Der Doktor hatte vorgeschlagen, daß er vielleicht einen Psychiater aufsuchen solle, aber das würde er bestimmt nicht tun. Nur Spinner und Verlierer gingen zum Psychiater. Was immer mit ihm nicht stimmte, er würde es allein überwinden. Doch in den vergangenen beiden Tagen war der Schmerz fast unerträglich geworden. Er hatte Alpträume und wachte nach Luft schnappend auf. Schließlich hatte er unablässig Schmerzen, überall in seinem Körper.

Irgendwann kam ihm der Gedanke, daß es besser sei, zu sterben als mit diesen Schmerzen leben zu müssen. An diesem Tag hatte er sich vorzeitig aus der Schule verabschiedet und war mit dem Wagen durch die Gegend gefahren, bis ihn ein Polizist anhielt und ihm wegen seines defekten Auspufftopfs einen Strafzettel verpaßte. Was, zum Teufel, sollte er jetzt tun? Er hatte nicht genug Geld, um den Strafzettel zu bezahlen, geschweige denn, den Auspuff reparieren zu lassen. Wozu eigentlich der ganze Aufstand? Der Auspuff machte doch kaum Krach, und im Wagen roch es auch nicht besonders stark. Aber seine Mutter würde ihm trotzdem die Hölle heiß machen, und sein Vater würde ihm einen endlosen Vortrag darüber halten, wieviel Geld es ihn kostete, zwei Familien zu unterhalten, wenn er ihn bat, ihm für die Reparatur etwas zu leihen.

Was für ein Mist!

Er bog in die von Bäumen gesäumte Straße ein, in der er sein Leben lang gewohnt hatte, und drückte auf den Knopf der Fernbedienung, die das Garagentor öffnete, als er noch zwei Häuser entfernt war. Er bog in dem Augenblick in die Auffahrt ein, als sich das Tor gerade ganz geöffnet hatte. Wie von selbst begann er das Spiel, das er jeden Nachmittag gegen sich selbst spielte. Er drückte erneut auf die Fernbedienung und versuchte so in die Garage zu fahren, daß sich das Tor gerade hinter dem Heck des Wagens herabsenkte.

Heute schätzte er die Geschwindigkeit falsch ein. Mit einem lauten Knall schlug das Garagentor gegen die hintere Stoßstange. Jetzt hatte er nicht nur für einen Strafzettel und einen kaputten Auspuff geradezustehen, sondern auch noch für die Kratzer am Wagen und an der Garagentür.

Und ihm tat alles weh.

Vielleicht sollte er nicht gleich ins Haus gehen, sondern erst mal ein Weilchen sitzen bleiben.

Einfach dasitzen und abwarten.

Ein Gefühl der Wärme breitete sich in ihm aus und vertrieb die Schmerzen, die er so lange ertragen hatte. Plötzlich sah alles rosiger aus.

Vielleicht hatte er die Lösung all seiner Probleme gefunden.

Ohne seine Mutter.

Ohne seinen Trainer.

Selbst ohne seinen Arzt.

Der Junge schloß die Augen und atmete tief ein. Zum erstenmal seit Wochen spürte er keine Schmerzen mehr.

Für seine Mutter war der Tag nicht viel besser gelaufen als für ihn. Angefangen hatte es mit einem morgendlichen Anruf ihres Exmannes, der sie bedrängte, die Höhe der Unterhaltszahlungen neu auszuhandeln. Mit anderen Worten: Die Blondine, mit der er sich aus dem Staub gemacht hatte, brauchte mehr Geld. Nun, diese Idee hatte sie ihm schnellstens ausgeredet. Gegen Mittag fand sie dann heraus, daß eine Kollegin, die ein Jahr weniger Berufserfahrung hatte, den Platz im Vorstand bekommen sollte, der eigentlich ihr zugestanden hätte. Jetzt hatte sie zwei Möglichkeiten: ein weiteres Jahr zu warten oder sich auf Jobsuche zu machen. Die Anwort kannte sie allerdings bereits: Sie würden sie auch in einem Jahr nicht zum Partner machen, und deshalb konnte sie sich auch gleich mit den Headhunters in Verbindung setzen.

Als sie gerade zu der Überzeugung gekommen war, daß

jetzt das Schlimmste überstanden sei, rief der Arzt an, um ihr einen guten Psychiater für ihren Sohn zu empfehlen. Aber bevor sie ihn zu einem Seelenklempner schickte, würde sie ihn auf alle Fälle noch von jemand anderem untersuchen lassen. Doch wahrscheinlich würde die Krankenversicherung dafür nicht aufkommen, und die Reise nach Maui hatte ihre Kasse schon bis zum Limit strapaziert.

Aber ihr würde schon noch etwas einfallen.

Als sie in die Auffahrt bog, drückte sie auf die Fernbedienung, bremste den Wagen ab und wartete darauf, daß sich das Garagentor hob.

Mehr noch als die Gase, die aus der Garage drangen, sagte ihr das Geräusch des laufenden Motors, daß etwas nicht stimmte. Sie rammte den Automatikhebel in Parkstellung, riß die Tür auf und stürzte aus dem Wagen in die Garage.

Ihr Sohn saß in seinem Auto. Seine Beine ruhten auf dem Beifahrersitz, und er lehnte mit dem Rücken an der Fahrertür. Sein Kopf hing auf der Brust.

Sie unterdrückte einen Schrei und zerrte am Türgriff.

Verschlossen!

Sie lief um den Wagen herum und versuchte es an der Beifahrertür, während sie den Namen ihres Sohnes rief.

Nichts!

Halt!

Hatte er sich nicht bewegt?

Sie hielt die Hand über die Augen und starrte in den Wagen.

Seine Brust bewegte sich. Er atmete noch.

Die Gase in der Garage drangen in ihre Lunge, und sie mußte husten. Nervös angelte sie nach dem Schlüssel, der an einem Nagel unter der Werkbank hing, schloß die Tür zur Küche auf und griff nach dem Telefon. »Mein Sohn!« schrie sie, als sich eine Stimme der Notrufzentrale meldete. »O mein Gott, ich brauche einen Krankenwagen!«

Eine bedächtige Stimme fragte sie ruhig nach ihrer Adresse.

Ihr Kopf war plötzlich vollkommen leer. »Ich … ich kann

nicht …« Schließlich fiel es ihr wieder ein, und sie platzte mit der Hausnummer heraus. »North Maple, zwischen Dayton und Clifton. Machen sie schnell! Er hat sich in seinem Wagen in der Garage eingeschlossen, und …«

Die gelassene Stimme unterbrach sie. »Bleiben Sie ganz ruhig, Ma'am. Ein Wagen ist bereits unterwegs.«

Sie ließ den Hörer auf die Arbeitsfläche fallen und rannte in die Garage zurück. Sie mußte den Wagen aufkriegen – irgendwie. Ein Hammer. Am anderen Ende der Werkbank hatte doch immer ein Vorschlaghammer gestanden. Sie zwängte sich zwischen Motorhaube und Bank hindurch und betete im stillen, daß ihr Exmann den großen Hammer nicht einfach mitgenommen hatte. Er hatte nicht – der Hammer stand genau da, wo er immer gestanden hatte. Sie packte den Griff mit beiden Händen, schwang den Hammer und ließ den breiten Metallkopf mit aller Kraft in das Beifahrerfenster des Wagens krachen. Das Sicherheitsglas zersprang in Tausende kleiner Splitter. Die Frau ließ den Hammer fallen, griff durch das zerbrochene Fenster und öffnete von innen die Tür. Sie riß sie auf, beugte sich über ihren Sohn und zog den Zündschlüssel ab. Das donnernde Motorengeräusch erstarb und wurde in der nächsten Sekunde vom durchdringenden Geheul einer sich nähernden Sirene abgelöst. Sie packte die Fußgelenke ihres Sohnes und versuchte ihn aus dem Wagen zu ziehen, aber noch bevor ihr das gelang, schoben sie zwei weißgekleidete Sanitäter sanft beiseite, schafften den Jungen heraus und preßten ihm eine Sauerstoffmaske aufs Gesicht. Als sie sah, daß er sich bewegte, befreite sie sich langsam aus der Umklammerung der Panik.

»Er kommt zu sich«, versicherte ihr einer der Nothelfer, als sie den Jungen aus der Garage trugen und auf eine Bahre legten. »Sieht aus, als würde er es schaffen.«

Als die Sanitäter ihren Sohn in den Krankenwagen schoben und die Tür schlossen, wand sich der Junge hin und her.

»Ich will mitkommen!« bat die Frau. »Bitte! Es ist doch mein Sohn.«

Die Türen des Krankenwagens öffneten sich noch einmal, und die Frau stieg ein. Mit heulender Sirene raste der Wagen zum Cedars-Sinai Hospital, das fast zwanzig Blocks entfernt war.

Die Fahrt schien ewig zu dauern, und die Frau mußte hilflos zusehen, wie ihr Junge sich gegen die beiden Sanitäter zu wehren schien, von denen der eine ihn festhielt, während der andere ihm die Sauerstoffmaske aufs Gesicht drückte. Sie ergriff die Hand ihres Sohnes und versuchte ihn zu beruhigen, und schließlich gab er seinen Kampf auf und lag ganz ruhig da. Gerade als der Krankenwagen in die Einfahrt zur Notaufnahme einbog, spürte die Frau plötzlich, wie die Hand ihres Sohnes erschlaffte. Er lag völlig regungslos auf der Bahre.

Einer der Sanitäter fluchte leise.

Alles in ihr spannte sich an, und als die Türen von außen aufgerissen wurden, stieg sie ganz langsam wie in Trance aus dem Krankenwagen.

Die Sanitäter eilten mit ihrem Sohn in die Notaufnahme, wo ein Ärzteteam darauf wartete, ihn zu übernehmen.

Hinter der Bahre ging sie ins Krankenhaus.

Schweigend sah sie zu, wie die Ärzte sich abmühten, aber sie ahnte bereits, was kommen würde.

Und schließlich hörte sie die gleichen Worte, die sie zum erstenmal vom Arzt ihres Sohnes und dann von den Sanitätern gehört hatte: »Ich verstehe das nicht – er müßte okay sein.«

Aber ihr Sohn – ihr geliebter, wunderbarer Sohn – war nicht okay.

Ihr Sohn war tot.

KAPITEL 1

New York City

»Was hast du vor, Sundquist? Willst du dich umbringen?«

Den spöttischen Worten folgte ein harsches Lachen, das von den nackten Betonwänden der Schulsporthalle widerhallte und sich in Michael Sundquists Ohren zu verstärken schien. Was sollte er tun? Mit den Liegestützen aufhören und sich dem Idioten stellen?

Keine gute Idee. Der Idiot hieß Slotzky – Vorname unbekannt, zumindest kannte Michael ihn nicht – und war ungefähr einen Kopf größer als er. Darüber hinaus wog er bestimmt zwanzig Kilo mehr, ohne fett zu sein. Mit Slotzky Streit anzufangen bedeutete unweigerlich, den Hintern versohlt zu kriegen, und das war das letzte, was sich Michael an diesem Morgen wünschte.

Er wünschte sich allerdings sehr, seine Übungen zu Ende bringen zu können: fünfzig Liegestützen, fünfzig Rumpfbeugen und in der restlichen Zeit so viele Runden, wie er auf der Laufbahn der Sporthalle schaffte, bis die Pausenglocke läutete und er unter die Dusche mußte. Wenn er Slotzky ignorierte und sich nicht auf eine Schlägerei einließ, mußte das leicht zu schaffen sein.

Er hatte ein großes Ziel.

Er wollte unbedingt in die Schulauswahl.

Für Basketball war er nicht groß genug und würde es auch nicht mehr werden, und für Football mangelte es ihm an Gewicht. Also blieb Leichtathletik. Und ein guter Läufer war er schon immer gewesen. Selbst als sein Asthma so schlimm geworden war, daß er kaum atmen konnte, hatte er seine Klassenkameraden auf den

Sprintstrecken geschlagen. Sie hatten ihre Witze gemacht: Versuch erst gar nicht, Sundquist beim Start zu überholen. Du mußt nur so lange hinter ihm hertrotten, bis er zusammenklappt.

An dem Scherz war einiges dran. Noch vor einem Jahr war er nicht in der Lage gewesen, mehr als eine Viertelmeile zu laufen. Auch wenn er zu Beginn eines Laufs stets vorne lag, hatte er schon bei fünfzig Yards seine Schwierigkeiten, und auf hundert kam er stets als letzter an.

Aber auch als sein Asthma immer schlimmer wurde, hatte er nie aufgegeben. Als seine Mutter ihn damit zu trösten versuchte, daß es in seiner Familie niemals Sportler gegeben habe, stachelte ihn das nur noch mehr an. Was wußte sie schon? Das war Männersache. Sein Vater hätte es verstanden; aber sein Vater lebte nicht mehr.

Jedesmal, wenn Michael um Atem ringend lief und seinen Körper zwang, bis an die äußersten Grenzen zu gehen, um die beängstigende Krankheit zu besiegen, an der er schon als kleiner Junge gelitten hatte, stellte er sich vor, wie sein Vater an der Laufbahn stand und ihm zujubelte. Auch wenn das Gesicht seines Vaters im Lauf der Zeit immer verschwommener wurde und er sich manchmal gar nicht mehr an die volle, tiefe Stimme erinnern konnte, hielt Michael am Bild seines Vaters fest. Er zog seine Kraft aus diesem Bild, und schließlich, vor einem Jahr, begann er aus seinem Asthma herauszuwachsen.

Er beendete die Liegestützen und machte fünfzig schnelle Rumpfbeugen, bevor er – kaum außer Atem – zum Reck lief, um fünfzig Klimmzüge folgen zu lassen. Als er an dem Fenster vorbeiging, das die Sporthalle vom Trainingsraum trennte, warf er einen raschen Blick auf sein Spiegelbild. Ja, seine Brust war tatsächlich breiter geworden – man konnte es deutlich sehen.

Und mit jeder Rumpfbeuge, jeder Liegestütze, jeder Runde zahlte sich seine Besessenheit aus.

Die anderen Jungs lachten ihn schon lange nicht mehr aus. Nur noch Slotzky. Und auch der würde ihn in Ruhe lassen, wenn er in das Leichtathletikteam der Schule kam.

Und zwar nicht als Kurzstreckenläufer.

Nein, Michael hatte sich höhere Ziele gesetzt – den Langstreckenlauf, wo Ausdauer mindestens soviel zählte wie Schnelligkeit, wenn nicht mehr.

Nach dem letzten Klimmzug überprüfte er erneut seine Atmung. Er atmete etwas schwerer als zu Beginn seiner Übungen, war aber noch längst nicht aus der Puste. Kein Anzeichen, daß diese schrecklichen Asthmaattacken wiederkamen, die ihn umklammert hatten, bis er schweißnaß nach Luft schnappte. Er ging zu den Metallstufen, die zur Laufbahn hinaufführten, die in drei Meter Höhe längs der Wände verlief, über den Basketballkörben dicht unter der Decke. Zwei Schritte auf einmal nehmend, warf er einen Blick auf die Uhr am anderen Ende der Halle.

Noch zwanzig Minuten. Er konnte noch ein paar Meilen laufen, bevor er zum Duschen mußte.

Er begann mit einem leichten Trab und achtete darauf, nicht zu schnell zu werden, damit er in den engen Kurven an den vier Ecken der Sporthalle nicht zu stark abbremsen mußte. Außer ihm lief niemand. Seine Klassenkameraden hielten sich ein Stockwerk tiefer auf. Einige spielten Basketball, andere stemmten Gewichte, aber die meisten lümmelten einfach auf dem Boden herum und warteten darauf, daß die Stunde zu Ende ging.

»He, Sundquist!« rief Slotzky mit häßlichem Grinsen. »Hast du keine Angst, daß du da oben zusammenklappst?« Slotzkys Freunde lachten gehorsam. Bei Slotzkys Ruf war Michael zusammengefahren, und ehe er auch nur darüber nachdenken konnte, hatte er Slotzky bereits den Finger gezeigt.

Keine gute Idee.

Slotzkys Grinsen erlosch. Er stand auf und rannte auf die Treppe zu, drei seiner Freunde folgten ihm. Während er nach einem Fluchtweg suchte, fragte sich Michael, welcher Teufel ihn geritten hatte, so etwas Dummes zu tun.

Er fragte sich auch, ob wirklich etwas Wahres an dem Gerücht war, daß Slotzky jemanden von einem Hausdach gestoßen hatte.

Während sich Slotzky und einer seiner Freunde von der einen Seite näherten, versperrten die beiden anderen Michael den Weg, so daß er sich in einer besonders unangenehmen Zwickmühle befand.

»Und was jetzt, Angsthase?« fragte Slotzky, der langsam näherkam.

Michael beobachtete den Schläger und seine Freunde. Es gab nur einen Ausweg. Er schwang sich über das Geländer und ließ sich herab, bis er sich nur noch mit den Fingern am Rand der Laufbahn festklammerte. Slotzky lief auf ihn zu, und obwohl er noch etwa zehn Meter entfernt war, spürte Michael bereits, wie ihm der größere Junge mit seinen Turnschuhen auf die Fingerspitzen trat. Ohne nach unten zu sehen, ließ er sich auf den Parkettboden fallen, wo er sich geschickt abrollte.

Ein Schmerz zuckte durch seine Schulter, aber er ignorierte ihn, rappelte sich auf und schaute nach oben, um zu sehen, was seine Verfolger nun vorhatten.

Slotzky lehnte sich über das Geländer und starrte düster auf ihn hinab. Dann spuckte er Michael ins Gesicht, mit einer Geschicklichkeit, die auf jahrelange Übung schließen ließ. »Wir sehen uns nach der Schule«, sagte er.

Michael wischte sich den schleimigen Klumpen von der Wange. Dann drehte er sich um und ging langsam zu den Umkleideräumen zurück.

Er fragte sich, ob Slotzky nach der Schule wohl mit einem Messer oder einer Schußwaffe aufkreuzen würde.

Wahrscheinlich mit beidem.

Katharine Sundquist war sich bewußt, daß sie sich eigentlich auf ihre Arbeit konzentrieren sollte. Auf dem Schreibtisch ihres Büros im Natural History Museum lag das Fragment eines hominiden Kiefers, das bei einer Ausgrabung in Afrika gefunden und vor einer Woche zu ihnen geschickt worden war. Nicht, daß es noch allzuviel zu tun gegeben hätte. Sie hatte die Spezies sofort als Australopithecus afarensis identifiziert, und auch ihre späteren Untersuchungen hatten keinen Anhaltspunkt dafür ergeben, daß es sich um etwas anderes handeln könnte. Der Kiefer war in einem Gebiet entdeckt worden war, in dem der Fund eines Australopithecus afarensis vielleicht nicht alltäglich, aber keineswegs spektakulär war. Außerdem war der Knochen in einer Tiefe ausgegraben worden, die der Ebene entsprach, in dem dieser spezielle Vorfahr des Homo sapiens meistens entdeckt wurde. Falls die Karbontests nichts Außergewöhnliches ergaben, schien der Fall klar. Aber ihr Interesse wurde durch eine Reihe von Fotos in Anspruch genommen, die einen Tag nach dem Kiefer des Australopithecus eingetroffen waren.

Es handelte sich um ein halbes Dutzend Aufnahmen, begleitet von einem Brief mit näheren Angaben zur Fundstelle. Der Name auf dem Briefkopf – Rob Silver – hatte sofort Katharines Aufmerksamkeit erregt. Obwohl sie in den etwas über zwanzig Jahren, die seit ihrem gemeinsamen Universitätsabschluß vergangen waren, kaum noch Kontakt mit Silver gehabt hatte, wußte sie doch noch genau, wie er aussah: groß, kräftig, mit dichtem hellbraunem Haarschopf und blauen Augen, die ihr Herz – zumindest eine Zeitlang – hatten höher schlagen lassen. Aber als sein Interesse für polynesische Kultur ihn in die eine und ihr Interesse für Frühgeschichte sie in die andere Richtung führte, war ihre Romanze rasch erkaltet. Sie waren nicht nur durch verschiedene wissenschaftliche Interessen, sondern durch ganze Kontinente voneinander getrennt. Vier Jahre später hatte sie Tom Sundquist kennengelernt, ihn geheiratet und Michael zur Welt gebracht.

In Michaels sechstem Lebensjahr war Tom Sundquist tödlich verunglückt.

Er war in Afrika gestorben, an einem herrlichen Sommermorgen. Zehn Jahre war das jetzt her. Dennoch erinnerte sie sich daran, als ob es gestern geschehen wäre. Tom wollte nach Nairobi, um dort einen Flug nach Amsterdam zu erwischen, wo er einen Vortrag über die Ausgrabungsstätte halten sollte, an der sie seit fünf Jahren gemeinsam arbeiteten. Sie und Michael flogen nicht mit. Katharine leitete die Arbeiten während Toms Abwesenheit, und Michael war froh, weiter mit den afrikanischen Kindern spielen zu können, mit denen er sich angefreundet hatte. Sie hielt Michael an der Hand und sah zu, wie die einmotorige Cessna über die staubige Startbahn rollte und sich schließlich in den Morgenhimmel erhob. Wie immer zog der Pilot die Maschine herum, um noch einmal über sie hinwegzufliegen, aber diesmal wollte er noch ein bißchen angeben.

Katharine und Michael sahen zu – sie mit wachsender Besorgnis, er mit wachsender Begeisterung –, wie der Pilot mit dem kleinen Flugzeug eine Reihe von Loopings und Wendungen vollführte. Dann schwebte er eine Weile in der Luft, bevor er die Cessna plötzlich umdrehte, so daß sie mit der Nase voran immer schneller der Erde entgegen raste.

Katharine kannte das Manöver – es war eine der Spezialitäten des Piloten –, und es hatte sie immer schon geängstigt. In letzter Sekunde pflegte er die Maschine hochzureißen, mit den Flügeln zu wackeln und sich auf den Weg nach Nairobi zu machen, noch immer so niedrig, daß die Tierherden unter ihm in Panik davonstoben.

Doch an jenem Morgen mußten Katharine und Michael mitansehen, wie das Flugzeug mit der Nase auf die Erde krachte und sofort in einem riesigen Feuerball explodierte.

An jenem Tag hatte sie mit Michael die Ausgrabungsstätte verlassen und war nie mehr zurückgekehrt.

Ein Jahr später hatten Michaels Asthmaanfälle begonnen. Nach Katharines Überzeugung waren sie dadurch ausgelöst worden, daß Michael mitangesehen hatte, wie sein Vater gestorben war. In den zehn Jahren nach Toms Tod hatte sich Katharine vor allem auf zwei Dinge konzentriert: auf die Gesundheit ihres Sohnes und auf ihre Arbeit. Meistens hatte ihr das auch gereicht. Aber seit sich ihr Sohn von den lähmenden Asthmaanfällen befreit zu haben schien, fragte sie sich manchmal, ob sie nicht selbst zu einem der Fossilien wurde, die sie ständig untersuchte.

Und dann war letzte Woche der Brief von Rob Silver eingetroffen, zusammen mit den Fotos. Die Fundstelle, schrieb er, lag an der Flanke des Haleakala auf Maui. Er arbeite seit fünf Jahren auf Hawaii, wo er die Entwicklung der polynesischen Architektur untersuchte, ihre Ausbreitung vom Südpazifik zu den hawaiianischen Inseln. Aber der Fundort auf den Fotos, schrieb er, unterscheide sich vollkommen von allem, was er bislang auf Hawaii ausgegraben habe. Seine Mittel reichten aus, um einen wissenschaftlichen Berater zu bezahlen, und er fragte, ob Katharine vielleicht Interesse habe.

Immer wieder betrachtete sie die Bilder und studierte den Fundort, der unter einer dichten Vegetationsschicht entdeckt worden war.

Sie war bereits in die Museumsbibliothek gegangen

und hatte die Fotos mit allen anderen Bildern von hawaiianischen Fundstellen verglichen.

Es gab nichts Vergleichbares.

Sie konnte den Fundort nur dann richtig analysieren, wenn sie ihn sah.

Wieder einmal schob sie das langweilige graue Fossil beiseite, zusammen mit den ebenso langweiligen Fotos der Ausgrabungsstelle, und betrachtete die Bilder von der Stelle auf Maui.

Der Fundort selbst schien nichts weiter als eine Ansammlung von großen Steinen zu sein. Er war von einem üppigen Wald mit riesigen Bäumen und blühenden Büschen und Ranken umgeben. Auf einigen Bildern sah man in der Ferne das schimmernde Türkis des Pazifischen Ozeans, auf anderen erkannte man, wie sich ein Wasserfall in einen kristallklaren Teich ergoß. All das wirkte in seiner Schönheit so unirdisch, als hätte ein Filmarchitekt aus Hollywood seine Vorstellungen vom Paradies verwirklicht.

Hatte Rob ihr vielleicht mit voller Absicht diese verführerischen Einblicke in den Garten Eden gewährt, in dem der Fundort lag?

Und warum verlor sie sich überhaupt in Tagträumen von tropischen Blumen und Passatwinden? Schließlich ging es um die Ausgrabungsstelle.

Doch während ihr Blick durch den fensterlosen Würfel in der düsteren Höhle wanderte, die sie ihr Büro nannte, und sie daran dachte, wie trübe das Wetter war, wußte sie genau, warum die üppige Natur, die Rob Silvers Fund umgab, sie genauso anzog wie seine Entdekkung selbst.

Noch einmal nahm sie den Brief in die Hand.

Dreißigtausend Dollar.

Rob Silver bot ihr dreißigtausend Dollar, wenn sie drei Monate mit ihm auf Maui arbeitete.

Plus Spesen.

Sie erinnerte sich an das frustrierende Gespräch, das sie letzte Woche mit dem Museumsdirektor geführt hatte. Ihre Mittel sollten um dreißig Prozent gekürzt werden.

Die Beihilfe der National Science Foundation, mit der sie gehofft hatte, im Sommer wichtige Feldarbeit durchführen zu können, war »bewilligt, aber noch nicht finanziert«.

Also bestand ihre Zukunft, abgesehen von dem Angebot auf ihrem Schreibtisch, aus dem folgenden: keiner Feldarbeit und einem praktisch nicht mehr existenten Budget.

Das Problem war allerdings, daß Rob Silver sie bereits zum Ersten des kommenden Monats brauchte. Länger konnte er den Posten nicht unbesetzt lassen. Sie würde Michael von der Schule nehmen müssen – und damit aus dem Leichtathletikteam, für das er in letzter Zeit eine solche Begeisterung entwickelt hatte –, und das würde ihm wahrscheinlich gar nicht gefallen. Nun, vielleicht würden sich seine Einwände in Luft auflösen, wenn sie ihm erzählte, wohin sie gehen sollten.

Sie griff zum Hörer und rief den Direktor an. »Ich möchte Urlaub nehmen«, sagte sie. »Für drei Monate.« Sie zögerte kurz. »Unbezahlten, natürlich.« Als sie fünf Minuten später wieder auflegte, fragte sie sich, ob Michael genauso leicht wie der Direktor zu überreden war.

Aber als sie am Nachmittag nach Hause kam und die Wunde am Arm ihres Sohnes sah sowie den häßlichen gelb-blauen Fleck, der sein schmerzhaft geschwollenes linkes Auge umgab, wußte Katharine, daß die Entscheidung gefallen war. New York für drei Monate hinter sich zu lassen war genau das, was sie beide brauchten.

KAPITEL 2

Als die 747 bei ihrem Anflug auf Honolulu langsam tiefer ging, schreckte Pedro Santiago hoch. Er hatte nicht vorgehabt, während des Fluges zu schlafen. Seit ihm der verschlossene Louis-Vitton-Kosmetikkoffer von dem Mann in Manila übergeben worden war, hatte er fest vorgehabt, während der Reise nach Hawaii äußerst wachsam zu bleiben. Eigentlich hatte er ja auch nicht richtig geschlafen, sagte er sich. Vielleicht hatte er die Augen geschlossen, und vielleicht hatte er sich in dem Zustand äußerster Entspannung befunden, der fast noch erfrischender als Schlaf ist, aber er hatte die ganze Zeit mitbekommen, was um ihn herum geschah.

Er hatte gehört, wie die Frau auf der anderen Seite des Mittelgangs einen dritten Mai-Tai bestellt hatte, dann einen vierten und vor ein paar Minuten einen fünften.

Er hatte den Mann in der Reihe vor sich schnarchen hören.

Er hatte seine Füße auf den Kosmetikkoffer gestellt, den er unter den Sitz vor ihm geschoben hatte, so daß der schnarchende Mann ihn von vorn ebenso gut bewachte wie er selbst von seiner Seite.

Für die Reise hatte er zwei Tickets erster Klasse gekauft, weil er keine Lust hatte, sich während des Fluges mit fremden Leuten zu unterhalten, vor allem aber, weil ein leerer Sitz neben ihm eine weitere Pufferzone in seinem ausgeklügelt diskreten Sicherheitssystem darstellte.

Wenn jemand neben ihm saß – ein Mann oder sicherlich auch eine Frau –, der oder die besonders clever war, dann mochte es der betreffenden Person vielleicht gelingen, ihn in falsche Sicherheit zu wiegen, um ihn dann …

Ja, was eigentlich?

Zu töten?

Vielleicht. Solche Dinge waren schon passiert. In den letzten beiden Jahren waren zwei Mitglieder seiner Bruderschaft gestorben, angeblich an Herzattacken, die sie während eines Fluges erlitten hatten. Niemand außer ihren Mördern hatte etwas bemerkt, bis das Flugzeug zur Landung ansetzte. Gift konnte man auf viele verschiedene Arten verabreichen.

Ein Drink, den die Stewardeß im Gang zubereitet und der für kurze Zeit unbeobachtet bleibt, als ein überfreundlicher sie Fluggast anspricht.

Eine winzige Nadel, geschickt in den Nacken gestoßen von einem Passagier, der auf dem Weg zur Toilette ins Straucheln gerät.

Pedro Santiago buchte nur Fensterplätze und trank nur aus Behältern, die er selbst mit an Bord gebracht hatte.

Aber sein Instinkt sagte ihm, daß dieser Teil der Reise sowieso keine Probleme verursachen würde. Wenn überhaupt Gefahr lauerte, dann auf der Rückfahrt, nachdem er seine Ware abgeliefert und seinen Lohn kassiert hatte.

Er hob die Jalousie an und sah in den hellen Morgen hinaus. Weit unter ihm, durchbrochen nur von den Gipfeln der drei großen Vulkane, verbarg eine dichte Wolkendecke das Meer. Pedro blieb unbeeindruckt. Die Schönheit Hawaiis interessierte ihn nicht. Als die kurz bevorstehende Landung über die Sprechanlage angekündigt wurde, hob Santiago den Kosmetikkoffer auf und nahm ihn auf den Schoß.

»Handgepäck muß unter dem Sitz vor Ihnen oder in der Gepäckablage verstaut werden, Mr. Santiago«, ermahnte ihn die Stewardeß, als sie mit dem letzten Tablett voll leerer Gläser an ihm vorbeikam.

Er lächelte, nickte und stellte den Koffer wieder unter den Sitz.

Das Flugzeug landete, wurde langsamer und steuerte auf das Gate zu.

Pedro Santiago verließ das Flugzeug über die Gangway und betrat den Zollbereich. Er ignorierte das Schild, das ihn zur Kontrolle wies.

Eines hatte er in seiner ganzen Profikarriere nie getan: Er hatte nie versucht, eine Lieferung an einem Zollbeamten vorbei ins Land zu bringen. So etwas war den Packeseln vorbehalten – den dummen Collegestudenten, die viele Jahre

Gefängnis riskierten, und zwar für weniger Geld, als er an einem Abend mit einer Amsterdamer Hure ausgab.

Während die anderen Fluggäste zur Zollkontrolle strömten, ging Santiago auf einen Mann in blauer Uniform zu, der ein paar Meter neben dem Arrival-Gate stand. »Könnte es sein, daß Sie auf mich warten?« fragte er in einem Englisch, das ebenso akzentfrei wie sein Spanisch, Portugiesisch und Türkisch war.

»Möglicherweise, Mr. ...« Der Mann beendete den Satz nicht.

»Jennings«, ergänzte Santiago. Es handelt sich um den unschuldig klingenden Code, den er bei den Verhandlungen um die Übergabe des Koffers vereinbart hatte.

»Wenn Sie mir folgen wollen.«

Der Mann in Uniform führte Santiago zu einer verschlossenen Tür, tippte eine Reihe von Zahlen in einem Nummernfeld ein und hielt dem Kurier schließlich die Tür auf, damit dieser vor ihm hindurchgehen konnte.

Am Ende einer kurzen Treppe wartete ein elektrischer Golfkarren auf sie. Der Mann in der blauen Uniform fuhr sie zu einem Hubschrauber, der vierhundert Meter entfernt auf seinem Landeplatz stand. Der Mann stieg aus, und Santiago folgte ihm in den Helikopter, schloß die Tür und schnallte sich auf einem Sitz an. Ein oder zwei Sekunden lang ächzte die Maschine, dann sprang sie fauchend an. Über ihnen begannen sich die riesigen Rotorblätter zu drehen.

Der Pilot drehte den Motor auf, die Rotoren wurden beschleunigt, und der Hubschrauber stieg auf, neigte sich leicht nach vorn und flog über das Feld davon. In geringer Höhe ging es aufs Meer hinaus. Dann änderte der Pilot leicht den Kurs, folgte kurz der Küste nach Honolulu, um dann nach Südost abzudrehen, auf Molokai und Maui zu.

Vierzig Minuten später spähte Pedro Santiago durch die Plexiglaskuppel hinab, während der Helikopter über die zerklüftete Südwestküste Mauis hinwegflog und die dunkelblaue Meeresfläche plötzlich dem undurchdringlichen grü-

nen Dach des Regenwaldes wich. Der Helikopter ging herunter, bis es Santiago so vorkam, als würde er gleich die Baumgipfel berühren. Dann teilten sich die Bäume und gaben eine Lichtung frei, auf der mehrere Häuser mit grünen Dächern standen. Wäre der Hubschrauber nicht so niedrig geflogen, hätte man die Ansiedlung aus der Luft kaum bemerkt.

Schnell und geschickt landete der Pilot auf einem Rasenstück, das von Gebäuden umgeben war. Als Santiago seinen Gurt löste und die Tür neben sich öffnete, trat ein Mann aus einem der Gebäude, kam jedoch nicht auf den Hubschrauber zu.

Santiago erkannte in dem Mann sofort seinen Auftraggeber, auch wenn er ihn nie zuvor gesehen hatte. Er zog den Kopf ein, als er unter dem Luftwirbel der Rotorblätter über den Rasen lief. Den Louis-Vutton-Koffer hielt er mit beiden Händen fest.

»Mister ... Jennings«, sagte der wartende Mann und zögerte vor dem Codenamen lange genug, um Santiago merken zu lassen, wie lächerlich er ihn fand. Santiago war es egal. Falschen Namen verdankte er, daß er immer noch lebte und ein fettes Bankkonto in der Schweiz besaß, von dem fast alle Männer, die in den Slums von São Paulo geboren waren, nur träumen konnten. Er nickte kurz, folgte dem Mann in das Haus und einen Flur entlang in ein kleines fensterloses Zimmer, in dem nur ein kleiner Tisch stand, darauf ein ebensolcher Koffer, wie Santiago ihn trug.

Der Mann deutete auf den Tisch, und Santiago stellte den Koffer darauf ab. Dann öffnete er das Schloß des Duplikats und hob den Deckel. Obwohl er sicher war, daß die ganze Summe vorhanden war, nahm er sich die Zeit, das Geld zu zählen.

Es handelte sich um Fünfzig-Dollar-Scheine, wie er es verlangt hatte.

Es interessierte ihn nicht besonders, ob die Seriennummern fortlaufend waren oder nicht, aber als er zu zählen begann, merkte er, daß dies nicht der Fall war.

Mit wem auch immer er es hier zu tun hatte, der Betreffende wußte offenbar, was er tat.

Als er das Geld gezählt hatte, schaute er auf. »Zweihunderttausend.«

»Wie vereinbart«, bestätigte der Mann.

Pedro Santiago verstaute das Geld wieder im Kosmetikkoffer, änderte die Kombination und ließ die Schlösser zuschnappen. »Dann wäre das erledigt.«

Der Mann nickte und streckte die Hand aus. Santiago ignorierte die Geste und ging durch die einzige Tür wieder auf den Flur hinaus. Der Mann schien das zu akzeptieren und begleitete Santiago zum wartenden Hubschrauber. Er wartete, während der Kurier einstieg und sich anschnallte. Als die Maschine sich erhob und wieder aufs Meer zuflog, stand der Mann noch immer vor dem Haus.

Kaum war er aus Pedro Santiagos Blickfeld verschwunden, dachte der Kurier bereits an seinen nächsten Job in Südafrika.

Diese Sache würde sicherlich um einiges interessanter werden als dieser langweilige Deal.

Nachdem der Hubschrauber am grünen Horizont des Regenwaldes verschwunden war, kehrte der Mann in das Gebäude zurück und machte die Tür hinter sich zu. Er ging wieder in das Zimmer, wo er die Transaktion mit dem Kurier getätigt hatte, den er nur als »Mr. Jennings« kannte. Nachdem er die Tür abgeschlossen hatte, öffnete er den Kosmetikkoffer.

Als er den Deckel hob, zitterten seine Hände ein wenig.

Im Koffer lag nur ein einziges Objekt.

Ein Totenschädel.

Die leeren Augen starrten ihn an.

Die kleine Alarmglocke in Pedro Santiagos Kopf begann zu läuten. Seine Nackenhaare sträubten sich.

Gefahr!

Der Hubschrauber war sieben Kilometer von der Küste Mauis entfernt, und auch wenn er nicht wußte, was diesen inneren Alarm ausgelöst hatte, spürte er doch, daß sich irgend etwas in der Kabine verändert hatte.

War etwas mit dem Piloten?

Er war sich nicht sicher.

Ohne sich anmerken zu lassen, wie angespannt er war, sah er aus den Augenwinkeln zu dem Piloten hinüber, aber der Mann blickte starr geradeaus und schien glatt vergessen zu haben, daß er einen Passagier an Bord hatte.

Oder suchte er nach etwas?

Santiago wandte sich ebenfalls nach vorne und ließ seinen Blick über das Panorama von See und Inseln schweifen. Auf dem Ozean schwammen ein paar Boote, und bis auf ein einsames Flugzeug in der Ferne war der Himmel leer.

Aber Pedro Santiagos innere Alarmglocke schrillte immer lauter.

Er erstarrte förmlich, obwohl er immer noch nicht wußte, worin die Gefahr bestand und aus welcher Richtung sie kam.

Wieder sah er den Piloten an, und diesmal bemerkte er, wie angespannt der Mann auf seinem Sitz saß. Er hatte die Augen zusammengekniffen und umklammerte den Steuerknüppel des Hubschraubers.

Plötzlich wurde das Flackern einer Bewegung im runden Plexiglas reflektiert, so schnell und verzerrt, daß Santiago es fast nicht mitbekommen hätte. Aber dann wußte er Bescheid.

Hinter ihm!

Jemand war hinter ihm.

Doch es war bereits zu spät. Pedro Santiago wollte sich gerade umdrehen, als der Mann, der während des Aufenthalts auf der Lichtung in den Hubschrauber geklettert war und sich dort versteckt hatte, mit einer Hand die Tür neben Santiago aufriß und mit der anderen seinen Sicherheitsgurt löste.

Im gleichen Augenblick riß der Pilot seinen Steuerknüppel herum, und der Hubschrauber neigte sich steil nach rechts.

Noch bevor er ganz begriffen hatte, was geschah, raste Pe-

dro Santiago in freiem Fall auf das Meer zu, das hundert Meter unter ihm leuchtete.

KAPITEL 3

Michael blickte auf die Inseln hinunter, die aus dem scheinbar unendlichen Blau des Meeres auftauchten. Drei Monate! Drei lange Monate! Was sollte er hier drei Monate lang machen? Ein, zwei Wochen, klar. Aber ein Vierteljahr? Er konnte es noch immer kaum glauben, daß seine Mutter ihn von der Schule genommen hatte, kurz vor seiner Aufnahme ins Leichtathletikteam. Immerhin konnte er sich denken, warum sie es getan hatte.

Der Schnitt und das blaue Auge hatten sie sicherlich in ihrem Entschluß bestärkt. Wenn es ihm an jenem Tag gelungen wäre, Slotzky zu entwischen …

Aber er war ihm nicht entwischt, und deshalb war er jetzt hier, mitten im Ozean. Er kannte hier niemanden und hatte nie zu denen gehört, die schnell Freundschaften schlossen. Immer hatte er Angst gehabt, daß sein Asthma ihm irgendwie im Weg stehen könnte. Was also sollte er tun, solange seine Mutter an der Ausgrabungsstelle arbeitete? Nach dem, was sie erzählt hatte, gab es nicht mal eine größere Stadt auf Maui – nur ein paar Ortschaften, und sie würden nicht einmal in einem dieser Orte wohnen. Andererseits sah die Insel wirklich wunderschön aus, und es bestand immerhin die Möglichkeit, daß seine Mom ihm doch noch erlauben würde, einen Tauchkurs zu machen. Jetzt erinnerte er sich daran, daß sein Vater ihm versprochen hatte, mit ihm zu tauchen, sobald er kräftig genug wäre, die Flaschen zu heben. Aber dann …

Das Bild des brennenden Flugzeugs, in dem Tom

Sundquist gestorben war, stieg in Michael auf, und er spürte das flaue Gefühl im Magen, das er jedesmal empfand, wenn er sich an den Morgen erinnerte, an dem sein ganzes Leben buchstäblich vor seinen Augen explodiert war. Und gerade jetzt, als sich die Dinge wieder etwas zum Guten zu wenden schienen, mußte er mit seiner Mom zu diesem Flecken am Ende der Welt fliegen. »Darf ich wenigstens tauchen lernen?« fragte er und sah aus dem Fenster auf die Insel hinab.

Die traurige Stimme ihres Sohnes versetzte Katharine einen Stich. Es war ihr nicht ganz gelungen, ihn davon zu überzeugen, daß diese Sache ein einziges großes Abenteuer werden würde. Aber immerhin hatte er schließlich zugestimmt und sich darauf verlegt, sie zu überreden, daß sie ihn tauchen lernen ließ. Anstatt sofort und strikt nein zu sagen, hatte sie den bequemen, aber feigen Ausweg gewählt. »Wir werden sehen«, wiederholte sie auch jetzt wieder, nicht ohne sich zu fragen, wie lange sie den Streit noch hinauszögern konnte, der unweigerlich kommen würde, wenn sie ihm klipp und klar sagte, daß sie die Vorstellung nicht ertragen konnte, wie er dreißig Meter unter Wasser sein Leben riskierte. Aber daran, wie er bei ihrer Ausflucht das Gesicht verzog, merkte sie, daß er die endgültige Antwort bereits kannte. Auch um das Thema zu beenden, beugte sie sich über ihren Sohn und blickte interessiert aus dem Fenster.

Eine Inselkette breitete sich unter dem Flugzeug aus. Es war ein vollkommen klarer Tag, und ein schneebedeckter Berggipfel erhob sich glitzernd vor einem Himmel, der noch blauer zu strahlen schien als das Meer. Während das Flugzeug herunterging, sah man die Inseln immer deutlicher, und dann hörten sie in den Lautsprechern die Stimme des Piloten:

»Rechts haben wir heute eine wunderbare Sicht auf Oahu. Die Passagiere auf der linken Seite können die

Gipfel des Mauna Kea und des Mauna Loa auf der Großen Insel von Hawaii erkennen. In ein paar Minuten können wir in die Krater des Mauna Lao auf der Großen Insel und des Haleakala auf Maui schauen. Sie werden mühelos erkennen, welcher von beiden Vulkanen aktiv ist.«

Als das Flugzeug seine Höhe weiter verringerte, sah Katharine, wie der Rauch aus einer der aktiven Spalten an der Flanke des Haleakala aufstieg, aber dann lauschte sie wieder der Stimme des Piloten.

»Während wir Maui umfliegen, können die Passagiere auf der rechten Seite die Südwestküste der Insel sehen. Hier erstrecken sich die Ferienorte Wailea und Kihei, und viele Leute – darunter auch ich – meinen, daß es dort die schönstes Strände aller Inseln gibt. Denen, die hier Urlaub machen wollen, möchte ich ein erstes Aloha zurufen. Den Glücklichen, die hier leben – willkommen zu Hause.«

Das Flugzeug sank weiter und legte sich in die letzte Kurve. Durch das Fenster sah Katharine die Küste, die sich nach Lahaina wand, und dann kamen die wild zerklüfteten, in Grün gehüllten Vorsprünge der Berge West-Mauis in Sicht. Über dem Boden des Tals lag ein grüner Teppich.

Das Flugzeug landete, wurde langsamer und blieb nach einer Kurve vor dem langen, niedrigen Flughafengebäude von Kahului stehen. Kaum stand die Boeing 747, als Michael schon aus seinem Sitz gesprungen war. Er schob sich an Katharine vorbei, um nur ja schnell ihre Reisetaschen aus den Gepäckablagen über ihnen zu holen. Drei Minuten später verließ Katharine das Flugzeug und spürte zum erstenmal seit Monaten Luft auf ihrer Haut, die nicht künstlich erwärmt worden war. Schnell ging sie über die Gangway in den Ankunftsbereich. Michael stand schon vor den Glastüren, und als er sich umwandte, sah sie sein breites Grinsen.

Sie holte tief Luft, während die Türen vor ihr aufglitten, und als die blumige Luft ihre Lunge füllte, kam ihr nur ein Wort in den Sinn:

Sanft.

Nur dieses Wort konnte die Zartheit der weichen Brise ausdrücken.

Sanft.

»Kein bißchen wie in New York, soviel steht fest«, hörte sie ihren Sohn sagen.

Sie sah ihn fassungslos an. »Ich glaube es einfach nicht! Wir sind drei Monate im Paradies, und dir fällt nichts weiter ein als ›es ist nicht wie New York‹?«

»Ach, Mom. Ich habe nicht gesagt, daß es mir nicht gefällt. Ich meine, das Wetter ist gar nicht schlecht. Es ist …«

Aber Katharine hörte gar nicht mehr richtig hin. Sie hatte am Ende des langen Ganges jemanden entdeckt, den sie kannte.

Sie hatte ihn seit ihrem Examen nicht mehr gesehen, aber sie erkannte ihn sofort.

Rob Silver.

Er sah noch genauso schlank und kräftig aus wie vor zwanzig Jahren, aber seine attraktiven Züge waren etwas wind- und wettergegerbter, und in seinem wirren Haarschopf zeigten sich ein paar graue Strähnen. Seine funkelnden Augen, mit denen er sie ganz genau ansah, waren jedoch immer noch so blau wie in ihrer Erinnerung. Als er ihr einen duftenden Blumenkranz umlegte, sagte er genau die gleichen Worte, die auch ihr in den Sinn gekommen waren, als sie ihn gesehen hatte: »Mein Gott, du siehst noch besser aus, als ich dich in Erinnerung hatte.«

Während sie die Röte zu unterdrücken versuchte, die sich über ihre Wangen ausbreitete, reichte er ihrem Sohn die Hand. »Hi«, sagte er. »Du mußt Michael sein. Ich bin Rob Silver.«

Michael zögerte. Sein Blick wanderte zwischen Rob und seiner Mutter hin und her, als versuche er ein Rätsel zu lösen, und als er schließlich die ihm dargebotene Hand schüttelte, spürte Katharine seine Zurückhaltung. »Schön, Sie kennenzulernen«, sagte er.

Als sie zur Gepäckabholung gingen, wußte Katharine, daß Michael sich keineswegs sicher war, ob er es schön fand, Rob Silver kennenzulernen.

Sie befürchtete sogar, daß er es eher nicht schön fand.

»Und du wirst tatsächlich noch dafür bezahlt, daß du hier draußen arbeiten darfst?« fragte Katharine, als Rob Silver seinen staubigen Ford Explorer auf einen vierspurigen Highway lenkte, der geradewegs auf den riesigen Berg hinauf zu führen schien, welcher die ganze südöstliche Hälfte von Maui einnahm. Die Fenster waren geöffnet, und obwohl die Passatwinde wehten, hatte die Brise nichts von dem beißenden Atem der Winterluft, die durch die Straßen von Manhattan gefegt war, die sie erst gestern verlassen hatten.

Rob sah sie schmunzelnd an. »Darf ich das als Hinweis verstehen, daß du umsonst arbeiten willst?«

»Das wohl kaum«, erwiderte Katharine. »Ich bin eine arme alleinerziehende Mutter, vergiß das nicht. Die arme, aber fröhliche Studentin von früher gibt es nicht mehr.«

»Oh, ich weiß nicht«, sagte Rob gedehnt. »Ich finde nicht, daß du dich sehr verändert hast.« Als er im Rückspiegel Michaels Blick begegnete, eine Mischung aus Mißtrauen und Ablehnung, hörte er sofort mit den Schmeicheleien auf. »Wie es nach diesem Projekt mit mir weitergeht, weiß ich allerdings auch noch nicht«, sagte er. »Ich habe meine Fühler zwar in Richtung Universität ausgestreckt, aber wahrscheinlich müßte ich erst zehn Leute umbringen, die vor mir dran wären.«

»Wie lange läuft dein Forschungsauftrag noch?« fragte Katharine.

Michael drehte sich auf dem Rücksitz um und sah aus dem Fenster auf die Zuckerrohrfelder, die sich an beiden Seiten der Straße entlangzogen. Er folgte dem Gespräch der beiden Erwachsenen nicht mehr. Konnten sie eigentlich immer nur über Geld reden? Manchmal kam es ihm vor, als wäre Geld das einzige, was seine Mutter und ihre Bekannten interessierte.

Aber Rob Silver schien sich noch für etwas anderes zu interessieren. Und der Blick, mit dem er seine Mutter angesehen hatte, verriet Michael, wofür. Er war davon überzeugt, daß seine Mutter und Silver auf dem College mehr als nur gute Freunde gewesen waren. Und offensichtlich wollte Rob Silver die alten Zeiten wieder aufleben lassen.

Seltsam, daß seine Mutter diesen Punkt nicht erwähnt hatte, als sie ihn davon überzeugen wollte, daß es eine gute Idee sei, nach Maui zu gehen. Während der Explorer nun durch die Felder rollte, begann Michael zu begreifen. Sicher, für seine Mutter war es großartig – sie hatte einen tollen Job, viel Geld und einen Mann, an dem sie auch nicht uninteressiert schien, so wie sie ihn am Flughafen angesehen hatte.

Jetzt saß er also hier, an einem Ort, wo er außer seiner Mutter keine Menschenseele kannte, und bis zu den Schulferien waren es nur noch sechs Wochen. Zu lange, um sich irgendwie von der Schule befreien zu lassen – er hatte es versucht, aber seine Mom wollte nichts davon hören –, und zu kurz, um neue Freundschaften zu schließen, egal was seine Mutter dazu sagte. Er hatte noch ihre Worte im Ohr. »Natürlich findest du dort schnell Freunde. Es ist nicht so wie in New York. Es wird ganz leicht.«

Aber es würde bestimmt nicht leicht werden. Michael wünschte, seine Mutter könnte verstehen, wie schwer es eigentlich war, sich einem Haufen Jugendlicher zu stellen, die man nicht kannte. Jugendliche, die einen vielleicht nicht leiden konnten. Oder die sich über einen lustig machten, so wie es ihm ergangen war, als er noch krank gewesen war. Nun, jetzt war er nicht mehr krank, das würde einiges ändern. Vielleicht blieb er doch nicht so allein, wie er befürchtete. Hoffentlich.

Eine riesige Rauchwolke, die links von ihm in den Feldern aufstieg, riß ihn aus seinen Gedanken. »Was ist das?« fragte er.

»Zuckerrohrfeuer«, erklärte Rob. »Sie brennen die Felder ab, weil es dann leichter ist, das Zuckerrohr zu ernten. So brauchen sie weniger Ballast herumzuschleppen. Wenn man hier wohnt, schließt man automatisch die Fenster, sobald man eine solche Rauchsäule sieht.«

»Aber wieso? Die ist doch ein paar hundert Meter entfernt«, sagte Michael. In diesem Augenblick wehte eine schwarze Rußwolke durchs Fenster, und als Michael sie wegwischen wollte, schmierte er sich sein ganzes Hemd voll. Rob lachte, und Michael spürte, wie er rot wurde.

»Das nennt man den Maui-Schnee«, sagte Rob.

Während der Wagen die Flanke des Haleakala hinaufstieg, wichen die Zuckerrohrfelder Ananasplantagen, die ihrerseits einige Kilometer weiter von Weideland abgelöst wurden. Aber dieses Land ähnelte kaum dem auf den Farmen im Staat New York. Diese Weiden leuchteten türkis-grün und waren mit Jacarandabäumen mit Lavendelblüten gesprenkelt.

Nach ein paar weiteren Kilometern bog Rob schließlich von der Straße ab. »Hier wirst du zur Schule gehen«, sagte er und nickte in Richtung einiger Gebäude zu ihrer Rechten. Michael sah aus dem Fenster auf ein Schulgelände, das keinerlei Ähnlichkeit mit seiner New Yorker Schule besaß. Dort hatte er einen riesigen Backsteinkasten besucht, mit eingezäuntem, asphaltiertem Schulhof, der zugleich als Sportplatz diente. Diese Schule hier bestand aus mehreren flachen Gebäuden, die im Schatten riesiger Bäume standen und von weiten Rasenflächen umgeben waren. Dahinter lagen ein Baseballfeld, Basketball- und Tennisplätze sowie ein Footballfeld und eine Laufbahn.

Ein halbes Dutzend Jugendliche liefen ihre Runden, und als sie an ihnen vorbeifuhren, schätzte Michael bereits ihre Schnelligkeit und ihre Ausdauer ein und verglich sich mit ihnen.

Seine Mutter drehte sich zu ihm um. »Gestehst du mir wenigstens zu, daß ich mit dem Leichtathletikteam recht hatte?«

Michael versuchte das Grinsen zu unterdrücken, das seine schlechte Laune bedrohte, aber er schaffte es nicht ganz. »Muß ich wohl, oder?« räumte er ein. »Und ich kann auch kaum behaupten, daß die Schule in New York schöner war.«

»Halleluja!« rief Katharine. »Vielleicht gibt es doch noch ein Leben nach New York.«

Nach etwa anderthalb Kilometern erreichten sie eine kleine Ortschaft. »Das ist Makawao«, sagte Rob. »Früher war es eine Cowboystadt, aber heute ist es die New-Age-Metropole von Maui. Hier sind alle möglichen Therapieschulen vertreten. Die meisten interessanten Leute wohnen hier, ich natürlich auch.« Während der Explorer rechts abbog, sah Katharine zu ihrer Rechten eine lange Reihe mit Gebäuden, die aussahen, als dienten sie als Kulisse in einem Western.

»Sind die echt?« fragte sie.

Rob nickte. »Sie sind natürlich hergerichtet, aber im Grunde sind sie so geblieben, wie sie damals waren. Allerdings werden dort jetzt keine Sättel und kein Zaumzeug mehr verkauft, sondern Kräutertees und homöopathische Salben.«

Kurz hinter Makawao wurde die Straße schmaler und führte in einer Reihe von Haarnadelkurven steil den Berg hinauf. Bald wurde der tropische Wuchs um die Stadt herum von Eukalyptuswäldern abgelöst, dann kamen Pinien und Zedern. »Wohin fahren wir?« fragte Katharine schließlich.

»Zu eurem Haus«, sagte Rob. »Ich habe eins gefunden, das nahe bei der Ausgrabungsstelle liegt. Es ist nicht allzu prächtig, aber von dort ist es nur eine Viertelstunde bis zur Schulbushaltestelle.« Er sah in den Rückspiegel. Falls Michael zugehört hatte, hatte er jedenfalls nichts dazu zu sagen, und als Rob Katharine ansah, zuckte sie nur mit den Schultern. »Ich hoffe, es gefällt dir«, sagte Rob.

»Scheint ein bißchen weit weg von allem zu liegen, oder?« kommentierte Michael von hinten. »Ich meine, ich habe keinen Führerschein, und bis zur Stadt ist es furchtbar weit, oder?«

»Wie wär's mit einem Fahrrad?« schlug Rob vor.

Michael sah auf die steil ansteigende Straße hinaus. »Runter geht es vielleicht, aber wie soll man hier raufkommen? Mit fünfzig Gängen vielleicht.«

Mit dem Anflug eines schlechten Gewissen erkannte Rob, daß Michael recht hatte und er bei der Auswahl des Hauses seine Situation eigentlich gar nicht bedacht hatte. »Vielleicht habe ich tatsächlich einen Bock geschossen«, gab er zu. »Im Grunde habe ich wohl das Haus ausgesucht, das mir am besten gefallen hat. Aber wenn es euch wirklich nicht zusagt, könnt ihr euch ein anderes suchen, okay?«

Michael zuckte mit den Schultern, sagte aber nichts mehr.

Sie ließen einen Zedernwald hinter sich, und nachdem sie vorsichtig eine weitere Haarnadelkurve durchfahren hatten, bogen sie auf eine lange und schmale Straße, die von Eukalyptusbäumen gesäumt wurde. In einigem Abstand voneinander standen an beiden Seiten ein paar kleine, verwitterte Holzhäuser. Nach zweihundert Metern hatten sie das Ende der Straße erreicht. Dort war eine schmale Durchfahrt durch einen Zaun gebrochen worden, der gänzlich aus Eukalyptusscheiten bestand, die man zwischen die Stämme noch lebender Bäume geklemmt hatte. Hinter dem Zaun zeigte sich eine schattige Lichtung, in deren Mitte das zauberhafteste Haus stand, das Katharine je gesehen hatte.

Es war einstöckig und ganz von einer breiten Veranda umfaßt. Das Dach war über der Vordertür leicht abgeknickt und ragte steil hinauf. Schon auf den ersten Blick erkannte Katharine, daß das Haus vollkommen rechteckig konstruiert war. Jede Seite des Daches wurde von einem kleinen Giebel durchbrochen. Die Pfeiler und Träger, welche die Veranda stützten, waren reich verziert, so daß das Haus trotz seiner grundlegend polynesischen Architektur etwas Viktorianisches ausstrahlte.

Drinnen gab es ein großes Wohnzimmer, eine Küche, zwei Schlafzimmer und ein Bad. Vor der Küche war ein Teil der Veranda umbaut worden und bildete so eine Art Wäscheraum.

Hinter dem Haus und dem Eukalyptuswald zog sich Weideland den Berg hinab, ein dichter Teppich, der hier und da von ein paar Eukalyptus- und Jacarandabäumen durchbrochen wurde. Hinter den Weiden öffnete sich der Blick auf beide Küsten der Insel, das Tal, das sie trennte, und die West-Maui-Berge, deren von Wind und Regen erodierte Flanken eine Wildnis von zerklüfteter Schönheit bildeten.

Katharine stand auf der Veranda und genoß die kühle, eukalyptusgetränkte Luft. Am westlichen Himmel ging die Sonne unter, die Vögel zwitscherten, und wohin sie auch blickte, leuchteten die üppig wachsenden tropischen Pflanzen in einer ganzen Palette von Farben.

Sie wandte sich Michael zu, der gerade aus dem Haus kam, eine Broschüre in der Hand. »Nun, was sagst du?« fragte sie.

Michael sah in die Ferne, und sie spürte, wie er sich förmlich dagegen wehrte, die Schönheit der Aussicht zu genießen. Schließlich mußte er aufgeben. »Na ja, vielleicht hatte ich unrecht«, räumte er ein. »Vielleicht ist es doch nicht der schrecklichste Ort der Welt, okay?«

»Du haßt deine alte Mutter also nicht?«

»Ich hasse dich bestimmt nicht«, antwortete Michael. Er mußte lächeln, weil sie so übertrieben erleichtert wirkte. »Und du bist nicht alt, okay? Und wenn du wirklich willst, daß ich das Handtuch werfe und zugebe, daß du mit allem recht hattest, dann …« Er ließ den Satz unbeendet, während er ihr die Broschüre reichte. »Kann ich mich da anmelden?« fragte er. »Bitte.« In seiner Stimme schwang Hoffnung mit, aber auch die Erwartung, die alte Antwort zu hören.

Katharine nahm die Broschüre. Noch bevor sie einen Blick darauf geworfen hatte, wußte sie, daß es sich um Werbung für einen Tauchkurs handelte. Zuerst wollte sie schlichtweg nein sagen, aber noch ehe sie den Mund aufmachen konnte, tauchte Rob hinter Michael in der Tür auf.

»Es ist wirklich völlig ungefährlich«, sagte er. »Hunderte von Touristen machen das jeden Tag, von kleinen Kindern bis zu Leuten in den Achtzigern.«

Katharine blickte auf und sah Rob kurz in die Augen, bevor sie sich Michael zuwandte. Erinnerungen durchfluteten ihren Kopf, alptraumartige Erinnerungen daran, wie ihr Sohn mitten in der Nacht nach Luft schnappend aufgewacht war, kaum in der Lage zu atmen. Was, wenn er hundert Meter unter Wasser einen Anfall bekam? Was würde er dann tun? Wenn ihm irgend etwas zustoßen würde …

Es schien, als habe Michael ihre Gedanken gelesen.

»Ich werde nicht ertrinken, Mom. Und ich werde auch keinen Asthmaanfall bekommen, ich schwöre es.«

Noch zögerte Katharine, doch dann erinnerte sich an etwas anderes. Auch Michaels Vater war ins Tauchen vernarrt gewesen, lange bevor Michael geboren wurde. Tom Sundquist war ein begeisterter Surfer, Skifahrer und Drachenflieger gewesen, er betrieb sämtliche Sportarten, die Katharine zu Tode ängstigten. Und wenn er jetzt hier wäre, sie wüßte genau, was er sagen würde. Sie holte tief Luft und sprach die Worte, die Tom nicht mehr sprechen konnte: »Also los. Man lebt schließlich nur einmal, stimmt's?«

Michael stieß einen Freudenschrei aus, umarmte sie so heftig, als ob er sie zerquetschen wollte, und verschwand im Haus, wahrscheinlich, um schnell das Anmeldeformular auszufüllen.

Rob streckte entschuldigend die Arme aus. »Vielleicht hätte ich die Broschüre nicht mitbringen sollen ...«, setzte er an, aber Katharine schüttelte den Kopf.

»Ich bin froh, daß du es getan hast, Rob. Dieser Umzug hat ihm gar nicht gefallen. Vielleicht wird es dadurch leichter.«

»Ich weiß, was er durchmacht«, sagte Rob. »Wie alt ist er jetzt, fünfzehn, sechzehn?«

»Sechzehn.«

»Schwere Zeiten für einen Jungen. Als ich ungefähr in seinem Alter war, lernte meine Mutter meinen ...« Er unterbrach sich, und nach ein paar Sekunden wechselte er abrupt das Thema. »Na ja, aber einem Jungen in dem Alter muß man eben auch manches durchgehen lassen. Ein Teil von ihm will immer Neues kennenlernen, aber ein anderer Teil mag es gar nicht, wenn sich Dinge ändern.«

Mittlerweile beendete Katharine im stillen den Satz, den Rob abgebrochen hatte: ... lernte meine Mutter meinen Stiefvater kennen, hatte er sagen wollen. Während die Sonne am Horizont unterging, stand sie auf der Veranda und sah ihn an.

Rob suchte ihren Blick.

Keiner von ihnen sagte etwas.

Es war auch nicht nötig.

Als Katharine aus einem unruhigen Schlaf erwachte, war es fast zwei Uhr nachts. Einen Augenblick lang wußte sie nicht, wo sie war, aber dann hörte sie, daß die Straßengeräusche New Yorks von leisem Insektenzirpen abgelöst worden waren, und stellte fest, daß sie statt stickiger Zimmerluft einen sanften tropischen Hauch einatmete. Ihr fiel ein, wo sie war. Sie stieg aus dem Bett und hüllte sich in einen dicken Frotteebademantel. Wegen der Höhe waren die Nächte hier empfindlich kühl. Als sie auf die Veranda trat, sah sie, daß auch Michael aufgewacht war und draußen saß. Schweigend stand sie eine Weile neben ihm und sah zum Himmel hinauf. So viele Sterne hatte sie seit ihrer Zeit in Afrika nie mehr gesehen. Schließlich legte sie eine Hand auf Michaels Schulter. »So schrecklich ist es doch gar nicht, oder, Liebling?«

Michael zögerte kurz und zuckte dann mit den Schultern. Als er etwas sagte, klang seine Stimme eher ängstlich als ungehalten. »Nein, es ist nicht schrecklich, im Gegenteil, es ist wunderschön. Es ist nur so, daß die Dinge in New York endlich gut für mich liefen, Mom, ich meine, wirklich gut. Was, wenn ich hier keine Freunde finde oder nicht ins Leichtathletikteam komme oder ...«

»Oder was, wenn du alles einfach mal auf dich zukommen läßt?« unterbrach ihn Katharine. »Morgen gehst du erst einmal tauchen. Das ist doch schon mal alles andere als schrecklich, oder?«

Schweigend blieben sie eine Zeitlang nebeneinander stehen, bis sich Katharine sagte, daß sein Schweigen vielleicht besser war als die Antwort, die er auch hätte geben können. Als er sich ihrem Gutenachtkuß nicht entzog, nahm sie das als Zeichen, daß schließlich doch noch alles gut würde.

Michael aber blieb noch lange auf der Veranda sitzen, nachdem seine Mutter wieder ins Haus gegangen war. Er dachte nach, und die widersprüchlichsten Gefühle wirbelten in seinem Kopf herum. Er hatte sich eigentlich gar nicht bei seiner Mutter beklagen wollen und bedauerte es, seine Ängste preisgegeben zu haben wie ein kleiner Junge. Aber er hatte wirklich Angst davor, am Montag in die neue Schule zu gehen. Und wie sollte er es hier drei Monate lang aushalten?

Hätten sie nicht zumindest näher an den Strand ziehen können?

KAPITEL 4

Immer wieder blickte Michael verstohlen in die Gesichter der sechs Leute, die den Tauchlehrer umringten, und fragte sich, ob sie wohl auch so nervös waren wie er. Noch gestern, ja noch heute morgen – vor gerade mal einer halben Stunde – fand er die Vorstellung, im Ozean zu tauchen, total cool. Aber heute morgen war er in einem Schwimmbecken getaucht. Dort gab es keine Brandung, das Wasser war seicht, und er war mit Dave und drei anderen Anfängern allein gewesen, während ein zweiter Lehrer am Rand gestanden und aufgepaßt hatte, für alle Fälle.

Zum Beispiel für den Fall, daß man zu ertrinken drohte.

Jetzt aber standen sechs Leute neben ihm, auf die Dave keinesfalls gleichzeitig achten konnte, und der Ozean war erheblich größer als das Schwimmbecken.

Außerdem hatte er Schwierigkeiten gehabt, den Tauchanzug überzustreifen, der saß unangenehm eng, und das schwarze Gummi heizte sich in der prallen Sonne schnell auf. Michael schwitzte bereits, und dort, wo ihm der Schweiß in kleinen Rinnsalen den Rücken hinablief, juckte es mächtig unter der Gummihaut.

Auch die Ausrüstung wirkte wesentlich klobiger als noch vor einer halben Stunden. Die Sauerstoffflasche schien plötzlich viel schwerer, und als sie auf seinem Rücken festgeschnallt war, schien ihn das Gewicht nach hinten zu ziehen. Aber jetzt würde er ganz bestimmt nicht mehr kneifen. Er hob Flossen und Maske auf, überprüfte noch einmal den Sitz des Mundstücks und ging zum Strand.

Die Wellen, die noch vor ein paar Minuten, als er aus dem Bus gestiegen war und die Ausrüstung in den kleinen Park oberhalb des Strands getragen hatte, nach gar nichts ausgesehen hatten, schienen sich plötzlich in riesige Brecher verwandelt zu haben, auch wenn das eigentlich unmöglich war.

Aber nicht ganz unmöglich.

Er hörte eine Stimme hinter sich: »Du tauchst zum erstenmal, stimmt's?«

Michael zuckte zusammen. Er glaubte einen feindseligen Ton in der Frage gehört zu haben, und sofort tauchte Slotzkys hämisch grinsendes Gesicht vor ihm auf. Aber Slotzky war natürlich nicht hier. Er war in New York und fror sich dort, wie Michael hoffte, den Hintern ab. Dennoch wollte Michael nicht zugeben, daß er zum erstenmal tauchte und bislang nur im Pool trainiert hatte. »Nein, nein, ich hab's schon ein paarmal gemacht.«

»Ich tauche, seit ich zehn bin«, sagte die Stimme, und Michael erkannte den Akzent, den er mittlerweile schon als einheimisch identifizieren konnte. »Das erstemal habe ich mir vor Angst fast in die Hose gemacht. Als wir im Pool geübt haben, natürlich noch nicht.«

Sie hatten den Strand erreicht, und jetzt erst warf Michael einen Blick auf den Typ. Er gehörte nicht zu seiner Gruppe und Michael sah, daß er auch kein Tourist war. Der Junge war ungefähr so alt wie er, aber kleiner, und sein Körper wirkte selbst unter dem steifen Taucheranzug sehnig. Seine Augen waren fast so schwarz wie sein Haar, und als der Junge ihn angrinste, leuchteten seine Zähne fast unnatürlich weiß.

Michael wußte nicht genau, ob das Grinsen freundlich gemeint war oder nicht. »Tauchst du allein?« fragte er den Jungen.

»Klar«, antwortete der andere. »Mach' ich oft.«

Michael erinnerte sich, daß sein Vater immer gesagt hatte, man solle nie ohne Partner tauchen, aber der Junge sah nicht so aus, als würde er sich von einem Anfänger etwas sagen lassen. Er zog sich bereits seine Flossen an, und Michael bückte sich ebenfalls. Doch noch ehe er seinen Fuß in die Flosse bekommen hatte, war die bereits voller Sand. Schwankend bemühte er sich, beide Flossen überzustreifen.

Schließlich verlor er endgültig das Gleichgewicht und plumpste unbeholfen in den Sand. Einem anderen Teilnehmer ging es genauso.

»Wir sehen uns im Wasser«, sagte der dunkelhaarige Junge. Er zog seine Maske über, steckte das Mundstück in den Mund und ging rückwärts den Strand hinunter, bis ihm die Brandung bis zu den Hüften reichte. Dann legte er sich ins Wasser, kippte nach hinten und verschwand.

Fünf Minuten später waren auch Michael und seine Gruppe bereit, und Dave führte sie ins Wasser.

Michael wurde einem Mann namens Les als Partner zugeteilt. Les war etwa dreißig und schien ihn kaum wahrzunehmen. Michael drehte sich um und ging rückwärts ins Wasser, so wie er es gesehen hatte, wäre aber dreimal beinahe gestolpert, bevor er tief genug war, um unterzutauchen. Er setzte das Mundstück ein, überprüfte die Ventile und zog sich schließlich die Gesichtsmaske über. Dann holte er tief Atem, duckte sich und ließ sich nach hinten fallen.

Im nächsten Augenblick hatte sich die Welt verändert.

Der Tauchanzug behinderte ihn überhaupt nicht mehr – im Gegenteil, er fühlte sich an wie eine zweite Haut, die ihn vor dem kalten Wasser schützte, aber seine Bewegungsfreiheit kaum einschränkte.

Das Wasser war kristallklar. Sand stob auf und wirbelte über den Meeresboden, so daß es schien, als sei er flüssig geworden.

Als er einen leichten Schmerz in der Brust spürte, merkte Michael, daß er die ganze Zeit die Luft angehalten hatte. Er zwang sich auszuatmen, dann atmete er ganz langsam wieder ein. Die Sauerstoffflasche auf seinem Rücken füllte seine Lunge mit frischer Luft. Beim zweiten Atemholen sah er sich um und entdeckte Les, der bereits ein paar Meter vor ihm schwamm, ins Meer hinaus. Er wollte ihm zurufen, er solle auf ihn warten, aber dann fiel ihm ein, daß er nicht schreien konnte und ihn der Typ sowieso nicht hören würde.

Er mußte versuchen, zu ihm aufzuschließen.

Michael schwamm und trat heftig mit den Beinen. Seine Hände waren über dem Bauch verschränkt, so wie Dave es ihnen am Morgen im Schwimmbecken gezeigt hatte. Mit Hilfe der Flossen kam er schnell voran, während Luftblasen in dünnem Strahl aus seinem Automaten strömten. Als er sich vom Strand entfernte, wurde der Boden deutlicher sichtbar. Der Sand war wellenförmig gemustert, und je weiter er hinausschwamm, desto steiler neigte sich der Grund. Mit jedem Schlag wich seine innere Anspannung etwas mehr, und er spürte eine friedliche Stille, die er so nicht kannte. Das gebrochene Sonnenlicht ließ das Wasser um ihn herum hell leuchten. Plötzlich kreuzten zwei Fische von etwa einem halben Meter Länge träge seine Bahn. Dabei kamen sie so nah, daß Michael sie berühren konnte. Kaum hatte er das getan, als sie mit einer winzigen Bewegung ihrer Schwänze davonschossen.

Er näherte sich Les. Der ältere Mann schwamm nach rechts, und als Michael ihm folgte, erhaschte er einen ersten Blick auf das Riff.

Von oben hatte es ausgesehen wie ein Finger aus fast gänzlich schwarzer Lava, der ins Meer hinaus zeigte, aber im Wasser sah Michael das leuchtende Rot und Blau der Korallenköpfe, zwischen denen Hunderte von Fischen schwammen. Einige waren so blaß, daß sie fast durchsichtig schienen, andere leuchteten so farbenfroh, als dienten sie als Leitstrahlen im Meer. Als er sich dem Riff näherte, versammelte sich eine Gruppe von Papageienfischen um ihn, in der Hoffnung auf Nahrung. Da er nichts dergleichen zu bieten hatte, schwammen sie rasch wieder davon und näherten sich einer Frau, die ein paar Meter weiter an der Oberfläche schwamm. Sie atmete durch einen Schnorchel und hielt den Fischen eine Handvoll gefrorener Erbsen hin, die sie ihr aus den Fingern schnappten.

Michael sah den fressenden Fischen einige Sekunden lang zu und wünschte sich, er hätte auch etwas mitgebracht, das sie so anzog, wie es die Erbsen anscheinend taten. Die Fische beendeten ihr Mahl, dann waren sie plötzlich wie durch Zauberei verschwunden. Er hatte sie gar nicht davonschwimmen sehen. Es war so, als seien sie in der einen Sekunde da gewesen und in der nächsten nicht mehr. Er suchte das Wasser nach ihnen ab, aber sie blieben verschwunden.

Doch auch Les, der Mann, der sein Tauchpartner sein sollte, war nirgends zu sehen.

In seinem ersten Schrecken wollte Michael sofort an die Oberfläche schwimmen und um Hilfe rufen, aber dann fiel ihm ein, daß genau das völlig falsch wäre.

»Laßt euch niemals durch Panik an die Oberfläche treiben«, hatte Dave ihnen am Morgen eingeschärft. »Bei unserem ersten Tauchgang heute nachmittag werdet ihr nicht sehr tief tauchen, so daß keine Gefahr besteht, daß ihr zu Schaden kommt. Aber wenn ihr tief taucht, ist ein schneller Aufstieg das Schlimmste, was ihr tun könnt. Wenn ihr zu schnell nach oben kommt, spürt ihr bestenfalls einen Schmerz, wie ihr ihn noch nie gespürt habt. Schlimmstenfalls könnt ihr sterben.« Dave machte eine Pause und ließ seine Warnung wirken. »Aber es ist nicht nur das«, fuhr er fort. »Wenn ihr euch plötzlich allein wiederfindet, kann das bedeuten, daß euer Partner in Schwierigkeiten steckt. Versucht nicht, Hilfe zu holen. Denkt daran, daß ihr diejenigen sein sollt, die ihm helfen. Geht nur nach oben, wenn ihr keine andere Wahl mehr habt.«

Es gelang Michael, sich aus der Umklammerung der Panik zu lösen. Er holte tief Luft, wobei er sich vergewisserte, daß er gut atmen konnte, und sich gleichzeitig beruhigte.

Gelassener sah er sich nach Les um, aber er entdeckte keine Spur von dem ihm zugeteilten Partner. Das konnte zweierlei bedeuten: Les hatte entweder Probleme, oder er war einfach davongeschwommen, ohne sich darum zu kümmern, ob Michael ihm folgte.

Auf jeden Fall war es keine gute Situation, denn wenn Michael jetzt in irgendwelche Schwierigkeiten geriet, konnte ihm niemand helfen.

Die Panik witterte eine neue Gelegenheit und kroch langsam heran, aber diesmal hatte Michael weniger Mühe, sie abzuwehren. Er hatte genug Luft, er war nicht tief unter der Wasseroberfläche, und dank seiner Flossen konnte er weitaus besser schwimmen als sonst.

Er bewegte sich auf das Riff zu, das etwa zehn Meter vor ihm lag, eine große Lavafläche, die mit leuchtenden orangefarbenen Korallen bedeckt war. Mehrere Schnorchler schwammen darüber, während sich unter ihm drei Taucher bewegten.

Drei! Vielleicht hatte er Les gefunden.

Er schlug mit den Beinen, und die Flossen ließen ihn schnell und leicht durch das Wasser gleiten. Ein paar Sekunden später war er bei den Tauchern und erkannte durch seine Gesichtsmaske Les.

Im gleichen Augenblick schwamm Les auch schon tiefer das Riff hinunter, so als hätte er Michael gar nicht bemerkt.

Die Furcht, die Michael vorhin ergriffen hatte, verwandelte sich in Wut. Was hatte dieser Idiot vor? Was immer es war, er scherte sich offensichtlich einen Dreck darum, Michael im Auge zu behalten. Was sollte er nun tun? Den Tauchgang beenden und zum Strand zurückschwimmen? Oder versuchen, Les zu verfolgen, obwohl ziemlich klar war, daß er sich bei Gefahr kaum auf ihn verlassen konnte?

Dann erinnerte er sich an den Jungen seines Alters, der allein tauchte. Vielleicht konnte er ihn finden und sich mit ihm zusammentun. Er sah sich um. Les war bereits wieder verschwunden.

Sollte er nicht doch nach ihm suchen? Er sagte sich, daß es nicht der Mühe wert war, aber dann gelangte er zu der Einsicht, daß es keine Rolle spielte, ob Les sich um ihn kümmerte oder nicht. Er hatte Les als Partner akzeptiert – nicht, daß er eine große Auswahl gehabt hätte –, aber es war nun einmal so.

Erneut machte er sich auf die Suche. Er stieg etwas höher, um über das Riff hinweg zu schwimmen. Überall tummelten sich Fische, Triggerfische, die sich in großen Rudeln bewegten, ein paar leuchtend bunte Humahumas, die auf dem Riff nach Nahrung suchten, und die allgegenwärtigen Papageienfische, die an den Korallen nibbelten.

Keine Spur von Les.

Er ging wieder tiefer hinab und schwamm um das Riff herum, doch Les war nirgends zu sehen. Gerade wollte er umdrehen, um die andere Seite des Riffs abzusuchen, als er plötzlich etwas sah.

Das Ende einer Schwimmflosse. Es war nur eine, und sie ragte aus dem Riff heraus. Ihr heller neongrüner Streifen leuchtete im Sonnenlicht. Hatte jemand sie verloren?

Doch dann bewegte sie sich, zuckte wild hin und her.

Was in aller Welt ...

Dann wußte Michael Bescheid.

Jemand steckte in Schwierigkeiten, und es handelte sich nicht um Les. Sein Partner trug die gleichen schwarzen Schwimmflossen wie er.

Mit schnellen Bewegungen schwamm Michael auf die Stelle zu. Als er einen Vorsprung im Riff umrundete, sah er, was geschehen war. Es gab dort eine kleine Höhle im Riff, und der Taucher, dessen Fuß in der Flosse steckte, hatte offenbar in die Öffnung hineinschauen wollen. Jetzt steckte er fest. Nun sah Michael auch die Beine des Tauchers. Die zweite Flosse hatte er in den Sand gebohrt, offenbar um Halt zu finden, aber ohne Erfolg, wie Michael sah. Es wurde lediglich Sand aufgewirbelt, und dort, wo sich der Taucher abzustützen versuchte, entstand eine Mulde. Michael packte eine der Flossen. Die Person, die in der kleinen Höhle feststeckte, merkte, daß Hilfe gekommen war, und wurde ruhiger.

Michael zog am Fuß des Tauchers. Nichts.

Er schwamm näher an die Höhle heran und warf einen Blick hinein. Dann wußte er, warum er den Taucher nicht herausziehen konnte. Seine Sauerstoffflasche hatte sich in der Spalte verkeilt. Vorsichtig versuchte Michael die Flasche zu lösen, aber die Höhle war so dunkel, daß er überhaupt nichts erkennen konnte. Außerdem konnte er die Flasche nicht richtig packen. Schließlich tat er das einzig Mögliche: Er tastete nach den Verschlüssen an den Gurten der Sauerstoffflasche und öffnete sie. Dann holte er tief Luft, stützte sich mit beiden Füßen an den Seiten der Höhle ab, packte den Taucher bei den Knöcheln und zog kräftig.

Der in der Höhle gefangene Taucher rutschte unter den Flaschen hindurch, und in dem Augenblick, als er mit dem Kopf aus der Höhle herauskam, war Michael bereit. Er holte noch einmal tief Luft, zog sein Mundstück aus dem Mund und hielt ihm dem anderen Taucher vors Gesicht.

Es war der Junge, mit dem er am Strand gesprochen hatte.

Der Junge, der allein getaucht war.

Als Michael ihn aus der Höhle gezogen hatte, war die Gesichtsmaske des anderen Jungen abgerutscht, aber er spürte den Versorgungsschlauch, den Michael ihm hinhielt, steckte sich das Mundstück zwischen die Lippen, holte tief Luft und reichte es wieder Michael. Er zog an dem Notfallstrick seiner Schwimmweste, und sie blies sich auf. Dann zeigte er nach oben. Während der hawaiianische Junge an die Oberfläche stieg, ließ auch Michael seine Schwimmweste aufblasen. Sekunden später fand er sich an der Oberfläche wieder und sah dem anderen ins Gesicht.

Erleichtert schnappte der Junge nach Luft.

»Bist du okay?« fragte Michael. »Schaffst du es bis zum Strand?«

Der Junge nickte. »Wo ist dein Partner?«

»Der ist dauernd verschwunden. Ich hatte gerade nach ihm gesucht, als ich dich entdeckt hab'.«

Sie schwammen zurück, und der Junge, den er gerettet hatte, achtete darauf, daß Michael nicht den Anschluß verlor, bis sie den Strand erreicht hatten. Dann steckte der Junge seinen Kopf unter Wasser. Als er wieder auftauchte, ging ihm das Wasser nur noch bis zur Brust, obwohl sie sich hinter der Wellenlinie befanden.

»Nimm deine Flossen ab«, sagte er zu Michael. »Dann machen wir die Sauerstoffflasche ab.«

Michael ließ sich ins Wasser fallen, zog seine Schwimmflossen aus und stand auf. Er spürte, wie der andere Junge die Flasche anhob, damit er sich aus dem Gurt lösen konnte. »Was ist mit deiner?« fragte er.

Der Junge zuckte mit den Schultern. »Die hol' ich später. Ich weiß ja, wo sie ist, und sie wird sicher nirgendwo hingehen.« Während sie durch die Brandung zum Strand wateten, reichte der Junge Michael die Hand. »Ich bin Josh Malani.«

»Michael Sundquist«, entgegnete Michael.

»Mike?«

»Michael«, verbesserte Michael. »Niemand nennt mich Mike.«

Josh Malani grinste breit. »Aber jetzt nennt dich jemand Mike. Gewöhn dich dran. Wie lange bleibst du auf Maui?«

Sie hatten den Strand erreicht. Josh legte die Sauerstoffflasche in den Sand, und sie schälten sich aus ihren Tauchanzügen. »Ich bin gerade erst hierhergezogen.«

Joshs Miene hellte sich auf. »Du bist also kein Tourist?«

Michael schüttelte den Kopf. »Meine Mom arbeitet hier. Wir sind erst gestern angekommen.«

»Nicht schlecht, Mann«, meinte Josh. »Erst einen Tag hier, und schon hast du einen besten Freund!«

Michael bückte sich, um seine Flasche aufzuheben, aber Josh kam ihm zuvor und trug sie für ihn über den Strand zu dem kleinen Park. Michael blieb stehen.

»Was ist, wenn ich dich nicht leiden kann?« rief er hinter Josh her. »Was ist, wenn du dich als absoluter Spinner herausstellst?«

Josh blickte über die Schulter, und sein offenbar ständig wiederkehrendes Grinsen wurde noch breiter. »Eine Menge Leute halten mich für einen Spinner. Aber du kannst nichts machen. Mein Großvater ist Chinese. Wenn du einem Chinesen das Leben rettest, bist du für ihn verantwortlich. Du klebst praktisch an ihm. Gewöhn dich dran.«

KAPITEL 5

Katharine stellte gerade den letzten Koffer in ein Schrankfach, als sie eine Autohupe hörte. Sie sah aus dem Fenster und erkannte Rob Silvers Explorer, der aus dem Eukalyptuswald auf die Lichtung fuhr. Mit einem Blick auf die Uhr, die auf dem Nachttisch stand, stellte sie zufrieden fest, daß Rob offenbar wie früher auf die Minute pünktlich war. Er hatte gesagt, er würde um zwei Uhr kommen, und nun war es genau zwei. Sie nahm ihren verschlissenen Leinenrucksack, der ihr seit ihrer Zeit in Afrika als Feldtasche diente, und trat in dem Augenblick auf die Veranda hinaus, als Rob sich aus dem Explorer schwang.

»Laß mich raten«, sagte er lächelnd. »Du hast gerade die letzten Koffer verstaut, als ich gehupt habe, stimmt's?«

»Na schön, also sind wir immer noch die penibelsten Leute, die wir kennen«, sagte Katharine lachend, während sie in den Explorer stieg. »Obwohl ich es einfach als perfektes Timing bezeichnen würde. Muß ich das Haus abschließen?«

Rob schüttelte den Kopf. »Hier oben nicht. Hast du die Schlüssel gefunden? Sie lagen, glaube ich, auf der Arbeitsfläche in der Küche.«

»Ich hab' sie«, entgegnete Katharine. »Und jetzt

nichts wie los. Ich kann es kaum erwarten, deine geheimnisvolle Fundstelle zu sehen.«

Rob wendete in einem weiten Bogen, steuerte auf den schmalen Weg durch den Eukalyptuswald und fuhr den Berg hinab. »Heute nachmittag wirst du deinen eigenen Wagen bekommen«, sagte er zu ihr, als sie ein paar Minuten später Makawao erreichten, wo er nach rechts abbog und in Richtung Haiku fuhr. »Es ist im Grunde der gleiche wie dieser hier, nur ein bißchen älter. Aber er ist umsonst.«

Katharine zog die Augenbrauen hoch. »Ein Gehalt, das doppelt so hoch ist wie das, was ich gewöhnlich kriege, Reisespesen für mich und meinen Sohn, ein Haus und jetzt noch ein Auto. Wer bezahlt dich? Die National Science Foundation sicher nicht.«

»Völlig richtig«, antwortete Rob. »Es ist nicht die NSF. Es ist ein Mann namens Takeo Yoshihara. Hast du den Namen schon mal gehört?« Katharine schüttelte den Kopf. »Seine Zentrale ist in Tokio, und er arbeitet weltweit, verbringt aber einen großen Teil seiner Zeit hier.«

»Wie bist du auf ihn gestoßen?« fragte Katharine. »Und gibt es noch einen wie ihn, der sich für Ur- und Frühgeschichte interessiert?«

»Er ist auf mich gestoßen«, entgegnete Rob. »Er interessiert sich für alles, was mit dem Pazifik zu tun hat, die eingeborenen Kulturen eingeschlossen. Er hat hier eine ziemlich beeindruckende Anlage bauen lassen. Du wirst sie auf dem Weg zum Fundort sehen.«

Sie fuhren durch eine verstreute Ansammlung von Gebäuden – Haiku – und erreichten ein paar Minuten später den Hana Highway. Kurz darauf fuhr Rob wieder ab, und nach einigen Kilometern wurde die Straße immer schmaler und schlängelte sich in engen Kurven. Einige führten steil zum Ozean hinunter, andere tief in den Regenwald. »Das ist die Wetterseite der Insel«, erklärte Rob. »So geht die Straße noch etwa sechzig Kilometer weiter. In der Regenzeit gleicht hier jede Felsspalte einem Wasserfall oder einem reißenden Bach.« Plötzlich bog er scharf rechts ab, in einen schmalen Weg, den Katharine gar nicht bemerkt hätte, wenn sie selbst gefahren wäre. Zwei betonierte Fahrspuren führten durch einen dichten Wald mit umrankten Bäumen und endeten an einem Tor aus patinierter Bronze und Kupfer. Mit seiner bambusähnlichen Form hob es sich kaum von der Vegetation ab, und als sich der Wagen näherte, öffnete es sich wie von selbst.

»Jeder Wagen, der auf das Gelände darf, ist mit einem Leitstrahl ausgerüstet, der das Tor aktiviert«, antwortete Rob auf Katharines unausgesprochene Frage. Als sie sich umblickte, schloß sich das Tor bereits wieder lautlos.

»Wovor hat er Angst?« fragte Katharine.

Rob lächelte. »Ich habe das Gefühl, daß Takeo Yoshihara vor gar nichts Angst hat. Er legt nur Wert auf seine Privatsphäre, und glaub mir, er kann sie sich leisten.«

Katharine lehnte sich noch einmal zurück. Kurz darauf bog Rob erneut ab, und als sie den Regenwald hinter sich ließen, bot sich ihr ein atemberaubend schöner Anblick.

Das Gebiet vor ihnen erstreckte sich über eine Fläche von vielleicht fünf Morgen. Es schien, als habe die Natur selbst die Landschaft aus dem Wald gemeißelt, als seien die Grundstrukturen schon seit ewigen Zeiten vorhanden. Takeo Yoshiharas Anwesen lag in einer weiten Grünanlage, deren Hintergrund mit Farn bedeckte Felsenwände bildeten, über die drei Wasserfälle herabströmten, silbern leuchtende Bänder, die von einem hochgelegenen Plateau herabflossen und sich vor dem Haus mit sanftem, musikalischem Perlen in einen Teich ergossen. Der Rasen vor dem Teich sah so gepflegt aus wie das Grün eines exklusiven Golfklubs, eine smaragdene Fläche, die von Beeten mit bunten tropischen Blumen durchbrochen wurde. Streifen hoch aufragenden, rotblühenden Ginsters kontrastierten mit den farbig zartesten Orchideen, die Katharine je gesehen hatte. Große Lavafelsen waren so geschickt plaziert, daß es zunächst schien, als hätten sie schon immer dort gelegen. Aber während der Explorer den Kieselweg entlangfuhr, der die beiden Zementstreifen abgelöst hatte, erkannte sie, daß es sich um einen ins Gigantische vergrößerten Zen-Garten handelte. Die Steine, an denen sie vorbeikamen, schienen sich beinahe zu bewegen. In einem sich ständig ändernden Muster tauchten sie auf und verschwanden wieder.

Am Rand des riesigen Gartens standen einige Gebäude, die eine Art Innenhof begrenzten. Die Häuser hatten etwas Orientalisches, spiegelten aber auch alte hawaiianische Einflüsse wider. Die mit grünen Ziegeln gedeckten Dächer harmonierten mit dem Rasen und dem alles umgebenden Regenwald genauso, als habe man die traditionellen Palmenblätter verwendet, und auch wenn die Mauern mit Stuck bedeckt waren, erinnerten die riesigen Stützpfeiler, die an jeder Ecke offenlagen, an die Bauweise der alten polynesischen Hausboote. Als der Wagen vor dem größten Haus hielt, trat ein Mann auf die breite Veranda.

Rob brauchte Katharine nicht erst zu verraten, daß es sich um seinen Gönner, Takeo Yoshihara, handelte. Der Mann war groß und schlank, und noch bevor er mit ausgestreckter Hand die beiden Stufen hinab auf sie zuging, spürte sie, daß sie hier wenig von der steifen Formalität finden würde, die sie bei ihren seltenen Zusammentreffen mit Japanern im Laufe der Jahre kennengelernt hatte. Dieser Eindruck entstand zum Teil sicher durch seine Kleidung: ein buntes Blumenhemd mit offenem Kragen, weiße Baumwollhose und Sandalen.

»Dr. Sundquist!« Yoshiharas Stimme klang freundlich und warm. Er streckte seine Hand durch das offene Wagenfenster. Grinsend fügte er drei Worte hinzu. »Nehme ich an?«

Sein Charme war erheblich frischer als der etwas müde Scherz. Katharine hatte ihn so oft gehört, daß sie sich kaum mehr als ein müdes Lächeln abringen konnte. Aber diesmal wanderte ihr Blick durch den dichten Regenwald, der Takeo Yoshiharas Anwesen von der Außenwelt abschirmte, und sie mußte unwillkürlich lachen. »Endlich sagt es mal jemand in der passenden Umgebung«, meinte sie. »Und ich fürchte, daß ich mir ähnlich verloren vorkäme wie Livingstone, wenn ich mich allzu weit in diesen Wald vorwagen würde.«

»Wieso fällt es mir schwer, das zu glauben?« fragte Yoshihara. »Vielleicht deshalb, weil Rob mir erzählt hat, Sie seien eine der besten Feldforscherinnen, die er kennt?«

Katharine hielt es nicht für angebracht zu erwähnen, daß sie Rob zwanzig Jahre lang kaum gesehen hatte. »Ich hoffe, ich enttäusche Sie nicht.«

Yoshihara trat einen Schritt zurück. »Bestimmt nicht. Ich bin sehr interessiert zu hören, was Sie von unserer kleinen Entdeckung halten.«

Sie fuhren weiter. Nachdem Rob den Explorer anderthalb Kilometer über einen Weg gelenkt hatte, der so uneben war, daß er selbst den Vierradantrieb des Explorers auf eine harte Probe stellte, erreichten sie eine weitere Waldlichtung. Diese hatte jedoch keinerlei Ähnlichkeit mit der, die sie gerade verlassen hatten. Hier gab es keinen Zentimeter manikürten Rasens, keine kunstvoll arrangierten Steine, perfekt bepflanzten Gärten oder architektonisch beeindruckenden Gebäude. Das Bild, das sich ihnen bot, kam Katharine dafür um so bekannter vor.

Sie sah zwei große Zelte, die aus wenig mehr als zwischen Bäumen aufgespannten Planen bestanden, mit Leintüchern als Wänden, die sich bei schönem Wetter hochklappen ließen. An diesem Nachmittag hatte der Himmel jedoch bereits eine bleigraue Farbe angenommen, und die Stoffbahnen hingen herab. Aber durch die Zwischenräume erkannte Katharine die gleichen groben Arbeitstische, die sie selbst so oft benutzt hatte. Die Lichtung sah aus, als sei sie erst vor kurzem gerodet worden. Die Baumstümpfe, die überall aus dem Boden ragten, waren noch frisch. Am Rand lagen Holzhaufen, die langsam vermoderten, und am anderen Ende der Lichtung hackte sich ein Mann mit nacktem Oberkörper mit einer gefährlich aussehenden Machete durch das Unterholz. Ein paar Meter neben ihm sah Katharine so etwas wie einen Plankenpfad. »Führt der zur Fundstelle?« fragte sie.

Rob nickte. »Ja, von hier aus gehen wir zu Fuß weiter. Es sind noch etwa zweihundert Meter bis dort, aber näher an die Fundstelle konnten wir die Station nicht legen.«

»Kann ich sehen, was ihr bislang gefunden habt, bevor wir weitergehen?«

»Aber natürlich.« Vor ihr trat er in ein Zelt, in dem zwei große Tische standen. Einer von ihnen war leer, aber auf dem anderen lagen etwa ein Dutzend Artefakte, die kaum mehr als primitiv bearbeitete Lavastücke zu sein schienen.

»Wie lange arbeitest du schon hier?« fragte Katharine und nahm ein glatt geschliffenes Objekt in die Hand, das nicht anders aussah als Hunderte primitiver Schleifsteine, die sie schon gesehen hatte.

»Zwei Monate«, antwortete Rob. »Seit du dich bereit erklärt hast zu kommen, habe ich mehr oder weniger Pause gemacht. Ich habe die meiste Zeit in einem Dorf bei Hana verbracht.«

Katharine nahm ein weiteres Objekt in die Hand und

drehte es hin und her. Auch hier konnte sie nichts Ungewöhnliches entdecken. »Dann laß uns mal schauen, was du zu bieten hast.«

Der Pfad, der zur Fundstelle führte, war steil und felsig. »Wie hast du sie überhaupt entdeckt?« fragte Katharine, die gerade über einen vermodernden Baumstamm stieg. Vorsichtig prüfte sie den Boden auf der anderen Seite, bevor sie weiterging.

»Ich überhaupt nicht. Einer von Yoshiharas Gärtnern suchte hier oben nach einer bestimmten Farnart und fand eines der Artefakte, die du im Zelt gesehen hast. Aber selbst nachdem er mir die Stelle gezeigt hatte, dauerte es noch ungefähr eine Woche, bis wir überzeugt waren, wirklich etwas Wichtiges gefunden zu haben.«

Nach fünfzig Metern erreichten sie eine weitere Lichtung. Sie war kleiner als die andere, doch um so sorgfältiger aus dem Regenwald geschlagen worden. Katharine erkannte mit einem Blick, daß die Crew darauf geachtet hatte, den Waldboden völlig intakt zu lassen. Dabei lag die Fundstelle nicht einmal in der Erde, sondern auf einem erhöhten Vorsprung in einer der unzähligen kleinen Felsspalten, die diese Seite des Berges zernarbten. Katharine hörte das Rauschen eines Wasserfalls, der sich in einen Teich ergoß – offenbar das verlockende Bild, das Robs Brief begleitet hatte. Der Bach, der aus dem Teich abfloß, schlängelte sich am Boden der Schlucht entlang.

»Hier verlief damals ein Eruptionskanal, als der Haleakala noch aktiv war«, erklärte Rob. »Die meisten Felsspalten in diesem Gebiet sind durch Erosion entstanden, aber bei dieser hier ist es anders. Sie scheint von dem Vulkan selbst gebildet worden zu sein.« Er deutete auf einige gelbliche Ablagerungen an einem überhängenden Felsen. »Du kannst dort den Schwefel sehen, und der wäre nicht vorhanden, wenn der Felsen durch Erosion entstanden wäre.«

Katharine trat ein paar Schritte vor. »Man kann es sogar noch riechen. Bist du sicher, daß der Kanal nicht mehr aktiv ist?«

»In diesem Jahr wird der Haleakala offiziell für erloschen erklärt werden«, entgegnete Rob. »Seit über zweihundert Jahren ist keinerlei Aktivität mehr verzeichnet worden.«

»Geologisch gesehen sind zweihundert Jahre gar nichts«, wandte Katharine ein.

»Eine Nanosekunde auf der Uhr des Archäologen, stimmt. Aber wenn die Vulkanexperten sagen, er sei erloschen, kann ich auch nichts machen.«

Kopfschüttelnd wandte Katharine ihre Aufmerksamkeit einem unebenen Steinkreis zu. Er war noch nicht ganz freigelegt, aber auch so erkannte sie, daß es sich um eine Feuerstelle handelte. »Du mußt sehr vorsichtig zu Werke gehen, wenn ihr das ausgrabt«, sagte sie zu Rob. »Daraus lassen sich eine Menge wichtiger Daten gewinnen.«

»Was meinst du mit ›du mußt vorsichtig sein‹?« erwiderte Rob. »Ich bin Experte für Architektur, weißt du das nicht mehr? Polynesische Architektur.« Er betrachtete die Steine. »Und das hier würde ich nicht als Architektur bezeichnen. Eher als Campingplatz.« Er zwinkerte ihr zu. »Und deshalb habe ich dich gerufen und bezahle dir diesen fürstlichen Lohn. Es wird Zeit, deine kleinen Spaten und Bürsten auszupacken, Kath.« Sein Lächeln wurde breiter. »Und sei vorsichtig, wenn du es ausgräbst«, fügte er hinzu. »Jemand hat mir verraten, daß sich hier eine Menge wichtiger Daten gewinnen lassen. Aber du bist noch aus einem wichtigeren Grund hier.« Plötzlich wurde er ernst. Er beugte sich herab und zog eine Plastikplane von einem Flecken, der nur ein paar Meter von der Feuerstelle entfernt war.

Katharine atmete heftig aus.

Knochen.

Auch sie waren erst zu einem kleinen Teil ausgegraben worden, so daß sie kaum aus der Oberfläche hervortraten. Trotzdem erkannte sie sofort den oberen Teil eines Schädels und Fragmente eines Kiefers. Sie ließ sich auf die Knie nieder und untersuchte die Knochen mit einem Zahnstocher, den sie aus ihrem Rucksack gefischt hatte. Rob kniete sich neben sie.

»Was meinst du?« fragte er.

Katharine konzentrierte sich bereits völlig auf die noch halb vergrabenen Knochen. Sie schien ihn kaum zu hören, und es dauerte einige Sekunden, bevor sie antwortete.

Sekunden, in denen sie von einem seltsamen Gefühl gepackt wurde.

Auch wenn sie nicht genau wußte, warum, und obwohl sie nur wenig von den Knochen sehen konnte, war sie sicher, daß mit ihnen etwas nicht stimmte.

Eine ganze Menge nicht.

KAPITEL 6

»Soll ich dich wirklich nicht fahren?« fragte Katharine.

Beinahe hätte Michael laut aufgestöhnt. Schon am Freitag war es schlimm genug gewesen. Sie hatte darauf bestanden mitzukommen, als er sich an der neuen Schule einschrieb. Dabei war es keine große Sache gewesen – er mußte lediglich ein paar Formulare ausfüllen, alle weiteren Unterlagen bekamen sie per Computer aus New York. Sie mußte nur ein einziges Papier unterschreiben, und das hätte er ihr ohne Probleme mit nach Hause bringen können. Sie hätte es am Wochenende unterschrieben, und er hätte es am Montag wieder in die Schule gebracht. Aber nein, sie mußte ja dabeisein und ihm über die Schulter sehen, als wäre er ein Viertkläßler oder so. Die Schüler, die ins Büro gekommen waren, hatten ihn schon angestarrt wie einen armen Jammerlappen, der sich nicht mal einschreiben konnte, ohne daß Mami ihm Händchen hielt.

Und jetzt wollte sie ihn am ersten Tag zur Schule bringen.

»Ich glaube, daß ich bis zur Bushaltestelle sehr gut zu Fuß gehen kann, Mom«, sagte er. »Sie liegt direkt am Ende der Straße, erinnerst du dich?«

»Ich biet's dir ja nur an.« Katharine sah auf die Uhr und nahm ihren Rucksack. »Wenn du fertig bist, kann ich dich an der Haltestelle absetzen.«

Michael schüttelte den Kopf. »Ich hab noch eine halbe Stunde Zeit.«

»Oh, dann räum doch noch die Küche auf, ja? Bis heute abend.« Sie küßte ihn auf die Wange und verschwand, ehe Michael etwas sagen konnte.

Kurz darauf hörte er, wie der fast schrottreife Wagen, den Rob Silver ihnen geliehen hatte, beleidigt aufstöhnte, als Katharine ihn zu starten versuchte. Eine Minute lang klang es, als würde die Batterie ihren Geist aufgeben, doch dann sprang der Motor an. Eine dichte Rauchwolke quoll aus dem Auspuffrohr, und der altersschwache Explorer kroch aus der Ausfahrt.

Immerhin blieb Michael die Peinlichkeit erspart, von seiner Mutter zur Schule gebracht zu werden. Dafür spülte er gern das Frühstücksgeschirr. Das Chaos in seinem Zimmer ignorierte er allerdings. Er stopfte seine Sportklamotten, Laufschuhe und ein Schreibheft in seine Schultasche. Dann verließ er das Haus und erreichte das Ende der Straße genau in dem Augenblick, als ein schlammbespritzter gelber Bus auf der Spitze des Hügels um die Ecke bog.

Er stieg ein. Am Ende des Fahrzeugs entdeckte er einen freien Platz und ging darauf zu.

Er spürte, wie sich alle Blicke auf ihn hefteten.

Sie starrten ihn an und beurteilten ihn.

Beinahe hörte er das Wort, das in ihren Köpfen kreiste:

Haole.

Weißer.

Josh Malani hatte ihn gewarnt, daß so etwas passieren würde. »Ein paar von den Jungs haben so eine Art Feiertag hier«, hatte er am Samstag zu Michael gesagt, als er ihm seine erste Surfstunde gegeben hatte. »Den *Kill-einen-haole-Tag.* Natürlich bringen sie an diesem Tag keine Typen mit deiner Hautfarbe um. Sie versuchen sie nur ein bißchen zu ändern, in Grün und Blau statt Weiß.«

»Du machst Witze«, hatte Michael entgegnet, obwohl er ziemlich sicher war, daß Josh durchaus keinen Witz gemacht hatte.

Josh hatte mit der Schulter gezuckt. »He, ihr seid hergekommen und habt alles gestohlen und zweihundert Jahre lang alles so gemacht, wie es euch in den Kram gepaßt hat. Die Zeiten haben sich geändert.«

Trotzdem hatte Michael noch immer gehofft, daß Josh Witze gemacht hatte.

Jetzt wußte er, daß dem nicht so war.

Als er durch den Mittelgang ging, kam er sich plötzlich wieder vor wie in New York, wo Slotzky nur auf eine Gelegenheit gewartet hatte, um einen Streit anzufangen. Nur, daß es hier ein halbes Dutzend Slotzkys gab, allein in diesem Bus. Wie viele mochten in der Schule auf ihn warten?

Sollte er ihnen direkt in die Augen sehen?

In New York war es das Schlimmste, was man machen konnte. Wenn einen jemand ansah, mußte man den Blick abwenden und jeden direkten Augenkontakt vermeiden.

Jemandem ins Gesicht zu sehen, kam einer Herausforderung gleich.

Es schien sicherer, davon auszugehen, daß es hier genauso war. Er heftete seinen Blick auf den Boden und ging weiter, bis er den ersten unbesetzten Platz erreicht hatte. Dann schob er sich auf den Sitz und machte sich so klein wie möglich.

Der Bus fuhr den Hügel hinunter und hielt noch dreimal an. Michael spürte, daß ihn alle ansahen, aber keiner sagte ein Wort.

Es würde alles genauso schlimm werden, wie er befürchtet hatte.

Schließlich hielt der Bus auf dem Schulparkplatz, und während die ersten Schüler ausstiegen, seufzte Michael erleichtert auf. Bis jetzt war nichts passiert, und vielleicht würden sich Joshs düstere Voraussagen als übertrieben erweisen.

Vielleicht begnügten sie sich damit, ihn zu ignorieren.

Er stand auf und wollte durch den Gang zur Ausgangstür gehen, als er zwei Jungen sah – beide größer als er –, die so taten, als versuchten sie, eine eingeklemmte Tasche unter einem Sitz hervorzuziehen.

Für wie blöd hielten sie ihn?

Und warum war Josh Malani nicht auch mit dem Bus gekommen?

Als ihm klar wurde, daß die Jungen nicht eher gehen würden als er, gab er sich einen Ruck und ging weiter. Als er an ihrem Sitzen vorbeikam, trat einer der beiden in den Gang. Einen Augenblick lang dachte Michael, daß er sich ihm in den Weg stellen wollte.

Statt dessen ging der Junge zum Ausgang.

Michael zögerte. Er wollte nicht den Eindruck erwekken, daß er sich vor den beiden fürchtete. Selbst wenn sie einen Kopf größer waren als er und zehn Kilo schwerer, den Gefallen wollte er ihnen nicht tun.

Michael ging weiter. Der zweite Junge folgte ihm.

Er ging so dicht hinter ihm, daß er den Atem des anderen in seinem Nacken spürte.

»Wieso bleibt ihr Angeber nicht da, wo ihr hingehört?« zischte der Junge hinter ihm, leise genug, daß es der Busfahrer nicht mitbekam. Plötzlich blieb der Junge vor ihnen stehen.

Der andere schubste Michael.

»Was, zum Teufel, machst du da, Arschloch?« sagte der vordere und drehte sich mit düsterem Blick zu ihm um. »Ihr *haoles* glaubt wohl, euch gehört alles. Aber weißt du was? Da scheiß' ich drauf.«

Michael wußte, daß nichts, was er jetzt sagen konnte, seine Lage verbessern würde. Er bereitete sich schon auf die Faust vor, die in seiner Magengrube landen würde, als eine Männerstimme ertönte.

»Aber nicht in meinem Bus!« sagte der Fahrer. Er war aufgestanden und sah Michaels Gegner streng an.

Der Junge vor Michael zögerte kurz. Dann drehte er sich um und stieg wortlos aus. Da der zweite Junge hinter ihm drängte, hatte Michael keine andere Wahl, als ebenfalls auszusteigen. Er fürchtete, daß die Auseinandersetzung nun draußen weitergehen würde. Wenn doch nur Josh Malani auftauchen würde. Auch wenn Josh wahrscheinlich nicht besser gegen zwei Typen kämpfen konnte, die doppelt so schwer waren wie er, konnte er diese Gorillas vielleicht durch Worte davon abhalten, ihn grün und blau zu schlagen.

Aber als er aus dem Bus stieg, hatte sich die Lage zumindest etwas verändert. Plötzlich waren sie von einem Dutzend anderer Schüler umgeben, und was immer Michaels Quälgeister sich ausgedacht hatten, mußten sie zumindest kurzfristig aufschieben. Der größere bedachte ihn noch mit dem gleichen, nichts Gutes versprechenden Blick, den er von Slotzky kannte, von dem Tag, als er Michael den Arm aufgeschnitten und ein blaues Auge verpaßt hatte. »Nach der Schule«, sagte der Junge drohend. »Oder vielleicht morgen. Aber keine Sorgen, *haole* – wir kriegen dich.« Damit drehte er sich um und verschwand mit seinem Freund in der Menge der Schüler.

Michael sah ihnen hinterher und fragte sich, ob dieser Typ wohl fester zuschlagen konnte als Slotzky in New York.

Wahrscheinlich viel fester.

Die leichte Verschiebung in der Erdkruste unter der Insel Hawaii war so minimal und vollzog sich so langsam, daß es Stunden dauerte, bevor es jemand registrierte; außer den Maschinen natürlich.

Die Maschinen registrierten alles. Dafür waren sie schließlich gebaut worden. Empfindliche Instrumente nahmen die winzigen Beben auf, die ein neuer Riß tief in den Eingeweiden des Vulkans Mauna Loa hervorgerufen hatte, und sandten die Daten an weitere Maschinen.

Keine Alarmglocken schlugen, keine Sirenen heulten auf. Es gab keine Warnung vor einer der Springfluten, die den plötzlichen größeren Verschiebungen im Meeresboden folgen können.

Statt dessen flüsterten sich die Maschinen eifrig Informationen zu und reichten die Nachrichten von den Aktivitäten unter dem Mauna Loa von einer Schnittstelle zur nächsten weiter. Sie taten das so lange, bis die Computer bereits Modelle entwarfen, um die Zukunft des Planeten vor den Folgen dieser winzigen Verschiebung zu schützen. Noch immer hatte kein Mensch die Bewegung wahrgenommen.

Tief unter dem Berg bahnte sich geschmolzene, kochende Lava ihren Weg an die Oberfläche. Sie zwängte sich durch die Spalten und Risse, die der Druck von unten geöffnet hatte, weitete sie aus und füllte sie, und sie sammelte immer mehr Kraft, um nach oben aufzusteigen.

Jetzt bemerkten es auch die Menschen.

Die ersten auf Maui, die unter ihren Füßen das Zittern der Erde spürten, waren die Techniker, die sich um die Teleskope auf der Spitze des Haleakala kümmerten. Ihre Computer waren speziell darauf programmiert, sie vor vulkanischer Tätigkeit zu warnen – trotz der mächtigen Betonblöcke, auf denen die Teleskope standen, und der Schockabsorber, die sie vor den kleinsten Erschütterungen schützen sollten. Denn jedes noch so kleine Beben vereitelte die Beobachtung des Universums jenseits der Grenzen des Planeten.

Wenn die Erde sich bewegt, kann nichts sie aufhalten.

Dann muß jede astronomische Beobachtung abgebrochen werden.

Phil Howell ärgerte sich. Die Erfahrung sagte ihm, daß Beben dieser Art sich stets fortsetzten und daß auch dieses während der nächsten Tage andauern würde. Das hieß, daß er den Stern, den er im Whirlpool der Galaxie beobachtet hatte, fünfzehn Millionen Lichtjahre entfernt, vorerst vergessen konnte.

Der Stern faszinierte Howell aus zwei Gründen. Zum einen schien er die Quelle eines Signals zu sein, das verschiedene funkteleskopische Antennen schon seit einigen Jahren empfingen. Bislang existierten diese Signale nur als Bruchstücke, und er war gerade erst dabei, sie zusammenzufügen.

Zum anderen verwandelte sich der Stern in eine Nova. Das Funksignal, da war er sicher, würde sich bald als Ankündigung der bevorstehenden Zerstörung des Sterns herausstellen.

Aber jetzt hatte ihn der Computer darüber informiert, daß die Unruhe in der Erde seine Beobachtung des Himmels auf unbestimmte Zeit unterbrechen würde. Er überließ es den Computern, die Funksignale zu entschlüsseln, und beschloß, den restlichen Tag freizunehmen. Er wollte rausfahren und sich den Fundort ansehen, von dem Rob Silver seit einem Monat sprach. Robs Entdeckung schien verlockend, wenn auch nicht ganz so verlockend wie die Aussicht, dort auch Katharine Sundquist kennenzulernen, die Frau, von der Rob Silver ebenso fasziniert zu sein schien wie Phil von dem fernen Stern. Sollten sich die Computer um das Universum kümmern. Er schloß sein Büro ab und machte sich auf den Weg nach Hana.

Die automatische Kamera klickte. Katharine hatte auf den Auslöser gedrückt. Jetzt veränderte sie ihre Position ein wenig. Sie achtete schon längst nicht mehr auf die Fliegen, die um sie herumschwirrten, und auch nicht auf den Schweiß, der ihr in schlammigen Bächen über das Gesicht lief. Sie hatte so viele Stunden vor dem Schädel – der mittlerweile fast gänzlich freigelegt war – gehockt, daß ihr jeder Knochen im Leib weh tat. Aber auch diese Schmerzen nahm sie so wenig wahr wie Fliegen und Hitze.

Sie mußte diese Aufnahmen machen, eine bildliche Dokumentation der Lage, in welcher der Schädel und der Rest des Skeletts gefunden worden waren.

Erneut drückte sie auf den Auslöser.

Ein Klicken, dann drehte sich der Film surrend weiter, und es folgte ein weiterer schmerzhafter Positionswechsel.

Noch eine Aufnahme.

Noch ein Dokument, das bewies, daß dieser Fund an genau dieser Stelle, in genau dieser Lage gemacht worden war. Auch wenn es keinen Sinn ergab.

Seit Tagen arbeitete sie nun schon an der Ausgrabung und hatte behutsam Erde und Steine entfernt, um die menschlichen Überreste freizulegen. Noch hatte sie keine Ahnung, wann der Leichnam hier begraben worden war. Nach dem, was sie wußte, konnte es ein Jahr her sein, ein Jahrzehnt oder ein Jahrhundert.

Oder tausend Jahre? Viertausend? Sicherlich nicht mehr, denn der Mensch lebte noch nicht länger auf Maui – oder sonstwo auf Hawaii –, und Tiere legten keine Feuerstellen an. Das tat nur der Mensch.

Zweifellos war der Fundort jünger als tausend Jahre – wahrscheinlich nur ein paar hundert Jahre alt, wenn man bedachte, wie wenig Erde auf der Stelle gelegen hatte.

Sie hatte es abgelehnt, sich bei der Ausgrabung von Robs Team helfen zu lassen, und ihnen das Gebiet um den rudimentären Feuerkreis herum zugewiesen. Das Innere des Kreises lag noch immer unberührt. Nachdem Katharine beschlossen hatte, zunächst an dem Skelett zu arbeiten, ordnete sie an, daß die Feuerstelle zugedeckt und vorerst nicht angerührt werden sollte. Wenn sie jeden einzelnen Knochen freigelegt und in jedem Stadium der Ausgrabung fotografiert hätte und wenn eine vollständige Bestandsaufnahme der Ausgrabung vorläge, die sie ins Labor schicken könnte, dann erst würde sie sich der Feuerstelle zuwenden.

»Ich möchte, daß jede Schicht separat bleibt«, erklärte sie Rob. »Selbst wenn ich sie Millimeter für Millimeter abschälen muß.«

»Und was haben wir hier deiner Meinung nach vor uns?« fragte Rob. Offenbar nahm Katharine diese Ausgrabung sehr wichtig.

Als er die Frage zum erstenmal gestellt hatte, konnte sie ihm nicht antworten. Sie hatte rein intuitiv gearbeitet – eine Ahnung, die auf ihrer langen Erfahrung basierte, sagte ihr, daß sie einen solchen Fundort noch nie gesehen hatte.

Und dann, als sie den Schädel freizulegen begann, hatte sie noch immer keine vernünftige Erklärung.

Denn was der Fund ihr sagte, ergab keinen Sinn.

Zunächst ging sie davon aus, daß es sich bei dem Schädel um den eines Primaten handelte. Allerdings kam ihr das seltsam vor, denn sie wußte, daß es auf Hawaii keine eingeborenen Primaten gab.

Außerdem bereitete ihr die Lage Probleme. Man würde keinen Schimpansen oder Gorilla – oder irgendeine andere Primatenart – so dicht an einer Feuerstelle finden. Es sei denn, jemand hätte das Tier getötet und dort liegengelassen.

Ein nicht unmögliches Szenario, aber doch recht unwahrscheinlich.

Aber als sie weiter grub und den Schädel mit Hilfe von Dentalinstrumenten und Bürsten geduldig freilegte, wurde immer deutlicher, daß er eigentlich nicht von einem Primaten stammen konnte.

Viel eher ähnelte er dem Schädel eines frühen Hominiden.

Und das war natürlich absurd.

Erstens hatte der Urmensch auf Hawaii nicht existiert.

Zweitens datierte die Fundstelle nicht auf den Zeitraum, in dem der Urmensch gelebt hatte.

Also mußte es sich bei dem Schädel um etwas anderes handeln. Aber was es auch sein mochte, sie wollte eine perfekte wissenschaftliche Dokumentation erstellen, um eventuelle Theorien absichern zu können.

Sie machte noch eine Aufnahme. Dann erhob sie sich, streckte sich und holte tief Luft. Sie rümpfte die Nase, als sie den Schwefelgeruch spürte, der die ganze Zeit über der Stelle zu hängen schien, heute noch stärker als sonst. Eben legte sie einen neuen Film ein, als sie Robs Stimme hörte.

»Kath? Ich habe einen Besucher mitgebracht, der dich gern kennenlernen möchte.« Katharine blickte auf und sah, daß Rob Silver die Lichtung betrat, gefolgt von einem Mann ungefähr in seinem Alter. »Darf ich vorstellen – Phil Howell. Er ist der oberste Sternengucker oben auf dem Berggipfel. Phil, das ist Katharine Sundquist.«

Phil Howell trat vor, streckte seine Hand aus und blickte dann stirnrunzelnd nach oben, als er den Geruch von faulen Eiern wahrnahm. »Puh! Verwenden Sie Schwefelsäure bei der Ausgrabung?«

Katharine schüttelte den Kopf. »Das sind nur Ablagerungen an einem alten Eruptionskanal. Aber heute scheint es schlimmer als sonst zu sein.«

Der Astronom hob die Augenbrauen. »Sind Sie sicher?«

Der Klang seiner Stimme ließ eine innere Alarmglokke in Katharine läuten. »Ich glaube schon«, sagte sie. »Wir hatten heute morgen Regen. Vielleicht hängt es damit zusammen.«

»Vielleicht haben aber auch die Erdbeben eine Gasader geöffnet«, entgegnete Howell.

Besorgt sah Katharine zu Rob hinüber. »Erdbeben?« wiederholte sie. »Wovon redet er?«

»Der Vulkan«, sagte Howell, bevor Rob antworten konnte. »Sieht aus, als würde er bald wieder spucken.«

Katharine sah Rob entsetzt an. »Du hast gesagt, er sei erloschen!«

»Das ist er auch«, beruhigte Rob sie. »Er redet vom Kilauea auf der Großen Insel.« Katharines Miene sagte ihm, daß sie nicht überzeugt war. »Sag du's ihr, Phil. Mir glaubt sie offenbar nicht.«

Katharine hörte schweigend zu, als Phil Howell ihr die vulkanischen Bewegungen unter der Großen Insel erklärte. »Es ist nicht nur das Erdbeben«, sagte er schließlich. »Wenn er wirklich loslegt, spuckt er so viel Staub in die Luft, daß man nichts mehr sehen kann, selbst wenn die Teleskope ruhig stehen sollten.« Nach einer kurzen Pause fügte er hinzu. »Da fragt man sich doch wirklich, ob Berggipfel tatsächlich die besten Stellen für Observatorien sind, nicht wahr?«

Katharine antwortete nicht, aber während sie dem Astronomen die Fundstelle zeigte, wanderte ihr Blick immer wieder zu dem Loch in der Felsspalte, wo sich der alte Eruptionskanal befand. Inmitten der üppigen Vegetation des Regenwaldes sah alles friedlich und harmlos aus.

Sie versuchte sich auf ihre Schilderung zu konzentrieren, aber es kam ihr vor, als würde der Schwefelgeruch immer stärker. Sollte sie Rob und Phil davon erzählen? Doch die beiden schienen nichts dergleichen zu bemerken. Also bildete sie sich das nur ein.

Hoffentlich.

Die beiden Jungen aus dem Bus verfolgten Michael den ganzen Tag wie eine fleischgewordene Drohung. Wo auch immer er hinging, schienen sie schon auf ihn zu warten. Zu zweit standen sie da und starrten ihn düster an. Während der Pause zwischen den letzten beiden Stunden drängten sie ihn gegen ein Schließfach.

»Noch eine Stunde«, knurrte der Größere. »Dann bist du tot, *haole*.« Bis jetzt hatten sie ihm allerdings noch nichts getan, und wenn sie vorhatten, ihn nach der Schule abzupassen, konnten sie lange warten. Michael wollte etwas tun, das er noch nie zuvor gemacht hatte. Heute wollte er sich beim Leichtathletikteam anmelden, zum erstenmal in seinem Leben.

Er hatte sich während der Sportstunde dazu entschlossen. Den ganzen Tag über hatte er auf seinen Atem gehört und keinerlei Probleme festgestellt. Im Gegenteil, er fühlte sich besser als je zuvor. »Warte ab«, hatte Josh Malani zu ihm gesagt, als sie auf der Bahn liefen. »Manchmal ist es ganz windstill, und wenn sie dann die Zuckerrohrfelder abbrennen oder der Vulkan auf der Großen Insel ausbricht, dann erstickst du hier praktisch.«

Aber das Atmen war ihm ganz leichtgefallen, und auch nach drei Runden war er kaum aus der Puste gewesen. Als er dann am schwarzen Brett im Umkleideraum gesehen hatte, daß am Nachmittag das Laufteam trainierte, hatte er seinen Entschluß gefaßt. Heute würde er es tun.

Nachdem die Schlußglocke geläutet hatte, verließ er die Schule nicht durch den Seitenausgang, wo die Busse – und die beiden Typen – warteten, sondern ging wieder zu den Umkleideräumen.

Er zog sich aus und streifte seine Sporthose über, die vom morgendlichen Sportunterricht noch feucht war. Sorgfältig band er die Schnürsenkel seiner Laufschuhe zu, wobei er darauf achtete, sie nicht zu fest anzuziehen, damit seine Füße nicht anschwollen, noch bevor er sich richtig aufgewärmt hatte. Dann lief er hinaus aufs Feld, wo das Laufteam bereits mit den Dehn- und Streckübungen begonnen hatte.

Sollte er sich ihnen anschließen oder sich allein aufwärmen?

Aber was, wenn er zu ihnen ging, als gehöre er bereits dazu, und es dann gar nicht schaffte, ins Team aufgenommen zu werden? Vielleicht war es besser, erst einmal ein, zwei Runden allein zu laufen.

Er hatte gerade die erste Runde beendet und etwa hundert Meter von der zweiten zurückgelegt, als er plötzlich einen Ellenbogen in den Rippen spürte.

»Was soll das werden, du Spinner?« fragte eine ihm nicht unbekannte Stimme.

Michael sah zur Seite, ohne den Kopf zu drehen. Der größere der beiden Typen aus dem Bus lief neben ihm. Er trug Laufkleidung.

Schweigend lief Michael weiter.

Der andere Junge, der Michael um einen Kopf überragte, lief weiter neben ihm. »Kannst du nicht sprechen, Arschloch?«

Michael sagte noch immer nichts. Er konzentrierte sich ganz auf seinen Lauf und achtete darauf, sein Tempo auf jeden Fall beizubehalten. Wenn ihn dieser Kerl von der Bahn schubsen wollte, dann sollte er es tun. Aber er hatte nicht vor zu kneifen.

Sie bogen um die letzte Kurve. Michael verließ die Bahn, um zum Trainer zu gehen und sich vorzustellen. In diesem Augenblick steigerte der andere Junge scheinbar mühelos das Tempo, so daß Michael sich fragte, ob es nicht doch besser wäre, wieder in den Umkleideraum zu laufen, zu duschen und nach Hause zu gehen. Doch dann sah er den anderen Jungen aus dem Bus, der ihn höhnisch angrinste, als wisse er genau, woran Michael gerade dachte.

Aber Michael wußte auch, daß er jeden weiteren Tag auf der Bailey High hassen würde, wenn er jetzt kniff. Er atmete kräftig aus und ging auf den Trainer zu. »Ich bin Michael Sundquist«, sagte er. »Ich würde gerne ins Team aufgenommen werden.« Er sah, wie der Trainer ihn von oben bis unten musterte, und er sah auch die Skepsis in seinen Augen. »Ich bin Sprinter«, fügte er hinzu.

»Ich glaube, ich kann mir selbst ein Urteil darüber bilden, was du bist«, sagte der Trainer. Die anderen Läufer lachten, und Michael versuchte, seine glühenden Wangen zu ignorieren. Der andere Junge lief noch immer seine Runde. Schließlich sagte der Trainer freundlicher: »Also gut, was willst du laufen?«

»Die hundert Meter, oder die zweihundert«, schlug Michael vor.

»Wie wär's mit den vierhundert?« fragte der Trainer.

Michael biß sich auf die Lippen. Dann entschied er sich, die Wahrheit zu sagen. »Ich hatte Asthma. Ich bin nicht sicher, ob ich Kraft dafür habe, bei vollem Tempo.«

Der Trainer runzelte die Stirn, aber dann sagte er nur: »Okay, ich sag' dir, wann du loslaufen sollst.« Er zog eine Stoppuhr aus der Tasche, stellte sie ein und reichte sie dem anderen Jungen aus dem Bus. Der Zeitnehmer ging zur Hundert-Meter-Ziellinie, und der Trainer nickte Michael zu, der sich zu den Startblöcken begab. »Auf die Plätze!«

Michael kniete sich hin und preßte seinen Fuß gegen den Startblock.

»Fertig!«

Er spannte seine Muskeln an und wartete auf das dritte Wort.

Und wartete.

Was, zum Teufel, sollte das? Wollte der Trainer ihn auf den Arm nehmen? Seine Beine taten schon weh. Dennoch blieb er voll angespannt, tief geduckt und wartete. Dann hörte er Schritte hinter sich und wußte Bescheid.

In dem Augenblick, als der Junge, der ihm vorhin den Ellbogen in die Seite gerammt hatte, an ihm vorbeilief, rief der Trainer: »Los!«

Als sich Michael vom Block abstieß, war ihm der größere Junge schon um einige Schritte enteilt und schien immer schneller zu werden. Na toll, dachte Michael, jetzt darf ich nicht nur jemanden einholen, der größer ist und einen Vorsprung hat, ich darf auch noch seinen Staub schlucken.

Aber wenn sie dieses Spiel spielen wollten, na schön.

Michael legte seine ganze Kraft in die ersten Schritte, mit denen er sich vorwärtsschnellte, und rannte, so rasch er konnte.

Nach einigen Metern merkte er bereits, daß die Entfernung zu dem Läufer vor ihm nicht größer wurde.

Im Gegenteil, der Abstand verringerte sich.

Dann hörte er plötzlich eine Stimme von der Tribüne. Josh Malani hüpfte auf und ab. »Los, Mike, los!« schrie er.

Michael ballte die Fäuste, um jeden Rest Energie aus seinem Körper zu holen. Er wollte die Lücke schließen. Nach vierzig Metern betrug der Abstand nur noch vier Meter.

Bei siebzig lag Michael nur noch einen Schritt zurück.

Bei achtzig hatte er den anderen Läufer eingeholt, und als er die Ziellinie überflog, hatte er mehr als einen Meter Vorsprung.

Er lief aus und wartete, was jetzt geschehen würde. Der Typ haßte ihn schon wegen seiner Hautfarbe, und jetzt hatte er ihn auch noch vor allen seinen Freunden besiegt. Großartig.

Josh Malani kam auf ihn zugelaufen. »Spitze, Mike. Er hat Staub geschluckt.«

Der Junge, den er geschlagen hatte, und der eben noch ausgesehen hatte, als wollte er Michael am liebsten verprügeln, blieb stehen und sah ihn erstaunt an. »Du bist Mike Sundquist?« fragte er.

»Michael«, verbesserte Josh. »Er mag es gar nicht, wenn du ihn Mike nennst.«

»Und warum nennst du ihn dann Mike?« mischte sich der Junge mit der Stoppuhr ein. »Ich denke, er hat dich aus dem Riff gezogen.«

»Das hat er.«

»Dann zeige gefälligst ein bißchen Respekt.« Er wandte sich an Michael. »Wenn Malani dir irgendwelchen Ärger macht, sag mir nur Bescheid. Ich will ihm schon seit Jahren eine ordentliche Tracht Prügel verpassen, aber er ist so klein, daß ich mich gar nicht an ihm vergreifen kann. Er ist ja noch kleiner als du! Aber er kann nicht laufen!«

Michael kapierte gar nichts mehr. »Was ist denn jetzt los?«

»Wie hast du das nur gemacht?« fragte der Verlierer des Rennens. »Mann, ich war zehn Meter vor dir und in vollem Lauf, als du gestartet bist!« Er legte seinen Arm um Michaels Schultern und ging mit ihm zum Trainer und den anderen Schülern. »He, Rick, wie schnell ist er die hundert denn gelaufen?« fragte er den Jungen mit der Stoppuhr.

»Knapp über elf Sekunden«, antwortete der Zeitnehmer.

»Das ist eine ganze Sekunde schneller als der beste Läufer, den wir je hatten«, sagte der andere. »Ich bin auf den langen Strecken ganz gut, aber Sprint ist nicht mein Ding.«

Michael sah ihn mißtrauisch an. »Ich dachte, du wolltest mich fertigmachen?«

Der große Junge grinste. »Das war doch, als du nichts weiter als ein stinkender *haole* warst. Ich bin Jeff Kina.« Er streckte seine Hand aus und rief dem Trainer zu: »Mr. Peters, er ist doch im Team, oder?«

»Er schon, aber ich weiß nicht, wie lange du noch drin bist. Wie kommt es, daß dich jemand schlägt, der einen Kopf kleiner ist als du und vor dem du einen Vorsprung hattest?«

Jeff Kina lachte prustend. »He, ich kann schließlich nicht alles können. Aber was ich nicht kann, das kann Michael. Dieses Jahr laufen wir alle in Grund und Boden!«

Zum erstenmal hatte Michael das Gefühl, daß es vielleicht doch keine schlechte Idee gewesen war, nach Maui zu gehen, und als er eine Stunde später – nach dem ersten Training – zu Hause anrief, versuchte er erst gar nicht, cool zu wirken.

»Ich bin's, Mom«, sagte er, als sich der Anrufbeantworter meldete. »Rate mal, was passiert ist. Ich hab's geschafft! Ich bin im Laufteam! Ist das nicht unglaublich? Ich hab's geschafft!« Nach kurzem Zögern sprudelten die Worte nur so aus ihm heraus. »Ich habe viel neue Jungen kennengelernt, die sind alle ganz toll. Nur einer ...« Er brach mitten im Satz ab. Warum sollte er seine Mutter damit beunruhigen, daß heute morgen jemand gedroht hatte, ihn zu verprügeln? Das war schließlich vorbei. »Egal, ich wollte nur sagen, daß ich mit Josh und ein paar Jungs aus dem Team noch weggehe. Wir wollen nach Kihei, einen Hamburger essen und ins Kino oder so, um zu feiern. Ich bin gegen halb elf wieder da, spätestens um elf. Ist das nicht toll, daß ich es geschafft habe? Bis später.« Michael legte den Hörer auf und sah strahlend zu Josh Malani und Jeff Kina hinüber, die an der Tür auf ihn warteten. »Wo sind die anderen?« fragte er.

»Die sind schon los«, antwortete Josh.

»Dann nichts wie hinterher!« sagte Michael und nahm seine Sporttasche. »Weiß jemand, welche Filme laufen?«

Aber als sie den Umkleideraum verließen und auf den Parkplatz zugingen, machte Josh Malani einen anderen Vorschlag, der nichts mit Kino zu tun hatte. Als er ihn hörte, spürte Michael einen Knoten im Magen.

Einerseits, weil Joshs Vorschlag so aufregend klang.

Zum anderen, weil er Angst hatte.

»Nachttauchen?« fragte er, als er seine Sporttasche auf die Ladefläche von Joshs Chevy-Pick-up warf. »Ist das nicht gefährlich?«

Josh grinste. »Ein bißchen schon. Und wenn schon. Es wird dir gefallen.«

Vielleicht sollte ich noch mal Mom anrufen, dachte Michael, als sich die Jungen in den rostigen Pick-up zwängten. Vielleicht sollte ich ihr sagen, was wir vorhaben. Wenn irgend etwas passiert …

Vergiß es, sagte er sich schließlich. Sie macht sich doch nur Sorgen.

KAPITEL 7

»Seid ihr sicher, daß das eine gute Idee ist?« fragte Michael noch einmal. Er, Josh Malani, Jeff Kina und zwei andere Jungen aus dem Laufteam – Rick Pieper und ein

Kioki, dessen Nachnamen Michael vergessen hatte – hatten sich Hamburger, Pommes frites und Cola in einem Lokal namens Peggy Sue einverleibt. Beim Essen erklärte Josh ihnen, auf welche Weise sie sich in Kihei Ken's Dive Shop ausrüsten wollten: »Er legt den Schlüssel unter die Tonne an der Hintertür.«

»Na und?« machte Michael, aber mittlerweile wußte er schon, daß sein Freund mit irgendeiner merkwürdigen Erklärung aufwarten würde, die jedoch aus seinem Mund immer irgendwie glaubhaft klang.

»Ken ist mein Freund, und er hätte nichts dagegen.«

»Dann ruf ihn doch einfach an und frag ihn«, schlug Michael vor, worauf er jedoch nur den ihm bereits vertrauten, zutiefst beleidigten Blick von Josh erntete.

»Er ist nicht auf der Insel, Mann. Er ist nach Lanai und kommt erst morgen wieder. Komm schon, Mike, mach's mir nicht so schwer. Ich bin dein bester Freund.«

»Und du bist verrückt«, erinnerte Michael ihn.

Josh grinste ihn strahlend an. »Das ist bekannt. Aber du hast mir das Leben gerettet. Da würde ich doch keinen Mist bauen, oder?«

Im Lokal hatte sich das alles irgendwie okay angehört. Jetzt, da er tatsächlich mit drei Typen, die er erst ein paar Stunden kannte, und einem Freund zusammen war, der nach Aussage aller, die ihn weitaus länger kannten, erwiesenermaßen verrückt war, war er sich längst nicht mehr so sicher.

Was, wenn eine Alarmanlage klingelte?

Was, wenn sie erwischt wurden?

Was, wenn man sie ins Gefängnis stecken würde?

Aber noch während Michael darüber nachdachte, hatte Josh schon den Schlüssel unter der Tonne hervorgeholt, die Tür aufgeschlossen und die Innenbeleuchtung angeschaltet.

»Mein Gott, Josh, mach bloß das Licht aus!« zischte Jeff Kina.

»Warum denn?« entgegnete Josh. »Wir machen ja nichts Verbotenes. Kommt lieber rein und helft mir, die Sachen zu suchen, die wir brauchen.«

Es dauerte nicht annähernd so lange, wie Michael befürchtet hatte. Nach zehn Minuten lag die gesamte Ausrüstung, die sie benötigten, auf der Ladefläche von Joshs Pick-up. Aber dann hörten sie, wie Jeff Kina, der die Sauerstoffflaschen auflud, fluchte.

»Was ist los?« fragte Michael.

»Es ist nur eine volle Flasche dabei«, antwortete Jeff. »Weiß einer von euch, wie der Kompressor funktioniert?«

Sie schüttelten die Köpfe und zuckten mit den Schultern. Erleichtert dachte Michael, daß sie ihren Plan nun sicher aufgeben mußten. Aber als er gerade vorschlagen wollte, die Tauchgeräte wieder in den Laden zu bringen, entdeckte Josh fünf weitere Flaschen in einem Regal neben der Tür zum Hinterzimmer des Ladens. Michaels neue Freunde luden vier davon auf den Pick-up, dazu den einen vollen aus der ersten Reihe. Dann stiegen sie ein.

Sie fuhren auf der Kihei Road nach Süden, durch Wailea und am Makena-Strand vorbei. Die Straße wurde schmaler und holpriger, und schließlich erreichten sie eine kleine Bucht. Das Wasser glitzerte im Licht des Vollmonds. Michael entspannte sich etwas, bis ihm klar wurde, daß Josh hier gar nicht halten wollte. »Was stimmt denn nicht mit dieser Bucht?« fragte er und sah über die Schulter. Selbst in der Dunkelheit wirkte die Bucht nicht sehr gefährlich.

»La Perrouse?« fragte Josh. »Das ist doch für Touristen. Wir fahren zum Goldfischbecken.«

Sie fuhren weiter nach Süden. Nach einer Weile hörte der dichte Bewuchs mit Kiawe-Büschen an den Straßenrändern auf und gab den Blick frei auf etwas, das Michael zunächst für Ackerland hielt – einen riesigen, frisch gepflügten Acker, der sich zu beiden Straßenseiten erstreckte. Doch dann merkte er, daß er nicht auf ein Feld aus Erde blickte, sondern auf erkaltete Lava.

Hier wuchs praktisch nichts. Im Dunkeln ging von diesen Lavamassen eine so düstere Stimmung aus, daß Michael trotz der warmen Abendluft fröstelte.

Sie befanden sich mitten in diesem Lavafeld, als Josh den Wagen auf einen schmalen Parkstreifen steuerte.

Michael schaute sich um, aber er sah nichts als Lava. »Wo ist das Goldfischbecken?« fragte er.

»Am Ende des Lavafeldes«, antwortete Josh. »Etwas weiter die Straße hinunter gibt es einen Pfad, aber näher kommt man mit dem Auto nicht heran. Eigentlich kennt kein Mensch die Stelle.« Die fünf Jungen stiegen aus dem Wagen, schnallten sich ihre Sauerstoffflaschen auf den Rücken und nahmen die Taschen, in denen der Versorgungsschlauch samt Mundstück, Masken, Schwimmflossen und Schwimmwesten steckten. Josh führte sie zweihundert Meter die Straße hinunter. Dann stieg er über eine Röhre, die parallel zur Asphaltstraße verlief.

»Was ist das?« fragte Michael.

»Eine Wasserleitung«, antwortete Jeff Kina. »Die Lava ist zu hart, um die Leitung darin zu verlegen, also wurde sie einfach oberirdisch neben der Straße entlang geführt.«

Sie gingen über das Lavafeld, und noch immer sah Michael nichts, was einem Pfad ähnelte, bis sie zu einem Schild kamen, das vor nächtlichem Camping warnte. »Das ist der Weg?« fragte er, während er sich vorsichtig seinen Weg durch Lavasteine bahnte, die so scharf schienen, als könnten sie einem bei bloßer Berührung die Haut aufschneiden.

»Das ist ja der Trick«, meinte Josh. »Wenn man nicht genau weiß, wo er ist, findet man ihn nicht.«

»Ich weiß, wo er ist, und kann ihn meistens trotzdem

nicht finden«, murmelte Rick Pieper. »Als ich das letztemal hier war, hat es mir fast die Füße abgerissen.«

»Hör auf zu meckern«, sagte Kioki. »Es ist doch ganz leicht.« Im nächsten Augenblick verlor er das Gleichgewicht und stützte sich instinktiv mit der Hand ab. »Verdammt, ich hasse dieses Zeug«, fluchte er mit schmerzverzerrtem Gesicht.

»Dann geh doch zurück und warte im Truck«, sagte Josh.

»Auf keinen Fall«, zischte Kioki. »Ist alles okay.«

Eine halbe Stunde später erreichten sie eine kleine Bucht, die fast vollständig von einer langen Lavazunge eingeschlossen war, welche sie vor dem offenen Ozean schützte. Während das Wasser in der Bucht vollkommen ruhig vor ihnen lag, zerrte einige Meter weiter draußen die See an dem schützenden Felsarm. Es war, als versuche ein hungriges wildes Tier, den Zaun zu der Weide einzureißen, auf der sein Opfer graste. Die Brandung bäumte sich auf, und wütende Schaumspritzer flogen in die Luft, als laufe dem wilden Tier bereits der Speichel im Maul zusammen. Fasziniert betrachtete Michael das Schauspiel, nicht ohne sich zu fragen, wie sicher die Bucht wirklich war.

»Es ist alles okay«, sagte Josh, der wieder einmal seine Gedanken zu lesen schien. »Es gibt nur einen Kanal in die Bucht, und der ist auf der anderen Seite, im Lee. Es gibt hier auch kaum Strömungen, und ich bin nie weiter als zwei Meter von dir entfernt, okay?«

Michael nickte. Noch war er sich unschlüssig, ob er überhaupt in dieses Wasser gehen sollte, das mit jedem seiner Blicke noch dunkler zu werden schien. Er sagte sich, daß er sich das nur einbilde, denn das Mondlicht leuchtete hell. Die anderen Jungen zogen bereits ihre Kleider aus, und bald darauf standen sie alle nackt da und halfen einander, die Flaschen anzuschnallen und die Automaten zu überprüfen. Dann stiegen sie nacheinander ins Wasser, bis nur noch Michael und Josh übrig waren.

»Möchtest du es lieber bleiben lassen?« fragte Josh. Sein üblicher ironischer Ton war verschwunden. Wenn Michael jetzt kniff, würde Josh sicher dafür sorgen, daß die anderen Jungen dachten, er selbst habe keine Lust gehabt. Er würde wahrscheinlich so weit gehen und sich den Fuß an einem Stück Lava aufschneiden, damit die anderen nicht auf den Gedanken kamen, daß Michael die Nerven verloren hatte.

Noch einmal warf er einen Blick ins Wasser, dann schlug er Josh auf die Schulter. »Los geht's«, sagte er.

Rückwärts stiegen sie ins Wasser, bis sie bis zu den Hüften darin standen. Dann checkte Michael ein letztes Mal den Sitz seines Mundstücks, duckte und streckte sich und rollte nach hinten über.

Das Wasser schlug über ihm zusammen, und wie beim erstenmal war er plötzlich in einer anderen Welt.

Tagsüber zu tauchen war etwas völlig anderes gewesen. Mit dem Sonnenlicht waren auch die Neonfarben der Korallen und der Fische verschwunden. Jetzt erhellte der silberne Schein des Mondes das Wasser, und die Fische wanden sich wie Phantome durch die Schatten der Bucht. Hier und dort glühten einige phosphoreszierende Kreaturen, und manchmal schimmerte ein Fisch silbern, wenn ihn das Mondlicht streifte.

Josh Malani schaltete seine Taschenlampe an, und erneut änderte sich alles. Das Licht lockte weitere Kreaturen an, und das Wasser, das eben noch von wenig mehr als ein paar geisterhaft schwebenden Gestalten bevölkert schien, verwandelte sich in ein wirbelndes Kaleidoskop aus Zitronenalgen, Damsel- und Korallenfischen. Hinter dem Lichtkegel von Joshs Taschenlampe tat sich tintenschwarze Finsternis auf. Plötzlich wünschte Michael, Josh hätte das Licht gar nicht erst eingeschaltet. Er wollte ihm gerade signalisieren, es wieder abzustellen, als eine große Gestalt in den Lichtkegel schwamm. Michael erstarrte und erkannte erst nach einigen Sekunden, daß es eine Meeresschildkröte war. Elegant schwamm das Tier auf sie zu und verharrte eine Weile im Licht, bevor es sich abwandte und wieder in der Dunkelheit verschwand. Michael schwamm dichter an Josh heran und bedeutete ihm, das Licht zu löschen. Eine Sekunde später umgab die beiden Jungen fast vollständige Dunkelheit.

Langsam gewöhnten sich Michaels Augen wieder an die Sichtverhältnisse. Das bleiche Mondlicht wurde durch den schwarzen Vorhang gefiltert. Josh schwamm vor ihm, und Michael ließ sich durch das Wasser treiben. Er fühlte sich, als hätte er mit der Welt außerhalb dieses durchsichtigen Beckens nichts mehr zu tun. Das Wasser war nicht tiefer als fünf Meter, und im Glanz des Mondlichts konnte man den Boden deutlich erkennen. Die Fühler der Anemonen schwankten sacht in dem fast stehenden Wasser, und die dunklen Rücken der Seegurken ragten aus Löchern in der Lava hervor.

Die Zeit schien sich zu verlangsamen, während die geisterhaften Formen der Fische um sie herum schwammen.

Eine große Seeschnecke kroch am Boden entlang. Ihre Fühler waren ausgestreckt, und ihr Mantel bedeckte teilweise ihr leuchtendes Gehäuse. Michael tauchte tiefer hinab, um einen genaueren Blick auf das Tier zu werfen, als etwas anderes seine Aufmerksamkeit erregte.

Aus einem Spalt in der Lava ragte etwas empor.

Michael änderte seine Richtung und schwamm auf die Spalte zu. Dann erkannte er es.

Ein Moränenaal. Seine scharfen Zähne glitzerten im Mondlicht, als er langsam seinen Kiefer dehnte.

Vorsichtig näherte sich Michael, bemüht, den Aal nicht aufzuschrecken.

Als der Aal ihn sah, öffnete er sein Maul. Sein ganzer Körper schien sich anzuspannen.

Er beobachtete Michael, zum Angriff bereit.

Josh Malani schwebte zwei Meter unter der Wasseroberfläche und betrachtete einen Tintenfisch, der ihn direkt anzustarren schien. Zweimal hatte er die Hand ausgestreckt und versucht, den kleinen Kopffüßler zu berühren, aber jedesmal war er zurückgezuckt, und Josh beschlich das seltsame Gefühl, daß sich das kleine Wesen in diesem von Mondlicht durchfluteten Wasser genau so merkwürdig vorkam wie er selbst. Am liebsten hätte er wieder die Taschenlampe eingeschaltet, und sei es auch nur, um das Gefühl der Sicherheit zu spüren, das ihm die leuchtenden Farben der Korallen und der Fische irgendwie gaben. Hier im Dunkeln war es, als laufe man auf einem Friedhof umher: Sicherlich gab es in diesem Gewässer nichts, was ihm gefährlich werden konnte, aber schon die dunklen Schatten genügten, um ihn unruhig zu machen. Als er plötzlich eine Berührung spürte, hätte er vor Nervosität fast an seiner Notleine gerissen.

Dann fiel ihm ein, daß es Michael sein mußte, der sich bei ihm meldete.

Dann spürte er die zweite Berührung.

Nicht sanft wie die erste, sondern etwas Scharfes – fast wie Klauen.

Instinktiv zuckte er zurück und hätte erneut fast an der Notleine gezogen, welche die CO_2-Kartusche freigeben würde, um seine Schwimmweste aufzublasen und ihn an die Oberfläche zu katapultieren. Doch er zwang sich, ruhig zu bleiben und sich von der Berührung der Klauen nicht in Panik versetzen zu lassen. Er drehte sich im Wasser herum, um zu sehen, was ihn da angegriffen hatte.

Zunächst sah er gar nichts. Dann entdeckte er in den

Augenwinkeln eine Gestalt, die sich auf ihn zu bewegte. Sofort spürte er, wie sich die Panik erneut an ihn heranschlich. Doch dann konnte er erkennen, was da auf ihn zu schwamm.

Eine Schildkröte. Nur die Schildkröte, die zurückgekommen war, um einen zweiten Blick auf diese seltsamen Kreaturen zu werfen, die plötzlich ihre Welt bevölkerten. Wahrscheinlich handelte es sich wirklich um dieselbe, die er und Michael vor einer Weile gesehen hatten.

Michael!

Wo war er? Josh sah sich um, aber er entdeckte keine Spur von seinem Freund. Er war doch eben noch dagewesen, dicht hinter ihm, einen Meter zu seiner Rechten.

Oder?

Plötzlich fiel ihm der Tintenfisch ein. Wie lange hatte er ihn beobachtet? Unter Wasser verlor man schnell sein Zeitgefühl. Das ging jedem so. Und die Dunkelheit tat ihr übriges. Verdammt! Wie lange war es her, daß er Michael zuletzt gesehen hatte?

Hektisch schwamm Josh umher, auf der Suche nach Michael. Wie, zum Teufel, hatte er ihn auch hierher bringen können, mitten in der Nacht! Nur weil Michael ihn aus dem Riff gezogen hatte, war er noch lange kein guter Taucher. Er hätte es besser wissen sollen. Und auf gar keinen Fall hätte er Michael aus den Augen lassen dürfen, nicht eine Sekunde lang.

Er schaltete seine Taschenlampe ein und leuchtete umher.

Nichts.

Er richtete den Strahl nach unten und ließ ihn über den Meeresboden gleiten. Dabei betete er stumm, daß Michael sich bewegte, wenn ihn der Lichtschein erfaßte, daß er nicht einfach so ...

Noch bevor er den Gedanken zu Ende gedacht hatte, sah er Michael.

Er befand sich etwa sieben bis acht Meter links von ihm und etwa drei Meter tiefer. Und er bewegte sich.

Jetzt, da er Michael gefunden hatte, legte sich Joshs Angst wieder etwas. Automatisch atmete er ein, um nach unten zu tauchen und sich davon zu überzeugen, daß mit seinem Freund alles in Ordnung war.

Aber der vertraute Druck aus dem Automaten schien verschwunden zu sein, als sei in den Flaschen keine Luft mehr. Doch das konnte nicht sein – sie waren seit höchstens vierzig Minuten unter Wasser, und der Sauerstoff hätte eine Stunde reichen müssen.

Es sei denn, die Flaschen wären nicht voll gewesen.

Aber er hatte sie überprüft. Er konnte sich genau daran erinnern, daß er die Flasche, die er selbst trug, gecheckt hatte, ebenso wie die von Michael und Jeff Kina.

Er sah nach unten. Bewegte sich Michael wirklich?

Irgendwie war es schwer zu erkennen.

War auch Michael die Luft ausgegangen?

Was, wenn er vergessen hatte, was in einem solchen Fall zu tun war, und in Panik geraten war?

Seine Angst um Michael kehrte zurück. Josh griff nach hinten und schob das Ventil auf die Reserveposition. Dann tauchte er, so schnell er konnte, zu Michael hinunter. Er hatte gerade den schlammigen Teil des Wassers erreicht, als er sah, daß Michael seine Gewichte abwarf und an der Leine zog, um die CO_2-Kartusche an seiner Schwimmweste zu aktivieren. Sofort pumpte sich die Weste auf, und Michael schoß nach oben, an Josh vorbei. Josh verzichtete darauf, auch seine Notleine zu ziehen, und schwamm Michael rasch hinterher. Kaum ragte sein Kopf aus dem Wasser, als er sich auch schon das Mundstück abriß.

»Bist du okay?« fragte er. Aber selbst im schwachen Licht erkannte er, daß Michael irgend etwas passiert sein mußte.

»Ich ... ich denke schon«, stammelte Michael. »Aber ... ich weiß nicht ... ich hab' plötzlich keine Luft mehr bekommen!«

»Verdammt!« keuchte Josh. »Laß mich deinen Druckmesser sehen.« Er schwamm um Michael herum, schaltete die Taschenlampe ein und beleuchtete den Druckmesser. »Es sind die verdammten Flaschen«, sagte er zu Michael. »Meine war auch leer! Ich wollte gerade zu dir runter, als du die Leine gezogen hast. Schwimmen wir an den Strand zurück und sehen nach, ob die anderen okay sind.«

Josh blies seine Schwimmweste auf, damit er sich an der Oberfläche besser bewegen konnte, und schwamm auf den Strand zu, im gleichen Tempo wie Michael. Als sie aus dem Wasser stiegen, sahen sie Jeff Kina, der versuchte, an einer improvisierten Feuerstelle einen kleinen Haufen Kiawe-Holz in Brand zu setzen.

»Was ist passiert?« fragte Josh. »Warum bist du schon draußen? Du bleibst doch sonst immer so lange unten, bis du Wasser atmest.«

»Das ist auch noch gar nicht lange her«, entgegnete Jeff. »Der Anzeige nach war die Flasche voll, als ich reinging, aber vor zehn Minuten ist mir die Luft ausgegangen.« Mürrisch starrte er auf die schuldige Sauerstoffflasche. »Und wir können uns nicht mal bei Ken beschweren, weil wir uns das Zeug heimlich ausgeliehen haben!« Er entflammte ein weiteres Zündholz. Das Gehölz unter den Kiawe-Zweigen knisterte und ging schließlich in Flammen auf.

Einige Minuten später, als das Feuer durch die Kiawe kroch, die mit jedem Augenblick heller aufloderte, kamen auch Rick und Kioki aus dem Wasser. »Was ist los?« fragten sie.

»Die Flaschen waren nicht voll«, antwortete Josh.

Kioki runzelte die Stirn. »Eure auch nicht? Ich dachte, es sei nur meine.«

Rick Pieper sah seinen Freund an. »Wovon redest du? Du hattest auch Probleme?«

Kioki nickte. »Ich glaube, an meiner war das Ventil kaputt. Ich mußte ziemlich bald auf die Notversorgung umschalten.«

»Warum hast du mir kein Signal gegeben?« fragte Rick entrüstet. »Meine Sauerstoffversorgung war okay. Mann, Kioki, wenn wir tief getaucht wären, hättest du wirklich in Schwierigkeiten geraten können.«

Als Josh die Angst in Michaels Gesicht sah, schaltete er sich eilig ein. »Aber wir waren nun mal nicht tief. Wir sind alle okay. Jetzt müssen wir nur dafür sorgen, daß dieser Mist wieder in den Laden kommt, und nächstes Mal achten wir eben noch besser darauf, daß alles stimmt. Okay?« Er sah einen nach dem anderen herausfordernd an.

»Meinst du nicht, daß wir Ken davon erzählen müßten?« fragte Rick schließlich.

»Was denn erzählen?« entgegnete Josh. »Daß wir uns in seinen Laden geschlichen und seine Sachen geborgt haben?« Seine Stimme nahm den sarkastischen Unterton an, den Michael schon recht gut kannte. »Das wäre wirklich eine prima Idee.«

»Also was machen wir?« fragte Jeff Kina.

Josh zuckte mit den Schultern. »Was wir von Anfang an machen wollten. Nichts. Es ist nichts passiert, also bringen wir das Zeug zurück, machen es sauber und gehen nach Hause. Oder wollt ihr, daß Ken die Bullen ruft?«

Schweigend drängten sie sich um das Feuer, um die Kälte aus ihren Gliedern zu vertreiben. Niemand sagte etwas.

Es gab nichts mehr zu sagen.

Michael sah an den Flammen vorbei auf das dunkle Wasser. Als er daran dachte, wie knapp sie einem Unglück entgangen waren, überlief ihn ein Schauder.

Aber schließlich war wirklich nichts geschehen. Er war nicht in Panik geraten, er hatte die Gewichte abbekommen, und ...

Und er wünschte sich, bei diesem Tauchgang nie mitgemacht zu haben.

KAPITEL 8

Rick Pieper sah auf seine Armbanduhr. Es war 23 Uhr 35. Wenn seine Eltern noch auf waren, würde es mächtigen Ärger geben, denn er hatte praktisch geschworen, nie später als um 23 Uhr nach Hause zu kommen. Aber es hatte länger gedauert, als sie geglaubt hatten, die Ausrüstung in den Laden zurückzubringen, und als sie endlich fertig waren, war er ziemlich sicher, daß Ken es am nächsten Morgen sofort bemerken würde, egal, was Josh Malani gesagt hatte. Na ja, wenn Ken ihnen auf die Schliche kam, mußte Josh eben einen Weg finden, sie aus allem rauszuhalten. Das mußte man Josh lassen – er hatte immer irgendeine Idee. Rick nahm den Fuß vom Gaspedal, um links vom Highway abzufahren, zu dem Dorf in den Zuckerrohrfeldern, wo Kioki Santoya wohnte. Er hupte Josh noch einmal zu, der mit seinem klapprigen Truck den Berg hinauffuhr.

»Soll ich dich bis ganz nach Hause fahren?« fragte Rick ein paar Minuten später, als sie die Kreuzung erreichten, wo er abbiegen mußte, wenn er Kioki vor seinem Elternhaus rauslassen wollte.

Der andere Junge schüttelte den Kopf. »Dann wacht meine Mom auf. Irgendwie hört sie ein Auto aus einem Kilometer Entfernung. Laß mich einfach hier raus, den Rest gehe ich zu Fuß.«

Rick Pieper fuhr an den Graben neben der Straße. Als Kioki die Tür öffnete, fühlte er sich plötzlich komisch, auf seltsame Art benommen. Er zögerte kurz. Vielleicht sollte er Rick doch bitten, ihn bis nach Hause zu fahren. Doch das Gefühl verschwand ebenso schnell, wie es gekommen war. Kioki schlug die Wagentür zu. »Bis morgen!« rief er. Rick haute den Gang rein, und mit quietschenden Reifen und einer Staubwolke, die Kioki ins Gesicht wehte, brauste er davon. Kioki zeigte seinem Freund den Finger und begann die schmale Straße hinunterzugehen.

Er war kaum hundert Meter weit gekommen, als er wieder dieses seltsame Gefühl spürte, die Benommenheit, dann einen Druck auf der Brust. Es erinnerte ihn daran, wie er sich gefühlt hatte, als nachts die Zuckerrohrfelder abgebrannt worden waren und er vergessen hatte, sein Fenster zu schließen.

Hustend blieb er stehen und hielt nach dem Feuer Ausschau, aber er sah nichts außer den Sternen am Himmel und dem Mond, der hinter dem Horizont versank.

Außerdem roch er auch nicht die beißenden Dämpfe, die von den Feldern aufstiegen, wenn diese brannten, und hörte nicht das Knistern des brennenden Zuckerrohrs, das stets so nahe klang, auch wenn es Kilometer entfernt war.

Der Husten ließ nach, doch der Schmerz in seiner Brust wurde stärker.

Was, zum Teufel, war los mit ihm? Er war noch nie krank gewesen.

Kioki lief weiter, aber nach ein paar Metern mußte er stehenbleiben. Mittlerweile schmerzte sein ganzer Körper, und sein Atem ging stoßweise.

Nach Hause.

Er mußte nach Hause.

Er taumelte vorwärts, spannte alle Muskeln in seinen Beinen an, verlor das Gleichgewicht und fiel mit dem Gesicht nach vorn auf den Boden. Er versuchte sich noch mit den Händen abzustützen, aber schon schürfte ihm ein Stein die Wange auf, und eine Glasscherbe zerschnitt ihm die rechte Handfläche.

Kioki stöhnte vor Schmerzen. Er richtete sich auf und hielt sich die blutende Hand vors Gesicht.

Der Schnitt zog sich von der Daumenwurzel bis zum kleinen Finger. Die Wunde pochte.

Kioki ergriff seine rechte mit der linken Hand und rappelte sich hoch. Schwankend stand er da. Sein Herz hämmerte, und jeder Atemzug schmerzte.

Er versuchte zu laufen, aber schon erfaßte ihn wieder die Benommenheit. Nach nur einem Schritt versagte sein Körper abermals den Dienst, und er stürzte erneut zu Boden. Diesmal geriet er zu nah an den Bewässerungsgraben, der neben der Straße verlief. Kraftlos rutschte er die steile Böschung hinunter und fiel in das stinkende Wasser und die kurz darunter beginnende dicke Schlammschicht.

Der Schock, als sich über ihm das Wasser schloß, schreckte Kioki für einen Augenblick auf. Er bäumte sich auf und versuchte sich am Grabenrand hochzuziehen. Mit beiden Händen grub er sich in die Erde, ohne auf den bohrenden Schmerz in seiner Hand und auf das Blut zu achten, das aus seiner Wunde rann.

Seine Beine steckten im Schlamm wie in Zement. Kioki bekam kaum noch Luft, aber schließlich gelang es ihm, seine Beine aus dem Dreck zu ziehen. Er kroch die Böschung hoch und blieb erschöpft am Straßenrand liegen.

Alles tat ihm weh.

Er starrte in den Himmel und wartete darauf, daß es aufhörte, was immer es war. Er atmete rasselnd und abgehackt.

Vor seinen Augen verschwamm alles, und sein Magen krampfte sich zusammen. Er spürte, wie Übelkeit in ihm aufstieg, und fiel auf die Seite.

Als er sich erbrach, zuckte er so heftig hin und her, daß er wieder in den Bewässerungsgraben rutschte.

Diesmal hatte er nicht mehr die Kraft, sich hochzuziehen. Mit schwachen Händen versuchte er Halt zu finden, aber der Schmerz in Brust und Magen durchbohrte ihn. Um ihn herum drehte sich alles. Aus seinem Mund schoß ein weiterer Strahl Erbrochenes.

Wenige Minuten später starb Kioki Santoya, allein in der Dunkelheit der Zuckerrohrfelder.

Noch zehn Minuten.

Katharine würde noch zehn Minuten warten – bis die Uhr an dem Kaminsims genau Mitternacht zeigte –, bevor sie mit den Telefonaten begann.

Die Nummer des Maui Memorial Hospital hatte sie bereits aufgeschrieben, außerdem die der Hauptpolizeiwache in Wailuku und der Wache in Kihei. Die Nummer von Josh Malanis Eltern hatte sie nicht gefunden.

Ein Film – Michael hatte gesagt, sie wollten sich einen Film ansehen.

Eine völlig harmlose, normale Sache.

Aber sie wußte, warum sie sich Sorgen machte – wegen Josh Malani. Obwohl sie ihn kaum kannte und sich sagte, daß es nicht angemessen war, einen sechzehnjährigen Jungen nach dem ersten Eindruck zu beurteilen, sagte ihr Instinkt, daß dieser gutaussehende Teenager, dem Michael das Leben gerettet hatte, ein gefährlicher Umgang war. Er war ihr ziemlich überdreht vorgekommen, und die Tatsache, daß er allein tauchen gegangen war, bewies, daß es ihm offenbar an Vernunft mangelte. Und wer war noch bei Michael? Ein paar Jungen aus dem Laufteam.

Jungen, deren Namen er nicht einmal erwähnt hatte.

»Hätte es irgendeinen Unterschied gemacht, wenn er dir ihre Namen gesagt hätte?« hatte Rob ungerührt gefragt, ohne damit ihre Furcht vertreiben zu können. »Dann wüßtest du auch nicht mehr über sie.«

»Aber ich könnte ihre Eltern anrufen, wenn er sich wie jetzt verspätet!« Sie saßen in einem Restaurant einander gegenüber an einem Tisch und aßen zu Abend. Rob sah sie lächelnd an. »Darüber würde er sich bestimmt mächtig freuen. Teenager finden es ganz toll, wenn ihre Mütter bei ihren Freunden anrufen und fragen, wo sie bleiben. Außerdem sind wir hier auf Maui und nicht in New York. Ihm wird schon nichts passiert sein.«

Für den Rest des Essens und während der Heimfahrt hatte sie sich bemüht, ihre Sorgen nicht zu zeigen, aber als sie allein zu Hause und Michael nach einer Stunde noch immer nicht gekommen war, rief sie Rob an. »Gib ihm wenigstens noch bis halb zwölf«, lautete sein Rat. »Wenn er dann noch nicht da ist, ruf mich wieder an, und wir überlegen, was zu tun ist. Soll ich rüberkommen?«

»Nein«, seufzte Katharine. »Ich komme schon klar. Aber trotzdem danke.«

Sie hatte alles versucht, um ruhig zu bleiben, und sich gesagt, daß Michaels Verspätung viele Gründe haben konnte.

Der Film konnte länger dauern, als er angenommen hatte, oder das Kino weiter von Makawao entfernt sein, so daß der Heimweg länger dauerte. Schließlich kannten sie beide sich auf der Insel noch nicht aus, und wenn man sie gefragt hätte, wie lange die Fahrt von ihrem Haus bis Kihei dauere, hätte sie zugeben müssen, daß sie keine Ahnung hatte.

Aber um zwanzig vor zwölf glaubte sie nicht mehr an diese Gründe, und um viertel vor hatte sich ein Horrorbild in ihrem Kopf eingenistet.

Michael, eingeklemmt in einem Autowrack. Er versuchte sich zu befreien.

Als sich das Uhrwerk mit einem leisen Knirschen darauf vorbereitete, Mitternacht zu schlagen, griff Katharine zum Telefonhörer, um das Krankenhaus anzurufen. Aber noch bevor sie die erste Zahlentaste berührt hatte, wurde die Wand gegenüber dem Vorderfenster von Scheinwerferlicht erhellt. Ein Auto kam die Auffahrt hinunter.

Die Uhr schlug zwölf. Sie zog die Hand vom Hörer weg. Als Michael durch die Vordertür trat, verwandelte sich ihre Sorge, daß ihm etwas zugestoßen sein könnte, in Zorn darüber, daß er so spät nach Hause kam.

»Weißt du eigentlich, wie spät es ist?« herrschte sie ihn an, noch bevor er die Tür geschlossen hatte.

Michael blickte zur Uhr und verzog das Gesicht, als er sah, wie sehr er sich verspätet hatte. »Wir hatten völlig die Zeit vergessen«, sagte er. »Wir waren in einer Spielhalle und ...«

»In einer Spielhalle?« unterbrach Katharine ihn. »Du hast doch gesagt, ihr wolltet ins Kino.«

»Das wollten wir auch«, entgegnete Michael und versuchte sich eine glaubhafte Lüge auszudenken. »Aber der Film, den wir uns ansehen wollten, war ausverkauft. Deshalb sind wir in eine Spielhalle gegangen und haben dabei ganz die Zeit vergessen. Tut mir echt leid, Mom, ich ...«

»Warum hast du mich nicht angerufen?« fragte Katharine. »Was glaubst du, was ich mir für Sorgen gemacht habe!«

Der reuige Blick in Michaels Augen verschwand. »Mein Gott, Mom, ich bin doch nur eine Stunde zu spät! Was soll die ganze Aufregung?«

»Die ganze Aufregung, wie du es nennst, besteht darin, daß ich vor Sorge ganz krank geworden bin!« fuhr Katharine ihn an. »Was hätte dir nicht alles passiert sein können! Du hättest einen Unfall haben können oder überfallen worden sein, oder ...«

»Wir sind auf Hawaii, Mom, nicht mehr in New York! Und ich bin kein Baby mehr. Sonst mußte auch keiner seine *Mami* anrufen!«

»Vielleicht hat sonst keiner eine *Mami*, die sich Sorgen macht! Ich weiß ja nicht mal, mit wem du zusammen warst, außer mit Josh Malani, und ich kann nicht sagen, daß ich allzu begeistert von ihm bin.«

Die Worte seiner Mutter schnürten Michael die Kehle zu, und er spürte, daß seine Augen feucht wurden. »Ich war nur mit ein paar anderen Jungs aus dem Team zusammen, okay? Ich hab's ins Laufteam geschafft, und ich habe neue Freunde gefunden! Ich hätte gedacht, du würdest dich für mich freuen, Mom!« Als Katharine sah, wie sehr sie ihren Sohn verletzt hatte, verrauchte ihr Zorn, aber es war zu spät. »Ich bin nicht tot«, sagte er. »Und ich habe mir auch sonst nichts getan.« Er sah sie herausfordernd an. »Und jetzt gehe ich ins Bett.« Er stürmte aus ihrem Schlafzimmer in sein Zimmer und schlug die Tür hinter sich zu.

Entnervt ließ sich Katharine auf einen Stuhl fallen. Warum hatte sie ihn nur so angeschrien? Warum hatte sie sich nicht erst seine Entschuldigung angehört, bevor sie auf ihn losgegangen war? Jetzt, da sie darüber nachdachte, was er gesagt hatte, wurde ihr klar, warum er so reagiert hatte. In New York war er nicht zuletzt deshalb immer pünktlich zu Hause gewesen, weil er die meiste Zeit allein verbracht hatte. Dafür hatte das Asthma gesorgt, aufgrund dessen er so viele Schultage versäumt hatte. Bis vor einem Jahr, als er beschlossen hatte, sich um die Aufnahme ins Leichtathletikteam zu bewerben, hatte er nie eine Clique um sich gehabt, ja kaum einmal Freunde, mit denen er länger als ein paar Wochen Kontakt hatte. Und gerade als er dabei gewesen war, sein Ziel zu erreichen, hatte sie ihn hierher geschleppt.

Aber er hatte es auch hier geschafft. Wie hatte sie ihn nur angreifen können, ohne ein Wort darüber zu verlieren, daß er am Nachmittag ins Team aufgenommen worden war? Es war sicherlich einer der schönsten Tage seines Lebens gewesen, und was hatte sie getan? Sie hatte es ihm verdorben, und das nur, weil er eine Stunde zu spät nach Hause gekommen war.

Rob hatte recht – sie hätte ihre Ängste zähmen und sich darüber freuen sollen, daß Michael zum erstenmal dazugehörte, nicht mehr der magere, um Atem ringende Junge war, der immer nur an der Seitenlinie stand.

Sie konnte sich glücklich schätzen, daß er nach der Schule überhaupt angerufen hatte, so aufgeregt mußte er gewesen sein.

Katharine ging zu seinem Zimmer, klopfte sacht und öffnete die Tür einen Spalt breit. »Michael? Darf ich reinkommen?« Als sie keine Antwort bekam, sagte sie: »Ich mach' dir ein Angebot. Ich verzeihe dir, daß du dich verspätet hast, wenn du mir verzeihst, daß ich vergessen habe, daß du es heute ins Team geschafft hast. Es tut mir leid, daß ich dich angeschrien habe.«

Sie wartete und hoffte, daß er das Licht anmachen und sie hereinbitten würde, aber sie hörte nur seine Stimme aus der Dunkelheit. »Okay, Mom«, sagte er. Dann fügte er hinzu: »Bis morgen.«

Katharine zog die Tür wieder zu.

Michael lag in seinem Bett und starrte die dunkle Decke an. Hätte er ihr sagen sollen, wo er wirklich gewesen war und was er getan hatte? Aber dann hätte sie ihn sicher wieder angeschrien, und bestimmt noch lauter.

Am besten sagte er nichts.

Doch es dauerte lange, bis er endlich eingeschlafen war.

Er spürte nichts um sich herum als Kühle und Stille.

Es war dunkel, die Art von Dunkelheit, die sich um einen wickelt wie ein Leichentuch, so daß man Platzangst bekommt. Um ihn herum war alles schwarz, und er schien im Raum zu schweben.

Langsam, gerade als der Raum um ihn herum sich zu schließen begann – so langsam, daß Michael zunächst gar nicht wußte, ob es wirklich geschah –, wich die Schwärze einem silbrigen Grau.

Das Wasser!

Er war wieder im Wasser.

Wie zum Beweis schwamm ein Fisch an ihm vorbei. Ein herrlicher Fisch, mit blutroten und neonblauen Streifen und einem Grün, das so hell leuchtete, daß es ihn fast blendete.

Einen solchen Fisch hatte Michael noch nie gesehen, und er drehte sich um, um ihn genauer zu betrachten. Als spüre er sein Interesse, kreiste der Fisch langsam im Wasser, wie um sich Michael ganz bewußt zu präsentieren. Mit einer Flossenbewegung schwamm Michael auf ihn zu, aber der Fisch entfernte sich mit der gleichen Geschwindigkeit, mit der Michael sich ihm näherte.

Er verharrte.

Der Fisch verharrte ebenfalls.

Er schwamm näher heran, und diesmal zögerte der Fisch kurz, bevor er sich entfernte und sich tiefer sinken ließ.

Michael wiederholte sein Manöver noch langsamer, wobei er hoffte, daß der Fisch ihn nicht bemerken würde.

Als er sich ihm bis auf einen Meter genähert hatte, tauchte der Fisch ab und verharrte dann unter ihm, so als wolle er ihn locken.

Michael blieb, wo er war. Die Zeit schien sich zu verlangsamen, während er unter Wasser schwebte und auf den Fisch herabsah, der ebenso bewegungslos blieb wie er. Das Wasser war geisterhaft grau. Alles war stumm. Jetzt erst merkte er, daß seine Freunde nicht bei ihm waren.

Er war allein.

Langsam lockte ihn der Fisch immer tiefer. Wenn Michael zögerte, kam er etwas näher, aber kurz bevor er ihn mit den Fingern berühren konnte, wich der Fisch wieder vor ihm zurück.

Als wolle er ihn verführen.

Der Fisch bewegte sich immer tiefer ins Wasser, und Michael folgte ihm wie willenlos. Immer tiefer.

Michael sank hinab, wie verzaubert, dem leuchtend bunten Fisch hinterher. Die Zeit schien stillzustehen. Plötzlich zuckte der Fisch mit seinem Schwanz und war verschwunden.

Erschrocken blickte Michael um sich, aber er konnte den Fisch nirgends mehr sehen.

Und plötzlich bemerkte er, daß der Boden unter ihm weggebrochen schien. Kein Mondlicht drang mehr von oben ins Wasser. Die Dunkelheit war zurückgekehrt. Das Meer drückte sich um ihn herum zusammen. Das Atmen fiel ihm schwer.

Es kam ihm vor, als seien Eisenbänder um seine Brust gespannt, die sie eindrückten. Er versuchte die Fesseln zu lösen, aber ohne Erfolg.

Panik ergriff ihn. Er zerrte an den Bändern.

Atme. Atme!

Doch er konnte nicht!

Egal, was er versuchte, er bekam keine Luft mehr in seine Lunge.

Die Flaschen!

Irgend etwas war mit den Flaschen nicht in Ordnung.

Er saugte an seinem Mundstück, versuchte die Luft von der Flasche auf seinem Rücken in seine Lunge zu zwingen, aber vergeblich.

Die Flasche war leer.

Doch es gab eine Reserve. Er mußte nur nach hinten greifen, den Griff betätigen und hatte für weitere zehn Minuten Luft.

Er versuchte die Hände nach hinten zu bekommen, aber seine Arme verweigerten ihm den Dienst.

Immer tiefer sank er in die Dunkelheit, in die große gähnende Leere unter ihm.

Noch immer bemühte er sich, das Notventil zu öffnen, und saugte verzweifelt an seinem Mundstück, aber seine Lunge schien sich langsam mit Wasser zu füllen.

Die Oberfläche. Er mußte zurück an die Oberfläche.

Wirf den Gewichtsgürtel ab! Wirf ihn ab und zieh die Leine am CO_2-Kanister. Die Weste würde sich aufblasen und ihn an die Oberfläche katapultieren.

Aber er konnte sich nicht bewegen.

Er spürte seine Finger nicht mehr.

Verzweifelt schlug er um sich und riß dabei das Mundstück heraus.

Er mußte es wieder einsetzen.

Doch seine Hände gehorchten ihm nicht. Das Mundstück baumelte von den Luftschläuchen, außerhalb seiner Reichweite.

Wenn er nur den Mund nahe genug heranbrächte …

Aber er konnte nicht einmal mehr den Kopf bewegen.

Er spürte, wie das Wasser in seine Nase drang. Er versuchte auszuatmen, aber in seiner Lunge gab es nichts mehr zum Ausatmen.

Sein Mund öffnete sich, und er versuchte zu atmen.

Wasser strömte in seinen Mund, seine Kehle hinunter, in seine bereits erstickende Lunge.

Er würde sterben.

Hier, allein, tief im Meer.

Nein!

Er mußte sich irgendwie befreien.

Noch als er spürte, wie seine Lunge überflutet wurde und die Schwärze des Todes ihn zu umschließen begann, wehrte sich Michael gegen das milchige Leichentuch, das sich um ihn herum zusammenzog. Ein lauter Schrei baute sich in seiner Kehle auf.

Verzweifelt trat er um sich, sein Körper zuckte hin und her in dem vergeblichen Kampf um Befreiung. Er versuchte alle Energie zu sammeln, um noch einen Versuch zu unternehmen, bevor die Dunkelheit ihn für immer umfing.

Dann löste sich plötzlich der Schrei aus seiner Kehle.

Michael erwachte und schreckte hoch.

Er hatte sich in seine Decke verwickelt. Die Panik hatte ihn noch im Griff. Er konnte sich kaum bewegen, kaum atmen.

Dann begann er langsam zu begreifen.

Ein Traum.

Es war alles nur ein schrecklicher Traum gewesen.

Das Licht ging an und blendete ihn.

»Michael?« hörte er die Stimme seiner Mutter. »Liebling, was hast du?«

Seine Brust fühlte sich immer noch an, als wäre sie von den Bändern aus dem Traum umschnürt. Er war nicht einmal sicher, ob er sprechen konnte. Als er schließlich den Mund öffnete, konnte Katharine ihn kaum verstehen. »Ein Alptraum«, flüsterte er. »Es war furchtbar. Ich ...« Er brach den Satz ab, als ihm klar wurde, woher der Alptraum kam, was ihn ausgelöst hatte.

»Du hast so schwer geatmet«, sagte Katharine. Sie trat an das Bett und sah ihrem Sohn besorgt ins Gesicht. »Ich dachte schon, du hättest einen Anfall ...«

»Nein.« Michael befreite sich aus den Laken und richtete sich auf. Er sog die frische Nachtluft so tief ein, daß er husten mußte. Einen Augenblick später war der Hustenreiz jedoch wieder verschwunden. Er ließ sich auf die Kissen fallen. »Es ist alles okay, Mom«, sagte er schnell. »Es war nur ein böser Traum.«

Katharine beugte sich über ihn und küßte ihn auf die

Stirn. »Bist du sicher?« Sie sah noch immer sehr besorgt aus. »Ich dachte, du hättest alles hinter dir, aber vielleicht ...«

»Aber vielleicht gar nichts«, unterbrach Michael sie. »Es geht mir gut.« Er sah auf die Uhr auf seinem Nachttisch. Es war fast fünf, und draußen war es beinahe so dunkel wie am Ende seines Alptraums. »Schlafen wir einfach weiter, okay?«

»Vielleicht hättest du doch nicht so lange fortbleiben dürfen«, sagte Katharine, legte dabei aber eine tröstende Hand auf Michaels Wange.

Michael vergrub sich in seine Kissen. »Es tut mir leid«, sagte er. »Als ich merkte, daß es später wird, hätte ich wirklich noch mal anrufen sollen.«

»Und mir tut es leid, daß ich überreagiert habe«, sagte Katharine. »Und herzlichen Glückwunsch, daß du ins Team aufgenommen worden bist. Ich bin wirklich stolz auf dich.« Zum erstenmal seit seiner Heimkehr zeigte sich ein Lächeln auf seinen Lippen. »Also, schlaf gut.« Sie gab ihm noch einen Kuß und löschte das Licht, als sie das Zimmer verließ. Doch während sie in ihr eigenes Zimmer ging, verließ sie die Sorge um ihn nicht. Hatte ihn wirklich nur ein Alptraum aufgeweckt? Oder war es der Anfang einer neuen Attacke der Krankheit, die sie beide für besiegt gehalten hatten?

Sie ging wieder ins Bett, konnte aber lange nicht einschlafen. Statt dessen lauschte sie und betete stumm, nicht das scharrende Geräusch asthmatischer Lungen zu hören, die krampfhaft versuchen, sich mit Luft zu füllen.

Michael lag nicht in seinem Bett.

Er stand am offenen Fenster und atmete die kühle Nachtluft ein. Er wollte dieses schreckliche Erstikkungsgefühl abstreifen, das er im Traum verspürt hatte.

Denn selbst jetzt, da er hellwach war, konnte er es nicht ganz loswerden, konnte nicht richtig Atem holen.

KAPITEL 9

Alice Santoya ließ die Pfannkuchen auf den Teller ihres Sohnes gleiten, stellte den Teller auf den Tisch und rief zum viertenmal nach Kioki. »Wenn du nicht sofort aufstehst, verpaßt du den Bus. Ich fahre dich ganz bestimmt nicht!« Als sie wieder keine Antwort bekam, ging sie zum Zimmer ihres Sohnes, klopfte laut und öffnete die Tür. »Kioki, wie oft ...«

Die Worte erstarben ihr auf den Lippen, als sie das leere Bett sah. Ihr Sohn war letzte Nacht überhaupt nicht nach Hause gekommen.

Aber Kioki kam immer nach Hause. Er war ein guter Junge, nicht so einer wie dieser Josh Malani, mit dem er sich manchmal herumtrieb. Er hatte doch angerufen und versprochen, pünktlich zu sein. Er wollte nur ins Kino, mit Rick Pieper und Josh und ...

Josh!

Sie hätte jeden Penny, den sie besaß, darauf gewettet, daß Josh Bier besorgt und Kioki überredet hatte, mit an irgendeinen Strand zu fahren, wo sie sich betrunken hatten. Und dann hatte er sich nicht getraut, nach Hause zu kommen.

Na warte, wenn sie den in die Finger kriegte!

Sie ging in die Küche zurück, nahm den Telefonhörer ab und rief bei Rick Pieper an. »Maria?« sagte sie, als Ricks Mutter sich meldete. »Hier ist Alice. Ist Kioki heute nacht mit Rick nach Hause gekommen?« Als Rick kurz darauf selbst ans Telefon kam und ihr mitteilte, daß er Kioki an der Kreuzung abgesetzt hatte, verwandelte sich ihr Zorn in Angst. Wenn er getrunken hatte ...

»Habt ihr euch etwa betrunken?« fragte sie. »Wenn dieser Josh meinen Jungen betrunken gemacht hat ...«

»Aber das hat er nicht getan«, entgegnete Rick. Dann meldete sich seine Mutter wieder. »Rick ist kurz vor

Mitternacht gekommen«, informierte sie Alice. »Glaub mir, ich weiß es, ich habe auf ihn gewartet. Er hat gesagt, daß sie über Videospielen die Zeit vergessen haben.«

»Pah! Wenn Josh Malani dabei war …«

»Sie haben nichts getrunken, Alice«, versicherte Maria Pieper. »Rick war völlig okay, als er nach Hause kam.«

Als sie den Hörer aufgelegt hatte, versuchte sich Alice Santoya einzureden, daß es ein Dutzend möglicher Gründe gab, warum Kioki letzte Nacht nicht nach Hause gekommen war.

Aber ihr fiel kein einziger ein.

Nur ein Bild tauchte vor ihrem geistigen Auge auf – das ihres Ehemanns, der nach seiner Nachtschicht in der Mühle den Weg nach Hause zu Fuß gegangen war. Sie wohnten nur zwei Blocks von der Mühle entfernt. Kein Problem.

Aber als er an jenem Abend die Straße von Kihei überquert hatte – nur einen halben Block von ihrem Haus entfernt –, war ein Wagen aus dem Nichts aufgetaucht und hatte Keali'i überfahren. Er war sofort tot.

Es waren Jugendliche, die sich in den Zuckerrohrfeldern betrunken hatten, den Feldern, die ihr Haus umgaben.

Voller Angst verließ Alice Santoya das Haus und stieg in ihren Wagen. Sie arbeitete in einem Hotel in Wailea, und sie würde zu spät kommen, aber das spielte keine Rolle. Wenn Kioki irgendwo da draußen am Straßenrand lag …

Nein, bestimmt ging es ihm gut.

Irgend etwas anderes war geschehen, und es ging ihm gut.

Aber als sie den schmalen Weg entlang fuhr, der nach einem Kilometer auf die Straße führte, beschlich sie eine Furcht, die sie nicht abschütteln konnte.

In der Nacht hatte es geregnet, und roter Schlamm hatte die Straße rutschig gemacht. Sie packte das Steuer fester.

Und dann sah sie ihn.

Links, etwa fünfzig Meter vor ihr.

Er lag mit dem Gesicht nach unten, die Arme über den Kopf gebreitet. Seine Füße steckten im Bewässerungsgraben.

Sie unterdrückte einen Schrei und bremste ein paar Schritte von ihm entfernt. Ohne den Motor auszuschalten, stürzte sie aus dem Wagen und rannte zu ihrem Sohn. »Kioki!« schrie sie. »Was ist los? Mein Junge ...«

Kioki bewegte sich nicht.

Er mußte bewußtlos sein.

Bewußtlos, so daß er sie nicht hören konnte.

Sie fiel in dem Schmutz auf die Knie und schüttelte ihn. »Kioki, ich bin's, Mama ...«

Als sie spürte, wie kalt seine Haut war, erstarb ihre Stimme.

»Kioki?«

Lange Zeit kniete Alice neben ihrem Sohn. Sie hätte alles getan, um ihn aufzuwecken, alles, nur damit er sich bewegte oder zuckte, alles für ein Zeichen, daß vielleicht doch nicht eingetroffen war, was sie schon längst wußte.

Wieder sah sie ihren Ehemann vor sich, doch als sie herabsah, war es Kiokis totenstarres Gesicht, das sie anschaute.

»Nein ...«, murmelte sie. »O nein, Kioki, bitte nicht ...«

Sie schob die Hand unter die Schultern ihres Sohnes und zog ihn aus dem Wassergraben. Dann saß sie mit ihm im Schlamm, wiegte seinen Kopf in ihrem Schoß, streichelte ihm mit der Hand über die Stirn. Tränen liefen über ihr Gesicht, und ein schluchzendes Geräusch drang aus ihrer Kehle.

Nach einer Weile kam ein Wagen vorbei. Er hielt und der Fahrer stieg aus. Kurz darauf stoppte ein zweiter Wagen, dann ein dritter.

Und etwas später kamen die Polizei und ein Krankenwagen.

Aber Alice Santoya war sich der hektischen Betriebsamkeit um sie herum kaum bewußt.

Sie saß im Schmutz, mit gebrochenem Herzen, und wiegte ihren toten Sohn in ihren Armen.

Kaum hatte Ken Richter an diesem Morgen die Hintertür des Ladens geöffnet, da wußte er schon, daß irgend etwas nicht stimmte. Ken – »Kihei Ken«, wie er sich genannt hatte, als er vor zwei Jahren den Tauchladen aufgemacht hatte, seinen Ruf und einen Kredit von Takeo Yoshihara im Rücken – war ein penibler Mann. Für ihn hatte jedes Ding seinen Platz, und jedes Ding sollte auch immer an seinem Platz sein.

An diesem Morgen war manches nicht an seinem Platz.

Nichts, was einem direkt ins Auge stach, und als er das Hinterzimmer seines Ladens betreten hatte, war es auch kaum mehr als ein Gefühl gewesen. Aber als er das Licht anschaltete und sich umsah, wurde das Gefühl stärker.

Dann sah er die Pfütze auf dem Boden.

Ken Richter ließ keine Pfützen auf dem Boden seines Ladens zurück.

Er nahm ein Tuch und wischte das Wasser auf, wobei er in Gedanken bereits die Rede vorbereitete, die er Nick Grieco halten würde, weil der den Laden gestern abend nicht richtig saubergemacht hatte, bevor er gegangen war.

Er und Nick waren vor einem guten Dutzend Jahre als Surfkumpel nach Maui gekommen. Heute arbeitete Nick für Ken, aber trotzdem waren sie Freunde geblieben. Nick verdiente gerade so viel Geld mit der Arbeit im Laden oder mit Tauchkursen für Touristen, daß er die Miete für sein winziges Apartment in Kihei und das Benzin für seinen rostigen Volkswagen bezahlen konnte. Der Wagen brachte ihn dorthin, wo die Wellen sich am besten brachen. Nicks einziges Ziel im Leben war die Suche nach der perfekten Welle. Gestern abend hatte er offensichtlich nicht besonders viel gearbeitet. Nicht nur die Pfütze auf dem Boden fiel Ken auf, es sah sogar so aus, als hätte er nicht einmal die Ausrüstung überprüft, die an diesem Morgen bereitstehen sollte.

Das ärgerte Ken Richter noch viel mehr, besonders da er Nick gestern nachmittag, vor seiner Abfahrt nach Lanai, ausdrücklich ermahnt hatte, alles besonders genau zu überprüfen. Probleme bei einem Tauchgang, den das Büro von Takeo Yoshihara gebucht hatte, waren das letzte, was er gebrauchen konnte. Dieser schien wichtig zu sein, denn gestern war extra ein Lastwagen mit brandneuer Ausrüstung gekommen.

Nachdem er aufgewischt hatte, kümmerte sich Ken um die Tauchausrüstung. Er fragte sich, ob Nick überhaupt einen Blick darauf geworfen, geschweige denn, sie genau inspiziert hatte. Er hatte gerade begonnen, die Flossen und die Masken zu überprüfen, als Nick in der Tür erschien. begleitet von Al Kalama, der Nick bei dem Tauchgang helfen würde.

»Verlange ich wirklich zuviel von dir?« fragte Ken scharf. »Wenn ja, sag es mir bitte, dann suche ich mir jemand anderen.« Er sah Nick wütend an. »Und zwar statt deiner und nicht zusätzlich.«

Nick warf Al Kalama einen verwirrten Blick zu. »Wieso bist du so sauer auf mich?«

Ken Richter ließ seinen Blick durch den Lagerraum wandern. »Sieht das hier so aus, wie es sollte? Die Pfütze auf dem Boden habe ich schon weggewischt.«

»Wovon redest du eigentlich?« fragte Grieco. »Hier war keine Pfütze.«

»Habe ich dich nicht gebeten, diese Sachen hier zu checken, bevor du gehst?« fragte Ken, die Frage des anderen Mannes ignorierend. »Hast du gedacht, ich mache einen Witz?«

»Ich habe die Ausrüstung überprüft!« behauptete Nick. »Flossen, Masken, Mundstücke, Flaschen, alles.«

Ken Richter sah zu den fünf Flaschen hinüber, die er selbst gestern in die dritte Regalreihe gestellt hatte. »Hast du alle überprüft?« fragte er.

Nick folgte seinem Blick und stellte verunsichert fest, daß vier Flaschen fast völlige Leere anzeigten.

Hatte er die Flaschen wirklich überprüft?

Er versuchte sich zu erinnern.

Am Nachmittag war es ziemlich ruhig gewesen, und er hatte etwa eine halbe Stunde, nachdem die letzte Leihausrüstung zurückgegeben worden war, den Laden geschlossen.

Dann war er essen gegangen und hatte zwei Bier getrunken. Das mußte er Ken nicht unbedingt erzählen. Aber er war später zurückgekommen und hatte wieder aufgeschlossen, wie vereinbart.

Er hatte sogar noch zwei Badeanzüge und ein Schnorchelset verkauft.

Dann hatte er gegen sieben den Laden endgültig geschlossen. Doch vorher hatte er noch die Ausrüstung für den Tauchgang heute morgen überprüft, wie Ken es ihm aufgetragen hatte.

Aber hatte er wirklich jede einzelne Flasche überprüft, oder ...

Seine Gedanken wurden von einem lauten Klopfen an der Eingangstür unterbrochen.

»Das wird Yoshiharas Gruppe sein. Laß sie rein und versuch sie eine Zeitlang zu beschäftigen. Vielleicht kannst du ihnen ein paar Sonnenbrillen oder so was verkaufen. Al und ich kümmern uns um diese Flaschen.«

»Das kann ich doch …«, protestierte Nick, aber Ken schnitt ihm das Wort ab.

»Ja, sicher, so wie gestern. Aber da hast du auch nur gesagt, du tust es, und es dann doch nicht getan.«

Nick Grieco ging nach vorn in den Laden. Al nahm eine Flasche aus dem Regal und trug sie zum Luftkompressor. »Weißt du«, begann er vorsichtig, denn er wußte nicht, wie wütend Ken wirklich war, »vielleicht ist es doch nicht Griecos Schuld. Vielleicht sind die Flaschen kaputt …«

»Vier kaputte Flaschen?« fragte Ken. »Bleib auf dem Teppich, Al. Vielleicht eine, oder von mir aus auch zwei. Aber vier? Niemals. Nicht bei Yoshihara. Was er geschickt hat, war noch immer in perfektem Zustand. Gib's zu – Grieco hat Mist gebaut.«

»Aber …«

»Vergiß es, Al«, sagte Ken. »Füllen wir jetzt einfach diese Flaschen auf und überprüfen sie, damit wir die Kids losschicken können. Ich habe keine Lust darauf, daß sie sich bei ihren Eltern beklagen, daß sie eine halbe Stunde warten mußten, weil mit ihren Sauerstoffflaschen irgendwas nicht in Ordnung war.« Als die erste voll war, nickte Ken zu dem Wasserfaß hin, das neben der Hintertür stand. »Tauch sie eine Minute ein, für alle Fälle. Ich habe bis heute noch keine einzige lecke Flasche herausgegeben, und ich fange auch jetzt nicht damit an.«

Al Kalama trug die frisch gefüllte Flasche zu dem Faß, ließ sie ins Wasser und beobachtete, ob sich Luftblasen bildeten, die auf ein Leck deuteten.

Nichts.

Er wiederholte den Test mit den drei anderen Flaschen, die Ken aufgefüllt hatte. Alle vier funktionierten einwandfrei.

Es gab keine Anzeichen für Lecks, und die Anzeigen standen auf »voll«.

»Also los«, sagte er zu Al. »Wer weiß, vielleicht haben Yoshiharas Leute sie leer rübergeschickt, und Nick hat es einfach nicht bemerkt.«

Nick und Al verstauten die Flaschen im Bus, die Tauchgruppe fuhr zum Strand, und Kihei Ken widmete sich wieder seinen täglichen Geschäften. Aber er hatte sich vorgenommen, noch ein Wörtchen mit Nick zu reden. Was auch immer der gestern abend gemacht hatte – oder besser gesagt, nicht gemacht hatte –, er hätte, verdammt noch mal, sicherstellen müssen, daß die Flaschen voll waren.

Schadhafte Flaschen bedeuteten unter Umständen den Tod.

Kaum war er an diesem Morgen in den Schulbus gestiegen, da wußte Michael, daß irgend etwas nicht in Ordnung war. »Was ist los?« fragte er, als er sich auf den freien Platz neben Jeff Kina schob.

Jeff sah sich nervös um, und als er sprach, tat er es so leise, daß ihn außer Michael niemand hören konnte. »Kioki ist letzte Nacht nicht nach Hause gekommen.«

»Was meinst du damit? Sollte Rick ihn nicht zu Hause absetzen?«

»Hat er nicht getan. Kioki wollte seine Mutter nicht aufwecken. Also hat er Jeff gesagt, er solle ihn an der Kreuzung rauslassen. Das hat Jeff dann auch gemacht.«

»Wann hast du mit Rick gesprochen?

»Kurz bevor ich zur Bushaltestelle gegangen bin. Kiokis Mutter hat seine Mutter angerufen, und er hat mir sofort danach Bescheid gesagt.«

»Was ist mit ihm?«

»Ich weiß es nicht«, antwortete Jeff. »Aber von der Stelle, an der Rick ihn rausgelassen hat, bis zu Kiokis

Haus ist es weniger als ein Kilometer, und da draußen ist sonst nichts.«

»Vielleicht ist er bei einem Drogendeal erwischt worden«, sagte eine Stimme hinter ihnen.

Jeff drehte sich um und sah den Jungen in der Reihe hinter ihnen düster an. »Kioki? Niemals.«

»Und wenn er Leuten bei einem Drogendeal über den Weg gelaufen ist?« beharrte der Junge.

Jeff zog die Brauen zusammen. »Halt die Luft an, Jimmy. Nur weil du dich dauernd da draußen rumtreibst, tun das längst nicht alle anderen.«

»Ich bin ja gar nicht ...«, begann Jimmy, aber Jeff ließ ihn nicht ausreden.

»Erzähl mir keinen Scheiß, Jimmy. Jeder weiß, daß du der größte Drogenhändler der Schule bist. Du hast doch nicht etwa auch an Kioki verkauft, oder?« Jimmy sah ihn wütend an, und Jeff erhob sich aus seinem Sitz und richtete sich drohend über dem Jungen hinter ihm auf. »Oder?«

»Hinsetzen!« rief der Busfahrer, der in seinen Rückspiegel sah. Er fuhr langsamer, und Michael zog Jeff zurück auf seinen Platz.

»Hör auf. Der ist nicht mal so groß wie Josh!« Widerwillig setzte sich Jeff, und der Busfahrer beschleunigte. »Vielleicht hat Kioki noch jemanden getroffen«, meinte Michael. »Hat er eine Freundin?«

Jeff schüttelte den Kopf. »Noch nie eine gehabt. Was Mädchen betrifft, war er schon immer total schüchtern.«

Als der Bus auf den Parkplatz einbog, sahen Michael und Jeff Rick Pieper, der sie mit aschfahlem Gesicht erwartete. Andere Schüler standen um ihn herum. Michael bemerkte, daß sie miteinander flüsterten.

»Verdammt«, sagte Jeff leise. »Komm.« Er schob sich an Michael vorbei und eilte den Gang entlang. Michael folgte ihm. »Was ist passiert?« fragte er Rick, als er aus dem Bus stieg.

Rick schien durch ihn und Jeff hindurchzusehen. »Seine Mutter hat ihn gefunden«, sagte er. Er zögerte kurz und brachte dann mit heiserer Stimme hervor: »Er ist tot.«

Michael und Jeff starrten ihn entsetzt an. Obwohl keiner von beiden ein Wort sagte, fühlten sie ähnlich. Eine Welle der Furcht lief durch sie hindurch. Sie waren wie betäubt.

Es war nicht möglich – sie waren doch erst vor ein paar Stunden mit Kioki zusammen gewesen, und es war ihm gut gegangen.

Und jetzt sollte er tot sein?

Instinktiv hielten sich Jeff, Rick und Michael dicht beieinander, als sie langsam auf die Schule zugingen. Die flüsternden Stimmen ihrer Klassenkameraden schwirrten um sie herum, und auch wenn fast jeder, der die Neuigkeit weitergab, eine Erklärung für Kiokis Tod hatte, kannte doch keiner von ihnen die Wahrheit.

Wie in Trance trat Michael an sein Schließfach und starrte mit leerem Blick auf das Schloß. Er konnte sich nicht an die Kombination erinnern. Dann hörte er hinter sich Josh Malanis Stimme. »Wir müssen reden. Alle.«

Michael drehte sich um und sah seinen Freund an. »Was ist passiert?« fragte er. »Was ist mit Kioki passiert?«

Josh Malanis Augen verengten sich. »Ich weiß es nicht«, sagte er und sah sich nervös um, als fürchte er, jemand könne zuhören. Flüsternd sprach er weiter. »Aber mit uns hat es nichts zu tun. Nicht das geringste.«

Michael sah seinen Freund eindringlich an. Er hätte ihm gerne geglaubt.

Aber tief im Inneren konnte er es nicht.

KAPITEL 10

Katharine war ernsthaft böse mit sich. Die Knochen des mittlerweile vollständig freigelegten Skeletts lagen vor ihr, in genau der gleichen Position, in der es gefunden worden war. Sie hatte ein paar davon bewegen müssen, um sie von Sedimenten zu befreien, aber neben den unzähligen 35-Millimeter-Aufnahmen, die sie gemacht hatte, existierten auch noch Dutzende Polaroids – eine vollständige fotografische Dokumentation der Ausgrabungsstelle und eine unersetzliche Hilfe bei der Rekonstruktion des Skeletts. Jetzt blickte sie auf die Knochen herab, und ihre Ungeduld mit sich selbst wuchs.

Sie hätte wissen müssen, was sie da betrachtete.

Eigentlich hätte sie schon vor Tagen wissen müssen, was sie da ausgrub, sofort nachdem Kopf und Kiefer freigelegt waren. Aber egal, welche Möglichkeiten sie in Betracht zog, immer stimmte irgend etwas nicht: Der Schädel war nicht breit genug, der Kiefer stand zu weit vor, oder die Zähne zeigten die falsche Konfiguration. Hier steckte der Teufel eindeutig im Detail, denn es waren die Einzelheiten, die nicht zusammenpaßten.

»Und – weißt du nun, was es ist?« fragte Rob Silver. Er war aus dem Regenwald gekommen und hatte sich neben sie gestellt.

»Ich bin absolut sicher, daß es kein Anthropoide ist«, antwortete sie und bemühte sich, gelassen zu wirken, ohne Rob wirklich täuschen zu können. »Und ich bin ziemlich sicher, daß er an einem Schlag auf den Kopf gestorben ist.«

Rob kniete sich nieder. »Darf ich ihn anfassen?«

»Bedien dich«, sagte Katharine und kauerte sich neben ihn. »Ich muß dir leider sagen, daß ich momentan das Gefühl habe, daß du eine Menge von Takeo Yoshiharas Geld an mich verschwendest. Entweder das, oder ich sehe den Wald vor lauter Bäumen nicht mehr.«

»Geh nicht so streng mit dir ins Gericht«, entgegnete Rob. »Wenn es etwas Einfaches gewesen wäre, hätte ich dich schließlich nicht gebraucht, oder?« Er hielt den Schädel hoch, drehte ihn und steckte den Finger durch das Loch im linken Scheitelbein. »Wie ist das entstanden?«

Dessen zumindest war sie sich sicher. »Ein Speer. In Afrika habe ich diese Art von Wunden an Hunderten von Schädeln gesehen. An der Lage des Skeletts kann man außerdem erkennen, daß der Körper bewegt worden ist. Nach der tödlichen Kopfverletzung.«

»Ich kann das nicht erkennen«, sagte Rob. »Erklär's mir, bitte.«

»Erstens liegt das Skelett auf dem Rücken. Angenommen, es hätte jemand einen Speer geworfen, der dieses Wesen tötete, dann würde es anders liegen.«

»Den Speer hat jemand herausgezogen?«

Katharine nickte. »Und irgend jemand hat die Leiche in diese Position gelegt. Sieh dir die Arme an. Sie liegen nicht einfach an den Seiten.« Mit dem Zeigefinger fuhr sie den rechten Oberarm entlang, der parallel zur Wirbelsäule lag. Am Ellenbogen knickte der Arm ab, und seine untere Hälfte ragte in Richtung Becken. Die Knochen der linken Hand lagen spiegelverkehrt zu denen der rechten, und die kleinen Knochen, aus denen Hand und Finger bestanden, lagen aufeinandergehäuft, als wäre die eine Hand auf die andere gelegt worden.

»Als wäre es begraben worden«, meinte Rob.

»Genau.«

»Sieht aus, als hätten wir es mit einem Mordfall zu tun«, sagte Rob und legte den Schädel vorsichtig in genau die Position, in der er geruht hatte. »Jemand hat diesen Burschen getötet, und dann hat ihn seine Familie hierher gebracht und bestattet.«

Katharine schüttelte den Kopf. »Leider ergibt das

keinen Sinn. Zunächst einmal wurde er nicht begraben. Alles, was ich von dem Skelett entfernt habe, waren natürliche Überreste, die sich im Regenwald in Windeseile ansammeln. Ich finde nicht ein einziges Anzeichen für eine Bestattung. Hingelegt und liegengelassen – das sieht den Hawaiianern doch keineswegs ähnlich, oder?«

»Auf keinen Fall. Sie haben großen Respekt vor ihren Toten. Die Grabstätten sind heilig, egal, wie alt sie sind. Und jede Leiche ist beerdigt worden.«

»Was ist dann hier passiert?«

»Derjenige, der ihn getötet hat, hat diesen Kerl so hingelegt und ist weggegangen.«

»Vielleicht.« Katharine richtete sich auf, hielt den Blick jedoch auf das Skelett gerichtet. »Aber das ist nicht mein größtes Problem.« Rob sah zu ihr hoch. »Mein Problem ist, daß ich nicht einmal weiß, worum es sich handelt.«

»Aber es ist doch ein Mensch, oder?« fragte Rob.

»Nicht nach dem, was ich von Menschen weiß«, entgegnete Katharine. »Es ist kaum einen Meter zwanzig groß, und das ist ein bißchen wenig für einen erwachsenen Homo sapiens.«

»Vielleicht ist es ein Kind?«

»Der Schädel sieht nicht aus wie der eines Kindes, er ist voll entwickelt.« Sie kniete sich wieder hin und fuhr mit dem Finger über die Grenzen zwischen Schläfenbein und Hinterhauptbein. »Siehst du? Die Knochen sind vollkommen zusammengewachsen, es ist also der Kopf eines Erwachsenen. Aber das Skelett ist nicht größer als das eines Sechsjährigen. Und sieh dir die Stirn an – viel zu gewölbt für einen Homo sapiens. Mit dem Unterkiefer stimmt auch irgendwas nicht.«

»Dann ist es vielleicht doch ein Primat?« schlug Rob vor.

Katharine sah ihn mitleidig an. »Es gibt keine Primaten auf diesen Inseln, und es hat auch nie welche gegeben, außer im Zoo in Honolulu. Und wer würde schon einem Schimpansen oder Gorilla die Hände falten?«

Rob kaute nachdenklich auf der Unterlippe. »Wenn es ein Haustier war ...«

»Ich bitte dich!« Katharines Ungeduld mit sich selbst schloß langsam auch Rob ein. »Ich habe selbst das in Erwägung gezogen, aber das ist Unsinn.«

»Was ist es dann?« Rob zog es vor, ihre schlechte Laune zu ignorieren. »Komm schon, du hast doch bestimmt irgendeine Idee.«

Katharine atmete kräftig aus. »Also gut«, sagte sie. »Da wir unter uns sind, will ich es dir verraten. Aber du mußt mir versprechen, nicht zu lachen.« Rob zog die Brauen hoch, versprach aber nichts, und Katharine gab sich damit zufrieden. »Es sieht nach etwas aus, das unmöglich ist. Du wirst sowenig daran glauben können wie ich.«

»Teste mich«, sagte Rob.

»Es ist ein Urmensch«, sagte Katharine.

Rob schüttelte den Kopf. »Du hast recht. Das ist unmöglich. Abgesehen von der Tatsache, daß es hier so etwas wie den Urmenschen nie gegeben hat – diese Inseln existierten noch nicht einmal, als der Urmensch auf dem Planeten herumlief. Selbst wenn es Maui gegeben haben sollte – was ich stark bezweifle –, dann gewiß nicht diesen Teil davon. Dies ist eine vulkanische Insel, Kath, sie besteht aus mehreren Lavaschichten. Ich wette, daß die Schicht, auf der wir stehen, nicht älter als zweitausend Jahre ist, eher viel jünger.«

»Ich habe ja gesagt, daß ich selbst nicht dran glaube«, sagte Katharine. »Und ich kann noch ein halbes Dutzend anderer Gründe hinzufügen, warum es unmöglich ist, angefangen damit, daß jede Spezies des Urmenschen, die ich bislang gesehen habe – und ich meine wirklich jede –, ein Fossil war. Und diese Knochen, das ist dir sicher aufgefallen, sind keine Fossilien. Sie sehen aus, als wären sie nicht älter als hundert Jahre, wenn überhaupt.«

»Was liegt dann hier vor uns?« fragte Rob erneut.

»Ich wünschte, ich wüßte es«, seufzte Katharine. »Ich bräuchte einen Computer, um im Internet ein paar Punkte zu überprüfen.«

»Nun, zumindest das ist kein Problem«, sagte Rob. »Komm mit.«

Das komische Gefühl setzte ein, als Michael den Umkleideraum verließ und aufs Feld lief, wo der Sportunterricht beginnen sollte. Es war seine vierte Stunde. Zuerst nahm er es gar nicht richtig wahr, aber als er zum anderen Ende des Footballfeldes lief, wo sich seine Klasse für die Aufwärmübungen versammelte, spürte er es deutlich. Es war wie letzte Nacht, als er aus seinem Alptraum erwacht war und sich gefühlt hatte, als wäre da etwas in seiner Lunge, das ihn nicht richtig atmen ließ, das seine Lunge hinderte, sich mit Luft zu füllen.

Asthma.

Aber kaum hatte er daran gedacht, als er den Gedanken auch schon wieder verwarf.

Es fühlte sich nicht an wie Asthma, und außerdem hatte er diese Krankheit überwunden – er hatte seit Monaten keinen Anfall mehr gehabt.

Ignorieren, sagte er sich, dann geht es schon weg.

Er kam gerade noch rechtzeitig zu den herumstehenden Jungen. Der Lehrer rief seinen Namen, Michael antwortete »hier« und ließ sich auf den Boden fallen, um die zehn Liegestützen zu absolvieren, mit denen die Leichtathletikstunde stets begann. Die Jungen waren auffällig schweigsam, und jeder wußte, warum.

Kioki Santoya.

Den ganzen Morgen über hatten fremde Leute ihn

gefragt, ob ihm gestern etwas an Kioki aufgefallen sei. Was konnte er antworten? Er hatte Kioki ja kaum gekannt – er hatte sogar jetzt Schwierigkeiten, sich an seinen Nachnamen zu erinnern. Während er seine Liegestützen machte, spürte er, wie die anderen Jungen ihn beobachteten und sich vielleicht fragten, ob er etwas verschwieg. Das komische Gefühl in seiner Brust verschwand nicht, aber er schaffte die Übung und fühlte sich danach nicht viel schlechter. Zusammen mit den anderen stand er auf und machte Hampelmänner. Nach fünfundzwanzig fing Michael an zu schwitzen und spürte, wie sich seine Muskeln erwärmten.

»Okay!« rief der Lehrer. »Auf der Stelle laufen!«

Michael ließ die Arme auf die Seite fallen und hob die Knie mit jedem Schritt sehr hoch. Seine Beine bewegten sich wie Kolben. Es war eine seiner Lieblingsübungen, denn in den langen Monaten, in denen sich seine Lunge aufgebaut hatte, waren auch seine Beine kräftiger geworden. Ihre Stärke war für ihn fast eine Art Barometer geworden, ein Beweis dafür, daß sein ganzer Körper mit jeder Woche kräftiger wurde und sich für immer von der schrecklichen Krankheit befreite.

Doch heute begannen seine Beinmuskeln schon nach wenigen Metern zu brennen. Aber das war unmöglich – er hatte sich doch gerade erst aufgewärmt! So würde er kaum eine einzige Runde schaffen.

»Okay, es geht los!« rief der Lehrer. »Eine Runde, und die ersten beiden können die Softballteams aufstellen.«

Die Klasse lief auf die Viertelmeilenbahn, die um das Footballfeld führte. Zwei Jungen – Zack Cater aus Michaels Englischklasse und jemand, dessen Namen Sky oder so lautete und der in seiner Straße wohnte – übernahmen die Führung. Michael wußte sofort, daß er gegen sie keine Chance hatte. Auf den ersten hundert Metern würde er zwar schnell genug sein, um sie zu überholen, aber nach den zweiten hundert würde er bereits zurückliegen. Er hätte seine Energie im Sprint verbraucht und würde mit den letzten der Klasse ins Ziel kommen.

Ziemlich peinlich für jemanden, der gerade gestern ins Laufteam aufgenommen worden war.

Und dazu würde sicherlich noch die Erniedrigung kommen, daß Zack und Sky ihn erst als allerletzten für die Baseballteams auswählen würden.

Es war besser, sich das Tempo einzuteilen und irgendwo im Mittelfeld ins Ziel kommen.

Er sah über die Schulter. Hinter ihm liefen nur noch zwei Jungen. Michael erhöhte sein Tempo etwas, überholte leicht drei Läufer und schloß zu zwei weiteren auf. Als er auch diese beiden hinter sich gelassen hatte, ließ er sich in einen gleichmäßigen Schritt fallen, der ihn leicht um die Kurve und durch die Gegengerade tragen sollte.

Doch das seltsame Gefühl in seiner Brust wurde schlimmer, und seine Beinmuskeln brannten so heftig, daß er fürchten mußte, gleich einen Krampf zu bekommen.

Gestern war er doch eine ganze Runde gelaufen und hatte dann noch Jeff Kina im Sprint geschlagen. Was, zum Teufel, war nur los?

Erneut, wie schon so oft an diesem Morgen, wanderten seine Gedanken zur Tauchpartie zurück.

Aber er dachte nicht nur an das Tauchen. Er dachte auch an den langen Weg durch die Lava, wo er bei jedem Schritt fast gestolpert wäre.

Und an den Streit mit seiner Mutter und die Stunden, die er schlaflos verbracht hatte. Was erwartete er denn? Sein Körper bestrafte ihn lediglich für letzte Nacht.

Ihm kam ein seltsamer Gedanke: Hatte Kioki Santoya vielleicht das gleiche gehabt wie er? Wenn sie nicht tauchen gegangen wären, wenn sie wie geplant einen

Film angesehen hätten und früh nach Hause gekommen wären, wäre Kioki dann noch am Leben?

Aber dann verwarf er diese Idee. Es hätte keinen Unterschied gemacht, wenn sie gestern abend etwas anderes unternommen hätten. Was mit Kioki passiert war ... war eben passiert.

Was ihn selbst betraf – er war den weiten Weg zum Strand gegangen, er hatte getaucht und zuwenig geschlafen. Na schön, dafür mußte er heute büßen. Aber als letzter wollte er trotzdem nicht ins Ziel kommen.

Er nahm sich vor, die Schmerzen in Brust und Beinen zu ignorieren, und hielt während der Kurve sein Tempo. Als er in die Gegengerade einbog, tauchte einer der Jungen, die er überholt hatte, rechts neben ihm auf.

»Ich dachte, du wärst eine ganz große Nummer«, sagte der Junge. Lachend zog er an Michael vorbei und wirbelte dabei absichtlich eine gräuliche Staubwolke auf.

Michael wandte den Kopf ab, doch trotzdem atmete er eine Handvoll Staub ein und wappnete sich bereits gegen den sicherlich folgenden Husten. Aber dann war er durch die Wolke hindurchgelaufen und merkte, daß er schneller wurde.

Er hatte recht gehabt! Er hatte sich nur durchbeißen müssen. Seine Beine fühlten sich etwas besser an, und das Atmen fiel ihm wieder leichter. Sofort hatte er den Jungen wieder eingeholt und verfolgte ihn. Auch wenn ihm der Staub, den der andere aufwirbelte, in die Augen stach, spürte Michael, wie sein Kräfte zurückkehrten. Als sie in die letzte Kurve bogen, zog er an dem Jungen vorbei.

Jetzt war die Ziellinie nur noch wenige Meter entfernt. Michael lenkte all seine Energie in den letzten Sprint. Er überholte noch einen weiteren Läufer, bevor er die Ziellinie überquerte. Plötzlich spürte er wieder die Schmerzen in Brust und Beinen. Als er auslief und zu den anderen gehen wollte, sah er, daß der Sportlehrer ihn beobachtet hatte.

»Was ist mit dir los, Sundquist?« fragte er. »Jack Peters hat mir erzählt, wie gut du gestern nachmittag gewesen wärst, aber davon sehe ich nichts. Fühlst du dich nicht wohl?«

Michael zögerte. Sollte er dem Lehrer von dem komischen Gefühl in der Brust berichten? Oder dem Feuer in seinen Beinen? Dann würde der Sportlehrer bestimmt das gleiche machen, was alle Sportlehrer in New York auch gemacht hatten – ihn zur Krankenstation schicken.

Damit wollte er auf keinen Fall wieder anfangen.

»Ich bin okay«, antwortete er. »Bin gestern nur zu lange aufgeblieben, das ist alles.«

»Laß das ja nicht Peters hören, okay?« mahnte der Lehrer. »Wenn du im Team bleiben willst, mußt du auf deine Form achten, verstanden?«

»Verstanden«, wiederholte Michael und dachte stumm über das Gesetz nach, das besagte, daß Sportlehrer Idioten waren. Er wollte sich gerade abwenden, als der Lehrer noch etwas sagte. Hatte er seine Gedanken gelesen?

»Dann lauf noch ein paar Runden. Und dabei denkst du bitte über den Wert ausreichenden Schlafes nach.«

Während der Rest der Klasse in zwei Baseballteams aufgeteilt wurde, begab sich Michael wieder auf die Bahn.

Kaum hatte er angefangen zu laufen, als der Schmerz wieder in seinem Körper brannte. Er schwor sich, nicht aufzugeben, egal wie schlimm es werden würde.

Er hatte es so weit gebracht, er war ins Laufteam aufgenommen worden, und egal, woher das komische Gefühl in seiner Brust kam, er würde es überwinden.

Und wenn er dabei sterben sollte.

KAPITEL 11

Bewundernd musterte Katharine Rob Silvers Büro auf dem Anwesen von Takeo Yoshihara. Es befand sich in einem der Pavillons, die auf dem Gelände verstreut standen. Katharine nahm an, daß es ursprünglich als Gästehaus gedient hatte. Es gab zwei große, helle Räume mit Fenstern zum Garten, die durch einen Wandschrank und das Bad getrennt waren. In dem Raum, der wahrscheinlich früher als Wohnzimmer gedient hatte, standen nun Aktenschränke und ein Schreibtisch, in dem ehemaligen Schlafzimmer dagegen mehrere Tische, auf denen Fotos, Zeichnungen und sogar einige Modelle traditioneller polynesischer Gebäude zu sehen waren. Das ganze sah nach einem heillosen Durcheinander aus, und Katharine hoffte, daß wenigstens Rob sich darin zurechtfand. Er hatte mindestens achtmal so viel Platz wie sie in ihrem Büro im New Yorker Museum. Offensichtlich stattete ihn Takeo Yoshihara mit allem aus, was er brauchte. An einer Wand des größeren Zimmers stand ein Tisch mit Robs Computer, Drukkern, einem Scanner und ein paar anderen Geräten, deren Zweck Katharine hätte raten müssen.

»Kannst du eine Online-Verbindung herstellen?« fragte sie. »Ich möchte mit einigen Unterlagen im Museum beginnen. Ich erinnere mich an etwas, das unserem Schädel ähnlich sieht.«

»Ich habe eine bessere Idee«, sagte Rob. »Gib mir mal bitte die Polaroids.«

Mit fragendem Blick holte Katharine die Fotos von dem Schädel aus ihrer Tasche und sah dann zu, wie Rob sie auf das Scannerbett schob und ein Programm aufrief, mit dem er die Bilder bearbeiten konnte. In rascher Abfolge tippte er Befehle ein und klickte mit der Maus. Ein paar Minuten später erschienen auf dem Bildschirm acht verschiedene Ansichten des Schädels aus dem Regenwald. Jedes Bild zeigte ihn aus einem anderen Winkel.

Sechs weitere zeigten den Kiefer.

Rob erhob sich. »Jetzt mußt du ein paar unverwechselbare Eigenschaften aussuchen, etwas, das dir helfen würde, wenn du ähnliche Schädel und Kiefer suchen müßtest.«

Katharine setzte sich auf seinen Stuhl und machte sich mit dem Programm vertraut. Bald war sie in der Lage, die einzelnen Bilder zu zoomen. Fünf Minuten später hatte sie eine Auswahl getroffen, und Rob zeigte ihr, wie man die kleinen Felder, die sie mit dem Cursor umrissen hatte, kopierte, so daß sie wie Teile eines Puzzles auf dem leeren Bildschirm erschienen. »Aber das sind nur Fragmente«, wandte Katharine ein. »Selbst wenn du sie alle zusammensetzt, hast du keinen vollständigen Schädel.«

»Willst du wetten?« fragte Rob grinsend. Offenbar würde sie diese Wette verlieren. »Wir sagen dem Computer, daß er grafische Entsprechungen für diese Teile suchen soll«, erklärte er. »Ich durchkämme jede Datenbank im Internet und …«

»Bist du verrückt?« entfuhr es Katharine. »Das dauert Monate!«

»Vielleicht in deinem Museum«, entgegnete Rob gelassen. »Aber dieser Computer hier ist mit einem der beiden leistungsstärksten Rechner der Welt verbunden.«

»Du machst Witze«, sagte Katharine, aber sein zufriedenes Lächeln bewies das Gegenteil.

»Der Großrechner wurde installiert, um die Datenmasse vom Teleskop oben auf dem Berg zu bewältigen«, erklärte Rob, während er eine Reihe von Befehlen eingab, um Katharines Suche nach einer Entsprechung des ausgegrabenen Schädels einzuleiten. »Die Air Force führt dort oben ein Großprojekt durch, mit dem sie

Spionagesatelliten, Raummüll, Asteroiden und was weiß ich noch alles orten können.«

Er drückte die Eingabetaste. Für eine Sekunde wurde der Bildschirm schwarz, und dann baute sich so schnell Text auf, daß Katharine gar nicht mehr mitkam. Rob drückte die Pause-Taste, und das Bild wurde gestoppt.

Auf dem Bildschirm stand eine Reihe von Internetadressen, jede mit einem Dateinamen endend, der eines von einem halben Dutzend grafischer Formate anzeigte. Danach folgte eine Prozentangabe.

Die Zahlen schwankten zwischen Eins und Hundert.

Rob betätigte die Eingabe-, dann die Pause-Taste, und weitere Dateien tauchten auf.

»Das sind ja Hunderte«, sagte Katharine.

»Schlecht gesucht«, entgegnete Rob, drückte auf Escape und gab einige weitere Befehle ein. »Er hat nach einer Entsprechung für jedes einzelne Bild gesucht. Wir schränken die Suche so ein, daß nichts mehr genannt wird, was nicht mindestens vier Entsprechungen zu dem Schädel und drei zu dem Kiefer aufweist.« Er startete eine neue Suche. Nach ein paar Sekunden erschien eine Liste mit 382 Dateien, jeweils mit der zugehörigen Prozentzahl. »Ordnen wir sie ein bißchen«, sagte Rob. Seine Finger glitten über die Tastatur. Kurz darauf blinkte der Bildschirm, und die Liste erschien wieder auf dem Monitor, nun nach Prozentzahlen geordnet. »Okay, schauen wir mal, was wir da haben«, sagte Rob und klickte zweimal auf die Datei am Anfang der Liste. Sofort erschien das grafische Bild eines Kieferknochens, der demjenigen, den sie ausgegraben hatten, erstaunlich ähnelte. Er befand sich in der Sammlung einer Universität in Schweden und war vor vierzig Jahren in Afrika gefunden worden.

Katharine sah verblüfft auf das Bild. »Das habe ich noch nie gesehen.« Sie studierte das Bild und die Beschreibung, die das Fossil als hominid identifizierte, Fundort war die Olduvai Gorge. Obwohl das Fossil keiner bestimmten Spezies zugeordnet war, glaubte Katharine eindeutig Ähnlichkeiten zum *Australopitecus afarensis* zu erkennen.

Sie klickte die zweite Datei an.

Diesmal erschien das Bild eines Schädels.

Eines Schädels, der demjenigen, den sie ausgegraben hatten, sehr ähnlich schien.

Zu dem Bild gab es keine Beschreibung außer der, daß der Schädel an den Hängen des Mount Pinatubo auf den Philippinen gefunden worden war. Neben dem Bild und dem kurzen Hinweis sah man in dem Fenster noch den Link zu einer anderen Datei.

Stirnrunzelnd doppelklickte Katharine auf den Link. Eine Sekunde später öffnete sich ein neues Fenster, und ein weiteres Bild erschien.

Oder, besser gesagt, mehrere Bilder.

Es handelte sich um einen Film oder ein Video, das offensichtlich jemand gemacht hatte, der mit einer Kamera ähnlich amateurhaft hantierte wie Katharine selbst. Die unbeholfene Kameraführung minderte jedoch nicht im geringsten die Faszination, mit der Katharine und Rob verfolgten, was auf dem Bildschirm gezeigt wurde.

Die Kamera richtete sich auf etwas, das nichts ähnelte, was Katharine Sundquist oder Rob Silver je gesehen hatten.

Es schien sich um eine Art Humanoid zu handeln und, obwohl man nicht sicher sein konnte, um ein junges männliches Wesen.

Sein Kieferknochen ragte vor, die Stirn neigte sich steil nach hinten. Seine Gesichtszüge waren breit und ungeschlacht, seine tiefliegenden dunklen Augen von Furcht erfüllt. Sein Mund hing herunter, und sein Körper, der nur mit einem Lendenschurz bekleidet war, schien gänzlich mit einem Haarflaum bedeckt.

Etwa fünfzehn Stammesangehörige standen im Kreis um den Jungen herum – wenn man ihn denn als Jungen bezeichnen konnte. Die Männer beobachteten das Wesen, das sie umringten, so vorsichtig, als wären sie nicht sicher, was er vorhatte.

Katharine sah, wie sich der Kreis zusammenzog, wie der Körper des Jungen sich anspannte und er von einem zum anderen sah. Auf einmal sprang er mit einer Bewegung, so plötzlich, daß die Kamera sie kaum zu erfassen vermochte, zwischen den Männern hindurch und verschwand im Dschungel. Die Männer sahen ihm erstaunt hinterher, sprachen eine Weile aufgeregt miteinander und eilten schließlich hinterher, offensichtlich in der Absicht, den geflohenen Jungen wieder einzufangen.

Der Bildschirm wurde schwarz, und einen Augenblick lang dachten Katharine und Rob, daß der Film zu Ende sei.

Sie irrten sich.

Nach ein paar Sekunden tat sich vor ihnen eine Dschungelszene auf. Das Dorf war verschwunden, und einen Augenblick lang geschah nichts, so daß sich Katharine fragte, ob der Kameramann vielleicht gerade seinen Apparat prüfte. Aber dann fand die Linse ihr Ziel, und schließlich konnte auch Katharine es erkennen.

Das Gesicht – das hominide Gesicht eines Jungen, wenn es denn tatsächlich einer war – schaute aus einem dichten Gestrüpp. Schaudernd erkannte Katharine, daß sie dieses Gesicht schon einmal gesehen hatte. Ein Gefühl von Déjà vu lief durch sie hindurch. Aber dann wurde ihr klar, daß dieses Gefühl einen ganz konkreten Hintergrund hatte: Vor Jahren hatte sie in einer Ausstellung einmal ein Diorama gesehen, das eine Familie von

Homo habilis gezeigt hatte – jener Hominiden, die vielleicht als erste Werkzeuge hergestellt hatten.

Abgesehen von der Hautfarbe und der Gesichtsbehaarung hätte die Gestalt auf dem Bildschirm aus dieser Ausstellung stammen können.

Aber natürlich war das absurd: Der Homo habilis existierte seit zwei Millionen Jahren nicht mehr.

Daraus ergab sich, daß es sich bei dem Video um einen Schabernack handelte.

»Kannst du das anhalten?« fragte Katharine. Die Kamera zeigte noch immer das Gesicht.

Rob klickte mit der Maus ein Symbol auf dem Bildschirm an. Das Bild gefror. Katharine beugte sich vor und betrachtete das Gesicht. Es mußte sich um einen Schauspieler mit einer ganz hervorragenden Maske handeln, eine Arbeit, wie sie sonst nur Kosmetikzauberer der Hollywoodteams für Spezialeffekte hervorbringen konnten. Aber trotzdem – wie war es ihnen gelungen, die Neigung der Stirn so perfekt hinzukriegen? Natürlich wäre es kein Problem gewesen, Plastik und Make-up hinzuzufügen, bis die Gesichtszüge des Schauspielers authentisch aussahen, aber dann hätte der Kopf eigentlich proportional größer als der Körper sein müssen.

Und doch schien der Kopf dieses Jungen völlig zu seinem Körper zu passen.

Katharine griff zur Maus, brachte das Bild auf seine ursprüngliche Größe zurück und ließ es weiterlaufen.

Eine Sekunde später traf der erste Speer.

Die Kameralinse zeigte noch immer eine Nahaufnahme. Das Entsetzen im Gesicht des Jungen wirkte täuschend echt. Seine Augen weiteten und verdrehten sich, als suche er nach dem Werfer des Speeres, der aus seiner Brust herausragte.

Dann trafen ihn ein zweiter und ein dritter Speer, und das Entsetzen wich einem Ausdruck des Schmerzes, der in seiner Verzerrtheit so realistisch wirkte, daß

Katharine froh darüber war, daß das Video ohne Ton war. Selbst in der Stille des Zimmers glaubte sie fast den Schrei zu hören, der sich seiner Kehle entrang.

Er riß den Mund weit auf, stürzte zu Boden, zuckte noch einige Sekunden und lag dann bewegungslos da.

Rob nahm Katharines Hand, als sie sich das restliche Video ansahen.

Die Männer des Stammes versammelten sich um den Körper und stießen ihre Lanzen in ihn, bis sie sicher sein konnten, daß der Junge tot war.

Sie banden seine Hände und Füße an einen Pfahl und trugen ihn zum Dorf zurück.

Dort nahmen die Männer die Leiche aus. Sie schnitten ihr den Bauch auf und warfen die Gedärme den Hunden zu, die danach schnappten, sich darum balgten und sich schließlich niederließen, um ebenso gierig wie wachsam an ihrem Festmahl zu kauen.

Der Stamm versammelte sich um ein Feuer, über dem die Männer die unerwartete Delikatesse brieten.

Für einen kurzen Augenblick schwenkte die Kamera auf das Gesicht einer Frau, die sich vom Rest des Stammes fernhielt. Mit feuchten Augen sah sie zu.

Der Stamm aß, warf die Knochen aber nicht den Hunden vor, sondern gab sie in einen großen Kessel, wo sie auskochten und eine nahrhafte Brühe ergaben.

Erneut wechselte die Szene. Das Dorf war nun in Dunkelheit getaucht.

Eine Gestalt tauchte in der Finsternis auf, und Katharine mußte sich anstrengen, um alles erkennen zu können.

Es war die Frau. Mit einem Netz fischte sie die Knochen aus der Brühe und legte sie auf einem Tuch aus, das sie mitgebracht hatte. Erst als sie sicher war, daß sie alle Teile aus dem Kessel geholt hatte, hörte sie auf. Eine Weile zeigte die Kamera den grotesken Knochenhaufen, bevor die Frau das Tuch darum wickelte.

Es sah aus, als habe sie fast alle Knochen gefunden.

Aber der Schädel fehlte.

Plötzlich schloß sich ohne Ankündigung das Fenster, in dem das Video gelaufen war. Katharine und Rob starrten schweigend auf das Bild des Schädels.

Die Implikation war eindeutig.

Schließlich brach Rob das Schweigen. »Was meinst du? Kann es sein, daß der Film echt ist?«

Katharine schüttelte den Kopf. »Auf keinen Fall. So etwas hat nicht gelebt ...« Sie brach den Satz ab, als sie daran dachte, daß nur wenige Kilometer entfernt ein Skelett an einer Feuerstelle lag.

Ein Skelett, das zu der Gestalt hätte passen können, die sie soeben auf dem Bildschirm gesehen hatten.

Dennoch konnte sie es nicht glauben. Es mußte sich einfach um eine aufwendige Fälschung handeln. »Sehen wir uns den Film noch mal an«, schlug sie vor.

Rob klickte den Link ein zweites Mal an. Aber noch während er den Cursor über den Bildschirm bewegte, schloß sich das Fenster, das den Schädel zeigte. »Verdammt«, fluchte er leise. »Tut mir leid.« Wo eben noch das Fenster gewesen war, sah man jetzt nur noch die Liste der Dateien. Rob suchte nach dem Dateinamen.

Aber mit dem Fenster war auch der Dateiname verschwunden.

»Wo ist die Datei?« fragte Katharine.

Sie suchten über eine Stunde nach der verschwundenen Datei, bevor sie schließlich aufgaben. Es schien, als habe die Datei nie existiert.

Takeo Yoshihara lehnte sich in seinem Sessel zurück. Er saß in seinem Privatbüro und betrachtete den Schädel, den der Kurier aus Manila geliefert hatte. Er hatte ihn persönlich mit einer digitalen Kamera fotografiert und den Inhalt des Videobandes, das der Lieferung beigefügt war, auf eine digitalisierte Grafikdatei übertragen.

Das Videoband lag mittlerweile im Safe in diesem Büro, und nur er kannte die Kombination.

Bevor er das Büro verließ, legte er den Schädel zu dem Video.

Die Grafikdatei in seinem Computer war ebenso sicher. Sie wurde durch Codes geschützt, die nur er und die wenigen verläßlichen Untergebenen kannten, denen er vor einer Stunde Kopien der Datei übergeben hatte.

Die Summe, die er für den Schädel ausgegeben hatte, war gut angelegt. Schade nur, daß der Junge hatte sterben müssen.

Aber es gab keinen Fortschritt ohne Kosten, und was bedeuteten schon ein paar Leben, wenn man bedachte, welches Ziel er vor Augen hatte?

KAPITEL 12

Sergeant Cal Olani hatte gerade seinen Dienst begonnen, als er den Anruf bekam, aufgrund dessen er zu der Stelle an der Straße fuhr, wo Alice Santoya die Leiche ihres Sohnes gefunden hatte. Er hatte angenommen, daß der Junge überfahren worden war und der Täter anschließend Fahrerflucht begangen hatte. Bereits fünf Minuten, nachdem er am Tatort eingetroffen war, wußte er jedoch, daß es sich um kein derartiges Delikt handelte. Daß es keine Reifenspuren gab, mußte nichts bedeuten, denn vielleicht hatte sie der Regen der letzten Nacht weggespült. Aber der Zustand der Leiche ließ nicht auf einen solchen Unfall schließen.

Außer einer Schnittwunde in der rechten Handfläche wies die Leiche keine äußeren Verletzungen auf. Wenn ihn ein Auto so heftig angefahren hätte, daß er an den Folgen gestorben wäre, hätte man etwas sehen müssen.

Olani hatte neben den Notärzten gearbeitet, die versucht hatten, den Jungen wiederzubeleben, auch wenn es von seiner Körpertemperatur her klar war, daß er bereits vor mehreren Stunden gestorben war. Er blieb am Tatort, bis der Fotograf gekommen und wieder gefahren war, und suchte die Stelle nach irgendwelchen Hinweisen ab.

Er hatte versucht, etwas aus Alice Santoya herauszukriegen, aber der Tod ihres einzigen Sohnes hatte der Frau einen solchen Schock versetzt, daß sie nur schluchzte und stammelte.

Nach einer Stunde hatte er seine Arbeit beendet, ohne irgendwelche Hinweise auf ein Verbrechen gefunden zu haben. Aber während er sich für den Rest des Tages um kleinere Gesetzesübertretungen kümmerte, mußte er immer wieder an Kioki Santoya denken. In Paia hatte es einen Ehestreit gegeben, den er beendet hatte, indem er seinen Polizeiwagen vor dem Haus geparkt und ein paarmal gehupt hatte, um Lee und Rosie Chin wissen zu lassen, daß er sie beruhigen würde, wenn sie es nicht selbst taten.

Dann hatte es noch einen kleineren Auffahrunfall gegeben. Olani mußte den Besitzer eines rostigen 1974er Chevy Impala davon überzeugen, daß er von der Versicherung des Touristen, der angeblich den Unfall verursacht hatte, wohl keinen Cent sehen würde. Das Problem des Chevy-Fahrers bestand darin, daß drei Zeugen gesehen hatten, daß der Tourist hinter dem Chevy an einer roten Ampel gehalten hatte, als der Chevy urplötzlich zurücksetzte. Hätte der Tourist den Fuß nicht auf dem Bremspedal gehabt, wäre er auch noch in den Wagen hinter ihm gekracht.

Nachdem er diese Sache geregelt hatte, war Olani noch eine Weile die Front Street in Lahaina auf- und abgefahren, um etwaige Störenfriede wissen zu lassen, daß er auf der Hut war.

Die ganze Zeit über war ihm Kioki Santoya nicht aus dem Kopf gegangen. Jetzt, da seine Schicht in einer Stunde endete und es bald wieder nach Hause zu Malia und den Zwillingen ging, erlaubte er sich, auf der Rückfahrt ins Büro des Sheriffs kurz im Maui Memorial vorbeizuschauen. Das Krankenhaus lag ganz in der Nähe der Polizeiwache, und er wußte, daß er über den Teenager, der letzte Nacht umgekommen war, nachdenken würde, bis er endlich wußte, was dessen Tod verursacht hatte.

Er stellte seinen Wagen auf dem fast leeren Parkplatz neben dem Krankenhaus ab und trat durch den Eingang der Notaufnahme ein, der versteckt in einer Ecke des L-förmigen Gebäudes lag. Jo-Nell Sims, die diensthabende Schwester, blickte auf. »Zehn Minuten«, sagte sie, als sie ihn erkannte. »Dann habe ich Dienstschluß.« Sie sah ihn mit einer Mischung aus Erschöpfung und Verärgerung an und deutete mit dem Finger auf ihn. »Sag mir bitte nicht, daß du mir jetzt noch jemanden bringst, Cal. Sag es bitte nicht.«

»Ganz ruhig, Jo«, entgegnete Olani. »Draußen ist alles ruhig. Ich bin nur vorbeigekommen, weil ich wissen will, was mit dem Jungen war, den sie heute morgen gebracht haben. Kioki Santoya.«

Der Glanz in Jo-Nells Augen erlosch. »Ist das nicht schrecklich? Mir tut seine Mutter so leid.«

»Sind sie schon mit der Autopsie fertig?« fragte Olani.

Mit einem traurigen Kopfschütteln sah Jo-Nell den Dienstplan durch. »Laura Hatcher hat es gemacht.« Sie telefonierte kurz und deutete dann zu den Türen, die zu den Untersuchungszimmern führten. »Sie kommt gleich. Erste Tür links.«

Fünf Minuten später erschien Laura Hatcher. Sie war nicht viel größer als einen Meter fünfzig, wog bestimmt nicht mehr als sechsundvierzig Kilo und sah wie eine

Zwölfjährige aus. Aber Olani hatte oft genug mit ihr zu tun gehabt, um zu wissen, daß sich hinter dieser zierlichen, ja fast kindlichen Fassade eine abgebrühte, ausgezeichnete Pathologin verbarg.

»Und, was ist mit Kioki Santoya?« fragte Olani sofort. »Irgendeine Ahnung, woran er gestorben ist?«

Laura Hatcher schlug ein Clipboard mit Metalldekkel auf und ging ein paar Seiten durch, bis sie gefunden hatte, was sie suchte. »Nun, ich kann Ihnen sagen, woran er nicht gestorben ist. Äußerliche schwere Verletzungen gab es kaum – nur eine Abschürfung an der linken und eine allerdings ziemlich tiefe Schnittwunde an der rechten Hand.«

»Die habe ich gesehen. Sah aus wie die Art Wunde, die man sich eher durch ein Stück zerbrochenes Glas als durch einen Messerstich zuzieht.«

Laura Hatcher nickte. »Das sehe ich auch so. Und sie war auch nicht so tief, daß er daran verblutet wäre.«

»Was ist mit Alkohol?« fragte der Polizist. »Manche von diesen Kids trinken Mengen ...«

»Daran habe ich auch gleich gedacht. Nichts.«

»Und wie lautet Ihre These? Daß er einfach so gestorben ist? Jungen in seinem Alter kriegen doch keinen Herzanfall, oder?«

»Nun, das kommt auch vor, aber in seinem Fall deutet nichts darauf hin. Das einzige, was nicht ganz normal aussah, war seine Lunge, aber solange ich die Resultate aus dem Labor nicht habe, kann ich auch nicht sagen, ob sein Tod etwas mit seiner Lunge zu tun hatte.« Sie breitete die Arme aus. »Ich wünschte, ich könnte Genaueres sagen, aber bis jetzt weiß ich selbst nicht viel. Ich habe auch an einen Virus gedacht – eines der neuen Biester, die vor kurzem aufgetaucht sind –, aber auch für diese Annahme spricht nichts. Er scheint bis zu seinem Tod völlig gesund gewesen zu sein. Seine Mutter bestätigt das.«

»Also auch in diese Richtung nichts?« Olani seufzte.

Hatcher nickte. »Tut mir leid, mehr weiß ich bis jetzt auch nicht.« Sie warf einen Blick auf ihre Notizen. »Übrigens, sagen Ihnen die Namen Rick Pieper, Josh Malani und Jeff Kina irgendwas?«

»Mit Kina hat es ein- oder zweimal Ärger gegeben. Er ist groß und kräftig und provoziert gerne mal *haoles*. Und Josh Malani mimt den harten Mann, aber das ist nur Show. Warum?«

»Alice Santoya hat gesagt, daß ihr Sohn gestern abend mit diesen drei Jungs unterwegs war. Er hat auf ihren Anrufbeantworter gesprochen, er ginge mit ihnen ins Kino. Je nach dem, was für Ergebnisse aus dem Labor kommen, wird vielleicht jemand mit ihnen reden wollen.«

Cal Olani schrieb die Namen in sein Notizbuch. Vielleicht würde er einfach mal bei der Schule vorbeischauen und sich mit den drei Jungen unterhalten.

Zehn Minuten, nachdem Olani sein Gespräch mit Laura Hatcher beendet hatte, betrat ein Mann das kleine Zimmer, das dem Krankenhaus als Leichenhalle diente. Nachdem er sich davon überzeugt hatte, daß ihn niemand gesehen hatte, verschloß er die Tür und zog das Schubfach mit den sterblichen Überresten Kioki Santoyas heraus. Das war das Schlimmste an seinem Job als Krankenpfleger – mit Toten zu tun zu haben. Der Rest des Jobs hatte Elvis Dinkins nie etwas ausgemacht – ob es nun um das Wechseln der Laken oder das Leeren der Bettpfanne ging.

Auch Kranke machten ihm nichts aus.

Aber Tote …

Trotz seines Ekels vor der Leiche – oder vielleicht gerade deswegen – konnte Elvis Dinkins seinen Blick nicht von Kioki Santoyas Gesicht abwenden. Die Augen des Jungen waren geöffnet, und seine Züge wirkten aufgedunsen. Der Mund war ebenfalls geöffnet, und Elvis hatte den Eindruck, als sei die Zunge des Jungen angeschwollen. Sein Magen drehte sich fast um, als er sah, daß Dr. Hatcher eine kleine Scheibe abgeschnitten hatte, um sie ins Labor zu schicken.

Während er sich die chirurgischen Handschuhe überstreifte, die er aus dem Waschraum entwendet hatte, fragte sich Elvis, ob er nicht auch ein Stück der Zunge abschneiden sollte. Aber das würde bedeuten, daß er in den Mund des Jungen greifen mußte, und er war sich keinesfalls sicher, ob er dazu in der Lage war.

Es würde ihm schon schwer genug fallen, ein Stück Gewebe aus der Wunde zu entnehmen, die Dr. Hatcher geschnitten hatte, als sie den Leichnam des Jungen für die Autopsie öffnete. Elvis schauderte. Ihm wurde oft schlecht, wenn er Blut sah.

So oft, daß er schon daran gedacht hatte, sich nach einem anderen Job umzusehen.

Vielleicht konnte er für Takeo Yoshihara arbeiten. Er hatte gehört, daß niemand auf Maui höhere Löhne zahlte als er.

Das war indirekt auch der Grund, weshalb er jetzt in der Leichenkammer stand.

Ein paar Tage, nachdem er begonnen hatte, im Krankenhaus zu arbeiten, hatte ihn ein Arzt angesprochen, während er gerade ein Zimmer putzte. Elvis Dinkins hatte den Mann bereits gekannt.

Es handelte sich um Stephen Jameson, den Leibarzt von Takeo Yoshihara.

Um jemanden also, dem man zuhörte.

Und deshalb hatte Elvis auch besonders gut zugehört, als ihn Dr. Jameson bat, ihn zu informieren, falls ihm im Krankenhaus etwas Ungewöhnliches auffallen sollte.

Damals hatte Elvis natürlich noch keine Vorstellung davon gehabt, was man in einem Krankenhaus als ungewöhnlich bezeichnen sollte. Er hatte gewartet, Augen und Ohren aufgehalten, aber nichts »Ungewöhnliches« bemerkt. Bis jetzt.

Ein Teenager war gestorben, unter Umständen, die sogar Dr. Hatcher unklar blieben – wenn das nichts Ungewöhnliches war. Er hatte Glück gehabt, daß er sich in der Notaufnahme aufhielt, als Sergeant Olani gekommen war.

Er hatte sich im Flur herumgedrückt, während der Cop mit Hatcher gesprochen hatte, und am Ende der Schicht hinter Jo-Nell seine Karte in die Stempeluhr geschoben. Doch er hatte das Krankenhaus nicht verlassen, sondern gewartet, bis Dr. Hatcher gegangen war, und sich eine Kopie ihres Autopsieberichts ausdrucken lassen. Zuerst hatte er nur daran gedacht, Dr. Jameson den Bericht zukommen zu lassen, aber dann fiel ihm ein, daß Dr. Hatcher erwähnt hatte, die Lunge dieses Kioki habe irgendwie komisch ausgesehen. Daraufhin hatte er sich entschlossen, auch eine Probe von der Lunge zu entnehmen.

Doch jetzt starrte er auf die groben Stiche, mit denen Dr. Hatcher den großen Y-förmigen Schnitt wieder geschlossen hatte, und fragte sich, ob er es wirklich schaffen würde. Seine Hände zitterten schon jetzt, dabei hatte er noch nicht einmal den Faden durchtrennt.

Er umfaßte den Griff des Skalpells, das er aus dem OP mitgenommen hatte, wappnete sich, so gut es ging, und beugte sich über die Leiche.

Nacheinander fuhr er durch die Schnitte, bis der Torso der Leiche weit auseinander klaffte.

Nachdenklich betrachtete Elvis Dinkins das Durcheinander der Organe, die nach der Autopsie wieder in den Körper gepackt worden waren. Abermals drehte sich sein Magen um, und er mußte sich zusammenreißen, um sich nicht auf der Stelle zu übergeben. Aber als er mit dem Skalpell tief in das Gewebe des linken Lungenflügels schnitt, sagte er sich, daß es auch nichts anderes war, als wenn er die Leber zerschnitt, die seine Mutter mit Zwiebeln in der Pfanne gebraten hatte.

Der Brechreiz ließ etwas nach.

Nach einigen Sekunden hatte er ein Stück Lunge abgeschnitten und gab es in eines der Speziesgläser, die er aus demselben Schrank wie das Skalpell entwendet hatte. Natürlich hatte er keine Ahnung, was Dr. Jameson mit der Probe anfangen würde, aber wichtig war sie bestimmt.

Sehr wichtig.

Und dann ...

Als er sich aus dem Krankenhaus stahl, träumte Elvis Dinkins von der Zukunft. Wenn er einen Job bei Takeo Yoshihara bekam, würde er sich eine neue Wohnung suchen.

Verdammt, wenn er Glück hatte, würde der Inhalt dieses Glases sein ganzes Leben verändern.

Der Gedanke, daß dieser Inhalt ihn auch das Leben kosten könnte, kam Elvis Dinkins nicht.

KAPITEL 13

Jack Peters wünschte sich, die passenden Worte für die zwölf Teenager zu finden, die ihn umringten. Heute alberten die Jungen nicht herum wie sonst vor Beginn der Trainingsstunde. Jeder schien seinen eigenen Gedanken nachzuhängen, aber als der Trainer seinen Blick über die Gesichter wandern ließ, entdeckte er etwas Gemeinsames:

Furcht.

Keiner von ihnen wußte, warum Kioki Santoya letzte Nacht gestorben war, und weil sie es nicht wußten, hatten sie Angst.

Er glaubte zu wissen, was sie dachten.

Was, wenn Kioki an einer dieser neuen Krankheiten gestorben war, Ebola oder so etwas, die einen innerhalb weniger Stunden töteten, während man sich das Hirn auskotzte und überall zu bluten begann?

Was, wenn jemand Kioki getötet hatte?

Was, wenn ...?

Jack Peters kannte so viele Wenns, daß er sie unmöglich alle beantworten konnte. Solange sie nicht wußten, was mit Kioki geschehen war, konnte er im Grunde keine einzige Frage beantworten. »Ich schätze, keinem von uns ist heute nach Training zumute«, sagte er schließlich. »Mir jedenfalls nicht. Ich weiß, daß viele Leute in einem Fall wie diesem sagen, daß man sich ablenken soll, um nicht dauernd daran denken zu müssen. Aber ich vermisse Kioki, und ...« Seine Stimme verlor sich. Er räusperte sich laut. »Ich glaube, ich möchte einfach an ihn denken. Deshalb fällt das Training heute aus. Wer hierbleiben und reden will – ich bin da. Wenn nicht, auch okay.« Er sah die Jungen an. »Ich schätze, das ist alles, was ich zu sagen habe.«

Einige Sekunden lang bewegte sich niemand. Es war, als warte jeder darauf, daß einer der anderen sich irgendwie regte. Schließlich machte sich Rick Pieper mit gesenkten Schultern, die Hände in den Hosentaschen vergraben, auf den Weg zum Umkleideraum. Peters wußte, daß Kioki Ricks bester Freund gewesen war. Kurz darauf folgten Jeff Kina und Michael Sundquist. Als ließen sie sich von den dreien führen, die Kioki zuletzt lebend gesehen hatten, gingen nun auch die anderen langsam zu den Umkleideräumen. Das Schweigen, das über den Jungen gelastet hatten, löste sich auch dann nicht, als sie ihre Trainingssachen abstreiften und wieder ihre Straßenkleidung anzogen.

Zehn Minuten später kamen Michael, Jeff und Rick gemeinsam aus der Sporthalle. Josh Malani wartete auf sie.

»Sollen wir irgendwo was essen gehen?« fragte Josh. Michael merkte an seiner unsicheren Art, daß er sich fragte, ob irgendeiner der Freunde ihn für Kiokis Tod verantwortlich machte.

»Ich hab eigentlich keinen Hunger«, entgegnete Jeff.

Joshs Augen zogen sich zusammen. »Hört mal, was gestern mit Kioki passiert ist, war bestimmt nicht unsere Schuld.«

»Das hat auch keiner gesagt«, antwortete Jeff. »Ich will einfach wissen, was passiert ist. Ich meine ...« Ein Polizeiwagen fuhr auf den Schulparkplatz. »Oh, oh.«

Die anderen drei Jungen folgten Jeffs Blick.

»Glaubst du, sie wissen schon, daß wir in Kens Tauchladen eingebrochen sind?« fragte Rick Pieper. Der Wagen hielt an.

»Wir sind nicht eingebrochen«, sagte Josh schnell. Der Polizist stieg aus seinem Wagen und kam auf sie zu. »Er kann es gar nicht wissen. Wir sagen, daß wir in der Spielhalle in Kihei waren. Okay? Wir haben nur Videospiele gespielt.«

Cal Olani trat auf sie zu, und Michael sah, wie es in Joshs Augen feindselig glitzerte.

Cal Olani sah es auch. »Nur die Ruhe, Josh«, sagte er. »Ich bin nicht hier, um euch Ärger zu machen. Ich will nur dir und deinen Freunden wegen letzter Nacht ein paar Fragen stellen.« Er sah die Jungen nacheinander an. Dann blieb sein Blick an Michael hängen. »Wir kennen uns, glaube ich, noch nicht.« Er streckte seine rechte Hand aus. »Ich bin Cal Olani.«

»Michael Sundquist«, antwortete Michael und schüttelte die Hand des Polizisten.

»Du warst also gestern abend auch mit Kioki zusammen?«

Michael nickte.

»Was dagegen, wenn ich ein paar Fragen stelle?«

Michael zuckte mit den Schultern.

»Was habt ihr denn gestern abend gemacht?«

Michael spürte, wie sich sein Magen vor Aufregung zusammenzog. Er war sicher, daß es der Cop merken würde, wenn er nicht die Wahrheit sagte. Aber noch bevor er etwas sagen konnte, schaltete sich Josh Malani ein.

»Kommen Sie, wir haben nur in der Spielhalle draußen in Kihei rumgehangen,«

»Stimmt das?« fragte Olani Michael.

Michael spürte, wie Joshs Blick ihn durchbohrte. Schließlich sagte er sich, daß er nicht log, wenn er nichts Konkretes sagte. Er zuckte lediglich nichtssagend mit den Schultern und setzte die gleiche abweisende Miene auf wie Jeff Kina und Josh.

Olani wandte sich an Rick Pieper. »Und du hast Kioki also abgesetzt?«

Rick nickte. »Ich bot ihm an, ihn ganz bis nach Hause zu fahren, aber er hatte Angst, daß ich mit meinem Wagen seine Mutter aufwecken würde. Also hab ich ihn an der Straße rausgelassen.«

»Und stimmte alles mit ihm?«

Rick zog die Stirn in Falten. »Sie meinen, ob ihm schlecht war oder so?«

Als der Polizist nickte, zuckte Rick mit den Schultern. »Ich denke, es ging ihm gut. Ich meine, er hat nichts gesagt, und da ich ihn nicht nach Hause bringen sollte, muß es ihm ja gut gegangen sein, oder?«

Cal Olanis Blick wanderte von einem Jungen zum anderen. »Wie sieht es mit euch aus? Geht es euch gut?«

»Seit wann interessieren Sie sich dafür, wie es uns geht?« entgegnete Josh.

Bevor Olani antworten konnte, fragte Rick Pieper: »Kioki war also krank? Deshalb ist er gestorben?«

Olani zögerte. Er wußte, daß sich jede Antwort, die er jetzt gab, wie ein Lauffeuer in der Schule verbreiten würde – und von dort über die ganze Insel. Dabei hatte Laura Hatcher nicht gesagt, woran Kioki gestorben war, sie hatte lediglich bestimmte Möglichkeiten ausgeschlossen. »Das wissen wir noch nicht. Aber er scheint keine äußeren Verletzungen zu haben.« Er wandte sich an Josh. »Hör mir gut zu, Malani. Ich will euch wirklich nichts Böses. Ich versuche nur herauszufinden, was mit eurem Freund geschehen ist, damit es nicht auch noch anderen passiert. Also ganz die Ruhe, okay?«

Josh schob die Hände in die Hosentaschen. »Alles klar«, sagte er. »Wir wissen nur einfach nichts.«

Noch einmal sah Olani die Jungen an. Er war sicher, daß sie ihm etwas verschwiegen. Andererseits hatte er dieses Gefühl immer dann, wenn er irgend etwas mit den Jugendlichen auf der Insel zu besprechen hatte. Und solange er nicht genau wußte, woran Kioki gestorben war, hatte es keinen Sinn, sie zu bedrängen. Ein anderes Mal vielleicht, aber heute nicht. »Na schön«, meinte er. »Macht nur keinen Ärger, okay? Ich habe erst morgen wieder Dienst.«

»Was glaubt ihr?« fragte Jeff Kina, als der Sheriff davonfuhr. »Weiß er, daß wir uns Kens Sachen ausgeliehen haben?«

»Natürlich nicht«, behauptete Josh. »Wenn doch, wäre er nicht so schnell gegangen.« Er wandte sich an Michael. »Soll ich dich nach Hause fahren?«

Michael zögerte. Er überlegte, ob es nicht besser gewesen wäre, dem Polizisten zu erzählen, was gestern geschehen war. Und als der Mann sie gefragt hatte, ob es ihnen gut ging, hatte er sofort an den Sportunterricht gedacht, als er …

Aber das hatte er schließlich überstanden.

Na ja, nicht ganz. Selbst jetzt spürte er noch etwas in der Brust – nichts Schlimmes, aber irgendwie komisch. Und wenn die anderen sich gut fühlten, wollte er nicht derjenige sein, der herumjammerte. »Klar«, sagte er schließlich zu Josh. »Fahren wir.«

Als sie fünf Minuten später in die Makawao einbogen, merkte er, daß Josh sein Zögern nicht entgangen war. »Bist du sauer auf mich?« fragte er.

Michael zuckte die Schultern. »Eigentlich nicht. Aber ...«

»Dich haben die Bullen bestimmt noch nicht herumgeschubst, stimmt's?« fragte Josh. Michael sah seinen Freund an, aber der schaute nur geradeaus. »Du bist bestimmt nie von ihnen mitten in der Nacht am Strand aufgegriffen und gefragt worden, was du da zu suchen hättest. Und du hast dich bestimmt auch noch nie um die Antwort drücken müssen, weil du nicht zugeben wolltest, daß dein Vater so besoffen war, daß du nicht nach Hause getraut hast.«

Michael preßte die Lippen zusammen.

»Du mußtest auch bestimmt noch keine Nacht auf der Polizeiwache verbringen, weil dich keiner von deiner Familie abholen wollte, oder?«

Michael schüttelte den Kopf und sagte noch immer nichts.

»Okay, vielleicht hätten wir es ihm sagen sollen«, räumte Josh schließlich ein. »Aber ich habe einfach keine Lust mehr, herumgeschubst zu werden. Also sei nicht sauer auf mich, okay?« Er zögerte und fügte dann hinzu: »Komm, Mike, laß uns was zusammen machen.«

»Was denn?« fragte Michael vorsichtig.

Joshs Stimme klang plötzlich fast schüchtern. Er starrte noch immer nach vorne. »Meinst du, deine Mutter hätte was dagegen, wenn du mir zeigst, was sie ausgegraben hat?«

Michael wandte den Kopf zu seinem Freund. »Du machst Witze. Du willst dir eine archäologische Ausgrabungsstätte ansehen?«

Josh Malani errötete. »Wieso nicht? Ich bin doch nicht blöd, oder was?«

Michael mußte lachen. »Na ja, manchmal benimmst du dich schon blöd«, sagte er. In diesem Augenblick kamen sie an einer Telefonzelle vor einem der Häuser von Makawao vorbei. »Halt mal eben an.«

Josh fuhr an die Seite. »Also sind wir noch Freunde?«

»Natürlich sind wir noch Freunde«, versicherte Michael. »Ich rufe nur eben meine Mom an, damit sie uns am Tor erwartet.«

»Am Tor?« fragte Josh. »Welches Tor?«

»Hast du schon mal von einem Takeo Yoshihara gehört.«

Josh sah ihn verblüfft an. »Das ist der Mann, für den deine Mutter arbeitet?«

»Ist das so eine große Sache?« fragte Michael zurück.

Josh nickte. »Hier auf der Insel gibt es keine größere. Niemand hat ihn je gesehen, und niemand weiß, was er wirklich macht. Und kaum jemand weiß, wo er wohnt.«

»Nun, dann mach dich bereit«, sagte Michael. »Denn gleich wirst du das alles sehen.«

Warten wir's ab, dachte Josh, als Michael aus dem Truck stieg, um seine Mutter anzurufen. Warten wir's ab.

»Ach, du meine Güte«, flüsterte Josh, als sie den Regenwald hinter sich ließen und in den riesigen Garten fuhren, der zu Takeo Yoshiharas Anwesen gehörten. Sie folgten Rob Silvers Explorer. »Sieh dir das an! Was mag das gekostet haben?«

Auch wenn seine Mutter ihm das Gelände beschrieben hatte, war Michael doch so wenig auf den Anblick vorbereitet wie Josh. Sein Blick wanderte von einem Teich zu einem Wasserfall und von dort aus zu einem Zen-Garten, ohne daß er alles erfassen konnte. »Zehn Millionen?« schätzte er.

»Bestimmt viel mehr«, meinte Josh. »Sieh dir nur die Häuser an. Das ist alles Kao-Holz, Mann. Das kostet ein Vermögen.« Er fuhr langsamer und sah sich um. Plötzlich tauchte ein Albino-Pfau aus einem der Wäldchen auf, baute sich auf und spannte seinen riesigen Schwanz zu einem weißen Fächer auf. »Ich glaube es nicht«, hauchte Josh. »Was meinst du, wie viele Leute sich allein um diesen Garten kümmern?«

Michael grinste. »Vielleicht kriegen wir hier einen Ferienjob als Gärtner.«

»Vielleicht«, stöhnte Josh. »Aber ich glaube, hier mußt du Landschaftsarchitekt sein, damit du den Rasen mähen darfst.«

Kurz darauf hatten sie das Anwesen verlassen und fuhren auf dem holperigen Weg, der zu der drei Kilometer entfernten Ausgrabungsstätte führte.

Stephen Jameson sah aus dem Fenster seines Büros in dem langen, niedrigen Gebäude, das am anderen Ende des Gartens der Privatresidenz seines Arbeitgebers stand. Er hatte zwar gesehen, daß ein Explorer, gefolgt von einem rostigen Pick-up, durch den Garten gefahren war, aber er hätte wohl nur mit Mühe die Farbe der beiden Fahrzeuge nennen können. Das Problem, mit dem er sich konfrontiert sah, hatte seine gesamte Aufmerksamkeit in Anspruch genommen.

Auf seinem Schreibtisch lag eine Kopie des Autopsieberichts. Daneben stand das Glas mit der Gewebeprobe von Kioki Santoyas Lunge, die dieser Krankenpfleger aus dem Leichnam geschnitten hatte. Jameson hatte kurz mit dem Gedanken gespielt, die Leiche des Jungen von dem Krankenhaus auf das Anwesen überführen zu lassen, aber wahrscheinlich würde das nur noch mehr Aufsehen erregen. Außerdem würde es nicht mehr viel bringen. Jameson war sich bereits sicher, was den Tod des Jungen verursacht hatte. Zwar hatte er erst einen flüchtigen Blick durch das Mikroskop in seinem Büro geworfen, aber die Laboranalyse der Gewebeprobe würde, davon war er überzeugt, seine Ergebnisse nur bestätigen.

Die Frage war nur, wie Kioki verseucht worden war. Eine ebenso wichtige Frage lautete: Waren die drei Jungen, die in dem Memo erwähnt wurden, das dem Bericht beilag, ebenfalls verseucht worden?

Stephen Jameson griff zum Telefon, wählte eine vierstellige Rufnummer und begann zu sprechen, kaum daß die Verbindung hergestellt war.

»Hier ist Dr. Jameson. Ich habe drei Namen: Jeff Kina, Josh Malani und Rick Pieper. Alle drei sind sechzehn oder siebzehn Jahre alt. Alle drei müssen beobachtet werden. Wenn irgend etwas mit ihnen sein sollte – wenn sie krank werden –, sollen sie sofort hierher gebracht werden. Haben Sie verstanden?«

Der Mann am anderen Ende der Leitung wiederholte die drei Namen. Stephen Jameson wollte gerade auflegen, als ihm noch etwas auffiel. »Es gibt da noch einen Namen«, sagte er. »Elvis Dinkins. Er hat das Anwesen vor wenigen Minuten verlassen. Es wäre am besten, wenn er nicht in Wailuku ankäme.«

Kaum einen halben Kilometer hinter dem Anwesen Takeo Yoshiharas war Josh Malani bereits zweimal von der Straße abgekommen und hatte sich zweimal von Rob Silver auf den Weg zurückziehen lassen müssen.

»Vielleicht sollten wir deinen Truck besser hier stehenlassen und den Rest des Weges mit dem Explorer fahren«, schlug Rob vor, als er das Abschleppseil von Joshs vorderer Stoßstange losband.

»Ich schaffe das schon«, beharrte Josh. »Ich bin schon auf viel schlechteren Straßen gefahren.«

Rob sah dem Jungen an, daß jedes weitere Argument sinnlos wäre. Er warf das Seil wieder in den Explorer und fuhr weiter, wobei er immer wieder durch besorgte Blicke in den Rückspiegel kontrollierte, ob Josh nicht neuerlich von der Straße abgekommen war.

Doch erstaunlicherweise gelang es Josh tatsächlich,

seinen Pick-up in der Spur zu halten, und schließlich erreichten die Wagen die Lichtung, wo die Zeltbahnen heruntergelassen worden waren, um die Arbeitstische vor der Sonne zu schützen. Josh war deutlich die Enttäuschung darüber anzusehen, daß es hier nicht mehr zu sehen gab als ein paar alte Steine. »Das hier ist nicht die eigentliche Stelle«, sagte Katharine, die aus einem der Zelte gekommen war. »Sie ist da oben. Kommt mit.«

Als sie die Jungen den steilen Weg hinauf zu der Schlucht führte, spürte Michael wieder das seltsame Gefühl in der Brust.

Eigentlich war es kein richtiger Schmerz.

Nur ein komisches Gefühl, als bleibe einem die Luft weg. Dabei machte ihm das Atmen keine Schwierigkeiten.

Komisch.

Er bemühte sich, gegen das seltsame Gefühl anzugehen, und ging weiter, bis sie zu dem Vorsprung kamen, auf dem sich die Feuerstelle und das Skelett befanden.

»Mann«, flüsterte Josh, als er auf die Knochen herabblickte, die in ihrer ursprünglichen Position vor ihm lagen. »Was ist das? Ein Schimpanse?«

»Weder ein Schimpanse noch ein Gorilla«, antwortete Katharine. Sie kniete nieder und begann die Besonderheiten des Skeletts zu erklären, aber Michael hörte ihr gar nicht mehr zu. Kaum hatte er das Skelett gesehen, als ihn ein Gefühl überkommen hatte, das noch seltsamer war als das in seiner Brust.

Ein Gefühl, als ob eisige Finger seinen Rücken entlang strichen.

Furcht, aber irgendwie nicht schlimm.

Wie gebannt starrte er auf das Skelett und mußte sich schließlich zwingen, den Blick abzuwenden.

Er sah sich um.

Vielleicht erinnerte ihn dies alles nur an etwas anderes – an eine andere Fundstelle, an der seine Mutter gearbeitet hatte, irgendwo in Afrika.

Aber die Orte, die er in Afrika gesehen hatte, ähnelten diesem hier überhaupt nicht. Sie lagen in trockenen Wüstengebieten, wo so selten Regen fiel, daß es praktisch keinerlei Vegetation gab. Hier jedoch umgab sie der Regenwald, dessen Blätterdach sich über ihnen wölbte. Ranken kletterten die Bäume hinauf, Farne sprossen aus Felsspalten, alles war von Moos bedeckt.

Afrika war anders gewesen – jeder Ort, an den er sich erinnerte, war anders gewesen.

Er schaute wieder auf das Skelett. Er beugte sich herab und legte seine Hand auf die steil abfallende Stirn des Schädels.

Warum? dachte er. Warum tue ich das?

»Vorsichtig«, hörte er seine Mutter.

Erschrocken zog er die Hand weg und schaute zu ihr auf. »Was ist das?« fragte er.

Katharine zog die Brauen zusammen und sah ihn halb verwundert, halb belustigt an. »Hast du gar nicht zugehört? Ich habe Josh gerade erklärt, daß es zu nichts zu passen scheint, was ich kenne.«

Michael konnte den Blick nicht von den Knochen abwenden. Erneut spürte er den seltsamen kalten Schauder, die Beklemmung in seiner Brust. Unwillkürlich griff er wieder nach dem Schädel, aber bevor er ihn erneut berührte, drang die Stimme seiner Mutter zu ihm durch.

»Michael? Junge, geht es dir gut?«

Michael zog die Hand zurück und richtete sich auf. Wie konnte er seiner Mutter erzählen, wie er sich fühlte? Wie konnte er es irgend jemandem erzählen, da er es ja kaum selbst verstand? Schließlich gelang es ihm, sich von dem seltsamen Schädel loszureißen. Er sah seine Mutter an.

»Was ist los?« fragte sie. »Irgendwas stimmt doch nicht.«

»Ein Freund von uns ist gestern nacht gestorben«, sagte Josh.

Sie sah ihn fassungslos an. »Ein Freund von euch?« wiederholte sie. Ihr Blick wanderte von Josh zu Michael. »Einer von den Jungen, mit denen du gestern abend zusammen warst?«

Michael nickte. »Kioki Santoya«, sagte er. »Er war im Laufteam.«

Katharine ließ sich auf einem Felsen nieder. »Wie?« fragte sie. »Was ist geschehen?«

Zögernd erzählten Michael und Josh ihr das wenige, das sie über Kiokis Tod wußten.

»Und er ist einfach gestorben?« fragte Katharine, als sie fertig waren. »Mitten im Zuckerrohrfeld?«

Michael und Josh nickten. Katharine erhob sich und legte die Arme um ihren Sohn. »Wie furchtbar«, sagte sie. »Du fühlst dich bestimmt ...«

»Ich bin okay, Mom.« Michael spürte, wie ihm die Röte ins Gesicht schoß, während er sich aus ihrer Umarmung löste. »Ich ... ich hab' ihn ja kaum gekannt.« Er sah Josh an und merkte sofort, wie seine Worte geklungen haben mußten. »Ich meine ...« Er druckste eine Weile herum und stieß dann hervor: »Ach, ich weiß nicht, was ich meine!« Er wandte sich ab und lief den Weg hinauf, bis zu der tiefen Spalte in der Schlucht, der alten Fumarole. Das Blattwerk versperrte ihm fast völlig die Sicht. Er stolperte über einen umgestürzten Baum.

Mist.

Was, zum Teufel, war nur los mit ihm? Warum hatte er das gesagt?

Er sah, wie jemand ihm folgte. Großartig! Jetzt mußte seine Mutter ihm auch noch hinterherlaufen wie einem Zehnjährigen.

Oder einem Asthmatiker!

Aber dann brach Josh durch die Büsche, und erneut spürte Michael, wie er errötete. »Hör mal, das mit Kioki hab' ich nicht so gemeint. Ich meinte …«

»Schon gut«, sagte Josh und ließ sich neben Michael auf einen Baumstamm fallen. »Ich sage die ganze Zeit Sachen, die ich nicht so meine.«

Michael spürte, wie die Hitze aus seinem Gesicht wich. »Noch Freunde?«

Josh grinste. »So leicht wirst du mich nicht los.« Schweigend saßen die beiden Jungen eine Weile beisammen und lauschten dem Vogelgesang und dem Rauschen des Wasserfalls. »Wieso wolltest du nicht, daß deine Mom dich umarmt?« fragte Josh schließlich.

»Ich bin doch kein kleines Kind mehr«, stöhnte Michael. »Ich meine, Josh, wirklich. Findest du es gut, wenn deine Mom dich vor deinen Freunden umarmt?«

Josh sah Michael an. »Ich weiß es nicht«, sagte er. »Meine Mom umarmt mich nie.« Er stand auf. »Vielleicht gehen wir besser zurück, was?«

Michael und Josh machten sich gerade auf den Weg, als Rob Silver auftauchte. »He, was treibt ihr denn hier?«

»Nichts«, sagte Michael. »Wir reden nur.«

»Hier oben?« fragte Rob und rümpfte angeekelt die Nase. »Hier wabern die Schwefeldämpfe ja förmlich durch die Luft. Wie haltet ihr bloß den Gestank aus?«

Michael und Josh sahen einander an. »Welchen Gestank?« fragte Michael.

»Die Fumarole«, antwortete Rob. »Riecht ihr den Schwefel nicht? Deine Mom und ich mußten praktisch den ganzen Nachmittag über husten.«

Michael wollte gerade etwas sagen, als Josh ihm zuvorkam. »So schlimm ist es nicht. Ich habe schon ganz andere Sachen gerochen.«

Rob Silver lachte. »Ja, vielleicht, wenn man auf einer Müllkippe wohnt. Kommt, verschwinden wir hier.«

Sie gingen zur Lichtung zurück. Michael fühlte sich auch dieses Mal wieder auf unerklärliche Weise von dem Schädel angezogen. Das seltsame Gefühl ergriff ihn stärker als je zuvor, und es schien ihm zu befehlen, sich erneut niederzuknien und den Schädel näher anzusehen. Als er sich abwandte, sich dazu förmlich zwingen mußte, fiel ihm auf, daß das seltsame Gefühl in seiner Brust – diese Atemnot – verschwunden war.

Als sie fünf Minuten später wieder in Joshs Truck einstiegen, rief Katharine hinter ihnen her: »Soll ich euch Steaks zum Abendessen machen?«

Michael sah zu Josh hinüber. Er nickte. »Klar.«

»Würdet ihr dann bitte in Makawao anhalten und welche besorgen?«

»Kein Problem!« rief Josh. Er ließ den Motor aufheulen und brauste davon.

Katharine sah ihnen kopfschüttelnd hinterher. »Glaubst du, er fährt immer so, oder wollte er nur ein bißchen angeben?«

Rob legte Katharine seinen Arm um die Schulter. »Wann hörst du endlich auf, dir ständig Sorgen zu machen. Glaub mir, Josh ist ein richtig guter Fahrer. Auf dem Weg hierher mußte ich seinen Truck nur zweimal wieder auf die Straße ziehen.«

Katharine erkannte weder an Robs Stimme noch an seinem Gesicht, ob er sie auf den Arm nahm oder nicht.

Michael hielt sich am Armaturenbrett fest, während der Pick-up durch die Schlaglöcher hoppelte. Wenn er wenigstens einen Sicherheitsgurt gehabt hätte! »Fahr doch langsamer«, forderte er Josh schließlich auf. »Du brichst dir noch die Achse.«

Josh lachte nur. »Niemals! Aber selbst wenn, könnten wir zu Fuß zu deinem Haus gehen.«

»Spinnst du?« entgegnete Michael. »Das sind doch noch viele Kilometer.«

Josh schüttelte den Kopf. »Wir sind einen Bogen gefahren. Wenn man die Lichtung auf der anderen Seite verläßt, kommt man nach kurzer Zeit zu einem Pfad. Dann braucht man nur noch über ein, zwei Zäune zu steigen und kommt an einer Stelle raus, die weniger als einen Kilometer von eurem Haus entfernt ist. Ich bin schon oft hier oben gewesen. Aber daß hier etwas begraben liegt, wußte ich nicht.«

Es dämmerte, als Josh aus dem Eukalyptuswald bog und den Wagen vor dem Haus der Sundquists parkte. Aber Michael stieg nicht sofort aus, sondern betrachtete gedankenverloren die Abenddämmerung im Tal tief unter ihnen. »He, Josh«, sagte er.

Etwas in seiner Stimme machte den anderen Jungen stutzig. »Ja?«

»Dort oben an dem Schwefelschacht ...« Michael sah seinem Freund ins Gesicht. »Hast du da tatsächlich etwas gerochen?«

Josh zögerte. Dann schüttelte er den Kopf. »Ich habe gar nichts gerochen.«

»Warum hast du das nicht gesagt?«

»Ich hatte keine Lust auf ein Gespräch. Ich fand, es war besser, ihm zuzustimmen.«

»Glaubst du, daß Rob es gerochen hat?«

Josh runzelte die Stirn. »Sicher. Warum sollte er lügen?«

Michael beschlich eine böse Ahnung. »Warum haben wir es dann nicht gerochen?« fragte er. »Warum haben wir gar nichts gemerkt?«

Josh sah Michael fragend an. »Was ist mit dir los, Mann? Hört sich an, als hättest du Angst, oder so.«

Michael schüttelte den Kopf. »Ich habe eigentlich keine Angst. Aber ich muß immer an Kioki denken, und ...«

Josh drückte den Türgriff runter und schwang sich aus dem Pick-up. »Hör endlich auf, dir Sorgen zu machen. Ich sage dir, was auch immer Kioki zugestoßen ist, mit uns hatte es nichts zu tun. Alles ist in Ordnung.«

Aber als Michael aus dem Wagen stieg, konnte er einen Gedanken nicht abschütteln.

Wenn alles in Ordnung war, warum war Kioki dann tot?

KAPITEL 14

Aus einem großen Riß in der Bergflanke stiegen Rauch und Dampf auf, und vor dem schwarzen Nachthimmel hing ein Vorhang aus Feuer. Es schien, als wolle der Berg explodieren. Schaudernd starrte Katharine auf den Bildschirm.

Rob Silver, der neben ihr auf dem Sofa saß, spürte ihr Unbehagen. »Nimm's leicht«, sagte er. »Es sieht viel schlimmer aus, als es ist.«

Seit einer halben Stunde verfolgten sie den Live-Bericht über den jüngsten Vulkanausbruch auf der Großen Insel, und obwohl Rob sie die ganze Zeit über beruhigte, betrachtete Katharine wie erstarrt vor Schreck die Höllenbilder, die von der Nachbarinsel übertragen wurden – eine Insel, die plötzlich viel näher schien als noch vor einer halben Stunde.

»Ich höre sehr gut, was du mir sagst«, entgegnete sie. »Und ich weiß jetzt auch, daß diese Vulkane nicht explodieren. Aber du mußt zugeben, daß es furchterregend aussieht.«

Josh Malani, der neben Michael auf dem Boden lag, blickte wie gebannt auf die lodernde Szenerie. »Wäre es nicht toll, jetzt dort zu sein? Man kann auf den Lavamassen bis ganz nach oben gehen und in die Krater sehen, dort, wo sie rotglühend sind.«

»Vielleicht könnten wir rüberfliegen«, sagte Michael. »Vielleicht ...«

»Vielleicht kann Josh jetzt nach Hause gehen, und du gehst ins Bett«, unterbrach ihn Katharine und schaltete den Fernseher mit der Fernbedienung aus. »Ihr habt beide morgen Schule, falls ihr euch erinnert.«

»Oh, Mom, bitte, schalt wieder ein«, bettelte Michael. »Es ist doch erst kurz nach zehn, und ...«

»Und man lernt was dabei?« nahm Katharine das Argument ihres Sohnes vorweg. »Ich glaube nicht, daß wir das diskutieren müssen.«

Josh Malani hatte die leichte Schärfe in Katharines Stimme durchaus mitbekommen. Er rappelte sich hoch. »Ich glaube, ich muß jetzt langsam nach Hause«, sagte er. Als er ein paar Minuten später mit Michael zu seinem Pick-up ging, sagte er: »Ich mag deine Mom.«

»Aber sicher«, stöhnte Michael. »Dich hat sie gerade rausgeworfen, und mich schickt sie ins Bett.«

»Na und?« entgegnete Josh. »Aber ich durfte bei euch essen, und keiner hat sich betrunken und herumgebrüllt.«

Michael sah seinen Freund an. »Passiert das bei dir zu Hause?«

»Na ja, nicht jeden Abend«, sagte Josh ein wenig zu schnell. Er wünschte, er hätte den Mund gehalten. »Ich denke, das kommt überall mal vor, nicht?«

»Klar«, antwortete Michael, obwohl so etwas in seiner Familie noch nie vorgekommen war. Dann fügte er hinzu: »He, wenn du willst, kannst du heute nacht hier schlafen.«

Josh überlegte kurz und schüttelte den Kopf. »Ich fahre besser. Ich möchte nicht, daß deine Mom denkt, ich will hier einziehen.« Er lächelte. »Außerdem bin ich noch nicht müde. Ich glaube, ich fahre noch ein bißchen durch die Gegend. Hast du Lust?«

Michael verdrehte die Augen. »Als ob Mom das erlauben würde.«

Josh stieg ein und ließ den Motor an. »Okay, dann bis morgen.« Er setzte den Pick-up zurück und fuhr dann so heftig an, daß er eine dicke Staubwolke aufwirbelte. Lachend sah er im Rückspiegel, wie Michael den Kopf wegdrehte. Doch als er auf die Olinda Road einbog, war sein Lachen erstorben, und die seltsame Unruhe, die er schon den ganzen Abend gespürt hatte, ergriff wieder Besitz von ihm.

Unruhe war vielleicht nicht das richtige Wort.

Es war etwas anderes, etwas, das er nicht verstand.

Irgendwie hatte er ein komisches Gefühl in der Brust. Es tat nicht weh, und es waren auch nicht die Anzeichen, die er spürte, wenn er eine Erkältung bekam.

Es war einfach ... komisch.

Er fuhr den Berg hinauf. Trotz der kalten Nachtluft ließ er das Fenster auf. Als er die Spitze erreicht hatte, bog er links ab und fuhr die kurvenreiche Straße nach Makawao hinunter. Plötzlich tauchte im Licht seiner Scheinwerfer eine vertraute Gestalt auf.

Jeff Kina ging die Straße entlang, mit gesenktem Kopf und hängenden Schultern. Josh hielt neben ihm an. »He! Was machst du denn hier?«

Jeff zuckte zusammen und blinzelte in die Dunkelheit. Jetzt erst schien er Josh zu erkennen. »Ich laufe nur so rum«, sagte er. »Mir war nicht nach Schlafen und außerdem ... ich weiß auch nicht ... fühlte ich mich irgendwie komisch. So als müßte ich durchdrehen, wenn ich nicht gleich nach draußen käme.« Er schwieg einen Augenblick und sagte dann: »Ich weiß nicht. Vielleicht ist Kioki das gleiche passiert.«

»Kein Mensch weiß, was mit Kioki passiert ist«, entgegnete Josh. »Sollen wir ein bißchen rumfahren?«

»Von mir aus«, sagte Jeff. Er öffnete die Beifahrertür, stieg in den Pick-up, und Jeff fuhr weiter in Richtung Makawao.

Keiner der beiden Jungen achtete auf den Wagen, der hinter der nächsten Kurve am Straßenrand stand.

Der Fahrer des Wagens hatte sie allerdings gesehen, und kaum war der Pick-up an ihm vorbeigefahren, wendete er. Den Anweisungen entsprechend, die er vor ein paar Stunden erhalten hatte, folgte er Jeff Kina.

Der Fahrer des Pick-up – wer immer das sein mochte – interessierte ihn nicht. Für den war ein anderer zuständig.

Josh fuhr auf den Haleakala Highway auf. Er wußte nicht, daß ihm jemand folgte. In der Ferne sah er den Schein eines brennenden Zuckerrohrfeldes. Der Rauch, der über den Nachthimmel zog, erinnerte ihn an den Vulkan auf der Großen Insel. Gleichzeitig spürte er eine seltsame Erregung.

»Bist du jemals in der Nähe eines Zuckerrohrfeuers gewesen?« fragte er Jeff. Als der andere Junge keine Antwort gab, sah Josh zu ihm hinüber. Jeff starrte verloren auf die fernen Flammen, wie eben noch er selbst. »Jeff?« sagte er lauter, und schließlich drehte Jeff den Kopf. Doch es schien, als würde sein Freund durch ihn hindurchsehen. »Alles okay?«

Jeff nickte. »Bist du mal ganz nah an einem Zuckerrohrfeuer gewesen?« wiederholte er genau die Frage, die Josh ihm gerade gestellt hatte.

Josh schien es ratsam, das seltsame Verhalten seines Freundes zu ignorieren. Er schüttelte den Kopf. »Sollen wir hinfahren?«

Wieder nickte Jeff, aber er sagte nichts und wandte seinen Blick wieder dem Feuer zu, das sich in der Ferne rasch ausbreitete. Josh trat auf das Gaspedal, und der Pick-up schoß den fast leeren Highway entlang.

Der Fahrer sah, wie Joshs Truck schneller wurde, und drückte die Wahlwiederholungstaste seines Handys. Ungeduldig wartete er, daß sich jemand meldete. »Mein Mann hat mich möglicherweise entdeckt«, sagte er. »Irgendwas muß ihn jedenfalls nervös gemacht haben, denn der andere, der den Wagen fährt, drückt gerade auf die Tube wie ein Kaninchen mit einer Feuerwerksrakete im Arsch. Haben wir jemanden in Kahului?«

»Kein Problem«, sagte der Mann am anderen Ende der Leitung. »Ich brauche nur eine Beschreibung.«

»Es ist ein Pick-up, reichlich alt, reichlich verrostet und verbeult. Zwei Kids sitzen drin.«

»Die Nummer?«

»Bin nicht nahe genug rangekommen.« Der Fahrer beendete das Gespräch und beschleunigte, bis er die Rücklichter des Pick-up wieder sehen konnte.

Josh steuerte den Truck in einen schmalen Feldweg, der zu der Stelle führte, wo das Feuer glühte.

»Mein Gott«, flüsterte Jeff. »Hast du so was schon mal gesehen?«

»Wir haben das schon tausendmal gesehen«, antwortete er, aber auch er spürte, daß es heute abend irgendwie anders war.

Sonst hatte er immer alles getan, um den Folgen der Zuckerrohrfeuer zu entgehen. Er hatte die Fenster fest geschlossen, damit Rauch und Ruß nicht eindringen konnten, und sogar die Luftschächte geschlossen, damit die ätzenden Dämpfe nicht in den Wagen gelangten.

Einmal, das war erst ein paar Monate her, hatte er auf dem Rückweg von Pukalani an einem brennenden Feld vorbeifahren müssen. Er hatte noch erwogen umzukehren, aber das hätte einen Umweg von fast dreißig Kilometern bedeutet. Also war er weitergefahren, hatte seinen Entschluß auf halber Strecke aber bitter bereut. Die Hitze auf seinem Gesicht schien ihm fast die Haut zu versengen, und das Brüllen des Feuers hatte ihn noch mehr geängstigt als das Knistern der Flammen.

Aber heute abend faszinierte ihn das feurige Inferno mehr als die Bilder der speienden Krater auf der Großen Insel.

Er drückte das Gaspedal durch, und der Truck schoß vorwärts.

»Yippie!« rief Jeff neben ihm. »Los!«

Der Truck brauste weiter, und der Straßenstaub vermischte sich mit der schwarzen Asche, die vom Himmel regnete und durch die offenen Fenster wirbelte. Die Luft war von Rauch erfüllt, und Jeff, der noch immer neben ihm jauchzte, atmete diesen Rauch tief ein.

Josh fuhr weiter. Der Truck donnerte durch das eigentliche Brandgebiet. Auf beiden Straßenseiten brannten die Felder. Die Zuckerrohrstangen glänzten kohlschwarz, das Blattwerk leuchtete in zornigem Rot. Josh hielt den Wagen an und starrte fasziniert auf das Inferno um sie herum.

Das seltsame, beklemmende Gefühl, das er den ganzen Abend verspürt hatte, war wie weggeblasen.

Jeff Kina starrte auf den feurigen Wirbelwind, der durch die Felder raste. Wohin er auch sah, loderten die Flammen, und während er die rauchige Luft tief einatmete, schwappte eine Welle der Euphorie über ihn hinweg, die jeden Nerv in seinem Körper elektrisierte und jeden seiner Sinne schärfte. Seine Haut genoß die Hitze, und auf der Zunge spürte er die Süße des brennenden Zuckerrohrs. Die Flammen wirbelten um ihn herum, und während der Rauch aus dem verkohlten Feld aufstieg, schien es ihm, als sehe er seltsame Geistergestalten, die über dem Inferno tanzten. Es war fast, als ob er high wäre. Er fühlte sich großartig, und die seltsame

Unruhe, die ihn vor einer Stunde aus dem Haus getrieben hatte, wurde nun selbst vertrieben. Und als der Feuersturm höher und höher wirbelte, hörte er einen neuen Klang – den verführerisch flüsternden Gesang einer Sirene.

Es war, als spreche die Sirene zu ihm, als dränge sie ihn, auszusteigen und sich dem Tanz anzuschließen, den die Flammen im Feld darboten.

Der Rauch selbst schien nach ihm zu rufen. Jeff Kina öffnete die Tür des Trucks und glitt hinaus …

Das Heulen der Sirenen riß Josh Malani aus seiner Trance, und als die Tür des Trucks zuschlug, befand er sich endgültig wieder in der Wirklichkeit. »Was machst du da?« schrie er. Jeff stand neben dem Wagen und starrte wie hypnotisiert in die Flammen. Josh rutschte über den Beifahrersitz und packte Jeffs Arm. Die Warnsirenen wurden lauter, und durch die Schwaden sah man die Lichter eines nahenden Lastwagens. Jeff wollte sich losreißen, aber Josh verstärkte seinen Griff. »Jeff, komm zurück in den Wagen. Die Feuerwehr kommt! Was, zum Teufel, ist mit dir?«

Mit kreischenden Bremsen hielt der gelbe Lastwagen direkt vor dem Pick-up. Ein Mann sprang vom Beifahrersitz, zwei andere von der Ladefläche. Die beiden packten Jeff und schleppten ihm zum Wagen, während der andere Josh anbrüllte:

»Seid ihr noch zu retten? Schaff den verdammten Pick-up hier weg, bevor er in die Luft fliegt!«

Josh rutschte auf den Fahrersitz zurück, legte den Rückwärtsgang ein und fuhr los. Ein Funke flog durch das Seitenfenster und versengte ihm die Stirn. Erschrokken ließ er das Lenkrad los, und der Truck brach nach rechts aus. Für den Bruchteil einer Sekunde wollte Josh gegenlenken, doch dann ließ er die Räder sich drehen. Der Truck kam von der Straße ab und rutschte mit dem

Heck auf das brennende Feld zu, doch noch bevor er zum Stillstand kam, hatte Josh den Gang eingelegt und preßte den Fuß aufs Gaspedal. Die Reifen drehten kurz durch, dann fanden sie Halt, und Josh raste davon. Er verlangsamte erst, als er den asphaltierten Highway erreicht hatte.

Jeff!

Wo war Jeff?

Sollte er nicht zurückfahren und ihn suchen?

Vor ihm leuchteten Autoscheinwerfer auf. Jetzt erst bemerkte Josh, daß auf der anderen Straßenseite ein Auto parkte. Als der Motor des Wagens aufheulte und er die Straße hinunterschoß, aus der Josh gerade gekommen war, sah er, daß sich aus Richtung Kahului ein zweiter Wagen näherte.

Auf dem Dach rotierte Blaulicht.

Die Bullen!

Mist! Was sollte er jetzt machen?

Was konnte er machen?

Er sah die Straße hinunter, entdeckte aber keine Spur von Jeff Kina oder dem Lastwagen, in den die Männer ihn gezerrt hatten. Auch das Auto, das auf der anderen Straßenseite geparkt hatte, sah er nicht mehr. Josh faßte einen Entschluß.

Jeff würde schon nichts passieren. Die Männer waren bestimmt von der Feuerwehr. Sie hatten Jeff in Sicherheit gebracht.

Und jetzt wurde es Zeit für ihn, sich selbst in Sicherheit zu bringen. Er fuhr los. Ein paar Sekunden später kam er an dem Wagen mit dem Blaulicht vorbei, ohne zu bemerken, daß es sich gar nicht um einen Polizeiwagen handelte.

Ängstlich sah er in den Rückspiegel. Er war sicher, daß die Bullen jeden Augenblick wenden und ihn verfolgen würden. Aber der Wagen bog vom Highway ab, hinein in das brennende Zuckerrohrfeld.

KAPITEL 15

Katharine war sofort hellwach, und sie wußte im selben Augenblick, was sie aufgeschreckt hatte.

Schließlich war sie schon häufig so aus dem Schlaf gerissen worden.

Zu oft, als daß sie sich an all diese Male erinnern wollte.

Sie lag in der Dunkelheit und betete darum, daß sie sich irrte, daß es nicht wieder geschah. Sie lauschte.

Aber dann hörte sie es – das Geräusch, das sie geweckt hatte.

Es kam aus Michaels Zimmer, und es war das schreckliche, stoßweise Hecheln eines Menschen, der nicht genug Luft bekommt.

Sie schwang sich aus dem Bett, zog den Morgenmantel über, der auf einem Stuhl in der Ecke lag, und lief in Michaels Zimmer.

Ein silbriger Glanz umhüllte ihn. Er wußte, daß er wieder im Wasser war.

Er wußte auch, daß es Nacht war.

Und daß er allein war.

Voller Schrecken fiel ihm ein, daß man niemals allein tauchen sollte.

Er drehte sich im Wasser um und versuchte die Orientierung wiederzufinden.

Wo war der Grund? Er spähte in die Tiefe hinab, aber der Silberglanz schien alles zu umhüllen. Es gab keine Fische, keine Korallenbänke, keinen Sand, der von der Strömung geriffelt wurde.

Er drehte sich um und schaute nach oben. Aber auch dort sah er nichts als die endlose Silberschicht, die alles zu bedecken schien.

Er spürte, wie sein Herz schneller schlug, konnte es laut in der Stille der Tiefe hören.

Wie tief mochte es sein?

Er trug keinen Taucheranzug, nicht einmal einen Thermopenanzug.

Der Puls des Schreckens pochte laut in seinen Ohren, als ihm klar wurde, daß er nicht nur allein war, sondern auch nicht länger in der sicheren Umgebung der kleinen Bucht am Ende des Lavagesteins.

Er war allein in der Weite des Ozeans.

Nicht ganz allein.

In der Nähe spürte er die Präsenz eines anderen Wesens.

Er konnte es nicht sehen, aber es mußte da sein.

Panik ergriff ihn, als packten ihn Tentakel auf der Suche nach Beute.

Er drehte sich im Wasser und versuchte einen Blick auf das Unbekannte zu erheischen. Dann sah er es: eine bleiche Gestalt, die ihn ansah.

Die Tentakel der Angst umschlangen ihn.

Erneut spürte er die Präsenz des Fremden, diesmal näher, und wirbelte im Wasser umher.

Dann sah er es kurz, doch es verschwand wieder.

Und dann sah er viele von diesen Gestalten. Geister im Wasser, fast formlos, fast konturlos, die auf ihn zustrebten.

Er mußte ihnen entkommen.

Er begann zu schwimmen, aber das Wasser schien sich in Schleim verwandelt zu haben, so daß er Arme und Beine kaum bewegen konnte. Dann spürte er etwas Klammes an seinem Schenkel, spürte, wie eines der Wesen ihn berührte. Er versuchte sich loszureißen.

Jetzt waren sie alle um ihn herum und schmiegten sich so dicht an ihn, daß er sich nicht mehr bewegen, nicht mehr atmen konnte.

Luft!

Ihm ging die Luft aus!

Er verdoppelte seine Anstrengungen, um die Geister

zu vertreiben, aber sie hatten sich bereits um seine Brust gewickelt und drückten so fest, daß er bald ersticken würde.

Er würde sterben, allein im Meer ertrinken.

Noch einmal holte er aus, und diesmal schaffte er es, sich selbst aus dem Alptraum zu reißen, in dem er gefangen gewesen war.

Er erwachte, rollte sich aus dem Bett und blieb eine Weile auf dem Boden liegen, nach Luft schnappend. Noch immer schienen ihn die Geister zu umklammern.

Seine Decke.

Er zerrte daran, machte sich schließlich frei und warf sie von sich, ohne jedoch besser Luft zu bekommen.

Der Alptraum schien ihn noch im Griff zu haben, obwohl er doch hellwach war.

Plötzlich erfüllte gleißendes Licht sein Zimmer, und in dem grellen Schein sah er einen der Geister aus dem Meer. Die Erscheinung beugte sich über ihn, fast unsichtbar in der Helligkeit, die sie umgab.

Mit einem schmerzhaften Aufbäumen gelang es Michael schließlich, Luft in seine zugeschnürte Lunge zu atmen. Er rappelte sich auf, stürzte auf das Fenster zu, riß es auf und floh in die Nacht hinaus.

»Michael!« schrie Katharine, als ihr Sohn aus dem Fenster sprang. »Michael, warte! Ich will dir helfen!«

Wenn er sie überhaupt hörte, reagierte er jedenfalls nicht, und als sie am Fenster stand, hatte ihn bereits die Dunkelheit verschluckt.

Katharine knotete ihren Morgenmantel fester zu, nahm ihre Taschenlampe aus einer Schublade und ging auf die Veranda hinaus. Sie schaltete das Außenlicht an, machte es aber sofort wieder aus, da es so sehr blendete, daß sie jenseits des Lichtscheins gar nichts erkennen konnte. Als ihre Augen sich an die Dunkelheit gewöhnt hatten, schaltete sie die Taschenlampe an und ließ den

Strahl über die kleine Lichtung wandern, in deren Mitte das Haus stand.

Nichts.

Nur die Schatten der Eukalyptusbäume, der alten Bäume, die sie wie Riesen aus einem dunklen Märchen umringten. Als das Licht zwischen ihren knorrigen Zweigen hindurch huschte, schienen sie zum Leben zu erwachen. Sie bewegten sich und streckten ihre Glieder nach ihr aus.

Es sind doch nur Bäume, sagte sie sich.

»Michael!« rief sie. »Michael, komm zurück.«

Sie bekam auch diesmal keine Antwort, doch sie war sicher, daß er sie noch hören konnte. Aber warum hörte sie nicht, wie er durch den Eukalyptuswald lief?

Nun fiel ihr ein, daß er barfuß war und den Boden ein dichter Laubteppich bedeckte, der sich durch den Regen der letzten Tage so mit Wasser vollgesogen hatte, daß man selbst mit Schuhen fast lautlos darauf lief.

Sie ging um das Haus herum. Dann trat sie an den Rand der Lichtung und ging auch diese im Kreis ab. Sie leuchtete in das dichte Blattwerk und versuchte so weit wie möglich hineinzuspähen.

Schließlich ging sie zum Haus zurück. Sie stand auf der Veranda und überlegte, was sie tun sollte.

Den Wald absuchen?

Aber wenn sie in den Eukalyptuswald und den dahinter beginnenden Regenwald ging, dann verirrte sie sich womöglich selbst.

Sollte sie die Polizei rufen?

Aber was konnte sie den Polizisten erzählen? Daß ihr asthmatischer Sohn mitten in der Nacht davongelaufen sei? Wenn sie sein Alter erfuhren, würden sie ihr auf alle Fälle raten, am nächsten Morgen wieder anzurufen.

Doch was hatte Michael eigentlich dazu getrieben davonzulaufen?

Offenbar hatte er wieder einen Alptraum gehabt, einen weitaus schlimmeren als den ersten. Sie hatte ihn kaum richtig gesehen, bevor er durch das Fenster geklettert war, aber die Furcht in seinen Augen war ihr nicht entgangen.

Mit vor Angst aufgerissenem Mund hatte er sie angestarrt, als sei sie ein teuflischer Geist, der ihn angriff.

Und dann war er aus dem Fenster hinaus, hatte sich auf der Veranda abgerollt und war wieder aufgesprungen, über die Lichtung gerannt und schließlich in der Dunkelheit der Nacht und des Waldes verschwunden.

Falls der Wald sein Ziel war.

Er trug nichts außer Jockey-Shorts.

Zum erstenmal bereute sie es, ein freistehendes Haus gemietet zu haben. Warum hatte sie das nur getan? Wenn es hier Nachbarhäuser gäbe, wären rings herum auch Straßenlaternen, und dann hätte sie ihn sehen können und zumindest gewußt, in welche Richtung er gelaufen war.

Nachbarn hätten ihn vielleicht auch gesehen, hätten sich Sorgen um den Jungen gemacht, der halbnackt durch die Nacht lief.

Aber hier war nichts als die Dunkelheit, in der er sich verstecken konnte, und an den wenigen verstreuten Häusern konnte er leicht vorüberschleichen, ohne gesehen zu werden.

Vielleicht sollte sie einfach nur warten.

Vielleicht würde er einfach umkehren, wenn ihn der Terror seines Traumes schließlich losgelassen hatte.

Als sich Katharine umdrehte, um wieder ins Haus zu gehen, merkte sie, daß ihre Augen brannten. Als sie mit der Hand darüberrieb, merkte sie noch etwas anderes.

Der Wind hatte sich gelegt, die Blätter der Eukalyptusbäume raschelten nicht mehr. Bis auf das entfernte Quaken von Fröschen und das Zirpen der Insekten war alles still.

Die Luft war schwer von dem Staub und den Gasen, die der Vulkan auf der Großen Insel ausgespuckt hatte.

Wenn schon ihre Augen davon brannten, welche Wirkung hatte dieses Gemisch dann auf Michael? War es das? War er aufgewacht, weil ihm die verschmutzte Luft den Atem genommen hatte? Sie hatte es ja gerade selbst gespürt.

Sie ging ins Haus, schloß hinter sich die Tür und schaltete alle Lichter drinnen und auf der Veranda ein, bis das Haus wie ein Stern in der Dunkelheit strahlte.

So würde Michael das Haus auf jeden Fall auch von weitem sehen.

Dann setzte sie sich hin und wartete. Sie fragte sich, wie lange sie es wohl aushalten würde, allein auf ihn zu warten, und wen sie anrufen sollte, wenn sie es nicht länger aushielte.

Aber sie wußte natürlich, wen sie anrufen würde.

Rob Silver.

Er würde kommen und ihr helfen, und er würde Michael helfen.

Falls sie ihn finden würden.

KAPITEL 16

Michael bewegte sich behende durch die dunklen Schatten der Wälder, welche die Straße säumten. Er hatte jegliches Zeitgefühl verloren und wußte weder, wie lange es her war, seit er von zu Hause geflohen war, noch, wie spät es wohl sein mochte.

Kaum konnte er sich daran erinnern, wie er aus dem Fenster geklettert und über das Verandageländer gesprungen, über die Lichtung gelaufen und im dunklen Eukalyptuswald verschwunden war, so sehr hatte ihn der Schrecken des Traums gebannt. Er hatte nur vor dem Licht fliehen wollen und vor der Gestalt, die ihm darin erschienen war. Aber selbst nachdem er die schützende Dunkelheit erreicht hatte, war er weiter gerannt, unter Ästen sich hinweg duckend, bis er den Wald hinter sich gelassen hatte und auf eine Wiese gestolpert war. Japsend hatte er sich zu Boden fallen lassen.

Fliehen!

Er mußte fliehen.

Aber wohin? Kaum hatte er sich die Frage gestellt, wußte er die Antwort. Er dachte an die Spalte in der Schlucht, wo seine Mutter in der Nähe das seltsame Skelett ausgegraben hatte.

Dorthin würde er gehen.

Nur, wie kam er dorthin?

Während der Schrecken des Traumes langsam von ihm wich, fiel ihm wieder ein, was Josh am Nachmittag gesagt hatte. Irgendwo die Straße hinauf gab es einen Pfad.

Mehr oder weniger folgte er nun der Straße und ihren engen Kurven. Manchmal jedoch kürzte er ab, indem er die steile Böschung hinaufkletterte. Er kam an einem halben Dutzend Abzweigungen vorbei, und eine von ihnen ähnelte auch einem Fußpfad, aber eine innere Stimme sagte ihm, daß er noch weiter aufwärts gehen müsse. Nach einigen weiteren Metern blieb er plötzlich stehen.

Zunächst wußte er gar nicht, warum, aber dann sah er es – einen schmalen Pfad, der in die ungefähre Richtung von Takeo Yoshiharas Anwesen und der Ausgrabungsstelle seiner Mutter führte. Aber wie konnte er sich vergewissern? Was, wenn ihn der Pfad in die falsche Richtung führte?

Trotz seiner Zweifel folgte er dem Pfad. Irgend etwas sagte ihm, daß er in die richtige Richtung ging. Nach zwanzig Minuten mündete der Pfad in einen unebenen Weg. Ohne zu zögern, wandte sich Michael nach links.

Er ging jetzt schneller, und die Gewißheit, den Weg gefunden zu haben, wuchs mit jedem Schritt. Kurz darauf kam er an ein Tor. Er kletterte darüber, ebenso wie über den Zaun, auf den er ein paar Minuten später traf. Es war, als folge er einem Leitstrahl, denn der von vorbeiziehenden Wolken verdeckte Mond spendete nur wenig Licht.

Schließlich betrat Michael die Lichtung, auf der die Arbeitstische unter den Zeltplanen standen. Der letzte Rest Furcht wich von ihm.

Er ging weiter und stand kurz darauf an der alten Lagerstätte, wo das Skelett lag. Er kniete sich nieder. Seine Augen richteten sich auf die Umrisse des bleichen Schädels, und als die Wolkendecke aufriß und ein silbriger Streifen Mondlicht die leeren Augen des toten Wesens erhellten, spürte Michael erneut dieses seltsame Gefühl, das ihn am Nachmittag beschlichen hatte, diese sonderbare Mischung aus Vertrautheit und Furcht.

Dann verschwand der Mond wieder hinter den Wolken. Michael erhob sich und begab sich in den Schutz des seit langem erloschenen Vulkanschlots.

In dieser Nacht war es warm in diesem Schacht – weitaus wärmer als an der frischen Luft –, und Michael fühlte, wie ihn ein sanfter Nebel umhüllte. Er sank nieder und lehnte sich gegen die moosigen Felsen.

Bald darauf versank er in traumlosen Schlaf.

Er wußte nicht, was ihn aufgeweckt hatte – vielleicht ein Geräusch, vielleicht ein sechster Sinn.

Er wußte auch nicht, wie lange er geschlafen hatte.

Aber als er erwachte, waren auch all seine Sinne hellwach. Er kauerte sich zusammen und lauschte mit angehaltenem Atem.

Die Wolkendecke war noch dichter geworden. Dennoch konnte er die Umrisse der Bäume deutlich erkennen. Die schlanke Gestalt eines Mungo glitt auf dem schmalen Pfad vorbei, der ihn zu seinem Versteck geführt hatte.

Michael bewegte sich nicht, denn in das Zirpen der Insekten und das Murmeln schläfriger Vögel mischten sich andere Klänge.

Stimmen.

Menschliche Stimmen, so leise, daß er die Worte nicht verstand.

Aber sie kamen näher.

Langsam erhob sich Michael. Die sich nähernde Gefahr aktivierte seine Sinne.

Er lauschte intensiver und verstand schließlich einen Satz:

»Etwa dreihundert Meter vor uns – dort oben, wo diese Freundin von Dr. Silver arbeitet.«

Sie sprachen von ihm!

Sie suchten ihn!

Instinktiv duckte sich Michael wieder in die Felsspalte, aber sogleich erkannte er, in welcher Falle er steckte. Wenn sie wußten, wo er sich verbarg, blieb ihm hier keine Fluchtmöglichkeit.

Er stürzte hinaus in die Dunkelheit und blieb einen Augenblick zitternd in der Nachtkälte stehen. Dann vergaß er die Kälte. Er mußte an anderes denken.

Flucht.

Er bewegte sich schnell, viel schneller als bei seinem Hinweg, bog kurz hinter dem Eingang zur Felsspalte ab und schlängelte sich durch das dichte Blattwerk des Regenwaldes, bis er hundert Meter hinter der Lichtung, auf der die Arbeitstische standen, wieder den Fahrweg erreichte.

Noch immer konnte er die Stimmen hören, aber sie kamen nicht näher, sondern entfernten sich. Er wußte, daß sie sich auf die Stelle zu bewegten, wo er sich noch vor wenigen Minuten aufgehalten hatte.

Er überlegte nicht lange, sondern drehte sich um

und lief davon, so schnell er konnte, trotz der Dunkelheit.

Als er wieder zu dem Zaun kam, kletterte er darüber, ebenso schwang er sich kurz darauf über das Tor; dann lief er weiter. Seine Beine bewegten sich in gleichmäßigem Rhythmus, seine Füße verursachten kaum ein Geräusch, während sie über den Weg flogen. Er gelangte zu dem Pfad, der nach rechts abzweigte, aber er lief weiter. Erst später verließ er den Weg, kletterte am Berg entlang und kehrte erst wieder zum Pfad zurück, als er nur noch wenige Meter von dem Punkt entfernt war, wo er die Straße verlassen hatte.

Aber wann war das gewesen?

Er hatte keine Ahnung.

Mit einemmal fühlte er sich müde und erschöpft. Seine Oberschenkel brannten, und seine Knie und Knöchel taten weh, als wäre er stundenlang gelaufen. Er japste, und als er stehenblieb, um wieder zu Atem zu kommen, lauschte er.

Nichts.

Wieder war er allein in der Nacht.

Als er die schmale Straße verließ, die durch den Eukalyptuswald führte, sah Michael seine Mutter. Sie stand auf der Veranda und hatte noch immer ihren dünnen weißen Bademantel an. Erst in diesem Augenblick verstand er, warum er beim Aufwachen so in Panik geraten war.

Er hatte durchaus keine Geistererscheinung aus seinem Traum gesehen.

Es war nur seine Mutter gewesen, die das Licht eingeschaltet hatte.

Wie hatte er nur so dumm sein können!

Er holte tief Luft, trat aus dem Wald hinaus und in den Lichtkreis, der sich von der Veranda über die Lichtung erstreckte.

Katharines Augen weiteten sich. Sie öffnete den Mund. »Michael? Mein Gott, Michael, ist alles in Ordnung?« Sie kam auf ihn zugelaufen. »Michael, was ist passiert? O Gott, ich hatte solche Angst. Als du aus dem Fenster bist …«

»Mir geht es gut, Mom«, beruhigte er sie. »Ich habe nur … ich weiß auch nicht … es war so seltsam, und …« Sie standen auf der Veranda, und seine Mutter hielt ihn am Arm. »Es tut mir wirklich leid«, sagte er.

Katharine zog Michael ins Haus und betrachtete ihn ängstlich. »Bist du sicher, daß es dir gutgeht?« fragte sie noch einmal. »Ich habe mir solche Sorgen gemacht. Du klangst, als könnest du kaum atmen, und dann bist du plötzlich verschwunden …«

Michael machte sich von ihr los. »Ich komme mir wirklich dämlich vor«, sagte er, ließ sich auf das Sofa fallen und sah zu ihr hinauf. »Du wirst sauer auf mich sein.«

Katharine sank in den Sessel gegenüber. »Erzähl mir einfach, was passiert ist.«

Er versuchte ihr von dem Alptraum zu berichten, doch das meiste hatte er bereits wieder vergessen. Aber er erinnerte sich an das, was er gesehen hatte, als die Angst ihn aus dem Schlaf gerissen hatte. »Du warst es«, sagte er. »In deinem Morgenmantel. Ich war irgendwie noch nicht wach, und in dem Mantel sahst du aus wie eine der Gestalten aus meinem Traum.«

»Das ist ja verrückt«, meinte Katharine. »Und ich wollte dir helfen. Ich konnte ja nicht ahnen …«

»Ist ja egal, Mom«, sagte Michael. »Es tut mir wirklich leid, daß ich dir solchen Kummer gemacht habe.«

»Aber wo warst du?« fragte Katharine.

Sollte er ihr die Wahrheit sagen? Aber wie konnte er? Er hatte ja selbst kaum begriffen, was er getan hatte. Plötzlich kam es ihm fast unmöglich vor, daß er nicht nur den Weg gefunden hatte, von dem Josh ihm erzählt hatte, sondern auch noch einem unmarkierten Pfad bis zur Ausgrabungsstelle selbst gefolgt war.

Und was war mit den Leuten, die nach ihm gesucht hatten? Mit einemmal wußte er, wer sie waren und woher sie gewußt hatten, daß er da war.

Die Grabungsstelle lag auf Takeo Yoshiharas Besitz, und dort waren bestimmt überall Alarmanlagen.

Sie mußten ihn von dem Augenblick an beobachtet haben, als er über das Tor geklettert war. Und wenn sie ihn erwischt hätten …

Dann hätte seine Mom womöglich ihren Job verloren!

Aber sie hatten ihn nicht erwischt – er war davongekommen.

Er traf eine Entscheidung.

»Ich bin eigentlich nirgendwo hin«, sagte er. »Als ich schließlich aufwachte – ich meine, wirklich zu mir kam –, lag ich in einem Feld.« Er zögerte. »Und irgendwie fand ich es ganz witzig, dort draußen zu sein, mitten in der Nacht. Ich habe die Sterne angesehen, und dabei bin ich wahrscheinlich wieder eingeschlafen.« Nahm sie ihm das ab? Schwer zu sagen. »Du bist sicher ziemlich wütend auf mich, was?«

Katharine holte tief Luft und seufzte laut. »Ich weiß nicht«, sagte sie schließlich. »Ich habe mir solche Sorgen gemacht, weil du so komisch geatmet hast, und als du nicht zurückgekommen bist …« Sie schüttelte den Kopf. »Und es geht dir wirklich gut?«

»Aber ja«, antwortete Michael.

»Wenn es dir gutgeht, warum fiel dir dann das Atmen so schwer?« fragte Katharine, deren Angst sich langsam in Zorn verwandelte. »Hast du eine Vorstellung, wie oft ich schon den Hörer in der Hand hatte, um die Polizei anzurufen?«

Michael unterdrückte ein Stöhnen.

»Aber ich habe es nicht getan«, fuhr Katharine fort.

»Ich habe mir immer wieder gesagt, daß du kein kleiner Junge bist und daß ich aufhören muß, dich zu behandeln, als wärst du immer noch krank.« Sie sah ihn an. »Also habe ich nicht angerufen. Statt dessen habe ich hier gesessen und mich halb zu Tode geängstigt.«

»Es tut mir wirklich leid, Mom«, wiederholte Michael. »Ich weiß nicht, was ich sagen soll. Ich ...«

»Sag gar nichts«, unterbrach ihn seine Mutter. »Versprich mir nur, daß wir morgen früh zum Arzt gehen, okay?«

Scheinwerferlicht drang durch die Fenster. »Ich dachte, du hättest niemanden angerufen.« Michael stand auf und eilte in sein Zimmer. Plötzlich war es ihm peinlich, daß ihn jemand in Unterwäsche sehen könnte.

»Ich habe nicht die Polizei gerufen«, sagte Katharine. »Aber mit irgend jemandem mußte ich sprechen.«

Eine Autotür wurde zugeschlagen, und kurz darauf erschien Rob Silver vor der Haustür. »Ich habe es mir überlegt«, begann er. »Wir sollten vielleicht doch besser die Polizei anrufen. Wenn er dort draußen ...«

»Er ist wieder da«, unterbrach ihn Katharine. »Er ist vor ungefähr fünf Minuten wieder aufgetaucht. Aber morgen früh gehe ich mit ihm zu einem Arzt.«

Rob nickte. »Ich rufe morgen als erstes Stephen Jameson an. »Er ist der beste Arzt auf der Insel. Er arbeitet für Takeo Yoshihara.«

KAPITEL 17

»Er wird lediglich sagen, daß ich völlig gesund bin, und dann stehst du wirklich da wie eine Glucke«, brummte Michael. »Warum setzt du mich nicht einfach an der Schule ab?«

»Falls es dir noch nicht aufgefallen ist«, entgegnete Katharine streng, »wir fahren in die entgegengesetzte Richtung. Und was meine Rolle als Glucke betrifft, scheinen wir einfach unterschiedlicher Meinung zu sein. Vor dem Hintergrund deiner Krankengeschichte sind deine Atembeschwerden von gestern abend meiner Meinung nach genügend Anlaß zur Sorge. Und da auch Dr. Jameson dieser Meinung ist, wäre die Sache damit erledigt.«

Der Streit schwelte seit dem Frühstück. Rob Silver hatte den Rest der Nacht auf dem Sofa der Sundquists zugebracht, am Morgen dann Stephen Jameson angerufen und Katharine den Hörer gereicht. Michael hatte schweigend zugehört, als sie einen Termin mit ihm ausgemacht hatte. Vielleicht hatte ihn gestern jemand auf Yoshiharas Gelände gesehen, und vielleicht würde dieser Jemand ihn heute morgen wiedererkennen. Denn schließlich hatten die Wachtposten irgendwie erfahren, daß er letzte Nacht dort gewesen war. Und dann hatten sie ihn gesucht.

Was wäre, wenn sie Fotos von ihm besaßen?

Es gab Kameras, mit denen man im Dunkeln gut fotografieren konnte, selbst bei weitaus schlechteren Lichtverhältnissen als letzte Nacht.

Aber wenn sie Bilder hätten, wären sie dann nicht zur Polizei gegangen?

Obwohl er alles mögliche versucht hatte, um seiner Mutter den Arztbesuch auszureden, und wußte, daß er sich mittlerweile auf ziemlich dünnem Eis bewegte, versuchte er es ein letztes Mal. »Da vorn hält der Schulbus«, sagte er und deutete auf ein gelbes Schild hundert Meter weiter am Straßenrand. »Du läßt mich einfach raus ...«

»Ich lasse dich nicht raus, und ich bin die Diskussion darüber jetzt langsam leid«, schnitt ihm Katharine das Wort ab.

Sie fuhren an der Haltestelle vorbei, und da Michael wußte, daß mit seiner Mutter jetzt nicht mehr zu reden war, gab er auf und schaltete das Autoradio an. Ein Ansager beendete gerade einen Bericht über die wirtschaftliche Situation der Insel, und Michael wollte eben den Sender wechseln, als eine neue Nachricht verlesen wurde: »Zwei Männer starben letzte Nacht beim Abbrennen eines Zuckerrohrfeldes auf Maui. Ihre Leichen wurden am Morgen in einem Feld am Haleakala Highway entdeckt. Da ihre Familien noch nicht benachrichtigt werden konnten, hat die Polizei ihre Namen noch nicht bekanntgegeben.«

Der Ansager machte eine kurze Pause. »In Makawao ist ein Junge von seiner Mutter als vermißt gemeldet worden. Jeff Kina verließ sein Elternhaus gestern abend gegen neun Uhr. Die Polizei hat bestätigt, daß es sich um einen der drei Jugendlichen handelt, die im Zusammenhang mit dem Tod Kioki Santoyas befragt wurden, dessen Leiche gestern morgen gefunden worden war. Obwohl derzeit nichts auf einen Zusammenhang zwischen dem Verschwinden von Jeff Kina und dem Tod von Kioki Santoya hindeutet, schließt die Polizei eventuelle Verbindungen zwischen den beiden Geschehnissen nicht aus. Jeff Kina ist eins fünfundachtzig groß und wiegt fünfundneunzig Kilo. Wer ihn gesehen hat, sollte sich unverzüglich beim Sheriff's Department in Maui melden. Und nun weitere Nachrichten …«

Michael hörte nicht mehr zu.

Was ging hier vor? Jeff wurde vermißt? Er warf seiner Mutter einen Blick zu. Sollte er ihr erzählen, daß er sowohl Jeff als auch Kioki kannte und mit beiden vorgestern zusammengewesen war?

Aber dann mußte er ihr alles erzählen. Und wenn sie erfuhr, daß sie nicht nur tauchen, sondern auch in ein Geschäft eingebrochen waren …

Na ja, Josh hatte ja schließlich gewußt, wo die Schlüssel lagen. Ein Einbruch war es sicher nicht. Aber so gut wie.

Er grübelte immer noch darüber nach, ob und was er seiner Mutter erzählen sollte, als sich vor ihnen das Tor zu Takeo Yoshiharas Anwesen öffnete. Michael hatte allerdings nicht bemerkt, daß seine Mutter irgendeinen Knopf oder sonst etwas betätigt hatte. »Wo ist denn die Fernbedienung?« fragte er mit einem unguten Gefühl im Magen.

»Es gibt keine«, antwortete Katharine. »Am Wagen ist so ein elektronisches Ding angebracht, das von dem Tor wahrgenommen wird.«

»Echt?« flüsterte Michael. Er suchte die Umgebung nach den Kameras ab. Es mußte welche geben. »Weiß es auch, wer da jeweils kommt?« fragte er so beiläufig wie möglich. »Oder haben sie Kameras?«

Katharine sah ihn aus den Augenwinkeln an. »Ich glaube kaum, daß sie hier Kameras brauchen«, sagte sie. Aber als sie die Lobby des Gebäudes betraten, in dem sie gestern mit Rob Silver gewesen war, schaute auch sie – fast gegen ihren Willen – in die Ecken, in denen Überwachungskameras hängen konnten.

Und tatsächlich waren dort welche angebracht.

Nun, warum auch nicht, sagte sie sich, wenn man bedachte, was für eine wertvolle Kunstsammlung das Haus beherbergte. Ein halbes Dutzend Skulpturen waren in der Halle aufgestellt, an den Wänden standen Glasvitrinen mit unbezahlbaren Artefakten, und wenn sie sich nicht irrte, handelte es sich bei dem Gemälde hinter dem Schreibtisch, an dem ein Wachmann saß, um einen Vlaminck. Der Wachmann – derselbe, der auch gestern Dienst gehabt hatte, als sie mit Rob den Computer benutzt hatte – sah auf und lächelte, als er sie erkannte.

»Guten Morgen, Dr. Sundquist. Dr. Jameson ist bereits in seinem Büro.« Er deutete in die entgegengesetzte Richtung von Rob Silvers Büro. »Die dritte Tür rechts.«

In Dr. Jamesons Empfangszimmer saß eine ausgesprochen schöne, etwa dreißigjährige Eurasierin. »Ich bin Jade Quinn«, sagte sie, erhob sich und begrüßte Katharine, als diese das riesige Büro betrat. »Steve Jamesons Sekretärin und Mädchen für alles.« Sie lächelte Michael an. »Du mußt Michael sein. Sehr krank siehst du allerdings nicht aus.«

»Da hörst du's«, sagte er zu Katharine. »Ich hab's dir ja gesagt. Können wir jetzt gehen? Wenn wir uns beeilen, komm ich noch rechtzeitig zur zweiten Stunde.«

»Das hast du dir so gedacht«, entgegnete Katharine. »Ist Dr. Jameson schon da?«

»Er ist im Gebäude und müßte jeden Augenblick hier eintreffen«, sagte Jade und lächelte entschuldigend. Sie geleitete sie zu einer Tür, die ins Büro führte. »Machen Sie es sich gemütlich. Dr. Jameson kommt sofort.«

Katharine und Michael betraten einen Raum, der keineswegs aussah wie Arztpraxis, eher wie ein gemütliches Wohnzimmer. Die drei Innenwände waren mit Koa-Akazie getäfelt, während die verglaste Außenwand den Blick auf den eleganten Zen-Garten freigab. Die Kieswege waren perfekt geharkt, und die auf den ersten Blick ganz natürlich wirkenden Steine waren auf subtilste Weise zu abstrakten Mustern arrangiert, die das Auge sowohl fesselten als auch beruhigten. Gerade als sich Katharine und Michael auf ein weich gepolstertes Ledersofa setzen wollten, öffnete sich die Tür zur Rezeption, und Stephen Jameson trat ein.

»Dr. Sundquist«, sagte er und schüttelte herzlich Katharines Hand. »Schön, Sie kennenzulernen. Verzeihen Sie die Verspätung – ich mußte unten im Labor schnell noch etwas erledigen. Und du bist Michael.« Er reichte Michael die Hand. »Stephen Jameson.«

»Hi«, sagte Michael und gab dem Arzt die Hand. »Also, es tut mir echt leid, daß Mom Sie angerufen hat ...«

»Das wollen wir doch besser meinem Urteil überlassen, ob sie mich hätte anrufen sollen oder nicht«, unterbrach ihn Jameson. Er nickte mit dem Kopf zu einer Tür hin, die in eine von Bücherregalen bedeckte Wand eingelassen war. »Geh doch schon mal da rein und zieh dein Hemd aus. Dann schaue ich dich mal an.« Als Michael gegangen war, bat er Katharine, in einem der beiden Sessel vor seinem Schreibtisch Platz zu nehmen. Er ließ eine Plastikkarte in die oberste Schublade eines Schranks gleiten und setzte sich dann an seinen Schreibtisch. »Erzählen Sie mir doch einfach mal, was gestern nacht passiert ist.«

Katharine erzählte die Geschichte so knapp wie möglich, und Dr. Jameson machte sich ein paar Notizen. Dann verschwand er in dem anderen Zimmer. Als er nach einer halben Stunde die Untersuchung beendet hatte, kam er zurück und setzte sich wieder in seinen Sessel. Er wartete, bis Michael, der sich noch das Hemd zuknöpfte, aus dem Untersuchungsraum kam und sich neben seine Mutter setzte. Jameson zwinkerte ihm zu und wandte sich dann an Katharine.

»Also, ich habe so viel geklopft, gehorcht und hineingeschaut, wie ich nur konnte, und ich habe praktisch jeden Zentimeter seiner Lunge abgehört. Jade hat ein paar Röntgenaufnahmen gemacht, die gleich fertig sein müßten. Mit den Blut- und Urinproben dauert es natürlich noch etwas, aber wenn sich nichts Unerwartetes ergibt, sehe ich keinen Grund zur Sorge.«

»Aber gestern ...«

»Gestern nacht hatte er einen Alptraum, und Menschen, die schlecht träumen, machen oft die seltsamsten Geräusche«, fiel Jameson ihr ins Wort. Die Tür des Untersuchungszimmers öffnete sich, und Jade kam mit einem großen Röntgenbild herein, das sie an eine Lichtbox an der Wand heftete. »Warum schauen wir uns das nicht mal gemeinsam an?« schlug der Arzt vor.

Soweit Katharine sehen konnte, unterschieden sich die Aufnahmen von Michaels Lunge nicht von denen, die zuletzt in New York gemacht worden waren. »Wenn man seine Asthmageschichte bedenkt, ist sie in bemerkenswert gutem Zustand«, sagte Jameson. »Und auch sein Lungenvolumen gibt keinerlei Anlaß zur Sorge, auch wenn es noch etwas größer sein könnte. Alles in allem ist sein Gesundheitszustand sehr gut.«

Katharine atmete erleichtert auf.

»Kann ich dann jetzt zur Schule?« fragte Michael.

»Ich habe nichts dagegen.«

»Und meine Mutter kann aufhören, sich jeden zweiten Tag um mich Sorgen zu machen?«

Jameson lächelte. »Ich bin nur der Arzt«, sagte er. »Es gibt Dinge, auf die ich keinen Einfluß habe.«

Katharine erhob sich. »Vielleicht habe ich letzte Nacht einfach überreagiert«, sagte sie und reichte dem Arzt die Hand. »Ich danke Ihnen aber vielmals, Dr. Jameson.«

Jameson breitete die Arme aus. »Freut mich, wenn ich Ihnen helfen konnte. Und rufen Sie mich jederzeit an, wenn irgend etwas ist.« Er brachte sie zur Tür seines Büros, verabschiedete sie freundlich, ging wieder zu seinem Schreibtisch und nahm den Telefonhörer in die Hand.

»Ich habe den Jungen untersucht«, sagte er, als sich jemand am anderen Ende der Leitung meldete. »Wie es aussieht, ist auch er auf irgendeine Weise mit dem Projekt in Berührung gekommen.«

»Wie ist das möglich?« fragte Takeo Yoshihara ungehalten.

»Da ich nicht für die Sicherheit zuständig bin, kann

ich diese Frage leider nicht beantworten«, entgegnete Jameson. »Jedenfalls scheint es passiert zu sein.«

Takeo Yoshihara schwieg eine Weile. Dann sagte er: »Bis auf weiteres unternehmen wir nichts. Wir beobachten ihn wie die anderen. Wir stehen viel zu dicht vor einem Erfolg, um irgendwelche Risiken einzugehen. Aber wenn es nötig wird«, schloß er, »müssen wir ihn uns vom Hals schaffen.«

KAPITEL 18

»Und du bist wirklich ganz sicher, daß es dir gutgeht?« fragte Katharine noch einmal, als sie den Explorer auf dem Parkplatz vor der Schule stoppte. Auch wenn der Arzt ihr versichert hatte, daß mit Michael alles in Ordnung sei, konnte sie immer noch nicht glauben, daß dieses schreckliche Röcheln ihres Sohnes gestern nacht nur auf einen bösen Traum zurückzuführen war.

»Mir geht es gut«, wiederholte Michael zum ungefähr viertenmal, seit sie das Anwesen verlassen hatten. Er nahm seine Schultasche vom Rücksitz, stieg aus dem Wagen und schlug die Tür zu. Dann öffnete er sie noch einmal und beugte sich zu Katharine herab. »Das mit gestern tut mir wirklich leid, Mom. Ich wollte nicht, daß du dir Sorgen machst. Es wird nie wieder vorkommen. Aber du mußt auch aufhören, dich vierundzwanzig Stunden am Tag um mich zu ängstigen. Mit mir ist alles in Ordnung.«

Katharine seufzte und streckte sich auf dem Fahrersitz aus. Sie fühlte sich erschöpft, und ihr Körper schmerzte überall, als hätte sie schon den ganzen Tag über dem Skelett gehockt und den Job nicht erst noch vor sich. »Ich werde es versuchen«, versprach sie. Noch bevor sie etwas hinzufügen konnte, hatte Michael auf seine Uhr gesehen, ihr kurz zugewunken und sich auf den Weg zum Schulgebäude gemacht. Sie sah ihm nach, bis er darin verschwunden war. Noch immer wurde sie das Gefühl nicht los, daß er, trotz all seiner Beteuerungen, irgend etwas verschwieg. Aber als sie vom Parkplatz fuhr, kam ihr der Gedanke, daß vielleicht gar nicht Michael das Problem war.

Vielleicht war sie selbst das Problem.

Sie hatte gestern nacht kaum zwei Stunden geschlafen und fühlte sich todmüde. Dabei hatte sie noch einen ganzen Arbeitstag vor sich, an dem es galt, das Skelett von der Fundstelle in Robs Büro zu transportieren. Aber schon der bloße Gedanke, stundenlang über den Knochen zu hocken und sie aus ihrem flachen Grab zu befreien, machte sie noch müder. Schließlich nahm sie ihr Handy aus der Tasche und rief Rob an. »Ich schlage dir ein Geschäft vor«, sagte sie. »Wenn du das Skelett ohne meine Hilfe transportieren kannst, lade ich dich heute abend zum Essen ein. Ich glaube, ich werde langsam zu alt, um die ganze Nacht aufzubleiben und danach den ganzen Tag auszugraben.«

»Kein Problem«, sagte Rob. »Geh ruhig nach Hause. Bis zum Nachmittag haben wir alles in Sicherheit gebracht. Bis nachher.«

Katharine legte das Telefon wieder in die Tasche. Auf dem Heimweg fiel ihr ein, daß sie im Kühlschrank nur noch einen Liter Milch, ein paar Eier und einen Sechserpack Cola hatte. Seufzend bog sie nach einem halben Kilometer rechts ab und fuhr zum Markt in Kula, während sie überlegte, ob Rob wohl lieber Steak oder Huhn aß.

Eine halbe Stunde später, als sie ihren Einkaufswagen durch den Supermarkt schob, hörte sie ihren Namen und sah sich überrascht um. Der Mann, der ihr zulächelte, kam ihr bekannt vor, aber sie wußte nicht genau, woher.

»Phil Howell«, half er nach. »Der Astronom, Freund von Rob Silver.«

»Aber ja«, seufzte Katharine. »Tut mir leid, ich habe die ganze Nacht nicht geschlafen. Und das werde ich gleich nachholen, wenn ich nach Hause komme.«

»Sie Glückliche«, sagte Howell. »Ich bin die ganze Nacht auf dem Berg gewesen, und jetzt stehen mir noch fünf Stunden Arbeit an dem Supercomputer in Kihei bevor.«

Katharine horchte auf. »Kihei? Ist das nicht unten am Meer auf der anderen Seite der Insel? Ich dachte, der Computer wäre auch auf dem Gipfel.«

»Ich wünschte, er wäre es«, seufzte Howell. »Aber unsere Leute nutzen ihn nur zu einem kleinen Teil. Eigentlich benutzen ihn alle: Schulkinder, Geschäftsleute, egal wer. Es ist ein unglaubliches Gerät – man kann alles damit machen, wenn man weiß, wie.«

Katharine dachte an das Bild, das sie auf dem Monitor in Robs Büro gesehen hatte: den Schädel und das seltsame Video, zu dem von dort ein Link geführt hatte. Beides war auf geheimnisvolle Weise verschwunden, und Rob hatte es nicht geschafft, die Dateien zu rekonstruieren. Katharine hatte eine Idee. »Wie gut können Sie denn mit diesem Computer umgehen?«

»Besser, als gut für mich ist«, entgegnete Phil Howell trocken. »Ich verbringe mehr Zeit am Computer als an meinen Teleskopen. Was wollen Sie wissen?«

Katharine erzählte ihm von der verschwundenen Datei. »Gibt es irgendeine Möglichkeit herauszufinden, woher diese Bilder kamen?« fragte sie.

Howell überlegte kurz. »Ich bin nicht sicher. Aber eigentlich wird praktisch alles, was irgendwie durchs Netz geht, in einem Cache gespeichert. Wenn wir die richtige Liste finden ...«

Katharines Müdigkeit verflog immer mehr. Wenn Phil Howell diese Datei wiederfinden konnte – oder zumindest die Adresse –, dann hatte sie vielleicht doch noch eine Chance, mehr über den seltsamen Schädel in der Schlucht herauszufinden. »Könnten wir das jetzt gleich versuchen?«

»Wenn wir es nicht gleich versuchen, haben wir wahrscheinlich gar keine Chance, es zu finden«, meinte Phil. »Die Caches werden alle nach einer bestimmten Zeit geleert, viele davon sicher schon nach vierundzwanzig Stunden. Vielleicht aber auch schon früher.«

»Dann nichts wie los«, sagte Katharine, verzichtete auf weitere Einkäufe und ging sofort zur Kasse.

Wenn das Essen am Abend nicht besonders aufwendig würde, müßten sich Michael und Rob eben damit abfinden.

Josh Malani tat alles weh.

Er zog die Knie an die Brust, um dem Schmerz irgendwie zu entgehen, aber dadurch wurde er nur noch stärker. Als er endlich aufwachte und die Wärme auf seinem Gesicht spürte, wußte er, woher die Schmerzen kamen.

Er lag nicht in seinem Bett. Er war nicht einmal zu Hause.

Er lag auf der Ladefläche seines Pick-ups, der am Makena-Strand parkte.

Langsam, als würde er einen Stapel Fotos durchsehen, kehrten die Erinnerungen an letzte Nacht zurück.

Er hatte sich irgendwie komisch gefühlt, als er von Mikes Haus weggefahren war.

Unterwegs hatte er Jeff aufgelesen, und sie waren durch die Nacht gefahren.

Dann die brennenden Zuckerrohrfelder, die Feuer und Rauch in die Luft gespuckt hatten.

Die Bilder zogen schneller an ihm vorbei: Jeff, der aus dem Truck stieg, wie ein Schatten.

Der Laster, der ihnen entgegenkam.

Er hatte die Nerven verloren und war davongefahren. Wenn die Polizei ihn geschnappt hätte …

Aber sie hatten ihn nicht geschnappt. Er hatte sich nicht mehr nach Hause gewagt, aus Angst, daß jemand in dem Wagen, der auf dem Highway mit Blaulicht an ihm vorbeigerast war, seine Autonummer aufgeschrieben hatte. Wenn die Bullen bei ihm zu Hause auftauchten, während sein Vater betrunken war, würde alles noch schlimmer werden. Deshalb war er nach Makena gefahren, hatte den Pick-up unter Bäumen geparkt und war schließlich auf der harten metallenen Ladefläche eingeschlafen.

Er richtete sich auf. Die Sonne stand bereits hinter den Bergen, und das hieß, daß er zu spät zur Schule kommen würde. Vielleicht sollte er die Schule heute ganz vergessen und am Strand bleiben.

Aber was war mit Jeff? Er dachte daran, wie verrückt Jeff sich benommen hatte – es hatte ausgesehen, als wolle er direkt in das brennende Feld laufen.

Was, wenn er tot war? Wenn er erstickt oder auf der Flucht vor den Feuerwehrleuten verbrannt war?

Josh zitterte, als er sich vorstellte, wie Jeff durch das brennende Feld lief. Wenn er gestolpert war … Er schloß die Augen vor dem Bild, das sich ihm aufdrängte. Warum in aller Welt war er abgehauen? Wenn Jeff nun etwas zugestoßen war …

Aber Jeff war bestimmt nichts passiert. Jeff ging es gut. Es mußte so sein.

Doch woher wollte er das wissen? Er war sicherlich nicht lange genug bei ihm geblieben, um sich davon zu überzeugen. Was wäre geschehen, wenn Mike Sundquist einfach weggeschwommen wäre, anstatt ihn aus dem Loch zu ziehen, in dem er festgesteckt hatte?

Dann wäre er jetzt tot.

Ein Gefühl brennender Scham erfüllte ihn. Er setzte sich auf den Fahrersitz, startete den Wagen und machte sich auf den Weg nach Hause. Wenn niemand da war, würde er schnell duschen und frische Sachen anziehen. Dann würde er in die Schule fahren, auch wenn es schon Mittag war, und sich bei Jeff entschuldigen.

Falls Jeff noch mit ihm sprach.

Eine Stunde darauf näherte er sich langsam dem heruntergekommenen Haus, das seine Eltern vor sechs Monaten gemietet hatten, nachdem sein Vater seinen Job verloren hatte. Als er den rostigen Dodge seines Vaters in der Auffahrt sah – und durch das Fenster seinen Vater selbst, der auf dem Sofa hing und auf den Fernseher starrte – gab er Gas und fuhr weiter. Er würde in der Schule duschen und wieder die alten Klamotten anziehen. Immer noch besser, als sich von seinem Alten anbrüllen zu lassen. Oder sich schlagen zu lassen, wenn er getrunken hatte.

Mit quietschenden Reifen bog Josh um die Ecke am Ende der Straße. Er war froh, daß sein Vater ihn nicht gesehen hatte. So froh, daß er nicht bemerkte, wie ein brauner Sedan drei Häuser hinter seinem Elternhaus auf die Straße bog und ihm auf seinem Weg zur Schule folgte.

Emsig arbeiteten in der Stille des schwarzen gläsernen Gebäudes in Kihei die mehr als sechshundert Schaltstellen, über welche die beiden gewaltigsten Computer der Welt verfügten. Doch als Katharine durch das große Fenster sah, das von der Eingangshalle des Gebäudes einen freien Blick auf die riesige Maschine bot, deutete äußerlich nichts auf die immense elektronische Aktivität hin, die hier stattfand.

Ab und zu drehte sich ein Magnetband, und einige Lichter flackerten auf.

Die Maschine arbeitete allein und beunruhigend leise. Sie überwachte sich selbst und reparierte sich selbst, lange bevor die Menschen, die sie warteten, darauf kamen, daß etwas nicht in Ordnung sein könnte.

Die Luft in dem Raum, wo der Computer stand, wurde durch eine Klimaanlage reguliert. Unter dem Boden verband ein Irrgarten aus Drähten die Schaltkreise miteinander. Diese Masse von Prozessoreinheiten und Verdrahtungen war wiederum mit Kabeln verbunden, die aus dem Gebäude liefen und zu breiten fiberoptischen Kabeln führten, die auf dem Grund des Pazifiks lagen. Von dort aus, durch ihre Aorta, wurde die Maschine mit ihrem Lebensblut versorgt.

Mit Daten.

Milliarden und Abermilliarden von Bytes, eine scheinbar unendliche Masse von Informationen, die durch die Systeme des Computers flossen. Abermilliarden Verbindungen in jeder Sekunde, vierundzwanzig Stunden am Tag, sieben Tage in der Woche. Auch wenn Katharine ungefähr wußte, wie so etwas funktionierte, konnte sie letzten Endes die Ausführung sowenig verstehen wie die Idee der Ewigkeit.

Es geschah zuviel zu schnell und ohne erkennbare Anstrengung.

Das genaue Gegenteil der Archäologie.

Sie wandte sich vom Fenster ab, ging durch die Lobby und betrat die Terminal-Räume, in denen Dutzende von Tischen mit Monitoren und Keyboards in abgetrennten Nischen standen. Die meisten Arbeitsplätze waren leer, nur an einigen saßen Leute und tippten fast geräuschlos Befehle in die Tastaturen.

Sie fand Phil Howell in der sechsten Nische der vierten Reihe. Er sah aus, als hätte er sich in den wenigen Minuten, in denen sie sich ihre müden Beine vertreten hatte, nicht ein einziges Mal bewegt. Die Müdigkeit, die so rasch verflogen war bei der Aussicht, die Datei wiederzufinden, war ebenso schnell zurückgekehrt, als Phil begann, ein Suchprogramm einzurichten, das sich durch alle Caches des enormen Computers arbeiten würde, auf der Suche nach Hinweisen auf Grafikdateien, die gestern nachmittag durch den Computer gegangen waren.

»Zwischen zwei und drei«, antwortete Katharine, als Phil sie fragte, wann sie und Rob die Datei gesehen hatten.

Die erste Liste, die der Computer erstellte, schien endlos über den Bildschirm zu rollen. Selbst wenn die Datei, die sie suchten, darunter war, hätte man ebensogut eine Nadel in etwa hundert Heuhaufen suchen können.

Während Phil die Suchkriterien geduldig einengte, spürte Katharine, wie ihr Enthusiasmus und ihre Energie sich auflösten.

Doch dann ertönte ein elektronisches Signal, und ein Fenster öffnete sich.

Sie spürte einen Adrenalinschub. »Ist sie das?« fragte sie.

»Es ist etwas«, antwortete Phil. »Aber es ist für mich, nicht für Sie.« Mit einem Mausklick vergrößerte er das Fenster, bis es den ganzen Bildschirm einnahm. »Ich habe gleichzeitig ein eigenes Suchprogramm gestartet. Ein Freund von mir in Arizona hat ein merkwürdiges Funksignal aus der Nähe einer Nova, die ich beobachte, empfangen. Es war nur ein Fetzen, aber wirklich sehr seltsam. Deshalb habe ich ein Suchprogramm gestartet, das nach entsprechenden Signalen sucht, die andere Leute vielleicht aufgeschnappt haben.« Er grinste, als er Katharines fragenden Blick sah. »Es ist ungefähr so, als wolle man eine komplette Symphonie aus ein paar Noten rekonstruieren. Ehrlich gesagt erwarte ich nicht allzu viel.« Er wandte seine Aufmerksamkeit wieder dem Bildschirm zu, auf dem mittlerweile ein neuer Kasten erschienen war:

```
Datensuchbericht:
Projektname: Star Bright
Angefordert von: Phil Howell
Suchbeginn: 17:46:24
Suchende: 22:06:58
Analysebeginn: 22:06:58
Analyseende: 10:37:13
Bericht erstellt: 10:37:14
Siehe Starbrit.rtf
```

Phil ließ den Bericht, den der Computer erstellt hatte, auf dem Bildschirm erscheinen. Eine Liste von Dateien, die der Computer von überall auf der Welt kopiert hatte, rollte vor ihnen ab, gefolgt von einer fast ebensolangen Liste mit den Dateien, auf denen der Bericht basierte.

Zu jeder Datei waren die Größe und das Erstellungsdatum vermerkt, der Computer, auf dem sie gespeichert worden war, und die Quelle der gespeicherten Daten.

Phils Aufregung wuchs, als er sah, daß die zweite Dateiliste ausschließlich Daten enthielt, die von Funkteleskopen gesammelt worden waren.

Als nächstes erschienen die Resultate, die der Computer bei seinem Versuch erzielt hatte, die Dateien in eine zusammenhängende Reihenfolge zu bringen.

Sein Herz schlug schneller. Die Signale schienen über Monate hinweg regelmäßig gesendet worden zu sein. Es hatte vor mehr als zwei Jahren angefangen, doch nach neunundsiebzig Tagen hatten die Signale abrupt geendet. Nach einer Pause von 142 Tagen waren sie wieder aufgetaucht und wurden dann über einen Zeitraum von 209 Tagen von verschiedenen Funkteleskopen registriert. Danach herrschte wieder 142 Tage Schweigen, gefolgt von einer Sendeperiode von

132 Tagen, die Samstagmittag, Greenwich-Zeit, geendet hatte.

Ungläubig starrte Phil auf den Monitor. Wenn das Signal tatsächlich so lange und von so vielen Radioteleskopen empfangen worden war, wie der Computer behauptete, warum war dann fast nichts darüber geschrieben worden?

Als er die Daten genauer untersuchte, begann er zu verstehen, warum.

Das Signal war derart fragmentarisch empfangen worden, daß es in dem Datenmeer, das jeden Tag aus dem Weltall hereinkam, nahezu untergegangen war.

Dann entdeckte er etwas anderes. Er spürte, wie seine Hände vor Aufregung feucht wurden.

Das Signal war nicht durchgängig auf der gleichen Frequenz empfangen worden, sondern auf Hunderten verschiedener Frequenzen, als hätte eine Art kosmisches Schrotgewehr sie verstreut.

Ein normales Funksignal, das von einem Stern oder einem Quasar ausging, wurde nur auf einer einzigen Frequenz gesendet.

Sterne verfügten über keine Technik, die ihnen ermöglichte, Übertragungsfrequenzen zu ändern.

Über diese Technik verfügten nur die Menschen.

»Ein Planet«, flüsterte Phil. »Mein Gott.«

Katharine sah ihn an. »Ein Planet? Wovon sprechen Sie?«

Howells Blick haftete auf dem Bildschirm. »Diese Übertragung hier«, sagte er und berührte mit den Fingern die Zahlen auf dem Bildschirm, als könne er so das Signal spüren, für das sie standen. »Sie ist zweimal unterbrochen worden, jeweils für einen Zeitraum von 142 Tagen. Diese Pause ist sehr bedeutsam. Und eine Erklärung dafür lautet, daß dieses Signal nicht von einem Stern pulsierte, sondern von einem Planeten gesendet wurde. Wenn die Umlaufbahn des Planeten in der richtigen Ebene wäre, würden unsere Teleskope die Signale immer dann nicht empfangen, wenn der Planet im Schatten seiner eigenen Sonne wäre.«

Katharine sah ihn an und versuchte die Bedeutung seiner Worte zu erfassen. »Aber das heißt …«

Sie wartete darauf, daß der Astronom den Satz für sie beendete.

»Das heißt, daß da draußen irgendwas ist«, sagte Howell schließlich. »Wenn ich recht habe.«

»Wenn Sie recht haben?« wiederholte Katharine. »Sie sagten doch, die einzige Erklärung …«

»Ich sagte, es ist eine Erklärung«, unterbrach Howell sie. »Und sicherlich mein Favorit«, fuhr er fort. Ein ironisches Lächeln trat auf seine Lippen. »Denn wenn ich jemanden da draußen fände, wäre ich mit einem Schlag der berühmteste Astronom der Welt. Aber leider gibt es vermutlich noch hundert andere Erklärungen, von denen jede einzelne wahrscheinlicher als meine ist.« Sein Blick kehrte auf den Bildschirm zurück. »Sagen Sie bitte niemanden etwas hiervon, okay? Die Chancen, daß ich recht habe, sind gering, und das Gegenteil des berühmtesten ist der dümmste Astronom der Welt. Okay?«

»Aber wenn Sie recht haben …«, begann Katharine, nur um sofort wieder unterbrochen zu werden.

»Wenn ich recht habe, dann können Sie beschwören, daß Sie dabei waren, als ich es entdeckt habe. Aber ich sollte erst darüber sprechen, wenn ich etwas beweisen kann.« Er sah sie an. »Versprochen?«

»Versprochen«, sagte Katharine.

Erneut ertönte ein leises elektronisches Piepen, und ihre Blicke wanderten auf den Bildschirm, wo sich in der rechten unteren Ecke ein neues Fenster aufgetan hatte.

»Nun sieh mal einer an«, sagte Howell erstaunt. »Heute kriegen wir beide Ergebnisse.«

Katharine las die beiden Dateinamen, die im Kasten erschienen, beide gleichermaßen simpel.

Schädel.jpg

Video.avi

Beide waren mit Anmerkungen zu ihrer Herkunft versehen, die als *mishimoto.com* angegeben wurde.

»Ich bin fast sicher, daß die Dateinamen viel länger waren«, sagte Katharine. »Es scheint so, als hätte der Computer nur nach Namen gesucht, die dem entsprechen, was ich gesehen habe, und nicht so sehr nach Inhalten.«

Phil Howell schüttelte den Kopf. »Sie sagten, daß es auf der Seite mit dem Schädel einen Link gegeben hätte, der Sie zu dem Video geführt hat. Der Dateiname, an den Sie sich erinnern, ist wahrscheinlich der für die Internet-Site, welche die Schädelgrafik enthielt, und für den Link. Diese Namen hier bezeichnen die Dateien selbst.«

»Und wie finde ich diese Dateien?«

»Kehren Sie in Robs Büro zurück«, riet ihr der Astronom. »Mishimoto ist der Name von Takeo Yoshiharas Unternehmen, was wohl bedeutet, daß *mishimoto.com* der Name seiner privaten E-Mail-Domain ist. Das wiederum heißt, daß die Dateien irgendwo auf Yoshiharas eigenen Computern gespeichert sind.«

»Von hier aus kommen Sie nicht daran?«

Howell schüttelte den Kopf. »Vielleicht, wenn ich ein erstklassiger Hacker wäre. Aber von Robs Computer aus sollten sie leicht zu finden sein, denn er ist ja schon in Yoshiharas Netzwerk. So, ich werde jetzt noch ein bißchen an meinem Signal weiterarbeiten. Und denken Sie daran«, fügte er hinzu und nickte zu dem Bildschirm hin, der die Resultate seiner eigenen Suche noch immer anzeigte. »Kein Wort zu irgendwem. Bitte.«

»Nicht einmal eine Andeutung«, versprach ihm Katharine. »Und danke für die Hilfe. Ich lasse es Sie wissen, wenn ich etwas finde.«

»Prima«, sagte Howell. Doch als Katharine kurz darauf wieder in ihrem Wagen saß, hatte er ihre beiden Dateien schon vergessen. Für ihn war ein seltsames Funksignal, das von einem fünfzehn Millionen Lichtjahre entfernten Stern kam, weitaus interessanter als jeder aus der Erde gegrabene Schädel.

KAPITEL 19

Er war wieder im Zuckerrohrfeld.

Das Feuer knisterte, und er sah zwar keine Flammen, aber den rötlichen Schein, der die Dunkelheit erhellte.

Er spürte es, von allen Seiten kroch es auf ihn zu. Es war, als umkreisten ihn Jäger, die sich ihrer Beute so sicher waren, daß sie glaubten, jede Vorsicht außer acht lassen zu können.

Trotzdem hatte er keine Angst vor den Jägern.

Die ersten Rauchfäden stiegen in seine Nase, glitten seine Luftröhre hinab in die Lunge.

Doch es roch nicht nach Rauch – nicht ganz.

Sonst hatte er immer husten müssen, wenn er in die Nähe von Rauch gekommen war, seine Augen hatten gebrannt und geträn, und er hatte einen bitteren Geschmack im Mund gespürt.

Jetzt atmete er den Qualm tief ein, saugte ihn in seine Lunge wie frische Salzluft, welche die Passatwinde vom Meer herantrugen. Während der Rauch in seinen Körper drang, spürte er eine nie gekannte Erregung, eine regelrechte Euphorie. Sein Körper wurde mit Kraft und Wohlbehagen erfüllt, und er kam sich unbesiegbar vor.

Das Knacken des Feuers wurde lauter, aber jetzt hörte er noch etwas anderes. Ein seltsames Stöhnen, als leide jemand große Schmerzen. Doch es war kein Stöhnen, sondern das Geräusch des Feuers, das immer stärker wurde, während es durch das Zuckerrohr raste. Es nährte sich von allem, was ihm in den Weg kam, und wuchs aus sich selbst. Es hatte sich in eine lebende Kraft verwandelt, es trampelte über die Erde und erzeugte einen wirbelnden, heulenden Aufwärtswind, der jedes verfügbare Luftmolekül verschlang. Das stetig wachsende Monster ernährte sich davon, es war bereits riesig und wurde immer riesiger, und es breitete sich aus.

Doch noch immer sah er keine Flammen.

Aber dann kamen sie endlich.

Zuerst sah er nur die Spitzen, ein kaum sichtbares orangefarbenes Flackern, wie von Schlangen, die durch das Zuckerrohrdickicht züngelten.

Er fühlte die Hitze des Feuers auf seiner Haut, eine Hitze, wie er sie nie zuvor gespürt hatte.

Das Feuer schien ihn zu beleben, seine Kräfte zu verstärken, anstatt sie zu verschlingen. Sein ganzes Ich blühte bei dem Gedanken an den nahen hechelnden Atem des Ungeheuers auf. Nun begann das Blattwerk um ihn herum vor dem wilden Tier zu weichen. Wohin er auch sah, überall schrumpften Blätter und Zweige durch die Hitze zusammen, um sich dann dem wütenden Monster zu ergeben und in Flammen aufzugehen.

Die Fühler aus Rauch verwandelten sich in feiste Schlangen, die sich um seinen Körper wanden und ihn fest umschlangen, aber anstatt sich gegen ihren Griff zu wehren, genoß er das Gefühl und schöpfte aus den sich zusammenziehenden Rauchspiralen ebenso viel Kraft wie aus dem Feuer selbst.

Das Heulen des Mahlstroms erfüllte seine Ohren, und die Dunkelheit der Nacht wurde von Funkenschauern vertrieben. Rauch und Flammen taten sich zusammen und wirbelten wie ein lebendiges Wesen um ihn herum.

Wie in Trance streckte er den Arm aus, als wolle er die Kraft des Feuersturms in sich aufnehmen. Er stieß einen lauten, ekstatischen Schrei aus.

Nun war er nicht länger der Gejagte, sondern wurde eins mit dem Inferno um ihn herum und fühlte, wie der Geist des Feuers seine Seele betrat.

Er reckte sich zu voller Höhe auf, er streckte seine Gliedmaßen, und der Schrei des Jägers drang aus seinem tiefsten Inneren …

Jeff Kina wand sich zuckend. Der Schrei, den er ausgestoßen hatte, hatte ihn aus dem Bann des Traumes gerissen. Doch obwohl er erwachte, blieb der Traum bei ihm. Das Feuer, das er eben noch gespürt hatte, war verschwunden. Aber als er die Augen öffnete, sah er, daß der Rauch weiterhin um ihn herum wirbelte, ein so dichter grau-brauner Nebel, daß er instinktiv die Augen wieder schloß.

Er lag mit zusammenkniffenen Augen da. Sein Herz pochte, aber nicht mehr, weil ihn sein Traum so erregt hatte.

Es pochte vor Angst.

Der Traum war so real gewesen, als befände er sich wieder im Zuckerrohrfeld, im Strudel des Feuers, kurz bevor die Männer aus dem gelben Laster ihn gepackt hatten und Josh Malani in seinem Pick-up davongefahren war.

In diesen Sekunden, als er neben Joshs Wagen stand, hatte ein nie gekanntes Gefühl ihn durchströmt.

Zum Teil war es das Feuer selbst gewesen. Etwas an der Art und Weise, wie die Flammen heranströmten, verebbten und tanzten, hatte sein Innerstes berührt, fast so, als hätten die Flammen ihn hypnotisiert. Und als der Rauch ihm in die Nase gestiegen war, hatte er noch etwas anderes gespürt.

Die Unruhe, die ihn den ganzen Abend gequält hatte, verschwand, und sein Körper kribbelte, als habe er bei einem Laufwettbewerb seine Aufwärmübungen beendet und warte auf den Startschuß.

Dann stürzten sich die Männer aus dem gelben Truck auf ihn. Sie brüllten ihn an, packten ihn und versuchten ihn vom Feuer fortzuziehen.

Er war größer als sie – viel größer –, und er hatte sich losgerissen und einem der Männer seine Faust ins Gesicht geschlagen. Er erinnerte sich daran, wie das Blut aus der Nase des Mannes schoß, wie überrascht er ihn angesehen und wie wütend er geschrien hatte. Jeffs Augen waren noch immer geschlossen.

Danach verschwammen die Ereignisse. Scheinwerfer, gleißendes Licht hatte ihn geblendet, als hätte ihm jemand einen Sack über den Kopf gestülpt.

Danach nur noch Erinnerungsfetzen.

Scheinwerfer.

Motorengeräusch, Schreie.

Er wurde niedergerissen, lag auf dem Boden, und jemand kniete auf seiner Brust, ein anderer auf seinen Beinen.

Irgend etwas wurde auf sein Gesicht gedrückt, und er versuchte sich zu wehren, aber es gelang ihm nicht.

Dann hatte sich um ihn herum Dunkelheit ausgebreitet, und er hatte geglaubt, er müsse sterben.

Aber jetzt war er wach. Er lebte.

Bewegungslos lag er da und lauschte.

Er hörte Geräusche, die er nie zuvor vernommen hatte.

Er hörte sein Herz, das Blut durch die Venen pumpte. Er glaubte sogar sein Blut zu hören – auch wenn das unmöglich war –, das durch seine Arterien floß und mit jedem Zusammenziehen der Herzkammern seinen Klang änderte.

Er machte eine Bestandsaufnahme seines Körpers und testete jeden Muskel, ohne sich dabei zu bewegen.

Nichts war gebrochen. Er schien nicht einmal verletzt.

Und er war nackt.

Er wandte seine Aufmerksamkeit der Umgebung zu. Auch wenn er die Augen noch immer geschlossen hatte, spürte er doch, daß er von Wänden umgeben war, die nicht weit entfernt waren.

Und er war allein.

Die Luft um ihn herum bewegte sich, und unbekannte Gerüche drangen in seine Nase.

Keine unangenehmen Gerüche – vertraute.

Schließlich öffnete er sein rechtes Auge – nur einen Spalt breit und so vorsichtig, daß es keinem Beobachter aufgefallen wäre.

Nebel.

Der gleiche braune Nebel.

Aber es war kein Nebel, denn er spürte keine kühle Feuchtigkeit auf seiner Haut.

Seine Augen bewegten sich unter den Lidern und suchten die Umgebung ab. Er hatte zuviel Angst vor der Entdeckung, wo er sein oder was in seiner Nähe sein könnte, um sich durch eine schnelle Bewegung zu verraten.

Doch er sah nichts.

Schließlich wagte er es. Er öffnete beide Augen und blickte starr nach oben.

Sein Gehirn verarbeitete die Daten, die seine Augen, seine Ohren und seine Nase sammelten, und suchte nach dem unbekannten Feind, der möglicherweise in diesem Brodem lauerte.

Warum schmerzten seine Augen nicht?

Warum brannten sie nicht, warum tränten sie nicht, obwohl er von Rauch umhüllt war?

Er wußte es nicht.

Er lag da, ohne sich zu rühren, und bewegte nur die Augen.

Nichts, was er sah, hörte oder roch, deutete auf die Anwesenheit eines anderen Lebewesens hin.

Und doch fühlte er sich beobachtet.

Er wußte es genau, selbst ohne dieses Gefühl zu kennen. Auch wenn ihm seine Sinne nichts verrieten, das Kitzeln auf seiner Haut und seine angespannten Nerven verrieten es ihm.

Dann sah er es.

Es befand sich hoch über ihm, rechts von ihm.

Eine Kamera.

Er starrte in die Linse wie ein Wolf in das Zielfernrohr eines Gewehrs.

Während er die Kamera im Auge behielt, machte er sich langsam bereit. Jede Bewegung vollzog sich so geschmeidig, daß sie kaum wahrnehmbar schien.

Hätte er im Gras gelegen, so hätte sich kaum ein Halm bewegt.

Er blickte auf die Kamera und wartete. Er spannte die Muskeln an.

Dann sprang er, stieß sich wie eine Katze vom Boden ab und streckte die Arme aus. Seine langen Beine katapultierten ihn in die Höhe.

Den Bruchteil einer Sekunde später prallte er gegen eine unsichtbare Mauer.

Er stöhnte auf und fiel zurück auf den Boden. Schmerzen schossen durch seine rechte Hüfte und sein linkes Knie, als er auf die ebene Fläche unter ihm schlug.

Regungslos wartete er, bis der Schmerz nachließ. Dann richtete er sich langsam auf und begann sich vorsichtig zu bewegen. Er streckte die Hände aus und tastete.

Er befand sich in einer Art Kasten.

Einem großen durchsichtigen Kasten, der sich nicht kalt anfühlte.

Plexiglas.

Der dichte grau-braune Nebel hatte ihm bislang die Sicht genommen, aber jetzt, da er sich bewegte, konnte er es nicht nur fühlen, sondern auch erkennen.

Er war gefangen, eingesperrt in diesem Kasten, der weder Eingang noch Ausgang zu haben schien – abgesehen von zwei Schläuchen, durch welche die nebelartige Substanz wirbelte, und einem kleinen Luftschacht mit einer Tür auf jeder Seite.

Die innere Tür konnte er öffnen, nicht jedoch die äußere.

Eingesperrt wie ein wildes Tier.

Und auf die beiden Männer, die beobachteten, was die Kamera aufnahm, machte er auch den Eindruck eines wilden Tieres.

Eines Raubtiers, das in seinem Käfig auf- und abging.

Michael, der zum Lunch in die Cafeteria gehen wollte, schloß gerade sein Fach ab, als er die Stimme hinter sich hörte.

»Ich weiß nicht, wie es dir geht, aber ich kriege langsam Schiß.«

Michael wußte, wovon Rick sprach. Auch er hatte sich immer mehr Sorgen gemacht, als Josh nicht einmal in der Pause nach der zweiten Stunde aufgetaucht war. Auch nach der Nachricht von Jeffs Verschwinden hatte er irgendwie erwartet, den großen Hawaiianer unter dem Banyanbaum zu sehen, wo sich das Laufteam stets traf. Aber als Jeff nicht gekommen war … »Hast du versucht, Jeff anzurufen?« fragte er, als sie zur Cafeteria gingen.

Rick nickte. »Ich habe mit seiner Mutter gesprochen, vor der dritten Stunde. Sie sagte, er sei gestern abend um neun Uhr aus dem Haus gegangen und nicht wiedergekommen. Um vier habe sie dann die Polizei angerufen.«

Michael blieb vor der Cafeteriatür stehen und wartete, bis die Schüler hinter ihnen vorbeigegangen waren. »Vielleicht sollten wir sie auch anrufen«, sagte er. »Ich meine, nach dem, was mit Kioki passiert ist …«

»Wir wissen doch gar nicht, was mit Kioki passiert ist«, entgegnete Rick.

»Und was ist, wenn jemand gesehen hat, wie wir vorgestern abend in den Tauchladen eingebrochen sind?« fragte Michael. Er suchte nach einer Erklärung für das, was mit Kioki passiert war, und nach einer Erklärung für das Verschwinden von Josh und Jeff. »Ich meine, vielleicht hat jemand dem Besitzer verraten, daß wir es waren.«

Rick sah ihn überrascht an, dann schüttelte er den Kopf. »So etwas würde Ken Richter nicht tun.«

»Woher willst du das wissen?« fragte Michael. »In New York …«

»Wir sind hier nicht in New York«, unterbrach ihn Rick. »Wenn Ken überhaupt etwas tun würde, dann höchstens die Cops informieren, und der Deputy, der gestern mit uns gesprochen hat, hat nichts von einem Einbruch erwähnt.«

»Was könnte es dann sein?« sagte Michael. »Hatten Josh und Jeff vielleicht irgendwie Ärger?«

Rick zögerte.

»Sag schon«, drängte Michael.

»Jeff hatte keinen Ärger«, sagte Rick vorsichtig. »Aber Josh steckt doch dauernd in Schwierigkeiten.«

»Ach ja?« sagte jemand hinter ihnen, und als Rick sich umdrehte, sah er Josh, der mit zornig funkelnden Augen um die Ecke der Cafeteria geschossen kam. »Nur weil ich nicht jedem in den Arsch krieche …«

»Na schön, um Josh brauchen wir uns dann wohl keine Sorgen mehr zu machen«, zischte Rick wütend. Bevor Michael oder Josh noch etwas sagen konnten, verschwand er in der Cafeteria.

Michael starrte Josh an. Seine knittrige Kleidung und sein schmutziges Gesicht verrieten, daß er letzte Nacht nicht zu Hause gewesen war. »Was ist los?« fragte Michael. »Wo ist Jeff?«

»O nein«, flüsterte Josh. »Ist er nicht hier?«

Etwas in der Stimme seines Freundes verwandelte die Befürchtungen, die Michael den ganzen Morgen über gehegt hatte, in Angst. Er schüttelte den Kopf und berichtete Josh, was er im Radio gehört und was Rick vorhin bestätigt hatte.

»Ich hab' ihn getroffen, nachdem ich von dir weg bin«, sagte Josh. Er sah sich nervös um. »Vielleicht hauen wir besser ab, was?«

»Einfach die Schule schwänzen?« entgegnete Michael. »Komm schon, Josh. Erzähl mir, was passiert ist, okay?«

»Nicht hier!« sagte Josh. In diesem Augenblick kamen zwei Schüler aus der Cafeteria, sahen ihn mißtrauisch an und gingen schnell weiter. »Was ist denn mit denen?« fragte Josh, nachdem sie um die Ecke gebogen waren.

»Hast du dich mal im Spiegel angesehen? Was hast du letzte Nacht gemacht?«

Josh wurde langsam sauer. Wieso fragte ihn Michael so aus? Er verlangte ja nicht viel …

Aber wo sollte er hin, wenn er sich mit Michael verkrachte? Mit wem konnte er reden? Außerdem fühlte er sich nicht gut. Aber das war schließlich kein Wunder, nachdem er den Rauch auf dem Zuckerrohrfeld eingeatmet und dann in seinem Truck geschlafen hatte. »Okay, laß uns zu den Umkleideräumen gehen. Dann kann ich wenigstens duschen, und anschließend erzähle ich dir, was heute nacht passiert ist. Aber du mußt mir versprechen, keinem ein Wort davon zu sagen, okay?«

Michael steckte ein paar Münzen in den Automaten

neben der Eingangstür und zog zwei Cola, eine Pakkung Chips und zwei Tüten mit verdächtig trocken aussehenden Keksen. Er zog den Verschluß von einer Dose ab und reichte sie Josh, der einen kräftigen Schluck nahm, während sie auf die Umkleideräume zugingen. Als er die Cola erneut an die Lippen setzte, wurde er plötzlich von einem Hustenanfall geschüttelt.

»Alles in Ordnung?« fragte Michael.

Josh schüttelte den Kopf. »Ich fühle mich beschissen.«

In den Umkleideräumen zog Josh sich aus und ging duschen. Während er unter dem dampfenden Wasserstrahl stand und sich Ruß und Schmutz vom Körper wusch, erzählte er Michael, was letzte Nacht geschehen war.

»Du hast ihn einfach dagelassen?« fragte Michael, als Josh fertig war und sich abtrocknete.

»Was hätte ich denn tun sollen?« blaffte Josh ihn an. »In den Truck wollte er nicht, das Feuer hatte uns eingeschlossen, die Kerle kamen, und ...« Ein weiterer Hustenanfall schnitt ihm das Wort ab, und er krümmte sich vor Schmerzen.

»Vielleicht solltest du besser nach Hause gehen«, schlug Michael vor.

»Nach Hause?« stöhnte Josh, als der Husten nachließ. Er rang nach Atem. »Das sagt sich für dich so leicht. Schließlich besäuft sich deine Mom nicht und verprügelt dich anschließend wie mein Vater und ...« Plötzlich blieb Josh der Atem weg. Hustend stolperte aus dem Umkleideraum und auf die Toiletten zu.

Michael lief hinter ihm her. Josh lag mit bleichem Gesicht auf den Fliesen. Ängstlich berührte Michael den Arm seines Freundes.

Seine Haut fühlte sich kalt und feucht an.

Josh schnappte nach Luft. »Was ist los?« fragte Michael. »Was fehlt dir?

Josh sah mit glasigen Augen zu Michael hinauf.

»Ich ... ich weiß nicht«, keuchte er. »K...kann nicht atmen ...«

Michael riß die Augen auf. Konnte es sein, daß Josh einen Asthmaanfall hatte? Ihm fiel sein Asthmaspray ein, das er noch immer überallhin mitnehmen mußte, obwohl er seit einem Jahr keinen Anfall mehr gehabt hatte. Aber seine Mutter bestand darauf. Wo hatte er es nur gelassen?

Genau, in seinem Schließfach.

Oder sollte er die Krankenschwester holen?

Er wußte nicht einmal, wo ihr Büro war!

»Ich bin gleich wieder da«, sagte er. »Ich hole die Krankenschwester, und in meinem Spind ist etwas, womit du besser atmen kannst.«

»Nicht die Schwester«, keuchte Josh. »Ich will nicht ...« Aber Michael war bereits losgelaufen.

Langsam rappelte sich Josh wieder auf, immer noch schwer atmend. Er hielt sich am Türgriff des Wandschranks fest, an dem er eben noch gelehnt hatte. Als er einen vorsichtigen Schritt nach vorne machte, verlor er sofort das Gleichgewicht, und als er sich an dem Türgriff festhalten wollte, riß er die Schranktür auf.

Schachteln, Dosen und Flaschen kamen ihm entgegen. Die Reinigungs- und Desinfektionsmittel, die der Hausmeister hier lagerte, kippten um und fielen auf den Boden. Scharf riechende Flüssigkeit strömte auf den Boden, Scheuerpulver staubte hoch.

Instinktiv trat Josh einen Schritt zurück und starrte das Durcheinander aus den verschiedensten Behältern an. Er griff nach einer Flasche mit Ammoniak und hielt sie vorsichtig an die Nase.

Als er die Dämpfe durch die Nase einatmete, spürte er einen sofortigen Energieschub, als hätte man Adrenalin in seinen Blutkreislauf gepumpt.

Er atmete wieder ein, und ein fast elektrisches Kitzeln lief durch seinen Körper.

Als kurz darauf Michael mit dem Spray herbeigelaufen kam, bot sich ihm ein völlig verändertes Bild.

Josh Malani sah wieder völlig gesund aus, seine Augen glänzten, und er schien auch wieder vollkommen normal zu atmen.

Doch dann sah Michael, daß Josh eine Ammoniakflasche an seine Nase hielt und die Dämpfe in seine Lunge sog. »Um Gottes willen, Josh, was machst du da?« schrie Michael und riß ihm die Flasche aus der Hand. »Was ist hier los?«

»Gib sie mir wieder!« forderte Josh. »Ich hab' nur dran gerochen.«

»Bist du verrückt? Das Zeug ist giftig. Es bringt dich um.«

Josh griff nach der Flasche. »Los, her damit!«

Michael schob Josh beiseite und schlug die Schranktür zu. Dann lehnte er sich mit der Ammoniakflasche in der Hand dagegen. Josh sah ihn düster an, und einen Augenblick fürchtete Michael, er würde sich auf ihn stürzen. Aber dann schüttelte Josh den Kopf. »Zur Hölle mit dir«, murmelte er. Er drehte sich um und stapfte aus dem Raum. Michael schloß die Flasche weg und ging hinter ihm her. Josh zog sich an.

»Hör zu, Josh«, sagte er. »Ich will dir doch nur helfen.«

Josh würdigte ihn kaum eines Blickes. »Ich brauche deine Hilfe nicht. Ich brauche überhaupt keine Hilfe, von niemandem.« Er schob Michael beiseite und eilte aus den Umkleideräumen hinaus und zum Parkplatz. Er stieg bereits in seinen Truck ein, als Michael ihn eingeholt hatte.

»Ich komme mit dir«, sagte Michael und ging auf die Beifahrerseite.

»Den Teufel wirst du tun.« Josh startete, legte den ersten Gang ein und fuhr mit quietschenden Reifen vom Parkplatz.

Michael stand in einer Staubwolke und sah seinem Freund hinterher. Tränen schossen ihm in die Augen, und in seinem Magen spürte er einen Knoten aus Wut und Angst, so fest, als könne er ihn nie mehr entwirren. Er wird darüber hinwegkommen, sagte er sich schließlich, drehte sich um und ging wieder zu den Umkleideräumen. Spätestens wenn die Schule aus ist, wird er sich wieder beruhigen. Es wird schon werden.

Aber noch während er das dachte, wußte er, daß er nicht daran glaubte.

KAPITEL 20

Als Josh Malani mit seinem Pick-up vom Schulparkplatz brauste, hatte er keine Ahnung, wohin er fahren sollte. Er wußte nur eins – er mußte fort.

Das angenehme Kribbeln, das er im Körper gespürt hatte, als er das Ammoniak eingeatmet hatte, ließ bereits nach, aber damit auch die Wut, die in ihm hochgekocht war, als Michael ihm die Flasche weggenommen hatte.

Was, zum Teufel, war nur in ihn gefahren, Michael so anzubrüllen? Michael war sein bester Freund!

Michael hatte ihm das Leben gerettet.

Michael hatte nur versucht, ihm zu helfen.

Und was hatte er getan? Er war durchgedreht und abgehauen.

Toll!

Und was jetzt?

Nach Hause konnte er nicht – auf keinen Fall vor fünf Uhr. Dann kam seine Mom von der Arbeit, und er mußte nicht mit seinem Vater allein sein.

Vielleicht würde er einfach ein paar Stunden am Strand verbringen. Nach dem Schwimmen fühlte er sich immer besser, und dann würde er kurz vor Schulschluß zurückfahren und Mike suchen.

Er würde sich entschuldigen, und dann würden sie gemeinsam überlegen, was sie wegen Jeff unternehmen sollten. Vielleicht hatte Mike recht – vielleicht sollten sie der Polizei wirklich sagen, wo sie in der Nacht von Kiokis Tod gewesen waren.

Als Josh durch die Talsohle zwischen Haleakala und den Bergen von West-Maui fuhr, meldete sich der seltsame Schmerz in seiner Brust wieder, und als er auf der Windseite, wo sich während der Woche kaum jemand aufhielt, einen Parkplatz suchte, schüttelte ihn ein weiterer Hustenanfall. Atemlos und voller Angst trat er auf das Gaspedal. Er mußte zum Strand, wo er die Luft des Passatwindes vom Ozean atmen konnte. Husten und Atemnot quälten ihn so sehr, daß er den Wagen, der ihm in gleichmäßigem Abstand folgte, überhaupt nicht bemerkte.

Das Ammoniak, dachte Josh, Michael hatte recht. Seine Brust tat höllisch weh, und wie sehr er sich auch bemühte, er bekam einfach nicht richtig Luft. Als er den Pick-up in einer Parkbucht hinter dem Strand zum Stehen gebracht hatte, hielt er das Lenkrad mit beiden Händen fest umklammert. Ein brennender Schmerz rollte durch seinen Körper. Er versuchte ruhig zu bleiben.

Seine Knöchel waren von der Anstrengung weiß geworden, und als er hinaus auf die See sah, konnte er kaum den Horizont erkennen.

Alles schien vor seinen Augen zu verschwimmen, und der Himmel verdüsterte sich, obwohl eben noch keine Wolke am Himmel zu sehen gewesen war.

Raus.

Er mußte raus aus dem Wagen und zum Strand. Wenn er es bis zum Strand schaffte, würde er wieder atmen können. Er würde sich hinlegen und abwarten, bis dieser seltsame Anfall vorüber war. Bald würde es ihm wieder besser gehen. Er tastete nach dem Türgriff, fand ihn und stieg schwankend aus dem Wagen. Doch als er den Boden berührte, gaben seine Beine nach, und er stürzte der Länge nach in den Staub.

Er keuchte und rang um Atem, obwohl es schien, als würde seine Lunge bei jedem Atemholen mit einer Fackel versengt.

Mußte er sterben?

Bestimmt.

Die Dunkelheit nahm zu und umschloß ihn, die Schmerzen wurden immer schlimmer, bis er überhaupt nicht mehr atmen konnte.

Er streckte die Arme aus, um sich an irgend etwas – egal, an was – festzuhalten, als könne er so das schreckliche Gefühl ersticken zu müssen besiegen.

Er versuchte zu schreien, um Hilfe zu rufen, brachte jedoch nur ein heiseres Stöhnen hervor.

Und als die Dunkelheit ihn ganz umgeben hatte und die letzten Kräfte ihn verließen, spürte er plötzlich etwas anderes.

Ihm war, als würde er hochgehoben.

Hochgehoben und davongetragen.

Während seine gequälte Lunge immer noch um Atem rang, ergab sich Josh der Dunkelheit.

»Mein Jeff ist ein guter Junge«, wiederholte Uilani Kina. »Mein Jeff würde nicht einfach so weglaufen. Ihm muß irgend etwas zugestoßen sein.«

Cal Olani nickte verständnisvoll, aber die Geste war nicht ganz aufrichtig. In seinen fünfzehn Dienstjahren als Polizist hatte er gelernt, daß es nicht eine Mutter gab, deren Sohn kein »guter Junge« war, egal, was er getan hatte oder wie schwer die Beweise wogen.

»Mein Sohn ist ein guter Junge«, sagte Mrs. Kina noch einmal.

Er mußte allerdings zugeben, daß in dem ordentlichen Haushalt, den Uilani Kina führte, nichts darauf hindeutete, daß ihr Sohn auf die schiefe Bahn geraten war. Das Haus lag in einer Seitenstraße oberhalb von Makawao, umgeben von einem gepflegten Garten. Der Rasen war gemäht, und in einer Abzäunung neben dem Haus pickten ein paar Hühner in der Erde herum. Mr. Kina besaß in Makawao einen kleinen Laden für Gartengeräte, in dem Jeff nach der Schule arbeitete, wenn er nicht für das Laufteam trainierte. Abgesehen von ein, zwei Zwischenfällen, bei denen er ein paar *haoles* Prügel angedroht hatte – ohne seine Drohungen je wahrgemacht zu haben –, hatte es nie Ärger mit Jeff gegeben. Aber er war in dem Alter, in dem Jungen gerne zeigen, daß sie keine Kinder mehr sind, und Cal hätte Uilani Kina recht überzeugend versichert, daß ihr Sohn sicher bald auftauchen würde, wenn man gestern nicht Kioki Santoyas Leiche gefunden hätte. Er konnte das Verschwinden des Jungen also keinesfalls auf die leichte Schulter nehmen. »Ich werde heute nachmittag eine offizielle Suchanzeige aufgeben«, versprach er, wobei er wußte, daß sich die Nachricht von Jeffs Verschwinden schon längst über die ganze Insel verbreitet hatte. Er klappte sein Notizbuch zu und steckte es in die Innentasche seiner Uniformjacke. »Versuchen Sie ganz ruhig zu bleiben, Mrs. Kina«, sagte er freundlich.

»Wenn das mit Kioki nicht passiert wäre …« Uilani konnte den Satz nicht zu Ende sprechen. Sie war zierlich, und ihre weichen Züge wurden von glattem schwarzem Haar umrahmt. Traurig schüttelte sie den Kopf. »Ich weiß nicht, wie Alice es verkraftet. Er war ihr ein und alles, und jetzt …« Sie versuchte, die Tränen zurückzuhalten. »Was haben die Jungen in jener Nacht getan?« Sie schaute Cal Olani fragend an. »Ist irgend etwas geschehen? Sind sie in eine Prügelei geraten? Hatte jemand etwas gegen sie?« Erneut schüttelte sie den Kopf. »Aber wer könnte etwas gegen so nette Jungen haben?« Ihr Tonfall veränderte sich, und Cal Olani merkte, daß sie mehr mit sich selbst als mit ihm sprach. »Auch Josh Malani. Was kann man bei solchen Eltern schon erwarten. Er tut mir so leid ...« Ihre Stimme erstarb, aber ihre dunkelbraunen Augen sahen den Polizisten noch immer an. »Finden Sie ihn«, bat sie. »Bitte finden Sie ihn für mich.«

Als Olani ein paar Minuten später in seinem Wagen saß, mußte er an die Frage denken, die ihm die von Sorge um ihren Sohn gequälte Frau gestellt hatte: Ist irgend etwas geschehen?

Ihm fielen die Gesichter der Jungen ein, mit denen er gestern nachmittag in der Schule gesprochen hatte, ihre Blicke, die vor jeder Antwort zu Josh gewandert waren, als suchten sie seine Hilfe oder seine Erlaubnis, bevor sie etwas sagten.

Und der Neue – Cal hatte ihn gestern zum erstenmal gesehen – hatte seine Frage eigentlich gar nicht beantwortet, sondern nur gleichgültig mit den Schultern gezuckt. Er sah auf seine Uhr. Kurz vor Schulschluß. Vielleicht sollte er sich die drei noch einmal vorknöpfen. Aber kaum hatte er den Entschluß gefaßt, als sich die Zentrale über Funk meldete.

»Wagen fünf«, sagte er ins Mikrofon.

»Ich habe hier eine Meldung über einen führerlosen Wagen«, sagte sein Kollege. »Am Strand bei Sprecklesville. Bist du in der Nähe?«

»Oberhalb von Makawao«, antwortete Olani und teilte mit, daß er gerade zur Schule fahren wollte.

»Dann wird dich diese Meldung um so mehr interessieren«, sagte der Polizist in der Zentrale. »Wir haben das Nummernschild überprüft. Es handelt sich um einen '82er Chevy-Pick-up, registriert auf den Namen Josh Malani.«

Olani spürte ein dumpfes Unbehagen. »Wie lange steht er schon da?« fragte er.

»Nicht sehr lange. Die Frau, die uns informiert hat, sagt, daß er am Morgen noch nicht dort gestanden habe.«

»Warum wird der Wagen dann als führerlos gemeldet?« fragte Olani. Warum sollte man die Polizei benachrichtigen, wenn ein Wagen irgendwo ein paar Stunden auf einem Parkplatz stand? Nach ein, zwei Tagen vielleicht ... Die Stimme des Kollegen unterbrach seine Gedanken.

»Der Schlüssel steckt im Zündschloß, und seine Brieftasche liegt auf dem Vordersitz.«

Das Unbehagen, das Olani verspürt hatte, verdichtete sich zu einer dunklen Vorahnung. »Zehn-vier«, sagte er. »Ich bin schon unterwegs.«

»Sie haben ja ganz schön lange gebraucht.« Die dicke Frau mit dem Sonnenbrand trug einen wild gemusterten Muumuu in einem besonders häßlichen Lavendelton. Sie machte keinerlei Anstalten, ihr Mißfallen zu verbergen, als Olani eine halbe Stunde nach der Meldung der Zentrale aus seinem Wagen stieg.

»Myrtle, bitte«, versuchte ihr Gatte sie zu besänftigen. Er trug ein zum Muumuu seiner Frau passendes Hemd und hatte einen noch stärkeren Sonnenbrand. »Vergiß nicht, das hier ist Maui, nicht Cleveland.« Er streckte seine Hand aus. »Ich bin Fred Hooper, und das ist meine Frau Myrtle. Wir wohnen in einem Ferienapartment einen Kilometer von hier.« Er deutete vage in die Richtung von Sprecklesville. »Ich habe gesagt, Myrtle, belästige die Polizei nicht mit so etwas, aber ...«

»Kein Mensch steigt aus seinem Wagen und läßt den Schlüssel im Zündschloß stecken und die Brieftasche auf dem Vordersitz liegen, wo jeder vorbeikommen und es stehlen könnte«, schnitt Myrtle ihm das Wort ab und brachte ihn mit einer schnellen Handbewegung zum Verstummen. »Zumindest nicht in Cleveland, und ich glaube, so anders ist es hier auch nicht.« Cal Olani ging zu Joshs Truck, die beiden Hoopers im Schlepptau. Myrtle redete immer noch. »Irgendwas stimmt hier nicht. Ich weiß, Fred hält mich für überkandidelt, aber eine Mutter weiß solche Dinge.« Sie standen vor dem Pick-up. Olani sah Myrtle stirnrunzelnd an, und sie schürzte verlegen die Lippen. »Natürlich haben wir einen Blick in die Brieftasche geworfen. Wir dachten, wir würden vielleicht eine Telefonnummer oder so etwas finden.« Sie seufzte. »Gerade mal siebzehn. Es ist zu traurig.«

»Bitte, Myrtle, wir wissen doch gar nicht, was passiert ist«, begann Fred, aber erneut schnitt ihm Myrtle mit einer Geste das Wort ab.

»Natürlich wissen wir, was passiert ist«, sagte sie. »Es kommt immer häufiger unter Teenagern vor. Selbstmord. Ich habe im *Time Magazine* einen Artikel darüber gelesen.« Sie sah Olani an. »Seine Kleider liegen am Strand«, sagte sie. »Zumindest nehme ich an, daß es seine Kleider sind. Sonst ist niemand in der Nähe. Und die Brieftasche haben wir genau so wieder auf den Vordersitz gelegt, wie wir sie gefunden haben«, fügte sie hinzu, als der Polizist durch das offene Fenster in den Truck sah.

Eine abgewetzte Brieftasche lag auf dem Fahrersitz, und der Schlüssel steckte, wie die Frau gesagt hatte. Olani nahm die Brieftasche und sah sich den Führerschein an.

Josh Malani.

Ansonsten enthielt die Brieftasche ein paar Dollarnoten, einen Schülerausweis, ein paar zerknitterte Fotos und ein paar Zettel mit den Namen von Mädchen und Telefonnummern.

Cal Olani ging an den Strand und gelangte zu dem

Kleiderhaufen, den Myrtle beschrieben hatte. Verwaschene Jeans, ein T-Shirt, Jockey-Shorts, Socken und Schuhe.

Die Jeans lagen unten, darüber das T-Shirt und die Unterwäsche und zuoberst die Schuhe und die umgedrehten Socken.

Sehr ordentlich.

Fast penibel.

Und das sah Josh Malani nach dem, was der Polizist von ihm wußte, keineswegs ähnlich.

Es sei denn, er hätte etwas damit sagen wollen.

Schweigend ging Olani zum Pick-up zurück. Hinter dem Fahrersitz lag ein nicht ganz trockenes Handtuch, das um eine ebenfalls noch nicht ganz trockene Badehose gewickelt war.

Hätte er die Sachen nicht mitgenommen, wenn er vorgehabt hätte, schwimmen zu gehen?

Aber wenn er, wie Myrtle Hooper angedeutet hatte, ins Wasser gehen und nicht mehr herauskommen wollte, dann hätte er in der Tat auch das Handtuch nicht gebraucht.

Er durchsuchte den Pick-up, um vielleicht so etwas wie einen Abschiedsbrief zu finden, auch wenn er nicht daran glaubte. Josh war immer ein bißchen zu spontan, zu wild gewesen, um nun einen Abschiedsbrief zu hinterlassen. Und eigentlich war er auch nicht der Junge, der Selbstmord beging, selbst wenn alles danach aussah.

Er ging zum Strand zurück, wo Myrtle Hooper mit selbstzufriedener Miene auf ihn wartete. Cal Olani fand es abstoßend, daß sie offensichtlich mehr daran interessiert war, ihre Vermutung bestätigt zu finden, als daran, was tatsächlich mit dem Siebzehnjährigen geschehen war.

»Da sind Fußspuren«, sagte Fred. »Wir haben darauf geachtet, sie nicht zu zertreten.«

Olani betrachtete den Boden. Von dem Kleiderhaufen führte eine einzelne Fußspur bis zum Wasser, wo sie von der heute sanften Brandung weggewaschen worden war. Er hielt sich die Hand über die Augen und schaute auf den in der Sonne glitzernden Ozean hinaus, auf der Suche nach irgendeinem Zeichen. Aber er sah nichts, keinen Schwimmer, keinen Josh. Nicht, daß er damit gerechnet hätte. Wie es aussah, war Josh tot.

»Es ist heute hart für die Kids«, sagte Fred Hooper, der mit Olani auf das Meer hinaussah. »Anders als damals, als wir jung waren. Wir brauchten uns um nichts Sorgen zu machen. Wir wuchsen heran, gründeten eine Familie, gingen in den Ruhestand und machen Ferien an schönen Orten wie diesem hier. Aber was haben die Kids von heute denn? Drogen, Gangs, und sie schießen auf einen, wenn man nur einfach die Straße entlang geht.« Er schwieg einen Augenblick und fügte dann hinzu: »Ich wünschte, wir wären ein bißchen früher hierher gekommen. Vielleicht hätte es schon geholfen, wenn er jemanden zum Reden gehabt hätte.«

Cal Olani legte dem Mann eine Hand auf die Schulter. »Vielleicht«, sagte er. Aber während er die Stelle am Strand absperrte, damit die Neugierigen, die sein Polizeiwagen bereits angelockt hatte, die Spuren nicht zertrampelten, bevor seine Kollegen kamen, fragte er sich, ob Reden wirklich geholfen hätte.

Noch gestern hatten Josh Malani und seine Freunde so getan, als gäbe es nicht das Geringste zu reden.

Heute war Kioki Santoya tot, Jeff Kina wurde vermißt, und Josh Malani hatte sich allem Anschein nach ertränkt.

Was, zum Teufel, ging hier vor?

KAPITEL 21

Erwartungsfroh kehrte Katharine Sundquist auf Takeo Yoshiharas Anwesen zurück. Sie war überzeugt davon, daß sie nicht nur den Schlüssel zu den verschwundenen Computerdateien in Händen hielt, sondern auch den zur Erklärung des geheimnisvollen Schädels in der Felsspalte. Als sie eintraf, trugen Rob und einer seiner Helfer gerade die letzten sorgfältig beschrifteten Knochen aus dem Explorer in sein Büro. Sie mußte ihre Ungeduld zügeln, bis der vollständige Fund auf einem Labortisch in dem Raum neben Robs Büro lag.

Aber ihre Zuversicht erlitt schnell wieder einen argen Dämpfer. Die Dateien waren längst nicht so einfach zu finden, wie sie erwartet hatte. Es hätte so leicht sein müssen. Sie hatten die Dateinamen, und Philip Howell war sicher, daß sie irgendwo auf Takeo Yoshiharas Computer sein mußten. Aber als Rob das Laufwerksverzeichnis aufrief, ließ sich keine Datei gleichen Namens finden. Er spürte ihre Enttäuschung und versuchte sie aufzumuntern. »Kein Problem. Das ist nur ein Laufwerk. Es muß mehrere geben. Ich starte eine Suche.«

Obwohl die Suche nur wenige Minuten in Anspruch nahm, schien sie Katharine eine Ewigkeit zu dauern. Endlich erschienen zwei Zeilen auf dem Bildschirm, welche die Resultate anzeigten, und sie faßte wieder Mut.

X:\serinus\artefakt\Philippinen\Schaedel.jpg
X:\serinus\artefakt\Phillipinen\video.avi

»Wenn die Verzeichnisse auf irgendeiner Logik basieren, wissen wir nun zumindest, woher der Schädel kommt«, sagte Katharine. »Aber was bedeutet ‚serinus'?«

»Das ist eines von Yoshiharas Projekten«, antwortete

Rob. »Es hat irgendwas mit Luftverschmutzung zu tun. Serinus ist die Gattungsbezeichnung für Finken, um genauer zu sein: serinus canaria – Kanarienvögel.«

»Kanarienvögel?« wiederholte Katharine. »Ich glaube, ich sehe den Zusammenhang nicht.«

»Der Zusammenhang besteht darin, daß man früher Kanarienvögel in die Minenschächte herabließ, um die Luft zu prüfen. Blieb der Vogel am Leben, konnten die Bergarbeiter hinuntersteigen. Starben sie, dann hieß das, daß gefährliche Gase im Schacht waren.« Er zögerte. »Sehr viel weiß ich über dieses Projekt nicht, aber es sieht so aus, als wolle Yoshihara neue Wege finden, um die Kanarienvögel vor dem Tod zu retten. Daher der Projektname. Eine etwas seltsame Art von Firmenhumor, wenn du mich fragst. Aber schauen wir mal, ob wir an diese Dateien rankommen.«

Mit wachsender Spannung sah Katharine zu, wie Rob einen Viewer startete und den Pfadnamen der Jpg-Datei einkopierte. Gleich haben wir es geschafft dachte sie, wir sind fast am Ziel. Doch dann erlosch der Bildschirm, und ein Befehl wurde eingeblendet:

BITTE PASSWORT EINGEBEN

Rob probierte ein paar Möglichkeiten aus, von Anagrammen aus »Artefakt« und »Serinus« bis hin zum rückwärts geschriebenen Namen von Takeo Yoshihara. Weder er noch Katharine wunderte es, daß nichts davon funktionierte. »Wer weiß?« sagte Rob schließlich seufzend. »Es könnte das Geburtstagsdatum von irgend jemandes Schwiegermutter sein oder eine zufällig gewählte Folge von Buchstaben und Zahlen. Und wenn ich es noch sehr viel öfter mit falschen Paßwörtern versuche, merkt der Computer vielleicht etwas und meldet mich.«

Mißmutig starrte Katharine auf den Bildschirm. Sie

konnte die beunruhigenden Bilder auf dem seltsamen Video nicht vergessen. »Wahrscheinlich ist es sowieso nicht die richtige Datei«, sagte sie enttäuscht. »Was in aller in der Welt sollte auch ein Stamm, der eine Art Primaten abschlachtet, mit Luftverschmutzung zu tun haben?«

»Ich fürchte, darüber weißt du weitaus mehr als ich«, entgegnete Rob schulterzuckend. »Du bist schließlich die Knochenfrau.«

Aber Katharine wußte auch keine Antwort. Sie stocherten noch eine Weile in dem Verzeichnis namens Serinus herum, doch schon bald fanden sie heraus, daß nur eine einzige Datei ohne Paßwort zugänglich war.

Eine Datei, die ihre Vermutung bestätigte, daß Takeo Yoshihara und die Mishimoto Corporation das Problem der globalen Luftverschmutzung in der Tat durch ein gewaltiges Forschungsprojekt zu lösen versuchten. »In der Absicht, ein Vermögen mit ihren Entdeckungen zu machen«, kommentierte Rob, nachdem sie die Datei gelesen hatten.

Während des restlichen Nachmittags konzentrierte sich Katharine darauf, die Einzelteile des Skeletts zusammenzusetzen. Während sie arbeitete, begann eine Idee zarte Wurzeln zu schlagen. Erst als Rob sie schließlich bei der Arbeit unterbrach und vorschlug, zusammen essen zu gehen, bemerkte sie, wie schnell der Nachmittag vergangen war.

Sie hatte zwar noch immer keine Ahnung, wie sie die Datei mit dem Schädel und dem Video wiederherstellen konnte, aber dafür hatte sie zumindest das Skelett fast vollständig zusammengesetzt. Und die Idee nahm immer konkretere Gestalt an. »Ich glaube, ich mach' das hier noch zu Ende«, sagte sie Rob. »Geh nur. Wir sehen uns dann morgen.«

Nachdem Rob fort war, rief sie Michael an, um ihm mitzuteilen, daß es später werden würde.

»Wieviel später?« fragte er.

»Nur etwa zwei Stunden«, antwortete sie. »Und dann gehen wir eine Pizza essen, einverstanden?«

»Sicher«, sagte Michael, aber seine Stimme klang beinahe ängstlich.

»Alles in Ordnung?« fragte sie. »Oder ist was?«

Nach einem langen Schweigen sagte er: »Alles okay. Bis nachher.«

Sie legte auf und fragte sich, ob sie nicht lieber Schluß machen und nach Hause fahren sollte. Aber kaum hatte sie daran gedacht, als ihr endlich klar wurde, wie sie die Idee, die sie den ganzen Nachmittag beschäftigt hatte, in die Tat umsetzen konnte.

Noch einmal spielte sie das Video vor ihrem geistigen Auge ab. Aber diesmal fragte sie sich nicht, um was für ein Wesen es sich handelte, sondern wie alt es gewesen sein mochte.

Wenn es sich um einen kleinen Primaten gehandelt hatte, dann war es ausgewachsen.

Und wenn es kein Primat war?

Die Bilder liefen an ihr vorbei.

Wie die Stammesmitglieder es angestarrt hatten.

Wie seine Furcht zu wachsen schien und wie überrascht es gewesen war, als die Männer es jagten.

Das Wesen war viel kleiner als die Männer gewesen.

Und die Frau hatte sich verhalten wie …

Wie eine unglückliche Mutter, die ein Kind verloren hat.

Ein Mutant?

Hatte sie auf dem Bildschirm etwa ein mutiertes menschliches Kind gesehen?

Aber wodurch mutiert? Durch Luftverschmutzung?

Noch während sich die Frage in ihrem Innern formte, bildete sich auch eine mögliche Antwort.

Mount Pinatubo.

Der Vulkan, der vor knapp zehn Jahren auf den Philippinen ausgebrochen war und so viel Asche und giftiges Gas in die Atmosphäre gespien hatte, daß Dutzende von Dörfern unbewohnbar wurden.

Wenn Alkohol und Tabak für Mißbildungen bei Föten verantwortlich waren, was konnten dann die Gase aus einem aktiven Vulkan anrichten? Katharine betrachtete das Skelett, aber sie dachte nicht an die Feuerstelle, neben der es begraben gewesen war, sondern an den Schwefelschacht etwas weiter die Felsspalte hinauf. Was, wenn die Überreste, die sie ausgegraben hatte, von jemandem stammten, der nur wenige Monate nach einem Ausbruch des Haleakala geboren worden war?

Sie wußte nun, daß sie das Alter der Knochen auf jeden Fall ganz genau bestimmen und mit einer der letzten Eruptionen auf Maui in Verbindung bringen mußte.

Oder auf der Großen Insel, wo sich noch heute neue Eruptionskanäle öffneten und Gase aus den Eingeweiden des Planeten freigesetzt wurden.

Sie arbeitete noch drei Stunden, stellte Knochenproben zusammen und suchte im Internet nach Labors, welche die Analyse möglichst schnell und effizient durchführen konnten.

Dann spürte sie ihre Erschöpfung. Ihre Glieder taten weh, und ihre Gedanken verschwammen zu einem Nebel.

Sie hatte Michael versprochen, viel früher zurück zu sein.

Ohne aufzuräumen, verließ Katharine ihren Arbeitsplatz. Sie schaltete lediglich das Licht aus und wollte gerade die Tür abschließen, als das gleißende Licht von Autoscheinwerfern am Fenster vorbeiglitt. Im Dunkeln trat sie ans Fenster und sah hinaus.

Michael saß vor dem Fernseher und versuchte sich auf die Handlung des Films zu konzentrieren, doch immer wieder wanderten seine Gedanken in eine andere Richtung.

Er mußte wieder und wieder an Josh denken, der sich auf der Toilette die Flasche mit Ammoniak ans Gesicht gehalten und die Dämpfe tief eingeatmet hatte. Und der wütend geworden war, als er ihm die Flasche weggenommen hatte.

Und er erinnerte sich an Joshs Blick, kurz bevor sein Freund aus dem Raum gerannt war. Eine Sekunde lang hatte Michael ihn nicht mehr wiedererkannt. Der Josh, den er kannte, war irgendwie verschwunden gewesen, und an seine Stelle war etwas anderes getreten ...

Ein wildes Tier.

Der Gedanke kam, ohne daß Michael ihn bewußt formulierte, aber je länger er darüber nachdachte, desto klarer wurde ihm, daß Josh tatsächlich so ausgesehen hatte: wie ein gefangenes Tier, das verzweifelt zu fliehen versucht.

Er erinnerte sich, daß er eine Sekunde lang gefürchtet hatte, Josh würde ihn angreifen und versuchen, die Flasche zurückzubekommen, die Michael ihm entrissen hatte.

Nach der Schule hatte Michael so lange wie möglich gewartet, in der Hoffnung, Josh würde wieder auftauchen, aber als der Schulbus schließlich zur Abfahrt bereit war, mußte er einsteigen. Auf dem Heimweg hatte er immer wieder nach hinten geschaut. Vielleicht tauchte Josh doch noch auf, vielleicht überholte er den Bus mit wildem Gehupe und wartete dann an der nächsten Haltestelle auf ihn. Aber insgeheim wußte er, daß Joshs Pick-up nicht auftauchen würde. Seinem Freund war irgend etwas Schreckliches zugestoßen.

Sollte er die Polizei anrufen?

Aber was sollte er ihnen erzählen?

Sollte er die seltsame Geschichte wiedergeben, die Josh ihm erzählt hatte, von dem Feuer auf dem Zuckerrohrfeld, von Jeffs verrücktem Benehmen, von Joshs Flucht? Damit würde er Josh nur noch mehr Ärger machen. Und wenn Jeff Kina irgend etwas in dem Feld passiert wäre, dann hätte man doch bestimmt schon davon gehört. Immerhin hatte er in der Schule die Namen von zwei Männern gehört, die in dem Feuer gestorben waren – Feuerwehrmänner, die beim Einsatz auf tragische Weise ums Leben gekommen waren. Einer davon war der Onkel eines Mitglieds des Laufteams. Aber von Jeff Kina hatte niemand gehört.

Zu Hause angekommen, hatte er bei Josh angerufen, aber ein betrunkener Sam Malani hatte den Hörer abgenommen und krakeelt, daß er seinen Sohn schon zur Räson bringen werde, wenn der endlich nach Hause käme.

Michael hatte nicht wieder angerufen.

Dann, vor einer Stunde, hatte er wieder dieses komische Gefühl gespürt. Es war nicht so schlimm gewesen – nicht halb so schlimm wie damals, als er Asthma hatte –, aber beinahe hätte er seine Mutter angerufen. Er tat es dann doch nicht. Wenn sie ihn nicht gleich ins Krankenhaus brachte – »Vorsicht ist besser als Nachsicht« –, würde sie ihn spätestens morgen früh wieder zu Dr. Jameson schleppen.

Es war besser, wenn er schwieg. Morgen würde es ihm sicher wieder gutgehen.

Er drückte sich tiefer in das Sofa und versuchte sich wieder auf den Film zu konzentrieren.

Denk nicht mehr dran, sagte er sich, denk einfach nicht mehr dran. Mit deiner Lunge ist alles in Ordnung. Josh ist einfach nur sauer, und Jeff Kina hast du ja kaum gekannt.

Aber wie sehr er sich auch einzureden versuchte, daß alles in Ordnung sei, er mußte doch immer an das eine Geschehnis denken, das diesem Gedanken so schrecklich widersprach:

Vorgestern nacht war Kioki Santoya gestorben.

Was, wenn auch Jeff und Josh tot waren?
Was dann?
Auf diese Frage wußte er keine Antwort.

Als sich Katharines Augen an die gedämpften Lichter gewöhnt hatten, die nachts Takeo Yoshiharas Anwesen matt beleuchteten, hielt das Fahrzeug soeben vor einer Tür am anderen Gebäudeflügel. Katharine sah, wie der Wachmann, der sonst immer hinter seinem Tisch in der Lobby saß, aus dem Gebäude trat und schnell auf das Fahrzeug zuging, das Katharine mittlerweile als kleinen Lieferwagen identifiziert hatte. Zwei Männer stiegen aus, ein weiterer kam aus dem Gebäude. Zu viert luden sie eine Kiste aus dem Heck des Lieferwagens aus.

Eine Kiste von etwa einem Meter Breite, einem Meter Höhe und zwei Metern Länge.

Unwillkürlich mußte Katharine an einen Sarg denken, und auch wenn sie den Gedanken sofort verwarf, ließ er sich doch nicht so leicht abschütteln. In dem Raum neben ihr lag ein Skelett.

Das Skelett eines Wesens, das wie ein Mensch begraben worden war, auch wenn es nicht zur Gattung Homo sapiens gehörte.

Katharine ging den langen Flur von ihrem Büro zur Lobby entlang. Dann zögerte sie.

Was sollte sie tun? Die Tatsache, daß dieser Lieferwagen mitten in der Nacht vorfuhr, ließ darauf schließen, daß man es nicht sehr schätzen würde, wenn sie jetzt einfach hinausging und den Männern einen guten Abend wünschte.

Sie ging langsam zum Tisch des Wachmanns, der wie ein großer hölzerner Quader aussah und bis auf zwei Videomonitore völlig leer war. Vorsichtig umkreiste Katharine den Schreibtisch und glitt schließlich auf den Drehstuhl, der dahinter stand. Sie sah auf die Monitore.

Der linke zeigte das Haupttor des Anwesens. Katharine konnte sich nicht an irgendwelche Scheinwerfer erinnern, dennoch wirkte das Bild auf dem Monitor so hell, als sei es Tag.

Offenbar waren die Sicherheitskameras mit einer lichtverstärkenden Vorrichtung ausgestattet. Die Dunkelheit, in der das Tor lag, täuschte.

Auf dem anderen Bildschirm sah man nur eine Reihe grafisch dargestellter Knöpfe, von denen einige beschriftet waren, andere lediglich Symbole enthielten, und die anzeigten, wie man die Kameras bedienen konnte. Katharine berührte das Lupensymbol.

Sofort vergrößerte sich das Bild auf dem anderen Monitor, und die Kamera zoomte näher an das Haupttor heran.

Unter den beschrifteten Knöpfen wählte Katharine denjenigen aus, auf dem »Nordflügel« stand.

Die Knöpfe verschwanden, bis auf die, mit deren Hilfe die Kameras manipuliert wurden, und an ihrer Stelle tauchte ein Plan des Nordflügels auf. Katharine wählte den Raum, vor dem, wie sie glaubte, der Lieferwagen parkte, und berührte den Bildschirm.

Das Display reagierte sofort und zeigte ihr das Innere von Stephen Jamesons Büro.

Seines leeren Büros.

Sie berührte das Bild des Raums zwei Türen weiter und sah nun die beiden Männer aus dem Lieferwagen und die beiden Wachmänner auf dem Bildschirm. Sie stellten den Kasten auf einer Art Trage ab. Die beiden Wachmänner schoben nun die sargähnliche Kiste durch das Büro auf den Flur. Katharine schaltete auf eine Ansicht des Nordflurs um und erstarrte, als sie sah, daß die beiden Männer, der eine am vorderen, der andere am hinteren Teil des Sarges, direkt auf sie zukamen. Eine Sekunde später blickte der Wachmann, der sonst immer auf dem Stuhl saß, von dem Katharine aus nun die Monitore beobachtete, direkt in die Kamera, und Katharine beschlich das beklemmende Gefühl, daß er sie genauso deutlich sehen konnte wie sie ihn. Ihr Herz begann zu pochen, und sie mußte dem Drang widerstehen, in die entgegengesetzte Richtung davonzulaufen, zurück in Robs Büro. Aber dann verschwanden die Männer und ihre Kiste – sie gingen nicht durch die Doppeltüren am Ende der Lobby –, und ihr wurde klar, daß sie keineswegs auf sie zugekommen waren. Sie bewegten sich genau in Gegenrichtung.

Aber wohin gingen sie?

Sie untersuchte den Kontrollmonitor und entdeckte einen Knopf mit der Aufschrift »UE«.

Untere Ebene? Was sonst. Dr. Jameson hatte am Morgen doch auch davon gesprochen, daß er »unten« noch etwas erledigen mußte.

Sie berührte den Knopf, aber anscheinend ohne Resultat.

Auf dem rechten Bildschirm waren noch immer der Plan und die Kontrollknöpfe zu sehen, auf dem linken der jetzt leere Flur.

Doch Katharine war sicher, daß beide Bildschirme leicht geflackert hatten, als sie die Knöpfe berührt hatte. Als sie den Bildschirm näher untersuchte, fiel ihr auf, daß sich eines doch geändert hatte: Wo eben UE gestanden hatte, stand nun UE1.

Es gab also noch ein Stockwerk unter UE.

Wie um diesen Gedanken zu bestätigen, tauchten auf dem linken Bildschirm wieder die Wachmänner auf. Jetzt bewegten sie sich von der Kamera weg. Auf der Hälfte des Flurs öffnete sich eine Tür, und die beiden Männer schoben die Kiste hindurch. Wieder drückte Katharine einmal falsch, bevor sie den richtigen Raum fand, und wieder änderte sich das Bild auf dem Kameramonitor.

Offensichtlich handelte es sich um eine Art Labor.

Katharine beobachtete, wie zwei Männer in weißen Kitteln den Deckel der Kiste aufschraubten. Katharine betätigte einen der Knöpfe, welche die Kameras regulierten, und zoomte auf die Kiste. Als der Deckel hochgehoben wurde, stiegen aus dem Behälter Nebelwolken auf.

Trockeneis?

In der Kiste selbst war etwas in Plastik eingewickelt, was auch immer es sein mochte. Sie sah, wie vier Hände in Gummihandschuhen das Plastik entfernten.

Die Wachmänner sah sie nicht mehr.

Sie zog die Kamera auf den weitesten Winkel.

Sie waren verschwunden.

Katharine berührte erneut den Bildschirm und fand sie.

Sie kamen durch den Flur auf sie zu.

Nein, sie gingen in die andere Richtung, wahrscheinlich zum Fahrstuhl. Wie lange würde es dauern, bis sie wieder in diesem Stockwerk waren und in die Lobby zurückkehrten?

Eine Minute, zwei?

Mehr sicherlich nicht.

Sie berührte den Schirm und hatte wieder die Assistenten im Bild. Sie hatten die äußere Plastikhülle auseinandergewickelt und entfernten nun das Trockeneis, in dem der eigentliche Inhalt der Kiste steckte. Katharine hätte ihnen am liebsten zugerufen, sich zu beeilen, schneller zu arbeiten und die zweite Plastikhülle endlich zu entfernen, damit sie sah, was darunter lag. Sie bebte vor Ungeduld.

Mit zitterndem Finger schaltete sie wieder auf den Flur. Die Wachmänner warteten noch immer auf den Fahrstuhl. Gerade als sie ins Labor zurückschalten wollte, verschwanden die Männer aus dem Blickwinkel der Kamera.

Sie hatten den Fahrstuhl betreten und kamen hinauf.

Wie schnell, wußte sie nicht.

Sie schaltete zum Labor zurück. Endlich schienen die beiden Sanitäter mit dem Trockeneis fertig zu sein. Unbewußt den Atem anhaltend, blickte Katharine in die Kiste. Einer der Männer griff nach dem fast durchsichtigen Plastik, das einzige, was Katharine noch davon trennte, einen Blick auf die geheimnisvolle Ladung zu werfen, die mitten in der Nacht angeliefert worden war. Plötzlich hätte sie vor Frust fast aufgeschrien. Der Mann verschwand plötzlich aus dem Bild.

Der Zoom!

Mit zitternden Händen berührte sie die Abstimmungsknöpfe für die Kameras. Sie zoomten wieder heran, und das Bild wurde etwas schärfer. Doch dann beugte sich einer der Männer vor und versperrte ihr gänzlich die Sicht auf die Kiste. Aber kurz zuvor glaubte sie etwas gesehen zu haben.

Ein Gesicht.

Ein menschliches Gesicht?

Das zerknitterte Plastik hatte es zu sehr verzerrt, und sie hatte nur allzu kurz darauf blicken können.

Wieviel Zeit blieb ihr noch? Wenn sie wenigstens noch einen Blick auf die Kiste werfen könnte …

Sie berührte den UE-Knopf und schaltete dann auf den Flur.

Die Wachen näherten sich bereits der Lobby.

Mit laut klopfendem Herz sprang Katharine auf und lief auf die Doppeltüren zu, die in den Südflur und schließlich in ihr Büro führten.

Der Bildschirm! Sobald die Wachen ihn sahen, würden sie wissen, daß sich jemand daran zu schaffen gemacht hatte. Sie drehte sich um und wäre in ihrer Hast, zu dem Schreibtisch zurückzukommen, fast gestolpert. Sie suchte den Bildschirm ab, bis sie den Knopf mit der Aufschrift »Zentral« fand. Sie drückte darauf, und augenblicklich erschien wieder das Menü, das sie vorgefunden hatte, als sie sich vor weniger als fünf Minuten an den Schreibtisch gesetzt hatte.

Das Tor!

Wo war der Knopf für das Tor?

Da, ganz unten, rechts.

Sie tippte mit dem Finger darauf, wartete noch ab, bis sich das Bild auf dem Monitor auch wirklich geändert hatte, und rannte dann durch die Lobby. Sie stieß die Doppeltüren auf, hielt sie hinter sich fest, damit sie nicht hin und her schwangen und lief dann den Flur hinunter zu ihrem Büro. Sie schloß auf, ging hinein und schaltete wieder das Licht an.

Nach Luft schnappend lehnte sie an ihrem Schreibtisch und wartete, bis sich Herz- und Pulsschlag beruhigt hatten. Dann nahm sie ihre Handtasche, schaltete das Licht aus, verließ ihr Büro zum zweitenmal innerhalb von zehn Minuten, schloß ab und ging abermals auf die Doppeltüren zu.

Einen Augenblick lang hatte sie das schreckliche Gefühl, daß die Wachen alles wußten und lächelnd auf sie warteten. Wenn sie ihr Fragen stellten, was sollte sie antworten? Daß sie sich Sorgen gemacht habe, weil der Wachmann nicht an seinem Schreibtisch gewesen sei?

Würden sie ihr das abkaufen?

Sie stieß die Türen auf und betrat die Lobby. Zu ihrer Erleichterung warteten die beiden Wachmänner nicht auf sie. Der, dessen Posten der Schreibtisch war, saß auf seinem Stuhl und blätterte in einem Magazin. Als er Katharine sah, schaute er auf.

»Dr. Sundquist, ich dachte, Sie wären schon gegangen.«

Klang seine Stimme mißtrauisch? »Ich mußte noch was fertig machen«, entgegnete sie. Als sie die Lobby halb durchquert hatte, kam ihr plötzlich der Gedanke, wie sie jedes Mißtrauen ersticken konnte. »Was war das für ein Lieferwagen, der da vorhin gekommen ist?« fragte sie und drehte sich noch einmal um. »Ist es nicht furchtbar spät für eine Lieferung?«

Der Wachmann lächelte. »Das war einer von unseren Trucks. Der Fahrer hat hier nur gehalten, um uns zu fragen, wo er parken soll.«

»Nun, gut zu wissen, daß wir nicht die einzigen sind, die so spät noch arbeiten müssen«, sagte Katharine und erwiderte das Lächeln des Wachmanns. »Aber müde bin ich deshalb trotzdem.«

Der Mann lachte. »Ja, mich macht es auch nicht munterer, andere arbeiten zu sehen.«

Katharine sagte gute Nacht, verließ das Gebäude und ging schnell zu ihrem Wagen.

Der Mann hatte gelogen.

Offensichtlich sollte sie nicht erfahren, was hier vor sich ging. Aber was ging hier vor?

Und wie konnte sie es herausfinden?

Stand die Leiche – wenn es denn eine war –, die heute nacht angeliefert worden war, in irgendeiner Verbindung zu dem verstörenden Video und dem Skelett in ihrem Labor? Eine solche Verbindung herzustellen war doch lächerlich.

Aber sie hatte das Bild des anomalen Schädels von den Philippinen und die Bilder des ermordeten Wesens nicht vergessen. Ein Bild und ein Video, die hinter einem Paßwort in Dateien versteckt wurden, so wie das, was heute abend geliefert worden war, in einem Keller versteckt wurde, von dem sie bis eben nicht einmal gewußt hatte, daß es ihn gab.

Ihr Instinkt sagte Katharine, daß all diese Dinge miteinander zu tun hatten:

Die Leiche – wenn es eine war –, die eben geliefert worden war.

Der Mutant – wenn es einer war –, der auf den Philippinen getötet worden war.

Und das Skelett, das sie selbst hier auf Maui ausgegraben hatte.

Aber wie konnte sie herausfinden, worin die Verbindung zwischen alledem bestand? Während sie im Dunkeln auf das Haupttor zufuhr, überlegte sie nicht nur, wie sie sich Zugang zu den versteckten Dateien zu verschaffen vermochte, sondern auch, wie sie sich Zutritt zur unteren Ebene des Nordflügels verschaffen konnte. Sie fuhr langsamer und wartete darauf, daß das Tor sich öffnete. Illusionen machte sie sich keine mehr. Hier wurde alles weitaus strenger bewacht, als Rob Silver angenommen hatte.

Als sie diesmal durch das dunkle Tor fuhr, wußte sie, daß die Wache in der Lobby sie auf dem Monitor wie im hellen Tageslicht sah. Sie fröstelte. Und obwohl sie sich immer wieder sagte, daß es dumm sei, konnte sie sich des Gefühls nicht erwehren, beobachtet zu werden, bis sie die schmale Straße des Anwesens verlassen und den Hana Highway erreicht hatte. Selbst dann konnte sie das Gefühl nicht ganz abschütteln, und auf der Fahrt nach Makawao sah sie immer wieder in den Rückspiegel, um sich davon zu überzeugen, daß niemand sie verfolgte.

Obwohl sie niemanden sah, hatte sie Angst.

Als Katharine nach Hause kam, lief der Fernseher, aber Michael lag schlafend auf dem Sofa, und als sie sich über ihn beugte und ihn auf die Stirn küßte, rührte er sich nicht. Sie ließ ihre Ledertasche neben dem Sofa zu Boden fallen und schaltete den Fernseher aus. Dann ging sie in die Küche. Sie hatte Hunger. Die Überreste einer Pizza, nicht ganz die Hälfte, lagen in einer mittlerweile durchweichten Pappschachtel auf der Theke. Katharine schaufelte zwei Stücke auf einen Teller und stellte ihn in den Mikrowellenherd. Während die Pizza erhitzt wurde, goß sie sich ein Glas Wein ein. Sie nahm den Teller mit ins Wohnzimmer, stellte ihn auf dem Couchtisch ab und wollte sich schon auf den Boden setzen und essen. Doch dann ging sie durch das ganze Haus und schloß alle Fenster und Türen zu. Schließlich zog sie noch die Vorhänge zu.

Bevor sie den letzten schloß, sah sie in die Nacht hinaus. Sie wurde das Gefühl nicht los, daß jemand sie beobachtete.

Lächerlich, sagte sie zu sich selbst. Dort draußen ist niemand. Dich beobachtet keiner.

Aber es gelang ihr nicht, die Paranoia zu vertreiben, die sie seit dem Verlassen des Forschungspavillons ergriffen hatte. Sie schloß den Vorhang und ging zurück, um die Pizza zu essen, die Michael ihr übrig gelassen hatte.

Gerade hatte sie das erste Stück verspeist, als Michael sich bewegte. Der Rhythmus seines Atems änderte sich, er klang unruhig und angestrengt. Plötzlich fuchtelte er mit Armen und Beinen in der Luft herum. Katharine fuhr zusammen. Sie fürchtete, daß sich die schreckliche Szene von gestern, als er in die Dunkelheit geflohen und erst Stunden später zurückgekommen war, wiederholen könnte. Sie stand auf und kniete sich neben ihn. »Michael«, sagte sie und legte ihm die Hand auf die Brust. »Michael, wach auf! Du hast einen bösen Traum.«

Er stöhnte und versuchte sich abzuwenden, aber sie hielt ihn an der Schulter fest und schüttelte ihn. »Michael! Wach auf!«

Michael zuckte zusammen und richtete sich abrupt auf. Überrascht starrte er sie an.

»Was war los?« fragte Katharine. »Wovon hast du geträumt?«

»Vom Nachttau ...«, begann Michael, unterbrach sich aber sofort.

»Wovon?« Katharine sah ihn streng an. Sie wußte nicht, was er meinte, aber sie würde es erfahren.

Michael wurde rot. Wenn seine Mutter ihn so ansah, hatte es keinen Sinn, sie anzulügen. »Ich war nachttauchen«, sagte er schließlich.

»Nachttauchen?« wiederholte Katharine verständnislos. Als ihr die Bedeutung der Worte klar wurde, weiteten sich ihre Augen. »Du meinst, du bist nachts tauchen gewesen?«

Michael zögerte kurz und nickte dann zerknirscht. »Mit Josh Malani und ein paar anderen Jungen.«

»Welchen anderen?« fragte Katharine.

Michael zögerte erneut. »Jeff Kina und Kioki Santoya. Und Rick Pieper.«

Katharine glaubte, die beiden ersten Namen schon einmal gehört zu haben. Aber noch bevor sie danach fragen konnte, gab Michael die Antwort.

»Kioki ist der Junge, den seine Mutter gestern morgen im Zuckerrohrfeld fand.«

Katharine erinnerte sich, daß sie im Radio davon gehört hatte. »Und in der Nacht davor warst du tauchen?« fragte sie. »Als du so spät nach Hause gekommen bist?«

Michael nickte.

»Und davon hast du vorgestern geträumt? Und eben?«

Michael nickte erneut.

Katharine sah ihn an. »Ist beim Tauchen irgendwas passiert?« fragte sie.

Michael überlegte, aber dann wurde ihm klar, daß allein sein Zögern ihr bereits sagte, daß es bei dem verbotenen Tauchen einen Zwischenfall gegeben hatte. »Nichts Ernstes«, sagte er. »Die Sauerstoffflaschen waren nicht ganz gefüllt, und deshalb mußten wir früher raus. Keine große Sache, wirklich.«

»Aber du hast deswegen Alpträume«, sagte Katharine. »Und nach dem, was mit Kioki geschehen ist ...«

Michael stöhnte auf. »Ach, hör auf, Mom, sie wissen doch noch gar nicht, was Kioki passiert ist.«

Katharine sah ihren Sohn ernst an. Er hatte sie nicht nur angelogen, sondern auch etwas sehr Dummes und Unverantwortliches getan. Eigentlich sollte sie ihm Hausarrest verpassen, dachte sie, ihm sämtliche Strafen aufbrummen, die es gab, damit sie sicher sein konnte, daß er so etwas nie, nie wieder tun würde. Aber nachdem sie letzte Nacht kaum geschlafen hatte, fühlte sie sich einfach nicht in der Lage, das jetzt durchzuziehen. Außerdem war sie erleichtert, daß ihm nichts passiert war. Er lebte, und er war bei ihr. Und vielleicht war es zum Teil auch ihre Schuld, daß er ihr nichts erzählt hatte – schließlich hatte sie ihn jahrelang allzusehr behütet. Wenn Rob Silver sich nicht eingemischt hätte, hätte sie Michael das Tauchen sowieso verboten.

Die Erschöpfung, die sich den Tag über in ihr ausgebreitet hatte, gewann langsam die Oberhand, und sie kam zur der Einsicht, daß diese Sache auch bis morgen warten konnte. »Geh ins Bett«, sagte sie. »Geh ins Bett und schlaf dich aus.« Dann hatte sie eine Idee. »Hör zu, Michael, du bist derjenige, der Mist gebaut hat, und deshalb wirst du dir deine Strafe dafür selbst aussuchen. Ich bin jetzt einfach zu müde und zu zornig, um mich damit zu beschäftigen. Also, laß dir was einfallen.«

Michael sah sie an, und so wie er sie ansah, wußte sie, daß sie eine sehr gute Antwort gefunden hatte; was immer er sich schließlich aufbürden würde, es würde sicherlich alles übertreffen, was sie sich hätte ausdenken können.

»Okay«, sagte er schließlich. »Das ist wohl nur fair.« Er stand auf und hatte fast schon sein Zimmer erreicht, als er noch einmal zurückkam, sich hinabbeugte und ihr einen Kuß auf die Wange gab. »Es tut mir leid«, sagte er. »Ich hätte es nicht machen sollen, und ich hätte es dir sagen müssen.« Er richtete sich wieder auf. »Nacht«, sagte er leise, als er wieder zu seinem Zimmer ging.

»Michael?«

Er drehte sich zu ihr um.

»Sei nicht ganz so streng mit dir. Ein ganzes Jahr Hausarrest wäre wirklich zuviel.«

Als sie ein paar Minuten später ins Bett fiel, fühlte sich Katharine derart erschöpft, daß sie nicht einschlafen konnte. Nach einer Weile stand sie auf und öffnete alle Fenster, um frische Luft ins Haus zu lassen. Aber mittlerweile wehte ein Kona-Wind und brachte den leicht nach Säure riechenden Smog mit sich, der aus dem Vulkan von der Großen Insel kam.

Bevor sie wieder ins Bett ging, lauschte sie kurz an Michaels Tür. Sie selbst fand vor Erschöpfung keine Ruhe, aber ihr Sohn schlief tief und friedlich.

KAPITEL 22

Takeo Yoshihara erwachte, als die Morgendämmerung den Himmel im Osten erhellte. Er stand jeden Tag so früh auf. Ohne die geringste Spur von Müdigkeit schwang er sich aus seinem Bett und zog ein Aloha-Hemd, weiße Hose und Sandalen an, seine Uniform für Maui. Dann begab er sich in den kleinen Speisepavillon. Wie immer bestand sein Frühstück aus Miso-Suppe, Fisch und Tee.

Während des Essens informierte er sich über den Zustand der Finanzmärkte und überflog die zahllosen Berichte, die über Nacht aus aller Welt eingetroffen waren.

Er stellte fest, daß er um dreißig Millionen Dollar reicher geworden war, seit er gestern zu Bett gegangen war.

Er legte den letzten Bericht beiseite und trank seinen Tee aus. Dann ging er durch den Garten in sein Forschungszentrum. Einmal blieb er kurz stehen, um eine verwelkte Orchideenblüte aufzuheben, welche die Filipino-Gärtner offenbar übersehen hatten.

Durch die Haupttür trat er in den Forschungspavillon, nickte dem Wachmann zu, als er an dessen Tisch vorbeiging, stieß die Doppeltür zum Südflur auf und ging weiter, bis er am anderen Ende vor dem Fahrstuhl stand. Dort zog er seine Brieftasche hervor und führte sie an einer unscheinbaren grauen Platte vorbei, die über dem Rufknopf eingelassen war. Ein rotes Licht über der Platte verwandelte sich umgehend in ein grünes. Eine Sekunde später öffnete sich die Fahrstuhltür. Yoshihara betrat die Kabine, und die Tür schloß sich.

Kaum eine Minute darauf stand er in dem Labor, in das gestern nacht die längliche Holzkiste gebracht worden war. Die Kiste war mittlerweile verschwunden, ebenso wie das Trockeneis und die Plastikfolien, die als Verpackung gedient hatten.

Nur ein Körper lag auf dem Tisch, allerdings nicht mehr in seinem ursprünglichen Zustand.

Als sich die Labortür öffnete, blickte Stephen Jameson auf. Überrascht sah er auf die Uhr. Er wunderte sich, seinen Arbeitgeber zu sehen.

Fast halb sieben.

Mit einem Schlag spürte Jameson die Anstrengungen der nächtlichen Autopsie. Er nahm seine Brille ab, rieb sich die Augen und streckte sich.

Yoshihara nickte dem Arzt kurz zu und trat an den Tisch, um einen Blick auf die Überreste der Leiche zu werfen, die er hatte ausgraben und nach Maui schicken lassen. Falls der Anblick ihm Unbehagen bereitete, ließ er sich nichts anmerken.

Die Leiche war vom Unterleib bis zum Hals aufgeschnitten, und alle inneren Organe waren entnommen worden. Das Rippengitter war geöffnet und ausgebreitet worden, um leichten Zugriff auf Lunge und Herz zu ermöglichen. Übriggeblieben war nur eine große gähnende Höhle. Da sie vollkommen blutleer war, machte die Leiche den Eindruck, als wäre sie nie lebendig gewesen. Im Gegenteil, der Tote wirkte eher künstlich, als wäre das, was da auf dem Tisch lag, nicht aus Fleisch und Blut, sondern aus Wachs.

Aber Yoshihara wußte, daß es sich um einen Menschen handelte, der gelebt hatte. Er hatte Bilder gesehen, die den Jungen zeigten und erst vor wenigen Wochen aufgenommen worden waren. Ein männlicher Weißer, siebzehn Jahre alt, über einen Meter achtzig groß, mit den breiten Schultern und schmalen Hüften eines Athleten. Auf einem Bild zeigte der Junge ein breites Lächeln. Er hatte vollkommene weiße Zähne, Sommersprossen und ein Grübchen im Kinn. Zusammen mit den blauen Augen und den blonden Haaren sah er aus wie der typische kalifornische Surfer.

Auch als Leiche sah der Junge noch gut aus.

Sein blondes Haar war für die Beerdigungszeremonie ordentlich gekämmt und in Form gebracht worden. Durch die Verpackung war es etwas verrutscht, und noch bevor Yoshihara genau wußte, was er eigentlich tat, beugte er sich herab und strich ihm die störrischen Locken aus der Stirn.

Die Totenbleiche war fachmännisch überschminkt, und die Wangen des Jungen glühten so rosig, als würde er jeden Moment aufwachen.

Das Grübchen im Kinn war so deutlich wie auf dem Foto. Nur die Sommersprossen sah man auf dem ernsten Gesicht nicht mehr.

Yoshihara wandte sich an Jameson, der einen braunen Umschlag in der Hand hielt. »Haben Sie die genaue Todesursache schon feststellen können?«

Jameson öffnete den Umschlag und überflog die Laborergebnisse. Seine Mitarbeiter hatten die ganze Nacht über daran gearbeitet und die Proben analysiert, die Jameson bei der Autopsie jedem Organ entnommen hatte.

Fast alle Organe des Jungen hatten sich als gesund erwiesen, wie es der erste Eindruck hatte vermuten lassen. Die Testergebnisse enthielten keinerlei Hinweise auf Krankheiten oder toxische Substanzen.

Oder zumindest keinerlei Hinweise auf Substanzen, die einen Siebzehnjährigen hätten töten können.

Kein Strychnin, kein Zyanid oder andere Gifte.

Auch keine Drogen. Kein Heroin, kein Kokain, keine Aufputsch- oder Beruhigungsmittel.

Nicht einmal Alkohol oder Haschisch.

Dennoch zeigten die Laborberichte eindeutig, woran der Junge gestorben war.

»Die Todesursache«, sagte er, »war eine allergische Reaktion auf die betreffende Substanz.« Er lächelte Yoshihara zufrieden an. »Als der Krankenwagen kam, versuchte seine Mutter gerade, ihn aus seinem Wagen zu ziehen, der mit laufendem Motor in der geschlossenen Garage stand.«

Yoshihara nickte. »Also haben sie ihm Sauerstoff gegeben.«

»Und er ist gestorben«, sagte Jameson.

»Und das Wetter in Los Angeles an jenem Tag?« fragte Yoshihara.

Jameson lächelte dünn. »Fast perfekt. Santa-Anna-Bedingungen. Die Wetterberichte sprachen von kristallklarer Luft und einem Tag, wie ihn Los Angeles kaum noch erlebt.«

»Aber nicht gut für unseren Probanden«, lautete Yoshiharas Kommentar. »Was wäre geschehen, wenn er keinen Sauerstoff bekommen hätte?«

»Schwer zu sagen«, antwortete Jameson. »Aber es scheint, als würden sich unsere neuen Probanden besser machen. Von den Fünfen geht es bis jetzt vieren offensichtlich gut. Die Luft in Mexiko City ist natürlich in den vergangenen fünf Tagen sehr schlecht gewesen, aber in Chicago war sie ziemlich gut.«

»Und wie lange sind sie dort?«

»Nur zwei Tage«, sagte Jameson.

»Interessant. Was ist mit dem Jungen von hier, der gestorben ist? Wie hieß er doch noch?«

»Kioki Santoya«, sagte Jameson. »Er hat natürlich keinen Sauerstoff bekommen – er war ja bereits tot, als seine Mutter ihn fand. Aber unsere Untersuchungen haben gezeigt, daß seine Lunge in einem sehr ähnlichen Zustand wie die des Probanden ist.« Er wandte sich der Leiche auf dem Seziertisch zu.

Takeo Yoshihara überlegte. Schließlich sagte er: »Die beiden anderen Jungen von hier – ich will sie sehen, und zwar nicht nur auf den Monitoren, sondern direkt.«

Stephen Jameson zog die Augenbrauen zusammen. »Ich bin nicht sicher, ob das eine gute Idee ist«, sagte er. »Wenn einer der beiden sie erkennt ...«

»Das spielt keine Rolle«, unterbrach ihn Yoshihara. »Schließlich ist es recht unwahrscheinlich, daß sie uns verlassen werden, oder?«

Stephen Jameson schwieg. Er zog es vor, seinem Arbeitgeber nicht zu widersprechen. »Wie Sie wünschen«, sagte er schließlich und führte Takeo Yoshihara durch eine Tür. Sie kamen durch einen Raum, in dem Tanks mit Druckgas und eine große Pumpe standen. Dann betraten sie einen weiteren Raum, in dem sich lediglich ein großer Kasten aus Plexiglas befand.

In dem Kasten waberte bräunlicher Nebel.

In diesem Dunst zeichneten sich langsam die Gestalten zweier nackter Jungen ab, die schlafend auf dem Boden lagen, die Köpfe auf den Armen ruhend. Doch noch während Takeo Yoshihara sie betrachtete, öffnete der größere der beiden, der, wie Yoshihara feststellte, polynesischer Abstammung war, die Augen. Er hockte sich auf den Boden, als wolle er sie anspringen.

Wie ein Tier, dachte Yoshihara. Wie ein wildes Tier, das Gefahr wittert. Er trat näher an den Kasten, wie man sich im Zoo einem Affenkäfig nähert.

Der Junge sprang ihn mit ausgestreckten Armen an, als wolle er ihn packen und würgen, aber im nächsten Augenblick prallte er gegen die Plexiglaswand und stürzte mit einem Schmerzensschrei zu Boden.

Mittlerweile war auch das andere, kleinere Exemplar aufgewacht und starrte mit vor Wut funkelnden Augen durch das Plastik.

»Und wir wissen immer noch nicht, wie sie mit unserem Experiment in Berührung gekommen sind?« fragte Yoshihara und wandte sich wieder Jameson zu.

»Da sie es sicherlich selbst nicht wissen ...«, begann Jameson, aber Yoshihara unterbrach ihn ein weiteres Mal.

»Es ist mir egal, was *sie* wissen«, sagte er. »Ich will wissen, wie sie mit unserem Präparat in Verbindung kommen konnten. Finden Sie es heraus. Bis heute abend will ich eine Antwort haben. Ist das klar?«

Stephen Jameson schluckte nervös. Dann nickte er zustimmend. Er wußte, daß ihm gar keine andere Möglichkeit blieb.

»Gut«, sagte Yoshihara leise. Ohne die beiden Jungen in dem Plexiglaskasten eines weiteren Blickes zu würdigen, machte er sich auf den Rückweg. Als er in der Lobby ankam, entschloß er sich, eine Weile im Garten zu verbringen.

Er hatte noch eine Stunde Zeit bis zum Abflug. Abgesehen von dem kleinen Problem mit den Jungen lief alles ausgesprochen gut. Und selbst dieses Problem konnte unter Verschluß gehalten werden.

»Unter Verschluß halten«, sagte er leise vor sich hin. Es wäre besser gewesen, alle Probanden weit weg von Maui unter Verschluß zu halten. So war es ursprünglich auch geplant gewesen, aber da der Fehler nun einmal gemacht worden war – und er würde genau untersuchen, wie es dazu gekommen war –, sah er nicht ein, warum er den Fehler nicht zu seinem eigenen Vorteil nutzen sollte.

Solange sie lebten, waren die beiden jungen Männer dort unten im Labor wertvolle Versuchsobjekte.

Solange sie noch lebten.

Takeo Yoshihara bedeutete das Leben von Jeff Kina und Josh Malani überhaupt nichts. Weitaus wichtiger – das einzige, was zählte – waren die wissenschaftlichen Daten, die ihre Leichen hergeben würden.

KAPITEL 23

Katharine bog gerade vom Hana Highway auf den Fahrweg ab, der zu Yoshiharas Anwesen führte, als sie das unverkennbare satte Geräusch der rotierenden Blätter eines Hubschraubers hörte. Die Maschine selbst konnte sie jedoch nicht sehen, obwohl sie ganz in der Nähe sein mußte. Sie bremste ab und schaute zum Himmel hinauf, wobei sie ihre Augen mit der Hand vor der strahlenden Morgensonne schützte.

Wie eine schillernde Libelle tauchte auf einmal der Helikopter auf. Er flog in niedriger Höhe über den Bäumen und schien den Buckeln und Wellen der Landschaft zu folgen. Als er über sie hinwegflog, glaubte Katharine in der Plexiglaskuppel Stephen Jameson und Takeo Yoshihara zu erkennen. Sie sah dem Helikopter nach. Gleich würde er nach links fliegen, in Richtung des Flughafens bei Kahului.

Statt dessen bog er rechts ab und verschwand hinter einem Felsen, der sich fast siebzig Meter vom Boden des Regenwaldes erhob.

Erst als das Geräusch der Rotorblätter verebbte, ließ

Katharine den Wagen wieder an und fuhr weiter die schmale Straße entlang. Wie jeden Morgen öffnete sich das Tor, als sie sich näherte, so daß sie fast ohne abzubremsen hineinfahren konnte. Aber an diesem Morgen spürte Katharine, wie sich ihre Nackenhaare sträubten, denn jetzt wußte sie, daß sie von Kameras beobachtet wurde, und während sie über das Gelände fuhr, mußte sie sich zwingen, nicht auffällig nach weiteren Kameras Ausschau zu halten. Sie näherte sich dem Forschungspavillon, in dem Robs Büro untergebracht war, als ihr auffiel, daß die meisten Parkplätze dahinter heute leer geblieben waren.

Sie blickte über den vereinsamten Parkplatz, und ein Gedanke nahm langsam Gestalt an. Ein Gedanke, der die düstere Stimmung vertrieb, in die sie geraten war, nachdem sie stundenlang wach gelegen und gegrübelt hatte, wie sie in den Nordflügel gelangen konnte. Letzte Nacht war ihr gar nichts eingefallen. Aber jetzt hatte sich einiges geändert.

Erst der Hubschrauber, nun der fast leere Parkplatz.

Offensichtlich ging hier irgend etwas vor.

Sie beschloß, heute nicht zu ihrer Ausgrabungsstelle in der Schlucht zu gehen, und parkte den Explorer in einer freien Box. Dann betrat sie die Lobby – nicht nach Überwachungskameras suchen! – und ging auf die Tür zu Rob Silvers Büro zu. Plötzlich blieb sie stehen, als sei ihr etwas eingefallen. Sie ging auf den Tisch zu, an dem der Wachmann saß, der sie überrascht ansah. Vielleicht brauchte sie ihn gar nicht allzusehr ausquetschen, vielleicht würde er ihr auch so sagen, was sie wissen wollte. Eine Sekunde später tat er es. »Ich dachte, alle würden zu dem Treffen in Hana fahren«, sagte er.

Sie mußte sich Mühe geben, ihre Verblüffung zu verbergen. Hana? Wovon sprach er? Was ging da vor?

»Ich fahre erst heute nachmittag hin«, sagte sie freundlich.

Warum hatte sie gelogen?

Sie wußte es. Die Paranoia, die von ihr Besitz ergriffen hatte, als sie die heimliche Lieferung beobachtet hatte und dann mit dem Gefühl, von unsichtbaren Augen beobachtet zu werden, nach Hause gefahren war, schlich sich wieder an sie heran und wand sich wie eine Schlange um sie.

Aber sie war ja gekommen, um ihre Idee in die Tat umzusetzen. »Ist Dr. Jameson schon fort?« fragte sie und bemühte sich, ein bißchen aufgeregt zu klingen.

Der Wachmann nickte. »Vor ein paar Minuten mit Mr. Yoshihara im Hubschrauber davongeflogen.«

»O nein«, murmelte Katharine und setzte eine Miene ärgerlicher Enttäuschung auf.

»Was gibt's denn?« fragte der Mann.

Katharine seufzte. »Ach, mein Sohn hat seine Schlüssel verloren, und vielleicht sind sie ihm aus der Tasche gefallen, als Dr. Jameson ihn gestern untersucht hat. Ich wollte Dr. Jameson fragen, ob er sie gefunden hat.« Sie öffnete den Mund, als wolle sie noch etwas hinzufügen, und schloß ihn wieder.

Nach einer Weile fügte sie hinzu: »Natürlich bin *ich* jetzt schuld. Teenager!« Sie wandte sich ab, als erwarte sie von dem Wachmann sowieso keine Hilfe. Aber als sie auf die Doppeltür zum Nordflügel zuging, spürte sie förmlich, wie der Mann ihren Köder umkreiste und sich überlegte, ob ein Haken an der Sache war.

»Vielleicht könnte ich Sie kurz in Dr. Jamesons Büro lassen«, schlug er schließlich vor.

Katharine wandte sich um und sah ihn an, als könne sie gar nicht glauben, was er da eben gesagt hatte. »Das kann ich doch nicht von Ihnen verlangen«, flötete sie. Sie hatte ihn am Haken. »Wo er nicht da ist …«

»Das ist doch gar kein Problem«, sagte der Wachmann. »Ich habe auch einen sechzehnjährigen Sohn. Ich weiß, wie die sein können. Wenn die Schlüssel im

Büro sind, haben wir sie ja in ein, zwei Minuten gefunden.«

Sie folgte dem Mann durch den Nordflur. Als sie vor Dr. Jamesons Tür stehenblieben und der Wachmann nach dem passenden Schlüssel suchte, warf Katharine einen Blick zum Fahrstuhl am Ende des Ganges. Das rote Licht an der grauen Platte über dem Rufknopf leuchtete ihr hämisch zu.

»Wo sollen wir anfangen?« fragte der Mann.

Katharine zuckte hilflos mit den Schultern. »Im Untersuchungszimmer, schätze ich. Dort kann er sie doch am ehesten verloren haben, nicht wahr. Warum schauen Sie nicht dort nach, während ich mir den Stuhl ansehe, auf dem er in Dr. Jamesons Büro saß. Es ist ein Ring mit sechs Schlüsseln.« Nachdem sie das Büro betreten hatten, machte sich Katharine auffällig an dem Stuhl zu schaffen, während der Wachmann ins Untersuchungszimmer ging. Als sie allein war, schlich sie zum Aktenschrank und betete, daß er nicht verschlossen war.

Er war unverschlossen. Und da lag auch schon die graue Plastikkarte, nicht einmal unter einem Blatt Papier verborgen. Sie schnappte sich die Karte, schob die Lade lautlos wieder zu und ging zu dem Wachmann im anderen Zimmer. »Nun, auf dem Stuhl waren sie nicht.«

»Ich kann hier auch nichts finden.« Er wandte den Kopf zu einem Schrank mit einem halben Dutzend Schubladen. »Warum schauen Sie nicht mal da rein? Haben Sie in seinem Schreibtisch nachgesehen?«

»Also, wenn hier jemand fremde Schreibtische durchwühlt, dann Sie und nicht ich«, entgegnete Katharine. »Ich bin die Neue hier, vergessen Sie das nicht. Ich habe ja gerade erst die Karte für den Fahrstuhl bekommen, da werde ich nicht gleich anfangen, in anderer Leute Schreibtische zu stöbern.«

Ein paar Minuten später verließen sie, fröhlich miteinander plaudernd, Jamesons Büro.

Der Schlüssel zum Fahrstuhl steckte in Katharines Tasche.

Michaels Schlüssel steckten sicherlich in seiner Tasche. Soweit sie wußte, hatte er noch nie in seinem Leben irgendwelche Schlüssel verloren.

Sie ließ eine halbe Stunde verstreichen, bevor sie sich auf den Weg in den Nordflur machte, nicht ohne in der Lobby ein paar Worte mit ihrem neuen Freund, dem Wachmann, zu wechseln. »Runter geht's in die Salzminen«, sagte sie augenzwinkernd, bevor sie durch die Doppeltüren und zielstrebig auf den Fahrstuhl zuging. Sie mußte sich zusammenreißen, um nicht zurückzuschauen und zu den Sicherheitskameras hochzusehen, die jetzt sicherlich auf sie zielten. Als sie die Karte aus ihrer Tasche nahm und über die graue Sensorenplatte hielt, betete sie, daß das Zittern ihrer Hand nicht auf dem Bildschirm sichtbar war.

Das Licht wurde grün, und die Fahrstuhltüren öffneten sich. Sie betrat die Kabine und drückte den Knopf nach unten. Als der Lift abwärts glitt, versuchte sie sich vorzustellen, wie weit es nach unten ging, aber die Bewegung der Kabine war so gedämpft, daß sie keine Vorstellung davon entwickeln konnte. Als die Türen Sekunden später wieder aufgingen, hätte sie zehn oder auch fünfzig Meter in die Tiefe gefahren sein können.

Oder hundert.

Der Flur lag verlassen vor ihr. Katharine ging ihn so zielstrebig entlang, wie sie den oberen Gang passiert hatte, obwohl sie nicht wußte, wonach sie eigentlich suchen sollte.

Natürlich wollte sie zunächst einmal das Objekt finden, das gestern nacht geliefert worden war. Vor ihrem geistigen Auge tauchte der Plan der unteren Stockwerke auf, wie sie ihn auf dem Sicherheitsmonitor gesehen hatte. Sie versuchte sich zu erinnern, in welchem Raum der sargähnliche Behälter geöffnet worden war.

Dritte Tür rechts, da war sie ziemlich sicher.

Als sie zu der Tür kam, mußte sie sich noch einmal zwingen, nicht zu den Kameras über dem Fahrstuhl hinauf zu sehen. Dann drehte sie den Türgriff. Zu ihrer Erleichterung öffnete sich die Tür.

Sie erkannte den Raum wieder, kaum daß sie ihn betreten hatte. Makellos sauber, weiß gefliest. Ein weiß umrandeter metallener Untersuchungstisch stand in der Mitte, an einer Wand eine lange Laborbank, an einer anderen drei Schränke mit großen Schubladen.

Schubladen, die sie schon in vielen Filmen gesehen hatte, in Szenen, die in Leichenhallen spielten.

Katharine nahm ihren Mut zusammen und ging auf die Schubladen zu.

Selbstverständlich irrte sie sich. Hier unten konnte unmöglich eine Leichenhalle sein.

Beunruhigende Gedanken schossen ihr durch den Kopf. Was, wenn jetzt jemand hereinkam?

Was, wenn die Wachmänner sie beobachteten?

Was, wenn der Raum alarmgesichert war?

Verschwinde hier, flüsterte eine innere Stimme. Verschwinde, geh wieder nach oben und kümmere dich um deine eigenen Angelegenheiten. Du sollst dich lediglich um ein Skelett kümmern, ein Skelett, das Rob drei Kilometer von hier entfernt gefunden hat. Was hier geschieht, geht dich gar nichts an.

Verschwinde!

Aber noch während die Stimme ihr diese Warnungen zuflüsterte, zog sie mit zitternden Händen eine Schublade auf.

Leer.

Ihre Anspannung ließ dennoch kaum nach. Sie öffnete eine zweite Schublade.

Auch leer.

Ebenso wie die dritte und die vierte.

Ihr Hände hörten auf zu zittern, und sie kam sich ein bißchen töricht vor. Was immer sie letzte Nacht gesehen hatte, es war wohl doch kein …

Der Gedanke zerstob, als sie die fünfte Schublade öffnete und in das Gesicht eines Jungen starrte.

Eines Jungen mit klaren Zügen, vielleicht siebzehn oder achtzehn Jahre alt, mit blondem Haar und einem Grübchen am Kinn.

Und mit toten blauen Augen, die sie regungslos anstarrten. Sie lagen tief in ihren Höhlen, in einem ausdruckslosem Gesicht.

Katharine stand wie angewurzelt da und kämpfte gegen die Übelkeit, die in ihr aufstieg. Zeig keine Regung, sagte sie zu sich. Wenn sie dich beobachten, darfst du keine Regung zeigen. Tu so, als gehörtest du hierher.

Sie zog die Schublade ganz heraus und blickte in den Torso des Jungen, der durch einen großen Y-förmigen Schnitt geöffnet worden war. Seine Organe schienen intakt, bis auf die Lunge, die vollständig entfernt worden war.

Seine Lunge?

Plötzlich fiel ihr der Text der einzigen Serinus-Datei, die sie hatte lesen können, wieder ein.

Luftverschmutzung? Konnte es sein, daß dieser Junge an einer Vergiftung durch verschmutzte Luft gestorben war?

Sie zog die Schublade noch weiter auf, in der Hoffnung, irgend etwas zu finden, womit sie den Leichnam identifizieren konnte. Ganz am Ende der Schublade fand sie es.

An dem großen Zeh des rechten Fußes war eine Karte angebracht. Katharine entfernte die Karte, steckte sie in ihre Tasche, schloß die Schublade und wollte gerade den Raum verlassen, als sie in der hinteren linken Ecke eine Tür bemerkte. Sie ging darauf zu und lauschte. Hinter der Tür hörte sie ein leises Summen. Nach kurzem Zögern drückte sie die Klinke herunter.

Die Tür war offen, und sie warf einen Blick in den angrenzenden Raum.

Sie erblickte irgendwelche Maschinen. Tanks von verschiedener Größe, die durch Schläuche und Röhren mit einem Haupttank verbunden zu sein schienen. Von dem Haupttank ging wiederum eine Reihe von Röhren aus, die durch zwei Wände liefen.

Dann entdeckte sie die Quelle des Summens: eine Pumpe neben dem Tank, die offenbar dessen Inhalt durch die Röhren beförderte.

An der rechten und an der Katharine gegenüberliegenden Wand befanden sich Türen. Sie ging schnell auf die am nächsten gelegene zu und versuchte sie zu öffnen.

Verschlossen.

Sie probierte es bei der anderen Tür, die ebenfalls verschlossen war.

Enttäuscht rüttelte sie am Türgriff. Sie suchte nach einem Kartenscanner, fand aber keinen. Sollte sie nach einem Schlüssel suchen? Was aber, wenn die Kameras sie beobachteten?

Nachdem sie sich noch einmal gegen die Tür gestemmt hatte, gab sie auf und ging in den Autopsieraum zurück. Sie wollte schon zum Fahrstuhl zurückkehren, um ihr Glück nicht weiter herauszufordern, doch als sie auf den Flur hinaustrat, zogen die geschlossenen Türen sie wie magnetisch an.

Sie ging nicht auf den Fahrstuhl zu, sondern wandte sich um und ging in die entgegengesetzte Richtung. Nach zehn Metern kam sie an einer Tür vorbei, auf der zu lesen war:

Serinus-Projekt

Noch während sie das Schild betrachtete, wurde ihr klar, daß sie das Paßwort zu der geschützten Datei, das sie gestern nachmittag so frustriert hatte, nicht mehr brauchte. Entschlossen drehte sie den Türgriff, ohne zu hoffen, daß die Tür offen sein könnte.

Zu ihrer Überraschung war sie es. Offenbar hielt Takeo Yoshihara das Sicherheitssystem des Fahrstuhls für ausreichend, zumindest für diesen Teil seiner Anlage.

Sie betrat ein holzgetäfeltes Vorzimmer, das nur einen Schreibtisch und eine Glasvitrine enthielt. Als Katharine erkannte, was sich in der Vitrine befand, schlug ihr Herz schneller.

Der Schädel?

Konnte das derselbe Schädel sein, den sie in Robs Büro auf dem Monitor gesehen hatte? Katharine ging auf die Vitrine zu, eine viereckige Plexiglasbox auf einem schwarz lackiertem Podest. Während sie den Schädel von allen Seiten studierte, wuchs ihre Aufregung. Diesen Schädel hatte sie gesehen. Er mußte es sein. Und er sah genauso aus wie der Schädel, den sie in der Felsspalte gefunden hatte, in allen Details. Sie suchte nach etwas, das seine Herkunft verriet. Schließlich fand sie ein kleines Schild, auf dem stand, daß der Schädel in einem Dorf auf den Philippinen gefunden worden war, und zwar erst vor zwei Monaten. Katharine prägte sich den Namen des Dorfes ein und betrachtete den Schädel noch einmal, bevor sie weiterging.

Entsetzt blieb sie stehen, kaum daß sie den nächsten Raum betreten hatte. Für den Bruchteil einer Sekunde hatte sie das Gefühl, in der Praxis eines Tierarztes zu stehen, denn an einer Wand waren Käfige mit Tieren aufgereiht. Aber es waren keine richtigen Käfige, sondern Boxen aus Plexiglas. Sie ließ ihren Blick durch den Raum schweifen. Die Zellen – irgendwie schien ihr diese Bezeichnung angebrachter – waren luftdicht verschlossen. Nahrung und Wasser für die darin eingesperrten Tiere gelangten durch ein offenbar ferngesteuertes System hinein.

Jede Zelle besaß ein Ventilationssystem, das die Luft in der Zelle gleichmäßig zirkulieren ließ. Auf großen Monitoren wurde die Zusammensetzung des Gemischs in den Plastikboxen angezeigt. Katharine begriff, daß die Tanks, die sie im Maschinenraum gesehen hatte, das Gemisch enthielten, das in die Zellen gepumpt wurde.

Sie ging näher an die Boxen heran.

Sie waren verschieden groß und beherbergten verschiedene Tierarten.

In den kleinsten waren Mäuse, einige allein, andere in Paaren. Eine Box enthielt ein Weibchen, an deren Zitzen ein halbes Dutzend Junge säugte.

In einer Reihe größerer Zellen sah sie Katzen und Hunde, jedes Tier für sich allein eingesperrt. Einige Katzen lagen zusammengerollt auf dem Boden ihres Gefängnisses, andere putzten ihr Fell, wieder andere schliefen.

Oder waren sie tot?

Katharine sah auf einen Bildschirm. Die Anzeige, eine Abfolge von Buchstaben und Zahlen, gab die Mischung der Atmosphäre in der Plastikbox an. Sie las vertraute chemische Bezeichnungen: NH_3, CH_4, CO.

Ammoniak.

Methan.

Kohlenmonoxid.

Zusammen mit einem halben Dutzend weiterer chemischer Formeln, von denen sie die wenigsten kannte.

Aber sie nahm an, daß es sich auch bei diesen um tödliche Gase handelte. Mein Gott, was ging hier vor?

Katharine stellte sich vor eine Zelle und klopfte gegen das Plexiglas. Die Katze dahinter bewegte sich kurz, um sofort wieder einzuschlafen.

Die Hunde waren wach, bis auf einen. Zwei sahen sie an, aber sie besaßen nicht die Energie von jungen Hunden, die spielen wollen. Ihre Augen wirkten leer, als wüßten sie, daß sie ihre durchsichtigen Gefängnisse nie mehr verlassen würden. Die anderen drei lagen auf dem Boden und starrten ins Leere. Schaudernd erinnerte sich Katharine an den Namen des Projekts. Kanarienvögel im Minenschacht – genau das waren diese armen Tiere! Instinktiv öffnete sie eine Zelle, nahm den kleinen Hund in den Arm und schloß eilig wieder die Box, um den ekelhaften Dämpfen zu entgehen, die daraus hervorquollen.

Der Hund winselte dankbar und kuschelte sich an ihre Brust. Sie strich über sein weiches Fell, voller Wut über dieses grausame Experiment. Wie konnte man so etwas tun, all diese unschuldigen Tiere …

Der Hund in ihrem Arm begann plötzlich pfeifend zu keuchen. Dann strampelte er mit den Beinen, als wolle er sich aus ihrer Umarmung befreien, und sah sie angstvoll an. Mit weit aufgerissenem Maul rang er um Atem.

In ihren Armen starb der kleine Hund.

Sie drückte ihn an sich und versuchte ihn zu beruhigen, aber einen Augenblick später war alles vorbei. Der Hund lag in ihren Armen, stumm und regungslos. Entsetzt starrte Katharine ihn an.

Was sollte sie mit ihm machen?

Dann fiel ihr ein, wo sie war und was sie hier tat. Wenn jemand sie entdeckte …

Eilig legte sie den toten Hund in seine Zelle zurück.

Sie sollte lieber verschwinden, bevor jemand sie sah. Aber hinter diesem Raum lag noch ein weiterer, und auch wenn sie sich sagte, daß es an der Zeit war zu verschwinden, wußte sie doch, daß sie erst herausfinden mußte, was hier vor sich ging.

Wie war es überhaupt möglich, daß die eingesperrten Tiere lebten, obwohl sie diese tödliche Gasmischung atmeten?

Sie kam durch eine Reihe von Laboratorien, in denen nur einige wenige Techniker in weißen Kitteln arbeiteten, in ihre Aufgaben vertieft.

Sie blieb nicht stehen, stellte keine Fragen. Niemand sollte sie bemerken, sie wollte niemandem auffallen.

Schließlich gelangte sie in den letzten Raum.

Eine kleine Kammer. In der Mitte, eingeschlossen in einen Glasbehälter, befand sich eine Kugel mit einem Durchmesser von knapp einem Meter, eine grau-blaue Substanz, Metall oder Stein. Aus der Kugel ragte eine Röhre, die sich um sie herum wand und nach unten lief, durch den Behälter in ein Podest hinein.

Katharine ging um die Kugel herum und studierte sie von allen Seiten, ohne Unterschiede feststellen zu können.

Sie stand mit dem Rücken zur Tür. Plötzlich ließ eine Stimme sie zusammenzucken.

»Das erstemal, daß Sie es sehen?«

Sie drehte sich um und versuchte so schnell wie möglich ihren schuldbewußten durch einen lediglich überraschten Blick zu ersetzen. »Mein Gott! Wissen Sie eigentlich, wie sehr Sie mich erschreckt haben?«

»Tut mir leid«, sagte der Techniker. Dann lächelte er. »Ich nehme an, Sie brüten auch über der ewigen Frage.«

»Wie bitte?«

»Na, was es sein soll«, sagte der Mann.

Die Frage erwischte Katharine auf dem falschen Fuß. »Das wollte ich Sie gerade fragen«, brachte sie gerade noch hervor.

Der Techniker sah sie leicht zweifelnd an. »Nun ja, das herauszufinden ist unsere Aufgabe, nicht wahr? Ich dachte, ein neues Gesicht hätte vielleicht eine neue Idee.«

Katharine überlegte sich ihre Antwort gut. »Ich wünschte, ich hätte sie«, sagte sie. »Aber bis jetzt bin ich leider so ratlos wie alle anderen. Eigentlich suche ich ja Dr. Jameson.«

»Er ist nach Hana geflogen, zu der Besprechung.« Er sah sie plötzlich ernst und etwas mißtrauisch an. »Warum sind Sie nicht auch dort?«

Katharine versuchte es mit einer Halbwahrheit. »Mich hat keiner eingeladen«, antwortete sie. »Und da Dr. Jameson nicht hier ist, kann ich genausogut wieder in mein Büro gehen und etwas Sinnvolles tun, stimmt's?« Katharine ließ den Techniker stehen und ging zurück. Sie spürte seinen Blick in ihrem Rücken, hütete sich aber, sich umzudrehen.

Aber noch in Robs Büro hatte sie das Gefühl, daß unsichtbare Augen ihr folgten.

In einem privaten Konferenzraum im Hotel Hana Maui, am Ende des über fünfzig Kilometer langen, kurvenreichsten Highways der Welt gelegen, ließ Takeo Yoshihara seinen Blick über die sieben Mitglieder der Serinus Society schweifen, die im Verlauf der letzten sechsunddreißig Stunden aus allen Kontinenten eingeflogen waren.

»Ich habe gute Nachrichten für Sie«, begann er. »Drei unserer neuesten Kanarienvögel sind nicht gestorben. Einem der Probanden in Chicago sowie den beiden letzten aus Tokio und Mexico City scheint es gut zu gehen.«

Eine Welle anerkennenden Gemurmels lief durch den Raum. Yoshihara hob die Hand, und das Geräusch verstummte.

»Wir haben allerdings auch ein Problem. Hier auf Maui ist vor zwei Tagen ein Junge gestorben, und wie es aussieht, ist er mit unserer Substanz in Berührung gekommen.«

Nun herrschte betretenes Schweigen.

»Und dann gibt es da noch drei weitere Jungen, denen ...« Er zögerte, suchte nach dem richtigen Wort und lächelte verhalten, als er es gefunden hatte. »Denen es, jedem auf seine Weise, besser ergangen ist. Dr. Jameson wird Ihnen davon berichten.«

Unter dem besorgten Gemurmel der Mitglieder erhob sich Stephen Jameson. Auf einem Bildschirm an der Wand hinter ihm erschienen Fotos von Josh Malani, Jeff Kina und Michael Sundquist. »Wie Sie wissen, hatten wir niemals vor, so nah bei unserem Hauptquartier Menschenversuche durchzuführen. Aber wie es aussieht, sind mindestens vier Jungen auf Maui in Berührung mit der Substanz gekommen, mit der wir experimentieren.« Er sah zu den Gesichtern auf dem Bildschirm hinauf und richtete seinen Laserstab auf Jeff Kina. »Bei diesem Jungen handelt es sich um einen Siebzehnjährigen polynesischer Herkunft. Er ist 1,84 groß und wiegt fünfundneunzig Kilo. Vor sechsunddreißig Stunden wurde er in einem brennenden Zuckerrohrfeld aufgegriffen, wo er die mit Rauch vergiftete Luft ohne Schwierigkeiten atmen konnte. Jetzt befindet er sich in unserem Labor, und es geht ihm gut.« Der Stab bewegte sich auf Josh Malanis Konterfei. »Auch dieser Junge ist siebzehn Jahre alt, einen Meter sechzig groß und wiegt vierundsechzig Kilo. Gemischtrassige Herkunft. Vor weniger als vierundzwanzig Stunden brach er auf einem Parkplatz nahe einem unserer Strände zusammen. Zu diesem Zeitpunkt beobachteten wir ihn bereits. Er wurde durch Verabreichung einer Mischung aus Kohlenmonoxid, Methan und Ammoniak am Leben erhalten und befindet sich jetzt ebenfalls in gutem Zustand in unserem Labor.«

»Und der dritte Junge?« fragte jemand aus dem hinteren Teil des Raumes.

Jameson sah einige Sekunden schweigend auf das

Bild von Michael Sundquist. »Dieser Fall ist der interessanteste«, sagte er schließlich. »Es handelt sich um einen sechzehnjährigen Weißen schwedischer Abstammung, und obwohl wir ihn sowenig für unser Projekt ausgewählt haben wie die drei anderen Jungen, erweist er sich als einer unserer faszinierendsten Probanden. Natürlich erwarten wir auch bei ihm noch keinen durchschlagenden Erfolg, aber ich bin sicher, daß uns eine Autopsie nach seinem Tod ein ganzes Stück weiterbringen wird bei unserer Untersuchung, wie genau die Substanz den menschlichen Körper beeinflußt.«

Eine Stimme mit einem schweren deutschen Akzent meldete sich: »Und wenn er zufällig nicht stirbt?«

Jameson lächelte kühl. »Glauben Sie mir, Herr von Schmidt, auf die eine oder andere Weise werden alle diese Jungen sterben.«

KAPITEL 24

»Mrs. Reynolds?« fragte Katharine, als sich eine Frauenstimme am Telefon meldete. Sie saß in Robs Büro und sah durch die Glastür auf die idyllische Szenerie, die sich ihr bot: ein Blumenmeer, das den milden hawaiianischen Morgen mit einem Regenbogen von Farben erfüllte, der in krassem Gegensatz zu der kalten, grauen Furcht stand, die Katharine umfangen hielt, seit sie die Laboratorien auf der unteren Ebene im Südflügel des Forschungspavillons verlassen hatte.

In Robs Büro zurückgekehrt, hatte sie als erstes den genauen Standort des Dorfes auf den Philippinen herausgesucht, aus dem der Schädel stammte. Wie sie gestern vermutet hatte, war er an den Hängen des Pinatobu gefunden worden. Und wenn es sich tatsächlich um den Schädel eines Kindes handelte, hatte dieses sein Leben lang die vulkanischen Dämpfe – also Smog – eingeatmet.

Dann holte sie aus ihrer Tasche den Identifikationszettel hervor, den sie vom Zeh der Leiche genommen hatte. Der Name des Jungen, sauber auf Pappe getippt, lautete Mark Reynolds. Unter dem Geburts- und Todesdatum stand eine Adresse: North Maple Drive, Beverly Hills, Kalifornien. Mitten in Los Angeles – einer der Städte mit der höchsten Luftverschmutzung des Landes. Aber so verschmutzt, daß Mark daran gestorben war? Sie mußte es herausfinden. Zuerst rief sie in dem Krankenhaus an, wo Mark Reynolds verstorben war, aber dort teilte man ihr kurz und bündig mit, daß man am Telefon keine Auskünfte gebe. Wenn sie eine schriftliche Anfrage einreichen würde?

Aber sie wollte auf keinen Fall eine schriftliche Anfrage einreichen. Schließlich hatte Katharine fast widerwillig die Nummer gewählt, die auf der Karte stand. Sie rief Mark Reynolds' Mutter an, die als nächste Angehörige aufgelistet war. Zwar brannte sie darauf, eine Antwort auf ihre Fragen zu finden, aber natürlich hatte sie Angst vor diesem Gespräch. Nach dem zweiten Klingeln meldete sich Mrs. Reynolds. Jetzt gab es kein Zurück mehr.

»Elaine Carter Reynolds?« fragte Katharine. Dieser Name stand auf der Karte.

»Ja.« Die Stimme der Frau klang so traurig, daß Katharine am liebsten wieder aufgelegt hätte.

Aber das ging nicht. »Sie hatten einen Sohn namens Mark?« fragte sie.

Nach einer Sekunde des Schweigens sagte die Frau nur ein Wort: »Ja.«

Katharine holte tief Atem. »Mrs. Reynolds, meine Name ist Katharine Sundquist. Ich muß mit Ihnen über Mark sprechen. Ich weiß, daß es sehr schwer für Sie ist, aber ich brauche dringend einige Informationen, die Sie mir, wie ich hoffe, geben können.«

Katharine glaubte ein unterdrücktes Schluchzen zu hören, aber dann sprach Elaine Roberts, und ihre Stimme klang relativ gefaßt. »Schwerer als das, was ich schon durchgemacht habe, kann es nicht sein«, sagte sie.

»Es gibt wohl nichts Schlimmeres, als ein Kind zu verlieren«, sagte Katharine.

»Ich habe Mark nicht einfach verloren, Mrs. ...«

»Sundquist«, wiederholte Katharine schnell. »Bitte, nennen Sie mich Katharine.«

»Danke«, murmelte Elaine Reynolds. Wieder schwieg sie eine Weile, und Katharine wartete. Sie spürte, daß die Frau etwas loswerden wollte. Schließlich brachte sie es über sich. »Mein Sohn hat Selbstmord begangen, Katharine«, sagte sie. »Mark hat sich umgebracht.«

Die Worte verblüfften Katharine. Selbstmord? »Ich ... es tut mir leid«, stammelte sie. »Ich dachte ...« Mit einemmal wußte sie nicht mehr, was sie sagen sollte.

»Was dachten Sie, Katharine?« fragte Elaine Reynolds, offensichtlich neugierig geworden. Als Katharine schließlich ihre Vermutung äußerte, daß Marks Tod irgend etwas mit der verschmutzten Luft in Los Angeles zu tun habe, lachte Elaine Reynolds bitter auf. »Sicherlich kann man das Ableiten von Autoabgasen als Luftverschmutzung bezeichnen«, sagte sie. Mit schleppender Stimme und vielen Unterbrechungen berichtete Elaine Roberts von dem Selbstmord ihres Sohnes. »Aber sie kamen zu spät«, sagte sie. »Sie gaben ihm Sauerstoff, aber zu spät. Er starb auf der Fahrt ins Krankenhaus.«

Katharine dachte an den jungen Hund, der in ihren Armen gestorben war – ein Hund, der Atemnot bekommen hatte, *nachdem* sie ihn aus seiner Box voll vergifteter Luft geholt hatte. »Ihr Sohn ist gestorben, als man ihm Sauerstoff gab?« fragte sie nach. Sie betete, daß sie Mrs. Reynolds mißverstanden hatte.

Mit brüchiger Stimme erzählte Elaine von Marks Kampf im Krankenwagen. »Er hat sich gewehrt«, sagte sie. »Ich bin sicher, daß er nicht wußte, was er tat. Er wollte die Sauerstoffmaske nicht. Und ich konnte nichts tun. Können Sie sich vorstellen, wie hilflos ich mich gefühlt habe?« Dann fragte sie: »Katharine, was soll das alles? Sie haben mir noch nicht gesagt, warum Sie mich überhaupt anrufen.«

»Ich rufe aus Hawaii an«, antwortete Katharine. »Ich arbeite für einen Mann, der sich sehr für das Problem der Luftverschmutzung interessiert ...«

»Auf Hawaii?« fragte Elaine. »Ich hätte geglaubt, daß es nirgendwo auf der Welt weniger verschmutzte Luft gibt. Obwohl die Luft auch nicht sehr gut war, als ich über Weihnachten mit Mark zwei Tage auf Maui war.«

Katharine erstarrte. »Maui?« wiederholte sie. Was ging hier vor? War es reiner Zufall, daß Mark vor ein paar Monaten auf Maui gewesen war? »Mrs. Reynolds – Elaine –, was haben Sie auf Maui gemacht?«

»Nur Ferien. Warum?«

»Elaine, ich bin auf Maui, nicht auf der Großen Insel von Hawaii. Und ich habe etwas entdeckt ...« Sie zögerte, da sie Elaine Reynolds nicht mehr Schmerz als nötig zufügen wollte. »Etwas sehr Seltsames«, fuhr sie schließlich fort. »Es scheint, daß aus irgendeinem Grund die Lunge Ihres Sohnes untersucht wird.«

»Wie soll das möglich sein?« fragte Elaine. »Ich meine, wie wollen Sie ohne Leiche irgend etwas untersuchen?«

Katharine hatte keine Wahl mehr. Sie mußte der Frau die Wahrheit sagen. »Seine Leiche befindet sich hier, Elaine«, sagte sie.

»Ich fürchte, es handelt sich um ein Mißverständnis«,

sagte Elaine Reynolds nach einer Weile. »Marks Leichnam wurde eingeäschert.«

Eingeäschert? Was sollte das? Irrte sie sich? Sprach sie womöglich doch mit der falschen Frau? »Mrs. Reynolds«, sagte sie, unwillkürlich zu der formelleren Anrede zurückkehrend. »Darf ich Ihnen den Jungen, den ich heute gesehen habe, beschreiben?«

Nach einer längeren Pause murmelte Elaine Reynolds zustimmend. Katharine beschrieb das Gesicht, das sie in der Leichenhalle gesehen hatte, so nüchtern wie möglich. Als sie das Grübchen im Kinn des Jungen erwähnte, stöhnte die Frau am anderen Ende der Leitung auf.

»Warum?« flüsterte sie. »Warum sollten sie ihn dorthin gebracht haben? Und warum sollten sie mir erzählt haben, seine Leiche sei eingeäschert worden?«

»Ich wünschte, ich wüßte es«, sagte Katharine leise. »Aber ich fürchte, daß ich nicht viel mehr weiß als Sie.« Dann fügte sie hinzu: »Wie war das, als Sie auf Maui waren? Ist damals irgend etwas passiert? Irgend etwas Ungewöhnliches?«

»Nein«, seufzte Elaine. »Es war ein wunderbarer Ausflug. Bis auf das Tauchen, allerdings.«

Katharine spürte ein Frösteln. »Das Tauchen?« fragte sie.

»Mark ist mit ein paar anderen Jungen tauchen gegangen, und sie hatten Probleme mit ihren Sauerstoffflaschen. Einige Jungen mußten ganz schnell auftauchen, und es war wohl ziemlich knapp. Jedenfalls habe ich Mark danach nicht mehr mitgehen lassen. Und ich frage mich noch immer, ob das nicht der Anfang seiner Atemprobleme war.«

Bei dem letzten Satz zog sich der Knoten in Katharines Brust noch heftiger zusammen. An dem Abend, nachdem er tauchen gegangen war, hatte auch Michael Probleme mit der Atmung bekommen, und selbst gestern abend …

Und dann fiel ihr Kioki ein. Was war mit ihm gewesen? Woran war er gestorben? Und Jeff Kina? War er wieder zu Hause? Oder war ihm das gleiche wie Kioki Santoya zugestoßen? Aber noch während sie darüber nachgrübelte, hörte sie die Stimme ihres Sohnes: *Ach, komm schon, Mom. Sie wissen ja noch gar nicht, was mit Kioki passiert ist.*

»Elaine?« sagte sie mit zitternder Stimme. »Was ist mit den anderen Jungen, die mit Ihrem Sohn tauchen waren? Kennen Sie die Namen? Oder wissen Sie, woher sie kamen?«

»Ich glaube nicht«, sagte Elaine. »Doch, warten Sie, da war ein Junge aus New Jersey, Shane, mit dem war Mark noch nach dem Tauchen zusammen. Einen Moment.« Es schien Katharine endlos zu dauern, bis Elaine sich wieder meldete. »Mark hatte es auf ein Stück Papier geschrieben und in seine Brieftasche gesteckt. Er heißt Shane Shelby und wohnt in Trenton, New Jersey.« Elaine las ihr Straße und Telefonnummer vor, und Katharine kritzelte sie auf die Rückseite der Karte, die sie von Mark Reynolds' Leiche entfernt hatte. »Geben Sie mir Bescheid, wenn Sie etwas herausfinden?« fragte Elaine.

»Das werde ich tun«, versprach Katharine. »Bestimmt.«

Kaum hatte sie aufgelegt, wählte sie die Nummer, die Elaine Reynolds ihr gegeben hatte. Nach dem vierten Klingen hörte sie die Stimme eines Mannes.

»Keith Shelby.«

Katharine bemühte sich, ganz ruhig zu bleiben. »Mr. Shelby, mein Name ist Dr. Katharine Sundquist. Sind Sie der Vater eines Jungen namens Shane?«

Mehrere Augenblicke lang schlug ihr Stille aus dem Hörer entgegen, und Katharine befürchtete schon, daß der Mann aufgelegt hatte. Doch dann meldete er sich wieder. »Wer, sagten Sie, spricht dort?« fragte er mißtrauisch.

Katharine stellte sich noch einmal vor. »Ich weiß, es klingt seltsam, Mr. Shelby, aber ich muß wissen, ob es Ihrem Sohn gutgeht.«

Erneut ein langes Schweigen – noch länger als beim erstenmal –, und Katharine ahnte, was Mr. Shelby gleich sagen würde. Schließlich sagte sie es selbst: »Ihm ist etwas zugestoßen, nicht wahr, Mr. Shelby?«

»Er ist tot, Dr. Sundquist«, sagte Keith Shelby tief bedrückt. »Es war seine Lunge. Sie haben nie herausgefunden, was genau es war. Sie tippten auf einen neuen Virus oder so etwas. Ich verstehe nichts von solchen Sachen, aber sie haben mir gesagt, daß diese Viren andauernd mutieren. Wir glauben, daß er sich vielleicht auf dem Rückflug von Maui angesteckt hat. Danach ging es ihm nie mehr richtig gut.«

Nachdem sie das Gespräch beendet hatte, starrte Katharine wie betäubt aus dem Fenster.

Was um alles in der Welt ging hier vor?

Versteckten sie Shane Shelbys Leiche vielleicht auch irgendwo auf dem Anwesen?

Minutenlang starrte sie ins Leere. Ihre Gedanken verschwammen, zum Teil, weil sie in den letzten beiden Nächten so wenig geschlafen hatte, aber zum Teil auch, weil ihr die seltsamen und erschreckenden Informationen aus den Händen zu gleiten schienen, Teile eines Puzzles, das sie nicht zusammensetzen konnte.

Denk nach! befahl sie sich. Die Antworten sind hier, du mußt sie nur finden.

Katharine schob Angst und Müdigkeit beiseite und machte sich an die Arbeit.

Das Handy in Takeo Yoshihara Jackentasche summte leise. Er verließ den Konferenzraum im Hotel Hana Maui, ging auf den Flur und hielt das Telefon ans Ohr. »Ja?« Er hörte eine Weile zu. »Und mit wem hat Dr. Sundquist telefoniert?« fragte er schließlich den Anrufer, der die Besprechung mit seinen Partnern beim Serinus-Projekt unterbrochen hatte.

Wenige Sekunden später in den Konferenzraum zurückgekehrt, dachte Takeo Yoshihara bereits darüber nach, wie er sich auf effizienteste Weise Katharine Sundquists entledigen konnte. Und ihres Sohnes.

Michael fühlte sich schon schlecht, als er am Morgen erwachte. Seine Brust war wie zugeschnürt, und sein ganzer Körper schmerzte. Er sagte seiner Mutter nichts, denn die hätte ihn nur wieder zu Dr. Jameson geschleppt. Ohne ein Wort ging er zum Schulbus, in der Hoffnung, dort Josh Malani zu treffen.

Doch er traf ihn nicht. Schließlich rief er bei ihm zu Hause an. Joshs Vater – er klang, als hätte er den Rausch vom vorigen Abend noch nicht ausgeschlafen – knurrte, daß Josh nicht zu Hause sei. Als Michael ihn fragte, ob er letzte Nacht überhaupt zu Hause gewesen sei, murmelte Sam Malani nur, ihm sei es völlig egal, wo Josh sich herumtreibe, und hängte auf. Während der Tag voranschritt, wuchsen Michaels Sorgen um Josh. Die Schmerzen in seiner Brust nahmen ebenfalls zu.

In der dritten Stunde wurde es so schlimm, daß er sich fragte, ob er nicht doch wieder einen Asthmaanfall bekommen würde. Er konnte kaum noch atmen. Der Versuch, die Beklemmung in der Brust durch Übungen in der Sporthalle zu lösen, half auch nicht.

Mittags versuchte ihn Rick Pieper davon zu überzeugen, daß er zur Krankenschwester gehen solle, aber Michael wußte, was dann passieren würde. Die Krankenschwester würde seine Mutter anrufen, und die würde ihn abholen und zu Dr. Jameson schleppen, der ihn mit Nadeln stechen und ihm in den Hals schauen würde.

Dann würde er sich noch schlechter fühlen als jetzt.

Nach dem Mittagessen schaffte er es kaum noch, die letzten beiden Stunden durchzustehen. Zum Glück waren die Fenster weit geöffnet, und Michael suchte sich einen Platz in der Nähe, um so viel frische Luft wie möglich in seine schmerzende Lunge zu atmen.

Als die Glocke läutete, tat seine Brust immer noch weh, und er fühlte sich schwach und benommen.

Vielleicht sollte er das Lauftraining lieber ausfallen lassen und nach Hause gehen.

Er verwarf den Gedanken jedoch sofort, als er sich an die alten Zeiten erinnerte. Vor zwei Jahren in New York war sein Asthma so schlimm gewesen, daß er sich manchmal ein Taxi genommen hatte, um die fünf Blocks von der Schule zur Wohnung nicht zu Fuß gehen zu müssen. Er hatte hart gearbeitet, um all das zu überwinden, und keine Lust, sich noch einmal von der Krankheit das Leben vermiesen zu lassen. Er wollte die Zähne zusammenbeißen, den Schmerz und die Schwäche ignorieren und sich auf der Bahn freilaufen. Er würde so lange laufen, bis der Schmerz verschwand oder er ihn zumindest nicht mehr spürte.

Während der Klang der Schulglocke verhallte, packte Michael zusammen mit den anderen Schülern seine Bücher ein und schob sich mit ihnen zur Tür hinaus. Als er auf den Gehweg vor dem Gebäude trat, mußte er stehenbleiben und Atem holen, bevor er sich überhaupt zutraute, bis zu den Umkleideräumen zu kommen.

Er öffnete die Tür und betrat den Raum. Die Luft war feucht. Hier vermischte sich der Geruch von Schweiß, Seife, Desinfektionsmitteln und einem halben Dutzend anderer Chemikalien. Michael ging zu seinem Schließfach, öffnete es, zog sich aus und streifte seine Sportsachen über, die von seinen Übungen in der vierten Stunde noch feucht waren. Er suchte nach frischen Socken, da er die alten von heute morgen nicht wieder anziehen wollte. Sie rochen ziemlich muffig.

Sofort fühlte er sich etwas besser und lobte sich selbst, daß er der Versuchung widerstanden hatte, das Lauftraining zu schwänzen. Nachdem er sich umgezogen hatte, ging er zur Toilette.

Als er vor dem Urinbecken stand, stieg ihm ein anderer Geruch in die Nase. Instinktiv weitete Michael die Brust und sog ihn tief in seine Lunge. Die Schärfe des Geruchs machte ihn beinahe schwindelig, aber das beklemmende Gefühl in seiner Brust ließ nach, und er fühlte sich etwas weniger erschöpft.

Michael sah sich um und suchte die Quelle dieses Geruchs, aber er sah nur den Wandschrank, in dem Josh gestern die Ammoniakflasche gefunden hatte. Die Tür stand ein wenig auf. Als er fertig war, rückte er seine Hose zurecht und drückte auf den Wasserhebel. Dann ging er zu den Waschbecken neben dem Schrank. Der Geruch wurde stärker. Er trat zum Schrank und machte die Tür weit auf.

Die Putzmittel standen in ihren Regalen, so wie gestern. Es gab fast ein Dutzend Behälter, die alles mögliche enthielten, vom Fensterreiniger bis zum Scheuerpulver, vom Kloreiniger bis hin zu kräftigen Lösungsmitteln, mit denen man praktisch alles von den Schulwänden herunterbekam, ob Tapete, Fliesen oder Beton. Aber noch hatte er nicht herausgefunden, aus welcher Flasche der besondere Geruch strömte, den er in den letzten Minuten eingeatmet hatte.

Schließlich fiel sein Blick auf die Ammoniakflasche, die sich Josh an die Nase gehalten hatte. Ohne nachzudenken, nahm er sie in die Hand, schraubte sie auf und roch daran.

Der Geruch wurde stärker, und eine Hitzewelle lief durch seinen Körper.

Verwundert las Michael die Informationen auf dem Etikett. Der typische ätzende Ammoniakgeruch war nicht wahrzunehmen.

Auf dem Etikett standen nur die üblichen Warnungen vor dem Einatmen der Dämpfe.

Er wollte die Flasche schon wieder zuschrauben und zurückstellen, als er es sich noch einmal überlegte. Erneut hielt er sie an die Nase und roch daran, diesmal kräftiger. Die Wärme strömte durch seinen Körper und verursachte ein angenehmes Kitzeln.

Hatte Josh gestern das gleiche gespürt? Michael sah sich so verstohlen um, als wolle er sich einen Schuß Heroin in die Vene spritzen. Dann atmete er die Dämpfe ein, wieder und wieder. Mit jedem Atemzug spürte er, wie sein Körper an Stärke zurückgewann. Schmerzen und Erschöpfung verflogen. Er nahm ein paar weitere Züge und hielt die Flasche noch in der Hand, als die Tür zur Toilette zuschlug.

»Puh, was stinkt hier so?«

Michael schraubte die Flasche zu und kam aus dem Wandschrank heraus. Der Hausmeister stand vor ihm. »Jemand hat die Ammoniakflasche aufgelassen«, sagte er.

»Muß Joe gewesen sein«, sagte der Hausmeister so bestimmt, daß Michael den Eindruck hatte, als würde dieser Joe – wer immer er war – stets für alles verantwortlich gemacht, was im Bereich des Hausmeisters schiefging. »Junge, wie hältst du es hier nur aus?« Kopfschüttelnd riß der Mann die Türen auf, um den Raum zu lüften. Dann nahm er einige Reiniger aus den Regalen.

»Bis dann«, sagte Michael und ging in den Umkleideraum zurück. Der Hausmeister brummte etwas vor sich hin.

Zehn Minuten später erfüllten die Ammoniakdämpfe Michaels Körper noch immer mit einer Kraft, wie er sie nie zuvor gespürt hatte. Er lief seinen ersten Hundert-Meter-Sprint und überbot seine Bestzeit um fast drei Fünftel und den Schulrekord um achtunddreißig Hundertstel Sekunden.

KAPITEL 25

Die Glastüren zum Garten vor Robs Büro waren weit geöffnet, aber die Wände schienen Katharine dennoch zu erdrücken. Schon den ganzen Tag – seit sie am Morgen durch das Tor des Anwesens gefahren war – hatte sie das Gefühl nicht abschütteln können, daß sie beobachtet wurde. Mit jeder Stunde bildete sie sich heftiger ein, daß unsichtbare Augen sie überwachten, bis sie schließlich sogar den Gärtner verdächtigte, der nachmittags mit Rechen und Besen jedes einzelne Blatt entfernte, das auf den Rasen gefallen war. Sicherlich handelte es sich um einen Spion, der auf sie angesetzt worden war. Daß sie ihn nicht ein einziges Mal ertappte, wie er sie auch nur ansah, geschweige denn mit einer Minikamera Fotos machte oder ein Richtmikrofon – sie hatte davon gehört – in ihre Richtung hielt, konnte sie nicht vom Gegenteil überzeugen. Dabei hätte sie ein Richtmikrofon nicht einmal erkannt, wenn sie darüber gestolpert wäre. Aus Angst vor Wanzen brachte sie es nicht über sich zu telefonieren, und irgendwann hatte sie sogar ihr Telefongerät aufgeschraubt und dessen Innenleben nach einem winzigen Mikrofon durchsucht, das nicht hineingehörte. Schließlich hatte sie es aufgegeben.

Der Tag hatte sich endlos lange hingezogen, und wenn sie sich nicht gesagt hätte, daß es verdächtig wirken würde, wenn sie vorzeitig ginge, wäre sie unmittelbar nach ihren Gesprächen mit Elaine Reynolds und Keith Shelby geflohen.

Statt dessen war sie in Rob Silvers Büro geblieben, mit einer ausgewachsenen Paranoia. Sie hatte versucht, den Eindruck zu erwecken, als sei sie ganz in ihre Arbeit vertieft, die darin bestand, das Skelett von dem Fundort an der Fumarole zu identifizieren. Doch in den vergangenen drei Stunden hatte sie nur daran denken können, was sie im Labor des Serinus-Projekts gesehen hatte.

Und daran, was Rob gestern über die Kanarienvögel gesagt hatte, die man in die Minenschächte herunterließ. Je länger sie darüber nachdachte, desto sicherer war sie, daß die Tiere in den Plexiglaszellen genau diesem Zweck dienten. An ihnen wurde getestet, wieviel Gift in der Atmosphäre Sauerstoff atmende Wesen ertragen konnten.

Aber es gab noch eine andere Frage, die sie ängstigte.

Wenn man bedachte, was die Tiere einatmeten und in welchen Mengen, wieso konnten einige von ihnen überleben?

Am Nachmittag suchte sie im Internet Informationen darüber, wie sich die verschiedenen chemischen Substanzen, die in die Plexiglaszellen geleitet wurden, auf Tiere auswirkten. Die Ergebnisse waren eindeutig: Bei den Konzentrationen giftiger Gase, die sie auf den Monitoren abgelesen hatte, hätten alle diese Tiere tot sein müssen.

Aber sie waren nicht tot.

Die einzige Schlußfolgerung lautete, daß es bei dem Serinus-Projekt um weitaus mehr ging als um eine Studie zur Auswirkung von Luftverschmutzung auf verschiedene Lebensformen.

Offensichtlich wurden Experimente durchgeführt, um die Tiere gegen Gifte in der Atmosphäre resistent zu machen.

Sie dachte an das seltsame Objekt, das sie im letzten Raum gesehen hatte, und daran, was der Techniker gesagt hatte. »Ich dachte, ein neues Gesicht hat vielleicht eine neue Idee.«

Sie hatte nicht lange gebraucht, um dahinterzukommen, daß Takeo Yoshihara mit ihr das gleiche gemacht hatte wie mit den Mitarbeitern des Serinus-Projekts. Die Techniker in den Labors wußten nur so viel wie unbedingt nötig, um ihre Arbeit erledigen zu können, und offenbar hatte Takeo Yoshihara entschieden, daß sie über das Kugelobjekt oder seinen Inhalt nichts wissen sollten. Dennoch machte er keinerlei Anstalten, es zu verbergen.

Die Aufgabe der Techniker bestand wahrscheinlich darin, sich um die Tiere zu kümmern und zu überwachen, welche Mengen der Substanz aus der Kugel ihnen verabreicht wurden.

Ein Gas? Möglicherweise. Sowohl die runde Form des Objekts als auch seine schwer wirkende metallische Zusammensetzung schienen geeignet, hohen Druck auszuhalten. Druck, wie er von einem flüssigen Gas ausgehen würde.

Es schien unmöglich, aber die logische Schlußfolgerung konnte nur lauten: Die Substanz aus der Kugel, die den Tieren verabreicht wurde, diente als Gegenmittel gegen die giftigen Gase, die sie einatmeten. Und da die meisten von ihnen noch lebten, mußte es sogar in gewisser Weise funktionieren.

Aber wenn die gashaltige Substanz der Kugel den Stoffwechsel der Tiere veränderte und ihnen ermöglichte, in einer vergifteten Atmosphäre zu überleben, welche Nebenwirkungen traten dann auf?

Sie starrte auf das seltsame Skelett, das sie ausgegraben hatte. Handelte es sich vielleicht doch um eine Art Anthropoiden, der hier in Takeo Yoshiharas Forschungslabor verändert und nach seinem Tod einfach begraben worden war?

Aber dann machte sie sich bewußt, daß dieses Skelett weitaus eher humanoid als anthropoid war, und sie dachte an die Leiche von Mark Reynolds, die unten in einer Schublade lag, und an die geschützten Dateien im Computer. Ihr kam ein erschreckender Gedanke:

War es möglich, daß es in den geschützten Dateien des Serinus-Projekts nicht nur um Tierversuche ging?

Was, wenn die Forschungen auch auf Menschen ausgedehnt worden waren?

Was, wenn sie Mark Reynolds' Leiche nicht deshalb nach Maui gebracht hatten, weil er an den Folgen einer Kohlenmonoxidvergiftung gestorben war?

Die Gedanken rasten durch ihren Kopf. Immer mehr Teile des Puzzles fügten sich zusammen.

Wenn man jemandem Gas zuführte, wie würde man das machen?

Mit Gasflaschen natürlich.

Und Sauerstoffflaschen konnten leicht mit etwas anderem als Sauerstoff gefüllt werden. Mark Reynolds und Shane Shelby waren getaucht, als sie auf Maui waren.

Was, wenn Mark Reynolds und Shane Shelby nicht die einzigen waren?

Die Dateien! Die verdammten geschützten Dateien, an die sie nicht herankam. Aber sie kannte jemanden, der es konnte.

Phil Howell.

Er saß doch die ganze Zeit vor seinem Computer.

Sie griff nach dem Telefonhörer, aber dann dachte sie wieder an die Kameras und die versteckten Mikrofone und legte auf. Paranoia? Wenn auch nur ein Körnchen Wahrheit in der schrecklichen Theorie steckte, die sie sich ausgedacht hatte, dann war an ihren Ängsten überhaupt nichts Paranoides.

Sie sah zur Uhr – fast vier.

Wenn sie jetzt ging, würde es niemanden auffallen, und ihr bliebe noch genug Zeit, zu Phil Howells Büro in Kihei zu fahren. Wenn er nicht dort war, würde sie ihn wahrscheinlich im Computercenter auf der anderen Straßenseite finden. Sie räumte Robs Büro noch etwas auf und benahm sich so unauffällig wie möglich.

Ihr erschien jede Bewegung viel zu bewußt, und sie hatte das Gefühl, sich schon längst verraten zu haben.

Auf einen Zettel schrieb sie eine wohlüberlegte Nachricht für Rob: »Wir treffen uns in Phils Büro – ich habe eine Idee.« Während sie schrieb, spürte sie förmlich, wie ihr eine Kamera über die Schulter spähte, die nicht nur die Worte las, sondern auch ihre Bedeutung verstand. Aber als sie kurz darauf durch die Lobby ging, schaute der Wachmann kaum von seinem Magazin auf und nickte ihr lediglich kurz zu.

Als sie nach Kahului fuhr, überschritt sie die vorgeschriebene Höchstgeschwindigkeit nicht um einen Stundenkilometer. Kurz vor der Abkürzung nach Makawao dachte sie an Michael.

Schon seit einer Stunde entwickelte sie die Theorie, daß Mark Reynolds und Shane Shelby etwas anderes als Sauerstoff aus ihren Flaschen eingeatmet hatten. Und seither versuchte sie den Gedanken zu verdrängen, daß auch Michael so etwas widerfahren war.

Einer der Jungen, mit denen er getaucht hatte, war bereits gestorben!

Sie redete sich ein, daß sie ihre Paranoia nicht mehr unter Kontrolle hatte, daß Kioki Santoyas Tod nur ein tragischer, aber bedeutungsloser Zufall war. Doch als sie die Abzweigung nach Makawao erreichte, wußte sie, daß sie keine andere Wahl hatte. Michael hatte gerade Lauftraining. Er mußte noch immer draußen auf der Bahn sein. Wenn er dort war und es ihm gut ging, würde sie weiter nach Kihei fahren. Wenn nicht …

Bei dem Gedanken, daß Michael das gleiche Schicksal erleiden könnte wie Mark Reynolds und Shane Shelby, spürte Katharine einen Kloß im Hals, und ihr Herz schlug schneller.

An der Schule angekommen, parkte sie den Explorer so nahe wie möglich an der Laufbahn. Ein Dutzend Jungen standen am anderen Ende des Rasens. Zunächst konnte Katharine Michael nicht erkennen. Dann sah sie ihn. Er kauerte in einem Startblock. Ein Mann, wahrscheinlich der Trainer, hob die rechte Hand, und als er sie herabfallen ließ, stieß sich Michael aus dem Block ab und lief die Bahn entlang. Die anderen Jungen feuerten ihn an.

Als Katharine sah, wie er die Sprintstrecke lief, verflog zumindest ein Teil ihrer Angst.

Egal, was geschehen war, egal, was man Mark Reynolds, Shane Shelby und Kioki Santoya angetan hatte, Michael ging es gut.

Er schien sogar besser denn je in Form zu sein.

Als sie den Motor wieder anließ, bemerkte sie kaum, daß vor ihr ein staubiger Sedan parkte.

Auf jeden Fall bemerkte sie nicht, daß der Mann hinter dem Steuer des Sedans Michael ebenfalls beobachtete.

Genauso aufmerksam wie sie.

Michael atmete erleichtert auf, als er sah, wie seine Mutter davonfuhr und in Richtung Haleakala Highway abbog. Zumindest war sie nicht ausgestiegen – das hätte ihm noch gefehlt! Es war ihm peinlich genug gewesen, daß seine Teamkollegen ihre Übungen unterbrochen und ihm zugesehen hatten, als er zu laufen begann. Wenn seine Mutter auch noch hinzugekommen wäre …

Schon bei dieser Vorstellung errötete er.

Andererseits, wenn sie ausgestiegen wäre, hätte er ihr zumindest beweisen können, daß er in Bestform war. Schließlich hatte er sämtliche Rekorde gebrochen.

Er hatte Bestleistungen aufgestellt, auch wenn sie nicht offiziell waren, und zwar über fünfzig, hundert und zweihundert Meter, und er fühlte sich immer noch richtig gut. Allerdings hatte er kurz in den Umkleideräumen verschwinden müssen, um noch etwas Ammoniak einzuatmen. Als seine Mutter um die Ecke gebogen war, konzentrierte er sich wieder voll auf die Strecke.

Er hatte sämtliche Schulrekorde gebrochen, aber er hatte immer noch Lust zu laufen. Vielleicht sollte er sich noch an einer längeren Strecke versuchen.

Er machte sich für die Viertelmeile bereit. Nach dem Start suchte er sich ein angenehmes Tempo, und als er die erste Kurve erreichte, atmete er nicht einmal schwer. Er hielt das Tempo, bis er auf die Gerade gegenüber den Tribünen kam, dann beschleunigte er.

Vor einem Monat – ja, noch vor einer Woche – hätte er schon jetzt die Anstrengung gespürt. Sein Atem wäre kürzer, seine Beine wären bereits schwerer geworden. Am Ende der Geraden hätte er nur noch gehen können, und wenn er nicht völlig zusammengebrochen wäre, hätte er japsend und nach Luft schnappend dagestanden und die Arme in die Hüften gestemmt, bis er wieder einigermaßen normal hätte atmen können. Aber heute spürte er keine Schmerzen in den Beinen, und sein Atem ging regelmäßig, auch wenn er jetzt doch merkte, daß er seinem Körper sehr viel abverlangte.

Langsam spürte er wieder dieses beklemmende Gefühl in der Brust. Es tat nicht richtig weh, aber irgend etwas stimmte nicht.

Er bog in die Kurve ein und beschleunigte noch etwas. Wo immer der Schmerz herkam, er würde vergehen, wenn er ihn ignorierte. Locker lief er an den leeren Tribünen vorbei. Dabei stellte er sich vor, wie die Leute ihm zujubelten. Noch einmal erhöhte er das Tempo, wobei seine Lunge mehr Arbeit leisten mußte als seine Beine.

Er beendete die zweite Runde. Jetzt spürte er die Hitze in seinen Beinen. Seine Brust schmerzte, aber es war anders als der asthmatische Schmerz, mit dem er aufgewachsen war.

Dieses Gefühl stammte daher, daß er sich anstrengte, und er glaubte nur weiterlaufen zu müssen, um den Schmerz zu überwinden. Er durfte ihm nicht nachgeben, mußte seine Geschwindigkeit nur beibehalten oder sogar noch etwas steigern, dann würde er sicher dieses Hochgefühl des Läufers erleben, von dem er immer gehört, das er aber selbst noch nie erlebt hatte. Als er die dritte Runde beendete, lief sein Trainer auf die Bahn und schloß sich ihm an.

»Was ist los, Sundquist? Du hast doch gesagt, du könntest keine Langstrecke laufen.«

Grinsend schaute Michael kurz zur Seite. »Mir war einfach nach Laufen.«

Peters sah ihn fragend an. »Hast du etwa was eingenommen?«

Michael fühlte sich ertappt. Was sollte er sagen? Sollte er lügen? Aber Ammoniak war doch keine Droge. Es war doch nur ein Reinigungsmittel.

Die Warnungen, die er auf dem Etikett gelesen hatte, schossen ihm durch den Kopf. Aber wenn das Zeug wirklich so giftig war, wieso fühlte er sich dann so gut?

Doch dann fühlte er sich mit einemmal gar nicht mehr so gut.

Der Durchbruch, auf den er gewartet hatte – der Pheromonschub, der den Schmerz aus seiner Brust spülen und ihm den zweiten Atem für die letzten vierhundert Meter geben sollte –, blieb aus.

Statt dessen wurde der Schmerz in seiner Brust schlimmer, und seine Beine brannten wie Feuer.

Das Ammoniak, das mußte es sein.

Bestimmt.

Die Schmerzen wurden mit jeder Sekunde ärger, und er spürte, wie seine Beine nachgaben.

Mach weiter. Wenn du weitermachst, kannst du es schaffen.

Der Trainer, der immer noch neben ihm lief, fragte: »Was ist, Sundquist? Du siehst gar nicht gut aus.«

Offenbar sah man ihm an, welche Schmerzen er hatte. Wenn er erwischt wurde – wenn der Trainer herausfand, was er mit dem Ammoniak gemacht hatte –, warf er ihn bestimmt aus dem Laufteam.

Lauf weiter, sagte er sich. Lauf weiter, es wird schon werden.

Aber als er in die letzte Kurve einbog, spürte er, wie seine Beine nachgaben und er immer langsamer wurde.

Sein Atem ging stoßweise, und jedesmal, wenn er einatmete, war es, als bohrten sich Messer in seine Brust.

Er stolperte und kam völlig aus dem Rhythmus. Kaum hatte er ihn wiedergefunden, da stolperte er erneut. Um nicht auf die Bahn zu stürzen, lief er auf den Rasen des Footballfeldes, wo er schließlich zusammenbrach.

»Sundquist? Sundquist!« Jack Peters kniete neben ihm. Michael lag auf dem Rücken und starrte in den Himmel. Alles wurde dunkler, Blitze zuckten vor seinen Augen. Gleich würde er ohnmächtig werden.

Oder sterben.

Nein, er wollte nicht sterben. Nicht jetzt. Er hatte sich doch so gut gefühlt und war so gut gelaufen wie noch nie in seinem Leben.

Er mußte wieder auf die Beine kommen. Er mußte da durch, mußte einfach weiterlaufen. Doch als er sich aufzurappeln versuchte, verlor er das Gleichgewicht und stürzte wieder zu Boden. Dann spürte er auf den Schultern die Hände seines Trainers, der ihn umdrehte.

»Bleib einfach liegen«, hörte er ihn sagen. »Was ist denn, Sundquist? Sag mir, was mit dir ist!«

Die Dunkelheit umhüllte ihn, und wie er auch um Luft rang, er konnte nicht mehr atmen.

Dann spürte er, wie andere Hände ihn berührten, und hörte eine andere Stimme.

Rick Pieper.

»Michael! Michael, was hast du?«

Michael spürte, wie jegliche Kraft aus seinem Körper

wich. Er versuchte etwas zu sagen, brachte aber keinen Ton hervor.

Entsetzt und hilflos sah Rick Pieper seinen Trainer an. Kioki Santoya war tot, Jeff Kina und Josh Malani waren verschwunden. Und jetzt schien auch Michael vor seinen Augen zu sterben.

»Machen Sie doch etwas!« flehte er. »Um Gottes willen, können Sie denn nichts tun?«

Der Trainer beugte sich herab. »Was ist?« Er sprach in Michaels Ohr. »Was willst du uns sagen?«

Michaels Zunge schien anzuschwellen, aber er kämpfte und brachte schließlich kaum hörbar das eine Wort heraus.

»A...Ammoniak ...«

Völlig erschöpft fiel er nach hinten auf den Rasen. Seine Arme und Beine zuckten.

Takeo Yoshihara und Stephen Jameson saßen in dem Hubschrauber, als die Nachricht sie erreichte, daß Michael Sundquist auf dem Sportgelände der Bailey High School zusammengebrochen war.

»Wie weit sind wir entfernt?« fragte Yoshihara in das Mikrofon, durch das er trotz der dröhnenden Rotoren mit dem Piloten kommunizieren konnte.

»Wir können in fünf Minuten dort sein«, antwortete der Pilot.

»Dann los«, befahl Yoshihara. Er wandte sich an Stephen Jameson. »Wird er es schaffen?«

»Wenn wir vor dem Krankenwagen eintreffen, ja«, sagte Jameson. »Aber wenn sie ihn so versorgen wie den Jungen in Los Angeles, töten sie ihn.«

»Dann sprechen Sie mit den Sanitätern«, sagte Yoshihara. »Erklären Sie ihnen, daß Sie der behandelnde Arzt des Jungen sind und sie nichts unternehmen sollen, bevor Sie eintreffen.«

Der Pilot meldete sich über Funk. »Das geht leider

nicht. Wir senden nicht auf derselben Frequenz wie die Ambulanz. Wenn man vom Teufel spricht – sehen Sie!« Er zeigte nach unten. Rechterhand sahen sie den Krankenwagen, der mit hoher Geschwindigkeit und Blaulicht auf der Straße fuhr.

»Schneller«, befahl Takeo Yoshihara. Er sprach nicht besonders laut, aber mit bedrohlicher Autorität.

Der Pilot neigte die Maschine leicht nach vorn, beschleunigte die Rotoren, und mit einem Ruck, der eine Welle der Übelkeit in Jameson aufsteigen ließ, schoß der Hubschrauber vorwärts. Falls Yoshihara ähnliches verspürte, ließ er es sich nicht anmerken.

Sie erreichten die Schule eine halbe Minute vor dem Krankenwagen. Als die Sanitäter mit einer Bahre herbeigelaufen kamen, hatte Dr. Jameson schon alles unter Kontrolle.

Die Sanitäter folgte seinen Anweisungen, ohne zu zögern. Sie legten Michael auf die Bahre und luden ihn in den Helikopter.

»Zum Maui Memorial Hospital?« fragte der Pilot, der die Maschine schon für den Abflug aufheulen ließ.

Takeo Yoshihara schüttelte den Kopf. »Nach Hause.«

Wie die Sanitäter gehorchte auch der Pilot sofort.

KAPITEL 26

Phil Howells Schultern waren völlig verspannt, und das Bild auf dem Computermonitor, auf das er den größten Teil des gestrigen und des heutigen Tages gestarrt hatte, verschwamm langsam vor seinen geröteten Augen. Aber er harrte aus, denn endlich schienen sich die Puzzlestücke zusammenzufügen.

Gestern am späten Nachmittag hatte es begonnen. Zu diesem Zeitpunkt hatte er sich eingestehen müssen, daß selbst der Supercomputer die Reihe seltsamer, unmelodischer Töne nicht mit jeder Datei jedes Computers auf der Welt vergleichen konnte. Schließlich hatte er dem Computer aufgetragen, den Tönen Buchstaben zuzuordnen, wobei er die vier Noten gewählt hatte, die den Tönen am nächsten kamen: A, B, D und G. Allerdings war er nicht allzu optimistisch, was den Erfolg betraf. Schließlich waren ihm keine Tonleitern mit vier Noten bekannt, und natürlich deutete auch nichts darauf hin, daß eine fünfzehn Millionen Lichtjahre entfernte Zivilisation – wenn es dort draußen tatsächlich eine gab – irgend etwas mit menschlicher Musik anfangen konnte.

Aber etwas anderes war ihm nicht eingefallen. Doch als dann die Noten über den Bildschirm geströmt waren, hatte sich etwas aus dem Nebel in seinem Kopf herauskristallisiert. Schließlich hatte er die Pause-Taste gedrückt und auf den Monitor gestarrt.

Zu sehen war lediglich eine Sequenz der vier Noten, die einander willkürlich folgten und von einem erkennbaren Muster ebenso weit entfernt waren wie die Geräusche von einer Melodie.

Trotzdem kam es ihm irgendwie bekannt vor. Und dann fiel es ihm ein. Er öffnete ein neues Fenster auf dem Monitor und durchsuchte das Netz, bis er eine Site gefunden hatte, die einen ähnlichen Code zeigte.

Einen genetischen Code.

Einen Augenblick später sah Phil eine ziemlich lange Codesequenz vor sich. Der Code wurde nicht wie sonst üblich als Leitersprossen auf der Doppelhelix der Chromosomenstruktur dargestellt, sondern linear. Jede der Nitrogenbasen – Adenin, Guanin, Cytosin und Thymin – war auf einen einzelnen Buchstaben reduziert worden.

A, G, C und T.

Sein Herz schlug schneller, als er die Folge mit dem

Inhalt des anderen Bildschirmfensters verglich, der das Signal aus der Tiefe des Raums darstellte.

A, B, D und G.

Wenn man B und D durch C und T ersetzte ...

... es schien so eindeutig.

Er dachte an die Rakete, welche die NASA vor Jahren ins All geschossen hatte, auf der Außenseite eine Platte mit einer einfachen Strichzeichnung eines Mannes und einer Frau sowie ein paar mathematische Symbole.

Aber wenn man wirklich mit anderen Lebensformen kommunizieren wollte – die zumindest der menschlichen so sehr ähnelten, daß überhaupt irgendeine Form der Kommunikation möglich war –, gab es dann ein besseres Signal als die Symbole für die Wesensart der eigenen Spezies?

Zumal, wenn man diese Wesensart in einem simplen Code mit vier Buchstaben ausdrücken konnte, die in einer bestimmten Reihenfolge ausgesandt wurden?

Eine Kultur, die ein solches Signal entdeckte und verstehen konnte, mußte sich auf ähnliche Weise entwickelt haben. Andernfalls wäre eine Kommunikation zwischen den beiden Arten unmöglich, weil sie einander nicht verstehen würden.

Phils Augen bewegten sich von einem Bildschirmfenster zum anderen. Er wurde sich immer sicherer.

Er hatte recht. So mußte es sein.

Bei dem Signal handelte es sich nicht um Musik.

Es war ein Code.

Ein DNS-Code.

Blaupausen für eine Spezies.

Gedanken rasten durch seinen Kopf. Zunächst einmal mußte er das Signal von der musikalischen Notation, die er zuerst gewählt hatte, in eine genetische umwandeln. Das setzte mehr als mechanisches Austauschen voraus.

Welche Noten sollten durch welches Protein ersetzt

werden? Daß zwei Noten des Signals mit zwei Buchstaben übereingestimmt hatten, mit denen die Menschen die Substanzen symbolisierten, die teilweise die DNS ausmachten, war reiner Zufall gewesen. Er hatte nicht vor, die Wahrscheinlichkeit zu berechnen, daß eine außerirdische Spezies nicht nur dasselbe Notensystem benutzte, das selbst auf der Erde nicht überall üblich war, sondern auch den Proteinen, die ihre Atomstruktur bildeten, wie diese auch beschaffen sein mochte, die gleichen Symbole zuordnete.

Gegen zehn Uhr gab er auf und rief einen Mathematiker von der Universität an, der ihm ein einfaches Programm für ein komplettes Verzeichnis neuer Dateien schreiben sollte. Die Dateien unterschieden sich nur durch die Noten, für welche die Buchstaben A, C, T und G jeweils eingesetzt wurden. Insgesamt würde das Verzeichnis vierundzwanzig Dateien erhalten, die jede mögliche Kombination von Substitutionen umfaßten.

Danach könnte der Supercomputer beginnen, jede der vierundzwanzig Dateien mit jeder Datei in seiner Reichweite zu vergleichen, die DNS-Daten enthielt.

Nicht einmal der Mathematiker hatte sich festlegen wollen, wie lange es dauern würde. Obwohl Phil vor Müdigkeit fast einschlief, hatte er die ganze Nacht und den folgenden Tag vor dem Computer gesessen. Wenn er sich einmal losriß, dann nur für wenige Minuten, aus Angst, den Augenblick zu verpassen, in dem der Computer eine Entsprechung fand.

Falls es eine gab. Der Mathematiker hatte gesagt, die Wahrscheinlichkeit einer Entsprechung sei so gering, daß sie mathematisch gesehen fast nicht existiere. »Aber das heißt nicht, daß du nicht etwas Ähnliches finden kannst«, hatte sein Freund hinzugefügt, als wolle er die Verwirrung noch vergrößern. »Ich wäre nicht einmal überrascht, wenn es dir gelänge. Wenn das All unendlich ist, dann muß es auch irgendwo eine Entsprechung geben. Eigentlich gibt es sogar eine unendliche Menge von Entsprechungen. Aber die Wahrscheinlichkeit, daß du eine findest, beträgt eins zu – was? Unendlich zu unendlich?«

Phil Howell ließ die Buchstaben an sich vorüberziehen. Er war der Antwort keinen Schritt nähergekommen.

Aber er würde sie finden. Wenn es sie gab, würde er sie finden.

Auf dem Weg von Makawao nach Kihei überlegte Katharine, was sie zu Phil Howell sagen sollte. Ihr kam es völlig vernünftig und logisch vor.

Gleichzeitig war es vollkommen verrückt.

Takeo Yoshihara war einer der angesehensten Männer auf Maui. Warum sollte Phil – oder sonst jemand – ihr glauben?

Wenn Rob nur bei ihr wäre.

Was, wenn er ihre Nachricht nicht gelesen hatte? Was, wenn jemand anderes sie gefunden, sich einen Reim darauf gemacht hatte und …

Hör auf! Sie sprach die Worte laut und so heftig aus, daß sie instinktiv auf die Bremse trat, was wiederum wütendes Hupen des Fahrers hinter ihr auslöste. Paranoia, sagte sie sich, als sie wieder beschleunigt hatte. Sie fuhr auf die linke Spur des Piilani Highway und bog in die Lipoa Street ein. Es war nur eine harmlose Nachricht! Und wenn Rob nicht kam, dann mußte sie Phil Howell eben allein davon überzeugen, daß sie nicht verrückt war.

Aber Phil war nicht da, als sie bei seinem Büro ankam. Als sie daran dachte, wie weit der Berggipfel entfernt war, wollte sie schon fast verzweifeln, doch dann teilte ihr die Sekretärin mit, daß er gar nicht am Teleskop arbeitete. »Er ist gegenüber im Computercenter.«

Erleichtert eilte Katharine aus dem Gebäude. Als sie

die Straße überquerte, ertönte eine Autohupe, und Rob Silver rief nach ihr.

»Kath? Was ist los? Ich habe deinen Zettel gefunden und … Katharine, was ist denn los?« Er sprang aus dem Wagen und legte die Arme um sie.

Sie gestattete sich, für einen kurzen Augenblick den Kopf an seine Brust zu legen. Dann holte sie tief Luft und versuchte sich an die wohldurchdachten Worte zu erinnern, die sie sich zurechtgelegt hatte. Doch statt dessen platzte sie heraus: »Rob, hier geht etwas ganz Schreckliches vor, und wir müssen Phil davon überzeugen, uns zu helfen. Nur so kriegen wir raus, wie schlimm es wirklich ist.«

Die nächsten zehn Minuten redete sie auf ihn ein, wobei sie das, was sie wußte, von dem, was sie nur vermutete, zu trennen und die Fragmente ihrer Geschichte zu einer zusammenhängenden Erzählung zu verknüpfen versuchte. Aber noch während sie sprach, merkte sie, daß Rob sie zweifelnd ansah. »Du glaubst mir kein Wort, stimmt's?« fragte sie, als sie fertig war.

Rob holte tief Luft. »Nicht, daß ich dir nicht glaube, Kath«, sagte er vorsichtig. »Aber viel, von dem, was du mir erzählt hast, ist … nun, Spekulation.«

»Ich weiß, was ich im Labor gesehen habe, Rob«, sagte sie. Ihre Stimme klang schärfer.

»Ich bezweifle ja gar nicht, was du gesehen hast«, sagte Rob ruhig. »Aber die Schlußfolgerungen, die du ziehst, ich meine, was du Takeo Yoshihara unterstellst …«

»Daß er Menschenversuche durchführt?« unterbrach ihn Katharine. »Warum erscheint dir das so abwegig? Es hat immer Menschen gegeben, die bereit waren, Experimente mit anderen Menschen zu machen. Und vielleicht irre ich mich ja auch, Rob, du ahnst gar nicht, wie gern ich mich irren würde. Aber ich muß es herausfinden, ich muß herausfinden, was dort unten vor sich geht, und allein schaffe ich es nicht. Und ich bin sicher, daß alles in dem verdammten Serinus-Verzeichnis steckt, in das wir nicht reinkommen! Deshalb mußt du Phil davon überzeugen, daß er in das Verzeichnis eindringen muß, sonst …« Katharines Stimme versagte. All ihre Ängste schwappten wie eine riesige Welle über sie hinweg. Ihre Augen füllten sich mit Tränen, und sie begann zu zittern. Fast schien es, als würde sie zusammenbrechen, aber dann legte Rob Silver wieder seine Arme um sie.

»Schon gut, Kath«, flüsterte er und strich ihr übers Haar. »Schon gut. Natürlich helfe ich dir. Mach dir keine Sorgen, okay?«

Katharine umarmte ihn ebenfalls. »Ich werde es versuchen«, flüsterte sie. »Aber ich hatte solche Angst, daß Michael etwas Schreckliches zustoßen könnte …«

Rob drückte sie fester an sich. »Bestimmt nicht«, sagte er. »Das schwöre ich dir. Michael wird nichts zustoßen.«

Katharine hörte die Worte und versuchte sich an sie zu klammern, so wie sie sich an Rob klammerte, aber während sie zum Computercenter gingen, meldete sich eine andere Stimme.

Die Stimme sagte ihr, daß es trotz allem, was Rob gesagt hatte, und obwohl sie sich vor einer Stunde davon überzeugt hatte, daß es Michael gut ging, vielleicht schon viel zu spät war.

Phil Howell starrte auf den Monitor. Plötzlich merkte er, daß er nicht mehr allein war. Als er aufschaute und das aschfahle Gesicht Katharines und Robs besorgte Miene sah, wußte er, daß irgend etwas nicht in Ordnung war.

»Wir brauchen deine Hilfe, Phil«, sagte Rob ernst. »Und zwar sofort.«

Phil runzelte die Stirn und wandte sich wieder dem

Bildschirm zu. Wenn eine Entsprechung auftauchte und er sie verpaßte …

»Bitte«, flehte Katharine. »Ich habe Angst, daß …« Der Klang ihrer Stimme genügte, um Phil davon zu überzeugen, daß sie sich wirklich große Sorgen machte.

Rob öffnete ein weiteres Fenster auf seinem Bildschirm.

Das Signal war bereits fünfzehn Millionen Jahre alt.

Es konnte noch etwas länger warten.

Katharine dagegen nicht.

Ein winziger Lichtpunkt schimmerte in der Dunkelheit, so klein, daß Michael ihn zunächst gar nicht wahrnahm. Während der Punkt langsam größer wurde, klammerte sich Michael an ihn, so wie sich ein Seemann auf dem tobenden Meer an den Strahl des Leuchtturms klammert. Er konzentrierte sich auf den Lichtschein, als würde der dadurch größer und heller werden und die Dunkelheit um ihn herum vertreiben.

Auch die Stille, die ihn zusammen mit der Dunkelheit umschlossen hatte, zog sich langsam zurück. Zunächst hörte er nur ein entferntes Dröhnen undefinierbarer Herkunft. Aber als es heller wurde und Schwarz sich in Grau verwandelte, wurde auch das Geräusch lauter und deutlicher.

Wupp, wupp – wupp, wupp …

Dieses Geräusch, hatte er schon einmal gehört, und er würde es auch gleich erkennen. Aber noch immer legten sich dunkle Hände um seinen Geist und verwirrten ihn. Erst als das Geräusch so laut wurde, daß er Angst bekam, erkannte er es.

Ein Hubschrauber.

Der Lärm steigerte sich immer mehr, aber Michael sah noch immer nichts, denn mit einem Schlag wich die Dunkelheit einem gleißendem Licht.

Die Rotorblätter dröhnten ohrenbetäubend. In ein

oder zwei Sekunden würden ihn diese Blätter sicherlich zermalmen.

Weglaufen.

Er mußte hochkommen und weglaufen.

Aber sein Körper fühlte sich schwer wie Blei an. Er konnte kaum einen Muskel rühren.

Er versuchte zu atmen, doch seine Brust schmerzte, und irgend etwas lag auf seinem Gesicht.

Konnte er deshalb nichts sehen?

Er versuchte den Kopf zur Seite zu drehen, aber dann hörte er durch das Dröhnen des Hubschraubers noch etwas anderes.

Eine Stimme.

»Nicht, Michael. Nicht bewegen. Entspann dich einfach.«

Er kannte die Stimme, konnte sie aber niemandem zuordnen. Schwach und bruchstückhaft begann er sich zu erinnern, was geschehen war, bevor ihn diese Dunkelheit umschlossen hatte.

Er war gelaufen, besser als je zuvor. Und davor hatte er ...

Ammoniak!

Er hatte Ammoniak eingeatmet, und der Trainer hatte ihn gefragt ...

Aber das war nicht Peters' Stimme. Sie gehörte jemand anderem, der ...

Dr. Jameson!

Das war es! Er war zusammengebrochen, und sie hatten Dr. Jameson gerufen.

Das Ding auf seinem Gesicht war eine Sauerstoffmaske, und sie brachten ihn ins Krankenhaus.

Er haßte das Krankenhaus. Schon als ihn das Asthma zum erstenmal gepackt hatte und seine Mutter mit ihm in die Notaufnahme gefahren war, hatte er alles am Krankenhaus gehaßt.

Nicht nur den Geruch und die ekelhafte grüne Wandfarbe und das schreckliche Essen. Am schlimmsten war, wie sie ihn behandelt hatten. Sie hatten ihn mit Nadeln gestochen, ihm Tabletten in den Mund geschoben. Die Ärzte und die Schwestern hatten über ihn gesprochen, als ob er gar nicht da wäre, und er hatte gelernt, ihnen allen zu mißtrauen. Heute fehlte ihm allerdings nichts – oder fast nichts. Er war nur kurz ohnmächtig geworden, das war alles. Er fühlte sich schon jetzt viel besser, und Sauerstoff hatte noch nie viel geholfen, auch damals nicht, als er noch Asthma hatte. Jetzt war der Schmerz in seiner Brust fast verschwunden, und das Atmen fiel ihm leicht. Wenn er nur die Maske von seinem Gesicht bekäme, könnte er ihnen sagen …

Er wollte sich wehren, und jetzt erst merkte er, warum er Arme und Beine nicht bewegen konnte. Sie waren festgeschnallt.

Er drehte seinen Kopf hin und her, um die Maske abzustreifen. Im nächsten Augenblick stellte er voller Staunen fest, was ihn die ganze Zeit über geblendet hatte.

Es war die Sonne, die vom blauen Himmel schien.

Und dann sah er, daß er *in* einem Hubschrauber lag. Durch die Plexiglaskuppel blickte er zu den wirbelnden Rotorblättern hinauf, und er spürte das Schwanken der Maschine, die durch den Himmel schwebte.

»Es ist alles gut, Michael!« Dr. Jamesons Stimme klang irgendwie blechern. Michael stellte fest, daß er außer der Sauerstoffmaske auch Kopfhörer trug. »Wenn du mich verstehst, dann nicke bitte, nur ganz leicht.«

Michael nickte sofort.

»Gut. Also, jemand in der Schule sagte etwas von Ammoniak. Hast du es getrunken?«

Michael erstarrte für einen Augenblick. Dann schüttelte er den Kopf.

»Also hast du es eingeatmet.«

Keine Frage, sondern eine Feststellung. Aber woher wußte Jameson das?

»Schon gut, Michael«, sagte der Arzt. »Wir wissen, was dir fehlt. Sei ganz ruhig. Du bist bald wieder in Ordnung.«

Michael wollte etwas sagen, aber ihm fehlte die Kraft. Dann hörte er Jamesons Stimme, die zu ihm sagte, er solle sich entspannen und nicht gegen die Riemen, die ihn auf der Trage hielten, oder gegen die Maske auf seinem Gesicht ankämpfen. »Entspannen«, wiederholte Jameson, und seine Stimme nahm einen fast hypnotischen Klang an. »Entspann dich, Michael. Du wirst nicht sterben. Hörst du mich? Du wirst nicht sterben.«

Während sich Michael auf die Stimme konzentrierte, trieb er zurück in die Dunkelheit, und das gleichmäßige Geräusch der Rotoren verebbte. Während er das Bewußtsein verlor, hörte er noch eine andere Stimme.

Eine Stimme, die er nicht kannte.

»Warum haben Sie ihm gesagt, daß er nicht sterben wird, Stephen? Warum sollte es ihm anders ergehen als den anderen?«

»Ich bin Arzt«, antwortete Jameson. »Ich halte viel davon, meine Patienten zu beruhigen, auch wenn das bedeutet, daß ich sie anlügen muß.«

Die Worte widerhallten in Michaels Kopf. Er wollte aufschreien, sich noch einmal gegen die Riemen und gegen die Maske aufbäumen. Aber er hatte keine Kraft mehr.

Er gab auf und sank zurück in die Dunkelheit.

KAPITEL 27

Um kurz vor sechs waren Katharine Sundquist und Rob Silver immer noch im Computercenter. Rob saß geduldig neben Phil und sah ihm bei der Arbeit zu, während Katharine nervös auf und ab ging. Ihre Frustration wurde mit jeder Minute größer. Es kam ihr vor, als sei der Computer mittlerweile ihr persönlicher Feind geworden. Sie hatte so lange auf den Bildschirm gestarrt, bis ihr die Augen weh taten. »Glaubt ihr mir jetzt?« seufzte sie. Während auf einem Bildschirmfenster der unendliche Strom willkürlicher Kombinationen der Buchstaben A, C, G und T vorbeizog, zeigte ein anderes Fenster, an dem Phil jetzt schon über eine Stunde arbeitete, noch immer die gleiche deprimierende Botschaft. Mehr hatte der Astronom noch nicht erreicht:

```
Paßwort nicht korrekt.
Bitte geben Sie das Paßwort ein:|
```

Die senkrechte Linie am Ende der Nachricht blinkte provozierend, als wolle sie den Benutzer herausfordern, noch einmal zu versuchen, das geheimnisvolle Paßwort zu finden, das den Zugang zum Serinus-Verzeichnis erlaubte.

»Nun, es sieht ganz so aus, als wollte euer Boß nicht, daß wir in dieses Verzeichnis eindringen«, stimmte Howell ihr zu. »Aber ich kann immer noch nicht glauben, daß es nur durch ein Paßwort geschützt sein soll. Der Mann operiert weltweit, und ich wette, daß er vieles macht, wobei ihm niemand zusehen soll. Und selbst wenn all seine Geschäfte vollkommen legal sein sollten – was ich bezweifle –, müssen in diesen Datenbanken riesige Mengen an Geschäftsdaten zu finden sein.«

»Vergiß nicht, daß dieser Computer nur für den Forschungsbereich bestimmt ist«, erinnerte ihn Rob. »Das Geschäftszeug ist woanders. Wahrscheinlich in Japan.«

»Vermutlich eher auf den Kaiman-Inseln, wenn du mich fragst«, brummte Phil, gab »Kaiman« als Paßwort ein und drückte die Eingabetaste. Augenblicklich erschien wieder der bekannte Kasten mit der gleichen

Nachricht auf dem Bildschirm. »Ich gebe auf«, seufzte er. »Für dieses Ding braucht ihr einen besseren Hacker als mich.«

»Wenn ich einen wüßte, würde ich ihn sofort anrufen«, sagte Rob. »Weißt du keinen?«

Howell dachte kurz nach. »Nein«, sagte er schließlich düster. Sein Blick wanderte zu dem Fenster auf dem Monitor, das sein eigenes Projekt zeigte, aber dessen Stand schien sich nicht verändert zu haben, und er spürte plötzlich ein unangenehmes Gefühl im Bauch, das ihm sagte, daß er völlig vergessen hatte, etwas zu essen. »Wir wär's, wenn wir eine Pause machen und irgendwas zu uns nehmen? Dann kommen wir zurück und versuchen es noch einmal.«

Katharine wollte schon protestieren, aber als sie die Ringe unter Phils Augen und seine eingefallenen Wangen sah, wurde ihr klar, daß er nicht mehr lange durchhalten würde. »Vielleicht ist das besser«, sagte sie und rieb sich den Nacken, der vom dauernden Starren auf den Monitor ganz steif geworden war. »Ich will nur eben mal hören, was Michael so macht ... Hast du dein Handy dabei?« fragte sie Rob.

Rob holte das flache Telefon aus seiner Tasche. »Wir könnten irgendwo in Makawao essen gehen und Michael mitnehmen«, sagte er.

Als sich nach dem ersten Läuten der Anrufbeantworter einschaltete und anzeigte, daß Nachrichten hinterlassen worden waren, nahm Katharine an, daß Michael auf das Band gesprochen hatte, um ihr zu sagen, was er am Abend vorhatte. Doch als Katharine die Codenummer eingegeben hatte, meldete die unpersönliche elektronische Stimme: »Sechs – neue – Nachrichten.« Panik stieg in ihr auf.

Auf dem Anrufbeantworter waren nur selten Nachrichten, und schon gar nicht sechs an einem Tag. Hastig tippte sie den Code zum Abspielen der Nachrichten ein.

Kaum hörte sie die Stimme des ersten Anrufers, da wußte sie, daß es um Michael ging.

Und es war nichts Gutes.

»Dr. Sundquist, hier ist Jack Peters, der Leichtathletiktrainer der Bailey High. Ich … ich wünschte, ich müßte nicht auf den Anrufbeantworter sprechen, sondern könnte mit Ihnen persönlich reden, aber …« Er zögerte kurz. »Michael ist heute nachmittag auf der Laufbahn zusammengebrochen. Ich weiß nicht genau, was ihm fehlte, aber ich habe sofort die Ambulanz angerufen. Kurz bevor der Krankenwagen eintraf, tauchte Dr. Jameson in Takeo Yoshiharas Hubschrauber auf. Ich bin davon ausgegangen, daß sie ihn ins Maui Memorial Hospital bringen würden, aber ich habe vorhin dort angerufen, und er ist bis jetzt nicht eingeliefert worden. Ich versuche es später noch einmal, aber wenn Sie diese Nachricht hören, können Sie mich unter 555-3568 erreichen. Ich weiß auch nicht, was passiert ist. Ich meine, er lief besser als je zuvor, und dann …« Wieder brach er den Satz ab. »Jedenfalls werde ich es weiter im Krankenhaus versuchen«, fuhr er fort. »Wenn ich etwas erfahre, rufe ich noch mal an. Ich … äh … Herrgott, ich hasse diese Apparate.«

Als die nächste Nachricht begann, stand Rob an Katharines Seite. Er hatte den leisen Schrei gehört, den sie ausgestoßen hatte, als sie die schreckliche Botschaft von Peters vernahm. Sie stellte den Ton lauter, und sie hörten die Stimme eines verängstigt klingenden Jungen.

»Mr. Sundquist? Hier spricht Rick Pieper.« Der Junge wiederholte mehr oder weniger das, was der Trainer gesagt hatte. Dann folgte die nächste Stimme.

»Hier ist Yolanda Umiki aus Mr. Yoshiharas Büro. Dr. Sundquist, Mr. Yoshihara hat mich gebeten, Ihnen mitzuteilen, daß Ihr Sohn krank ist und er so schnell wie möglich mit Ihnen sprechen möchte. Bitte, rufen Sie mich an, sobald Sie können. Ich werde Sie dann direkt mit Mr. Yoshihara verbinden.«

Die Panik, die Katharine gepackt hatte, als sie hörte, daß Michael krank sei, machte schierem Entsetzen Platz, als sie erfuhr, daß Yoshihara irgend etwas damit zu tun hatte. Und warum war Dr. Jameson in dem Hubschrauber mitgeflogen?

Yolanda Umiki hatte noch einmal angerufen, und dann ertönte noch einmal die Stimme von Rick.

»Hier ist noch mal Rick Pieper, Mrs. Sundquist. Ich bin hier im Maui Memorial. Ich bin hergekommen, um zu hören, wie es Michael geht, und er ist gar nicht hier! Ich meine, sie sagen, er sei überhaupt nie hier gewesen! Aber wo sollten sie ihn sonst hingebracht haben? O Mann, es tut mir leid, ich meine, Verzeihung, ich mache mir halt nur Sorgen. Ich meine, ich dachte, sie bringen ihn hierher und jetzt ... es tut mir wirklich leid, Mrs. Sundquist, aber Michael hat etwas gesagt, bevor er bewußtlos wurde, und ich dachte, das sollten Sie wissen. Er sagte irgendwas über Ammoniak. Ich meine, keine Ahnung, was er damit gemeint hat, er hat nur das eine Wort gesagt. Ammoniak.«

Die letzte Nachricht kam wieder von Jack Peters, und diesmal klang er fast wie ein Duplikat von Rick. »Ich verstehe das nicht, Dr. Sundquist. Wenn sie ihn nicht ins Maui Memorial gebracht haben, wohin ...« Er brach mitten im Satz ab. »Mein Gott, ich muß Sie ja zu Tode erschrecken. Wahrscheinlich ist er einfach aufgewacht, und es hat sich herausgestellt, daß es nichts Ernstes ist, und sie haben ihn gar nicht erst ins Krankenhaus gebracht. Jedenfalls wäre ich Ihnen sehr dankbar, wenn Sie mich darüber unterrichten könnten, wie die Dinge stehen.«

Die elektronische Stimme ertönte: »Ende – der – letzten – Nachricht.«

»Er ist auf dem Anwesen von Yoshihara«, sagte Katharine. »Sie haben ihn nicht ins Krankenhaus gebracht. O Gott, Rob, was, wenn er …« Auch wenn Rob nicht den Finger auf seine Lippen gelegt hätte, sie hätte es nicht über sich gebracht, den Satz zu Ende zu sprechen. Michael konnte einfach nicht tot sein. Niemals.

»Ruf die Frau in Yoshiharas Büro an«, sagte Rob. Als es Katharine vor lauter Nervosität nicht gelang, die Verbindung zu ihrem Anrufbeantworter zu unterbrechen, nahm Rob ihr das Telefon aus der Hand, beendete die Verbindung und gab die Nummer von Yoshiharas Büro ein, die er sich bei dem zweiten Anruf aufgeschrieben hatte. Er drückte auf die Ruftaste, dann reichte er Katharine wieder das Handy.

Die Sekretärin meldete sich, und Katharine nannte ihren Namen. »Ist mein Sohn da?« fragte sie erregt. »Ist er auf dem Anwesen?«

»Dr. Jameson dachte, daß er ihn hier besser behandeln könnte als …«

»Nein!« unterbrach Katharine sie. »Ich möchte, daß er ins Maui Memorial Hospital gebracht wird. Oder nach Honolulu. Ich möchte nicht, daß Dr. Jameson …«

»Ich fürchte, ich bin nicht befugt, derartiges zu veranlassen, Mrs. Sundquist«, antwortete Yolanda Umiki, und ihr Tonfall ließ keinen Zweifel daran, daß sie nur von Takeo Yoshihara Anweisungen entgegennahm. »Wenn Sie herkommen, Mrs. Sundquist, wird Mr. Yoshihara Ihnen die Situation erklären.«

Katharine zögerte. Sie wußte nicht, ob sie auf ihre nächste Frage eine ehrliche Antwort bekommen würde. Aber sie konnte das Gespräch nicht beenden, ohne diese Frage gestellt zu haben. Schließlich brachte sie die Worte hervor. »Sagen Sie mir eines, lebt Michael noch?«

Takeo Yoshiharas Assistentin antwortete nicht sofort. Doch dann sagte sie: »Ich habe nichts gegenteiliges gehört.«

Als Katharine die Verbindung unterbrach, glaubte

sie, eine gewisse Sympathie in Yolanda Umikis Stimme gehört zu haben. Aber warum hatte sie sich so seltsam ausgedrückt?

Hatte sie ihr sagen wollen, daß Michael noch lebte, ohne gegen eine Anweisung Yoshiharas zu verstoßen, daß sie keinerlei Informationen weitergeben sollte? Oder hatte sie sich einfach nicht getraut, ihr die schlimme Nachricht mitzuteilen? Katharine sah Phil Howell mit tränenfeuchten Augen an. »Bitte«, flüsterte sie. »Versuchen Sie es weiter. Ich weiß nicht, was sie vorhaben, aber wenn wir es nicht herauskriegen, wird mein Sohn sterben.«

Wie in Trance ließ sich Katharine von Rob aus dem Gebäude führen. Weniger als eine Minute später saß Rob am Steuer ihres Wagens, während sie zitternd auf dem Beifahrersitz saß. In rasender Fahrt jagten sie über die Insel zurück zu Yoshiharas Anwesen.

Josh Malani lehnte an der Wand aus Plexiglas. Durch den bräunlichen Nebel, der um ihn herum waberte, starrte er in den leeren Raum, in dem der Kasten stand, worin er und Jeff Kina gefangen waren. Er wußte nicht, wie lange er schon hier war. In dem Raum gab es kein Fenster, und die Beleuchtung änderte sich nie.

An der Wand hing keine Uhr.

Das letzte, woran er sich noch erinnerte, war, daß er nach Sprecklesville gefahren war, weil er gedacht hatte, es werde ihm guttun, an der frischen Luft zu sein und vielleicht etwas zu schwimmen.

Schwach erinnerte er sich, daß er neben dem Truck zusammengebrochen war. Er hatte sich so schlecht gefühlt wie noch nie in seinem Leben.

Er hatte sich gefühlt, als müsse er sterben.

Dann war plötzlich jemand gekommen, hatte ihm aufgeholfen und ihn auf den Rücksitz eines Wagens gesetzt.

Als nächstes erinnerte er sich daran, daß er aufgewacht war und sich wieder gut gefühlt hatte.

Das beklemmende Gefühl in seiner Brust war verschwunden, und sein ganzer Körper schien mit Energie geladen. Doch dann hatte er die Augen geöffnet und gemerkt, daß etwas nicht in Ordnung war.

Zunächst einmal war da der Nebel; außerdem war er nackt.

Er lag auch nicht in einem Krankenhausbett.

Er lag überhaupt nicht in einem Bett.

Er lag auf einer Koje, und der braune Nebel erschwerte ihm die Sicht. Abgesehen davon fühlte er sich gut. Er richtete sich auf und sah, daß er nicht allein war.

Auf einer anderen Koje, etwa zwei Meter von ihm entfernt, lag noch jemand. Nachdem er die letzten Reste von Schläfrigkeit abgeschüttelt hatte, erkannte Josh, wer es war. Jeff Kina. Jeff schlief noch. Josh erhob sich, ging auf ihn zu und berührte ihn leicht. Jeff erwachte, ließ sich auf den Boden rollen und kauerte dort, als wolle er sich jeden Augenblick auf Josh stürzen.

»He, Jeff, ich bin's«, sagte Josh und wich unwillkürlich zurück. Zuerst hatte er geglaubt, daß Jeff ihn gar nicht erkannte, aber dann wurde der andere langsam wieder ruhiger und setzte sich auf den Betonboden. Er starrte Josh nur an, und als er endlich etwas sagte, klang seine Stimme rauh, fast guttural. Auch wenn er offenbar nicht mehr vorhatte, Josh anzugreifen, sah er ihn doch mit dem starren Blick eines Raubtiers an, das seine Beute im Visier hat.

»Dich haben sie also auch.«

Zunächst verstand Josh gar nicht, was Jeff überhaupt meinte, aber dann fiel es ihm wieder ein – das Zuckerrohrfeld!

Der Wagen, der an der Einmündung der Straße geparkt hatte und in das Feld gerast war, als er selbst davonfuhr.

Und der andere Wagen, der mit dem Blaulicht. Er hatte ihn für ein Polizeiauto gehalten, das ihm aber nicht gefolgt war, obwohl er auf seiner Flucht vor dem Feuer mit viel zu hoher Geschwindigkeit an ihm vorbeigefahren war.

Vor dem Feuer, in dem er Jeff im Stich gelassen hatte.

»Es ... es tut mir leid«, flüsterte er. »Ich hätte dich ...« Er zögerte und sagte dann: »Ich hätte dich nicht allein lassen dürfen.«

»Du meinst, du hättest dich nicht aus dem Staub machen dürfen«, murrte Jeff. Er funkelte Josh böse an und spannte seine Muskeln. Josh bereitete sich auf einen Angriff vor.

Jeff Kina war fast zwei Köpfe größer und viel schwerer als er, aber bislang hatte Josh noch nie Angst vor ihm gehabt.

Doch jetzt spürte er, daß Jeff sich zusammenreißen mußte, um sich nicht auf ihn zu stürzen. »Was haben sie getan?« flüsterte er, und man sah ihm die Furcht an, die tief in ihm saß. »Wer sind sie? Was haben sie mit uns gemacht?«

Einen schrecklichen Augenblick lang sah Josh, wie es in Jeff brodelte, doch dann sackte der Junge zusammen.

»Wir werden sterben«, sagte er. »Wie Kioki. Wir werden sterben.«

»Warum?« fragte Josh. »Was weißt du?«

»Ich weiß gar nichts. Ich weiß nichts, und wir können niemanden fragen.«

Josh begann die Plexiglaswand abzusuchen. Jeden Zentimeter tastete er auf der Suche nach einem möglichen Ausgang ab. Immer wieder drehte Josh seine Runde in dem Rechteck, wie eine Ratte in einem Irrgarten. Er hörte nicht auf zu suchen.

Eine Stunde lang, vielleicht zwei.

Vielleicht auch länger.

Am Anfang hatte Jeff ihn beobachtet, seine Bewegungen verfolgt, und Josh hatte darauf geachtet, ihm nicht den Rücken zuzukehren. Aber die Zeit verstrich, und als Jeff regungslos auf dem Boden sitzen blieb, hatte sich Josh mehr auf das Gefängnis aus Plexiglas konzentriert als auf seinen Freund.

Schließlich war Jeff wieder auf seine Koje gekrochen und eingeschlafen.

Trotzdem schien es Josh, als seien noch Augen auf ihn gerichtet, und er suchte den Raum außerhalb der durchsichtigen Wände ab.

Dann sah er die Kameras.

Es waren vier. Alle waren auf die Box gerichtet und verfolgten jede seiner Bewegungen aus jedem Winkel.

Vor diesen alles sehenden Augen konnte man sich nicht verstecken.

Nach einer Weile war auch Josh eingeschlafen, doch plötzlich wurde er mit einem Schlag hellwach. Er rollte sich zusammen und ließ sich von seiner Koje fallen. Dann kauerte er sich auf den Boden.

Jeff Kina hatte sich über seine Koje gebeugt. »Schon gut«, sagte er. »Ich wollte dir nichts tun, Mann.«

Von diesem Zeitpunkt an hatten sie sich mißtrauisch wie zwei Käfigtiere beäugt. Immer wieder waren sie aus dem Schlaf aufgeschreckt, und wenn sie nicht auf dem Boden oder ihren Kojen dösten, schlichen sie durch ihr Gefängnis.

Zweimal war ein weißgekleideter Mann in den Raum gekommen, hatte Essen in die Luftschleuse der undurchdringlichen Box gestellt und war wortlos davongegangen.

Schließlich hatte der Hunger gesiegt, und sie hatten gegessen.

Irgendwann – Josh hatte keine Ahnung, wie lange es her war – hatte jemand von außen die Klinke an der Tür heruntergedrückt, die in einen anderen Raum führte.

Diesmal war die Tür jedoch nicht aufgegangen, und der weißgekleidete Mann hatte auch kein Essen gebracht. Josh wurde klar, was die Bewegung des Türgriffs bedeutete – jemand versuchte hereinzukommen, aber er hatte keinen Schlüssel.

»Hilfe!« rief er. »Helfen Sie uns!« Aber noch während er die Schreie ausstieß, hatte er das Gefühl, als könne ihn sowieso niemand hören. Wenn sie nicht nach draußen sehen sollten, wenn sie nicht wissen sollten, wo sie waren und wie spät es war, dann würden ihre Entführer auch zu verhindern wissen, daß man sie hörte.

Trotzdem hatte er es noch einmal versucht.

»Bitte! rief er. »Bitte, lassen Sie uns raus.«

Der Griff hatte sich noch einmal gesenkt, aber dann war alles wieder ruhig geworden.

Seitdem hatte Josh auf dem Boden gesessen und die Tür angestarrt.

Er hatte das Gefühl, als würde bald etwas geschehen, auch wenn sich in dem Raum nichts geändert hatte. Das Licht blieb grell und schattenlos, die Wände leer und der Nebel in der Box graubraun. Er wußte, daß auch Jeff Kina seine Anspannung spürte.

Jeff saß auf dem Boden, den Rücken an die Wand gelehnt. Er hatte die Knie gegen die Brust gedrückt.

Auch er beobachtete die Tür.

Die Zeit stand still. Sie schwiegen.

Josh ließ die Tür nicht aus den Augen.

Als sich der Griff bewegte, merkte Josh es sofort. Er richtete sich etwas auf und spürte, wie das Adrenalin heiß durch seinen Körper schoß.

Der Türgriff senkte sich, das Schloß klickte, und die Tür ging auf.

Zwei Männer kamen herein. Der Mann, der das Essen brachte, war nicht dabei.

Einer der beiden Männer war ein *haole,* der andere ein Japaner.

Beide trugen Anzüge. Auch wenn Josh den Japaner noch nie gesehen hatte, strahlte er doch eine solche Autorität aus, daß er sofort wußte, um wen es sich handelte.

Takeo Yoshihara.

Josh zog die Augen zusammen und spannte die Muskeln an.

»Sind sie gefährlich, Dr. Jameson?« fragte Takeo Yoshihara. Er schien die Frage jedoch nicht aus Angst, sondern lediglich aus beiläufigem Interesse zu stellen. Schließlich war auch das Plexiglas zwischen ihnen.

»Eher nein«, antwortete Jameson. »Sie sind beide nervös und erschöpft, aber keiner der beiden hat bislang wirklich aggressives Verhalten gezeigt. Es scheint eher so, als wären einige ihrer Sinne besonders angeregt.«

»Interessant«, murmelte Yoshihara. Er ging um die Box herum, und Josh folgte ihm mit seinem Blick und drehte sich dabei mit dem Mann, bis dieser seinen Kreis abgeschritten hatte. »Sehr interessant«, sagte Yoshihara anschließend. »Ich habe vor Jahren in Indien einen Tiger im Käfig gesehen. Er hat mich mit der gleichen Intensität angesehen.« Er lächelte, aber es war ein kaltes Lächeln. »Ich nehme an, er wollte mich verspeisen.« Sein Blick fiel wieder auf Josh. »Ich wünschte, wir hätten mehr Zeit für psychologische Studien. Aber vielleicht erfahren die Ärzte ja auch bei der Autopsie eine ganze Menge. Sie sollen der Hirnstruktur besondere Aufmerksamkeit zuwenden.«

Als die Worte bis zu Josh durchdrangen, traf es ihn wie einen Schlag. Er zitterte am ganzen Körper.

Aber dann sah er zu Jeff hinüber und wußte, daß auch sein Freund die Worte verstanden hatte. Wut verzerrte sein Gesicht, und seine Muskeln traten hervor. Mit einem heiseren Schrei warf er sich gegen das Plexiglas, so kraftvoll, daß der Kasten erzitterte. Mit blutender Nase sackte er auf dem Boden zusammen. Doch sofort rappelte er sich wieder auf und warf sich gegen die durchsichtige Barriere.

»Nein!« schrie Josh. Blut quoll aus dem Mund seines Freundes. »Jeff, laß es sein!«

In seiner Raserei hörte ihn Jeff nicht mehr. Wieder stürzte er zu Boden, nur um ein drittes Mal gegen die Wand anzurennen. Er fuhr mit den Fingernägeln an dem Plexiglas entlang, hinterließ aber kaum sichtbare Spuren. Schließlich trat er mit bloßen Füßen gegen die Wand und stieß einen verzweifelten Schrei aus, als der Schmerz von seinen gebrochenen Zehen durch seinen Körper schoß.

»Hör auf, Jeff!« Josh warf sich auf seinen Freund und versuchte ihn auf den Boden zu ziehen.

Jeff schüttelte ihn ab wie ein Kind und warf sich erneut gegen die Wand.

Takeo Yoshihara und Stephen Jameson standen vor dem Käfig und beobachteten ihn.

Schließlich sagte Yoshihara: »Spülen Sie den Käfig.«

Josh, dem Jeffs nicht einmal allzu heftiger Schlag den Atem genommen hatte, lag auf dem Boden und schnappte nach Luft. Jeff warf sich noch immer gegen die Wände. Seine blutenden Hände hinterließen schmierige, rotbraune Flecken auf dem Glas. Plötzlich veränderte sich die Luft in der Box.

Der braune Nebel klarte auf.

Und Josh Malani spürte den Schmerz in seiner Brust.

Er versuchte sich aufzurappeln, schaffte es aber nicht. Er kroch über den Boden und streckte eine Hand nach den Männern aus, die vor dem Käfig standen und sie ansahen. »Helfen Sie uns«, flehte er. »Bitte, helfen Sie uns doch ...«

Jeff Kina wand sich auf dem Boden. Er hielt sich den Hals und versuchte die sauerstoffreiche Luft einzuatmen, die nun in die Box strömte statt der giftigen

Dämpfe, die ihr Gefängnis eben noch erfüllt hatten. Josh kroch auf ihn zu und umklammerte seine Hände.

»Sie bringen uns um, Jeff«, flüsterte er. »O Gott, sie töten uns!«

Noch einmal wollte Jeff sich aufrichten, um sich noch einmal zu wehren, aber er spürte bereits, wie seine Kräfte ihn verließen und Dunkelheit ihn umgab. »Mama ...«, flüsterte er. »Mama ...« Seine Stimme erstarb, er zuckte hin und her und lag dann völlig regungslos da.

Josh Malani hörte noch, wie Takeo Yoshihara sagte: »Interessant, daß der Größere zuerst stirbt.« Dann hüllte auch ihn Dunkelheit ein.

KAPITEL 28

»Ich verstehe noch immer nicht, warum sie ihn hierher gebracht haben«, sagte Rob, als er den Explorer durch die Einfahrt zu Takeo Yoshiharas Anwesen steuerte.

»Ich weiß es auch nicht«, sagte Katharine. Sie saß auf dem Beifahrersitz und hatte die Arme um ihren Oberkörper geschlungen, als könne sie so die Furcht in ihrem Innern bändigen. Sie sah Michael vor sich, gefangen in einem der unterirdischen Räume, eingesperrt wie der kleine Hund, der in ihren Armen gestorben war. »Yolanda Umiki hat nur gesagt, daß ich in Yoshiharas Büro kommen soll.«

Kaum hatte Rob den Wagen geparkt, da sprang Katharine hinaus und lief durch die Gärten, die den Forschungspavillon von Yoshiharas persönlicher Residenz trennten. Rob folgte ihr. Plötzlich blieb sie stehen. Sie war ja noch nie in Yoshiharas Büro gewesen und wußte nicht genau, wo es sich befand. Verwirrt sah sie sich um. In diesem Augenblick tauchte ein Diener auf und verbeugte sich respektvoll vor ihr.

»Mr. Yoshihara erwartet Sie in seinem Büro. Hier entlang, bitte.«

Über eine kleine Brücke ging es zu einem Gebäude in asiatisch beeinflußtem Stil, das wie ein vollkommenes Teehaus aussah. Es lag in einem Teich und bestand aus zwei Räumen, die Yoshihara als Büro dienten, wenn er sich auf dem Anwesen aufhielt. In dem kleineren, ziemlich vollgestopften Vorzimmer standen Yolanda Umikis Schreibtisch, zwei reich verzierte Teakstühle, ein Tonsu und mehrere Aktenschränke. In Takeo Yoshiharas Büro befand sich lediglich ein einfacher Tisch aus glänzend poliertem Holz, der als Schreibtisch diente und auf dem nur ein Telefon stand. Ein einziger Stuhl stand davor. Auf dem Boden lagen mehrere Kissen verstreut. Takeo Yoshihara betrat den Raum durch eine Schiebetür, die auf eine Veranda führte, welche Ausblick auf den spiegelgleichen Teich sowie auf den dahinter gelegenen, sorgfältig gepflegten Garten mit Bonsai-Koniferen bot. Yoshihara schob die Tür zu und trat mit ausgestreckter Hand auf Katharine zu, wobei er sie ernst ansah.

Katharine hätte ihm den Handschlag fast verweigert, überlegte es sich jedoch in letzter Sekunde anders.

Besser, er ahnte nichts von ihrem Verdacht.

»Dr. Sundquist, die Sache mit Ihrem Sohn tut mir wirklich leid.«

»Wo ist er?« fragte Katharine. »Ich will ihn sehen.«

»Ich werde Sie persönlich in einigen Minuten zu ihm bringen.«

»In einigen Minuten?« Katharines Stimme wurde lauter. »Mr. Yoshihara, wir reden hier von meinem Sohn! Soweit ich weiß, ist er auf dem Sportplatz der Bailey High zusammengebrochen. Warum wurde er nicht ins Maui Memorial Hospital gebracht?«

Takeo Yoshihara deutete auf die Sitzkissen, aber als Katharine keinerlei Anstalten machte, sich zu setzen, blieb auch er stehen. »Er wurde auf meine Anweisung hierher gebracht«, sagte er.

»Auf Ihre Anweisung?« fuhr Katharine ihn an. »Wer sind Sie, daß Sie Anweisungen darüber erteilen, was mit meinem Sohn geschieht? Und woher wußten Sie überhaupt, daß ihm etwas zugestoßen war? Haben Sie ihn etwa beobachten lassen?«

Falls sie erwartet hatte, daß ihm die Anschuldigung peinlich war, sah sie sich getäuscht. Im Gegenteil, Takeo Yoshihara schien die Frage bereitwillig zu beantworten. »In der Tat, das haben wir«, sagte er. »Und zwar seit dem Tod von Kioki Santoya. Seitdem habe ich mir nicht nur um Michael Sorgen gemacht, sondern auch um seine Freunde Josh Malani und Jeff Kina.« Er zögerte und fügte hinzu: »Ich weiß nicht recht, wie ich es Ihnen sagen soll, Dr. Sundquist, aber Josh Malani ist gestern nachmittag am Strand von Sprecklesville gestorben.«

Die Worte trafen Katharine wie ein Schlag. Sie ergriff Robs Arm. Takeo Yoshihara schob ihr seinen Stuhl hin. »Yolanda kann Ihnen etwas bringen«, sagte er. Katharine sank auf den Stuhl.

Sie schüttelte den Kopf, brachte aber kein Wort hervor. Josh war tot? Wieso? Und wenn Josh tot war … »Wie?« fragte sie. Ängstlich umklammerte sie Robs Hand. »Um Gottes willen, warum?«

»Dr. Jameson ist sich noch nicht ganz sicher, wo das Problem begann«, sagte Takeo Yoshihara und lehnte sich gegen seinen Schreibtisch. »Aber er hat sich sehr dafür interessiert, was mit Santoya geschehen ist. Besonders der Zustand der Lunge erregte seine Aufmerksamkeit. Als er das Lungengewebe analysierte, stellte er fest, daß die Lunge aus irgendeinem Grund nicht mehr erreichte, daß das Blut Sauerstoff aufnahm. Es schien sogar, als sei er dagegen allergisch geworden. Als sich zeigte, daß Ihr Sohn an Atemnot litt, obwohl er die Luft ein- und ausatmen konnte, achtete er darauf, daß Michael keinen Sauerstoff bekam.«

Katharine mußte gegen die Panik ankämpfen, die in ihr aufstieg. Rob legte seinen Arm um sie, als wolle er sie vor dem schützen, was Takeo Yoshihara noch sagen könnte. »Aber Sie verschweigen mir noch immer, was genau Michael fehlt«, sagte sie.

»Zuerst muß ich Ihnen von einigen Experimenten berichten, die hier durchgeführt werden«, sagte Yoshihara. Er sah Katharine an. »Dr. Silver hat bereits eine Vertraulichkeitserklärung unterschrieben, als Bestandteil seines Arbeitsvertrags. Es tut mir leid, aber Sie müssen auch eine solche Erklärung unterschreiben.« Er drückte einen Knopf am Telefon und rief Yolanda Umiki, die umgehend mit einem Blatt in der Hand erschien.

Rob Silver zog die Augenbrauen zusammen. »Ist das wirklich nötig?« fragte er. »Unter den Umständen kann ich mir kaum vorstellen ...«

»Ich fürchte, ich muß darauf bestehen.« Yoshihara holte einen silbernen Kugelschreiber aus der Innentasche seiner Jacke und reichte ihn Katharine.

Ohne auch nur eine einzige Zeile des Dokumentes zu lesen, kritzelte Katharine ihren Namen darunter und reichte es der Frau.

So schweigsam, wie sie hereingekommen war, verließ die Sekretärin das Zimmer und schloß leise die Tür.

Als sie wieder allein waren, wandte sich Takeo Yoshihara an Katharine. »Wie Dr. Silver Ihnen vielleicht schon mitgeteilt hat, befassen wir uns hier mit Umweltforschung. Eines hat er Ihnen jedoch noch nicht gesagt, und zwar deshalb, weil er es selbst nicht weiß. Wir arbeiten seit einiger Zeit mit einer Substanz, die, wie es scheint, Sauerstoff verarbeitenden, auf Kohlenstoff basierenden Lebensformen – also fast allen auf diesem Planeten – ermöglicht, auch andere Gase außer Sauerstoff zu verarbeiten. Gase, die normalerweise tödlich für sie wären.«

»Wollen Sie damit sagen, daß Sie eine Substanz entwickelt haben, die Menschen in stark verschmutzter Luft überleben läßt?« fragte Katharine vorsichtig. Sie wollte nicht, daß Yoshihara erfuhr, was sie in den unterirdischen Labors gesehen hatte.

»Wir haben sie nicht entwickelt«, entgegnete Yoshihara. »Wir haben sie entdeckt.«

»Entdeckt?« fragte Rob. »Heißt das, Sie bauen sie auf irgendeine Weise ab?«

Yoshihara schüttelte den Kopf. »Eines meiner Forschungsteams – eine Tauchergruppe – arbeitete vor der Großen Insel, an der Küste von Kalapana.«

»Wo der schwarze Sandstrand war«, warf Rob ein. »Dort ist jetzt alles von frischer Lava bedeckt.«

»Genau. Diese Taucher haben in der Nähe eines Lavakanals ein kugelartiges Objekt gefunden und hierher gebracht. Aber diese Kugel enthielt nicht die typischen Kristalle, sondern eine Art flüssiges Gas. Wir begannen mit der Substanz zu experimentieren. Dann stellten wir folgendes fest: Wenn man diese Substanz Sauerstoff atmenden Tieren zuführt, können sie in einer Atmosphäre überleben, die tödliche Dosen giftiger Gase und anderer Verseuchungsstoffe enthält.«

»Ich fürchte, ich kann Ihnen nicht ganz folgen«, sagte Rob Silver.

Yoshihara lächelte. »Das überrascht mich nicht – ich verstehe es selbst nur ansatzweise. Aber Dr. Jameson hat mir erklärt, daß unsere Versuchstiere offenbar in einer Atmosphäre leben können, die mit unverbranntem Kohlenwasserstoff, Nitrogenoxiden, Ozon, Schwefeldioxid und Zyanid angereichert ist.«

»Zyanid?« sagte Rob ungläubig.

Yoshihara lächelte dünn. »Ich kann Ihnen versichern, Dr. Silver, daß wir alle diese Stoffe täglich einatmen, wenn auch in harmlosen Mengen. Es gibt natürlich stark verschmutzte Gebiete, wo auch wir es merken würden. Aber diese Substanz scheint die Versuchstiere gegen die Auswirkungen von Luftverschmutzung immun zu machen, selbst in höchster Konzentration.«

»Das klingt nach einem Wunder«, meinte Rob.

»Vielleicht ist es das«, pflichtete Yoshihara ihm bei. »Allerdings tritt eine schwere Nebenwirkung auf: Alle unsere Labortiere sind gegen Sauerstoff allergisch geworden. Wenn die Substanz verabreicht worden ist, können sie in dem, was wir als nicht verschmutzte Atmosphäre bezeichnen würden, nicht mehr atmen.«

Der kleine Hund, dachte Katharine. Sie hatte ihn getötet, indem sie ihn aus der Zelle befreit hatte. Sie spürte, wie ihr ein Schauder über den Rücken lief, denn sie ahnte, was Takeo Yoshihara ihr gleich eröffnen würde, und als der Mann weitersprach, kam es ihr vor wie das Echo ihrer eigenen Gedanken. Er sah sie ausgesprochen ernst an, aber auch als er Katharine sein Mitgefühl aussprach, konnte sie in seinen Augen keinerlei Emotionen entdecken.

»Es tut mir sehr leid, Ihnen das mitteilen zu müssen, aber ich fürchte, daß Michael und seine Freunde mit der Substanz in der Kugel in Berührung gekommen sind. Wir wissen nicht, wie das geschehen konnte.«

Der Tauchgang! Aber beim Tauchen war doch nichts dergleichen geschehen, das hatte Michael gesagt. Ihnen war lediglich der Sauerstoff ausgegangen, doch auch das hatte sich nicht als großes Problem erwiesen.

»Wir glauben, daß Michael und seine Freunde mit einer weiteren Druse in Berührung gekommen sind«, sagte Takeo Yoshihara.

Eine Druse! Es war doch gar keine Druse gewesen. Sie hatte die Kugel doch selbst gesehen, und sie war sicher, daß der Inhalt dieser Kugel auf dem Gelände Yoshiharas zusammengebraut worden war.

»Ich will ihn sehen«, sagte sie und versuchte so ruhig wie möglich zu klingen. »Ich will meinen Sohn sehen.«

Katharine mußte all ihre Selbstbeherrschung aufbringen, um nicht zu schreien, als sie ihren Sohn sah.

Sein Zimmer befand sich auf der unteren Ebene, und auch wenn es nicht zu dem Gebäudekomplex gehörte, der das Serinus-Projekt beherbergte, oder zu dem Labor, das sie entdeckt hatte, war dieser Anblick sogar noch schrecklicher als das, was sie dort gesehen hatte.

Er lag in einem Bett, doch das Bett stand in einer Box.

In einer Plexiglasbox jener Art, die Katharine in den Serinus-Labors entdeckt hatte und in denen die Tiere zwar lebendig, aber abgestumpft und lethargisch dagelegen hatten.

Zwei Leitungen führten in die Box, dazu eine Reihe von Luftschleusen, durch die Nahrung in den Kasten gereicht werden konnte, ohne die kontaminierte Atmosphäre zu verändern.

In der Box wirbelte ein bräunlicher Nebel herum, und obwohl keinerlei Geruch nach außen drang, verursachte ihr der bloße Anblick Hustenreiz.

Michael war wach. Er lag auf einem Kissen, das am Kopfteil des Krankenhausbettes lehnte. Katharine fand, daß sein Gesicht totenbleich war, aber er lächelte ihr zu, als sie in den Raum kam, begleitet von Rob Silver, Takeo Yoshihara und Stephen Jameson.

»Ich schätze, ich hatte doch wieder einen Asthmaanfall«, sagte er. Seine Stimme drang aus einem Lautsprecher, den Katharine nicht sehen konnte. Sie klang dünn und hohl, als käme sie aus weiter Ferne.

Katharine wollte nicht weinen, aber sie spürte schon, wie ihr die Tränen in die Augen stiegen. Sie trat auf ihren Sohn zu und hätte ihn gern umarmt, ihn festgehalten und ihm versichert, daß alles gut werden würde.

Die Box war ihr im Weg.

Mit einemmal kam sie sich völlig hilflos vor. Sie konnte nichts für Michael tun, ihn nicht einmal trösten.

»O Michael«, flüsterte sie. »Was ist nur geschehen? Es ging dir doch so gut …« Sie schüttelte den Kopf und preßte die Lippen zusammen, gegen die Tränen ankämpfend.

»Es ging mir auch gut, Mom«, sagte Michael. »Du weißt das.«

»Sicher weiß ich das«, sagte Katharine. »Ich hatte schon fast aufgehört, mir Sorgen um dich zu machen.« Unwillkürlich streckte sie die Hand nach ihm aus und legte sie an die Plexiglaswand, die sie von ihrem Sohn trennte. »Liebling, was ist passiert?«

»Ich … ich weiß nicht«, stammelte Michael. Stockend erzählte er ihr, daß es ihm schon den ganzen Tag über immer schwerer gefallen war zu atmen. »Aber dann habe ich auf der Toilette, in dem Schrank mit den Reinigungsmitteln, eine Flasche gefunden. Und kaum hatte ich daran gerochen, ging es mir besser.«

Katharine fiel die seltsame Nachricht ein, die Rick Pieper hinterlassen hatte.

Ammoniak! Hatte er etwa Ammoniakdämpfe eingeatmet? Kein Wunder, daß er krank war.

Aber kaum war ihr der Gedanke gekommen, als ihr auch schon klar wurde, daß sie sich lediglich an einen Strohhalm klammerte, um der Wahrheit nicht ins Gesicht sehen zu müssen.

Er war nicht von dem Ammoniak krank geworden. Im Gegenteil, danach hatte er sich besser gefühlt.

In ihrem Kopf drehte sich alles, aber die Puzzlestükke begannen sich langsam zusammenzusetzen.

Mark Reynolds, der Junge aus L.A., hatte nicht versucht, sich umzubringen, er wollte sich Erleichterung verschaffen, und die Sanitäter, die ihm zur Hilfe kamen, hatten ihn unwissentlich getötet, indem sie ihm Sauerstoff verabreicht hatten.

Sauerstoff.

Zum erstenmal, seit sie den Raum betreten hatte, wandte Katharine ihren Blick von Michael ab und sah sich um.

Ein Computermonitor an der Wand zeigte eine grafische Darstellung von Michaels Körperfunktionen, während andere die Beschaffenheit der Atmosphäre in der Box anzeigten. Einige Formeln kannte sie: CO, SO_2.

Kohlenmonoxid.

Schwefeldioxid.

Die meisten anderen Formeln standen für komplexere chemische Verbindungen, lange Reihen von Atomsymbolen, die dort, soweit es sie betraf, auch in Griechisch hätten stehen können.

»Darf ich ein paar Minuten mit ihm allein sein?« fragte Katharine.

»Natürlich«, erwiderte Takeo Yoshihara. »Ich habe noch einiges zu erledigen, was keinen Aufschub duldet. Dr. Silver und Dr. Jameson werden draußen auf Sie warten.«

Als die Männer gegangen waren, trat Katharine so nahe wie möglich an die Glaswand heran und legte ihre Hand so sanft dagegen, als berühre sie seine Haut. »Es tut mir so leid, mein Liebling«, flüsterte sie. »Es ist alles meine Schuld. Ich hätte uns nicht hierher bringen dürfen ...«

»Du kannst nichts dafür«, sagte Michael. »Es ist einfach passiert. Es muß passiert sein, als wir ...«

Katharine legte blitzschnell den Finger auf die Lippen, und Michael schwieg. Sie zog einen Stift und ihr Notizbuch aus ihrer Tasche. Die Kameras würden das sehen – Katharine wußte, daß alles überwacht wurde –, aber vielleicht konnten sie zumindest nicht lesen. Außerdem hatte sie keine andere Wahl. Während sie schrieb, redete sie weiter: »Sie glauben, daß du mit einem Stoff in Berührung gekommen bist, den sie in einer

Druse, einer Art Kugel mit Mineralien, entdeckt haben«, sagte sie laut.

Was ist beim Nachttauchen passiert? schrieb sie auf den Zettel. *Ich glaube nicht, daß es was mit einer Druse zu tun hatte.* Sie öffnete die Luftschleuse und legte Block und Stift hinein. Sofort wurde die Luft in der Schleuse abgesaugt und durch das giftige Gemisch in der Plexiglaskammer ersetzt.

»Was für eine Druse?« fragte Michael. Er las die Frage und schrieb dann selbst etwas auf. *Da gab es keine Kugel oder sonst etwas, schrieb er. Vier Sauerstoffflaschen waren vorzeitig leer, und wir mußten von irgendwas husten. Meine Flasche, die von Jeff, Kioki und Josh.* Er reichte ihr den Block durch die Schleuse zurück.

»So genau hat Mr. Yoshihara das nicht erklärt«, antwortete Katharine, als sie las, was er geschrieben hatte. Dann schrieb sie: *Woher hattet ihr die Flaschen?*

»Ich kann mich nicht erinnern, so etwas wie eine Druse gesehen zu haben«, sagte Michael. *Aus Kihei Kens Laden,* schrieb er. *Josh meinte, es wäre okay.*

Nachdem sie seine letzten Sätze gelesen hatte, sagte Michael: »Mom? Meinst du, ich werde wieder gesund?«

Katharine konnte die Tränen nicht länger zurückhalten, und noch bevor sie etwas sagen konnte, kleidete Michael ihre Ängste in Worte.

»Ich muß sterben, nicht wahr?« sagte er. Seine Stimme klang sehr jung.

Sehr jung und sehr verängstigt.

KAPITEL 29

An dem Wagen war nichts Ungewöhnliches. Er sah aus wie fast alle anderen Mietwagen mittlerer Größe auf Maui. Unauffällig lackiert, bescheiden ausgestattet.

Auch an den beiden Männern, die in dem Wagen saßen, war nichts Ungewöhnliches. Beide waren mittleren Alters und trugen die Standarduniform der Touristen – Polyesterhosen und billige Hawaiihemden, wie man sie in den Läden in Lahaina und den Einkaufszentren auf dem Kihei Strip kaufen konnte.

Sie fuhren langsam die South Kihei Road entlang – wie Touristen, die nicht genau wissen, wo es langgeht, oder die Aussicht genießen.

Aber sie hatten den Wagen nicht gemietet, und sie waren auch keine Touristen. Beide lebten schon seit Jahren auf Maui, auch wenn keiner der beiden hier geboren war.

Und sie wußten auch genau, wohin sie wollten. Ihr Ziel lag einen Block vor ihnen, versteckt in einer Ecke des Einkaufszentrums. Wenn man nicht wußte, wonach man suchte, war es sehr schwer zu finden. Die Hälfte der Läden hatte bereits geschlossen, und die meisten der noch offenen lagen in der Nähe einer Eisdiele am südlichen Ende einer langen Reihe von Geschäften.

Kihei Kens Tauchladen lag der Eisdiele gegenüber. Er befand sich in einem kleinen, freistehenden Haus, das aussah, als sei es nachträglich auf dem Gelände des Einkaufszentrums errichtet worden. Die beiden Männer stellten ihren Wagen auf dem Parkplatz ab und gingen langsam auf den Tauchladen zu. Unterwegs sahen sie sich die Auslagen einiger Geschäfte an.

Wie ihnen gesagt worden war, hing bereits das Geschlossen-Schild hinter der Tür, aber im Laden brannte noch Licht, und sie sahen, daß ein Mann hinter der Theke stand und offenbar irgendein Formular ausfüllte. Einer der Männer hielt die Tür auf, und der andere betrat als erster den Laden. »Kihei Ken?« sagte der erste Mann.

»In der Tat.« Der Mann legte seine Abrechnung beiseite und kam mit ausgestreckter Hand hinter der Theke hervor. »Sie sind sicher die Herren, die Mr. Yoshiharas Büro angekündigt hat.«

Der zweite Mann war ebenfalls in den Laden getreten und schloß nun die Tür hinter sich. »Einen Mann dieses Namens kennen wir nicht.«

Das Lächeln auf Ken Richters Gesicht erstarb, als der erste Mann seine ausgestreckte Hand ignorierte. »Oh, entschuldigen Sie«, sagte er. Sein Blick wanderte zum Parkplatz. Vor einer Viertelstunde hatte jemand aus Takeo Yoshiharas Büro angerufen und zwei Männer angekündigt. »Leider habe ich schon geschlossen. Ich erledige nur noch etwas Papierkram. Eigentlich warte ich auf …«

»Uns«, unterbrach ihn der Mann. Etwas in seiner Stimme machte Ken ausgesprochen nervös. Eine Alarmglocke schellte in seinem Kopf. »Hören Sie, der Laden ist geschlossen …«

Diesmal brachten ihn keine Worte zum Schweigen.

Der Mann hielt plötzlich eine Waffe in der Hand. Eben noch hatte er sowenig bedrohlich gewirkt wie ein neugieriger Tourist. Aber bis auf das Hawaiihemd hatte er jetzt nichts mehr mit einem Touristen gemein. Er sah Ken Richter mit kaltem Blick an, der ihm sagte, daß der Mann nicht zögern würde, seine häßliche schwarze Pistole zu benutzen, die so leicht in seiner Hand lag, als ob er damit aufgewachsen wäre.

»Hö… hören Sie«, stammelte Ken und wich zurück. »Wenn Sie Geld wollen, nehmen Sie es sich einfach, okay?«

Der Mann mit der Waffe schwieg. Der andere betrat das Hinterzimmer, um sich davon zu überzeugen, daß dort niemand war, und schloß dann die Eingangstür des Ladens ab. Er löschte die Beleuchtung, so daß nur noch das düster glühende Blau eines Neonzeichens, das die Konturen eines Tauchers mit Maske und Schwimmflossen zeigte, den Raum schwach erhellte.

Der Mann mit der Waffe sagte: »Nach hinten, bitte.«

Sie werden mich sicher nicht umbringen, dachte Ken. Sonst wären sie nicht so höflich. Er ging in das Hinterzimmer. »He, machen Sie doch einfach die Kasse auf, nehmen sich das Geld und verschwinden, okay? Hier hinten ist sowieso nichts – ich habe nicht mal einen Safe. Ich rufe auch nicht die Cops an. Ich ...«

»Setzen Sie sich, bitte.« Der Mann mit der Waffe deutete auf einen Hocker, auf dem man Platz nehmen konnte, wenn man Schwimmflossen anprobierte, und auf den sich Ken sonst zu stellen pflegte, um die oberen Regalbretter zu erreichen.

Sie werden mich fesseln, dachte Ken, als er sich auf den harten Hocker setzte. Sie werden mich fesseln, und vielleicht räumen sie den Laden aus, aber sie werden mir nichts tun.

Auch der zweite Mann hatte den Lagerraum betreten. Ken sah, wie er die Regale betrachtete.

Suchten sie etwas?

»Bitte, achten Sie nicht auf ihn«, sagte der erste Mann. »Achten Sie auf mich.«

Ken wußte nicht, was er von all dem halten sollte. Wenn sie etwas stehlen wollten, warum nahmen sie es nicht einfach?

Eine Weile herrschte Stille, die zweimal von einem Geräusch durchbrochen wurde, das in Kens Ohren wie das Schnappen eines Gummis klang.

Dann folgte ein metallisches Klicken, als wäre eine Tierfalle gespannt worden.

Auch wenn er nur den Mann vor sich ansah, wie der es befohlen hatte, spürte Ken, daß der andere Mann dicht hinter ihm stand.

Seine Nackenhaare sträubten sich. Er kapierte.

Aber es war zu spät. In dem Augenblick, da Ken Richter die Geräusche identifizierte, drückte der Mann hinter ihm auf den Abzug seiner Schalldämpferpistole.

Es gab ein weiches, fast angenehmes Ploppen, als der Hammer das Geschoß traf und die sorgfältig gekerbte Kugel aus dem schallgedämpften Lauf flog.

Ken Richter spürte nicht, wie die Kugel in seinen Schädel eindrang, wo sie auseinanderstob und wie ein Mixer durch sein Hirn fuhr. Dann trat die Kugel wie eine explodierende Bombe aus seiner Stirn aus und riß ihm das halbe Gesicht weg. Aber da war Ken Richter bereits tot.

Katharine wollte das Anwesen nicht verlassen – sie wollte Michael nicht eine Minute allein lassen. Aber sie konnte Rob nur dort von dem nächtlichen Tauchen erzählen, wo mit Sicherheit niemand zuhörte. Takeo Yoshihara durfte auf keinen Fall herausfinden, wieviel sie bereits wußte. Sie setzte eine Maske aus Vertrauen in den Arzt und Sorge um ihren Sohn auf und teilte Stephen Jameson mit, daß sie nach Hause müsse, um einige Sachen für Michael zu besorgen. In einer Stunde, höchstens zwei würde sie zurück sein. Könnte sie die Nacht bei Michael verbringen? Er hatte schon so viele Nächte in Krankenhäusern verbracht, daß er sie regelrecht haßte, und er hatte solche Angst ... Die improvisierte Geschichte ging ihr leicht und glaubwürdig von den Lippen, vor allem deshalb, weil der größte Teil davon der Wahrheit entsprach. Doch sobald sie das Anwesen mit Rob verlassen hatte, berichtete sie ihm von den Notizen, die sie mit Michael ausgetauscht hatte. Sofort rief er mit seinem Handy in Kens Taucherladen an.

»Irgendwas stimmt da nicht«, sagte Rob, als er Katharines Explorer in eine Parkbucht direkt neben Ken Richters alten Volvo lenkte. Er schaltete den Motor aus, aber er und Katharine blieben erst einmal im Wagen sitzen und beobachteten den dunklen Laden. Es sah aus, als hätte Ken schon vor Stunden geschlossen.

»Vielleicht ist er irgendwo hin«, sagte Katharine. Sie

betete, daß sie Kihei Ken finden würden und er ihnen vielleicht doch noch eine vernünftige Erklärung für das liefern könnte, was Michael beim Tauchen zugestoßen war. »Vielleicht ist er essen gegangen. Oder ins Kino?«

Rob schüttelte den Kopf. »Die Kinos sind unten an der Kukui Mall. Da hätte er sein Auto nicht hier stehen gelassen. Außerdem hätte er im Laden sein müssen, als ich ihn das erstemal angerufen habe. Ich kenne Ken Richter schon jahrelang – wir haben schon Dutzende Male zusammen getaucht –, und er ist der zuverlässigste und pünktlichste Mensch, den ich je kennengelernt habe. Jeden Abend macht er seinen Laden um Punkt sieben zu, aber er ist mindestens noch bis halb acht da. Dann räumt er auf und bereitet alles für den nächsten Morgen vor. Und wenn er Tauchtermine hat, dann ist er oft bis neun oder zehn hier. Ich werde nachsehen.«

Sie stiegen aus und näherten sich dem Laden. Sie hatte zwar selbst nach vernünftigen Erklärungen dafür gesucht, daß Ken Richter nicht ans Telefon gegangen war, aber auch Katharine hatte das ungute Gefühl, daß etwas nicht stimmte. Sie stellte sich mit Rob vor das Schaufenster, hielt die Hand über die Augen und spähte hinein. In der Dunkelheit war lediglich ein blaues Neonzeichen zu erkennen.

Es schien jedoch alles wie immer zu sein, bis sie um das Gebäude herum gegangen waren. Rob deutete auf die Theke. Im bläulichen Licht des Neonzeichens lagen gut sichtbar einige Papiere verstreut.

»Ken läßt nie etwas herumliegen«, sagte Rob. »Deshalb ist er so ein großartiger Taucher. Er haßt es, wenn nicht alles seine Ordnung hat.« Sie schlichen zur Hintertür, wo Rob in die Knie ging und seine Hand unter ein großes Metallfaß schob, das auf vier kleinen Holzblöcken ruhte.

»Was suchst du?« fragte Katharine.

»Dasselbe, was Michael und seine Freunde an dem

Abend gesucht haben, als sie tauchen gingen: den Schlüssel.« Eine Sekunde später hatte er ihn gefunden, in derselben magnetisierten Metalldose, in der auch Josh ihn vor ein paar Tagen entdeckt hatte. Rob schob den Schlüssel ins Schloß, drehte ihn herum und öffnete die Tür. Er griff nach innen, suchte nach dem Lichtschalter, fand ihn und schaltete die Beleuchtung ein.

Es dauerte eine Sekunde, bis Rob erkannte, was geschehen war, so sehr hatte ihn das grelle Licht geblendet. Aber dann sah er die Blutlache, in der Ken Richters Kopf lag, und es drehte ihm fast der Magen um. »O Gott«, flüsterte er mit erstickter Stimme.

»Was ist?« fragte Katharine hinter ihm. »Was ist ...« Sie beendete die Frage nicht, als sie einen kurzen Blick auf Ken erhaschte. Einen Augenblick lang schien die Zeit zu gefrieren, während sie die scheußlich zugerichtete Leiche anstarrten. Katharine ergriff Robs Arm. »Das ist Ken, nicht wahr? Ken Richter.«

Rob konnte nichts sagen. Er machte einen Schritt auf seinen toten Freund zu.

Katharine hielt ihn fest. »Nein«, sagte sie. »Faß ihn nicht an. Faß hier gar nichts an, Rob. Wir müssen die Polizei rufen.« Rob bewegte sich nicht, aber er antwortete ihr auch nicht. Katharine fragte sich, ob er sie überhaupt gehört hatte. Als sie ihn erneut ansprechen wollte, fand er seine Stimme wieder.

»Geh zum Wagen und ruf sie über das Handy an. Dann komm zurück.«

»Sollten wir nicht draußen auf die Polizei warten?«

Rob schüttelte den Kopf. »Wenn die Polizei erst einmal hier ist, haben wir keine Möglichkeit mehr, uns umzusehen. Sie werden alles absperren, und ihre erste Frage wird lauten, was wir hier zu suchen hatten.«

»Und wenn wir ihnen einfach die Wahrheit sagen?«

Rob wandte seinen Blick von der grausigen Szene ab, die sich ihm auf dem Boden des Hinterzimmers bot. Er legte Katharine die Hand auf die Schulter und sah ihr in die Augen. »Was sollen wir ihnen denn erzählen, Kath? Die Wahrheit? Glaubst du etwa, die lassen uns so einfach gehen, wenn wir behaupten, daß Takeo Yoshihara in diese Sache verwickelt ist? Glaub mir, sie wären nicht allzu froh, wenn wir einen der reichsten Männer von Maui des Mordes bezichtigten. Genausogut könnten wir einen von den Baldwins oder den Alexanders beschuldigen. Außerdem würde Yoshihara sofort davon erfahren, wenn wir irgendeinen Verdacht gegen ihn äußerten. Wenn er nicht davor zurückgeschreckt ist, Ken Richter umbringen zu lassen, um sein Projekt zu schützen, glaubst du, er hätte dann irgendwelche Skrupel in bezug auf dich, mich oder Michael? Michael wäre innerhalb einer Stunde tot, und ich würde wetten, daß wir noch vor dem Morgen einen tödlichen Unfall hätten. Wir können uns nur dumm stellen und so viel herausfinden wie möglich. Und wir können auf keinen Fall riskieren, von der Polizei verhört zu werden. Ein Fehler, und alles wäre vorbei. Michael hätte dann keine Chance mehr.«

Die warme hawaiianische Abendluft schien mit einemmal kühler geworden zu sein. Katharine wurde klar, daß Rob recht hatte.

Sie ging zum Wagen, nahm Robs Handy und wählte die Nummer der Polizei. Sie gab ihre Nachricht durch und zögerte kurz, als man sie nach ihrem Namen fragte. Als sie die Verbindung unterbrach, zitterte sie am ganzen Körper.

Sie dachte nur noch an Michael – sie mußte zurück zu Yoshiharas Anwesen und ihn dort rausholen.

Aber Yoshiharas Sicherheitsbeamte würden nicht zulassen, daß sie Michael einfach aus seinem Gefängnis holte und mitnahm. Und selbst wenn, was hatte sie damit erreicht? Er würde sterben, sobald sie ihn an die frische, saubere Luft brachte.

Einen Augenblick lang verzweifelte sie fast, weil alles so unmöglich schien, aber dann dachte sie an Michael in seinem Plexiglaskäfig, und ihre Frustration und Angst verwandelten sich in kalte Wut.

Noch lebte Michael. Bis jetzt hatte Takeo Yoshihara keine Ahnung, wieviel sie wußte.

Und die Nacht war noch nicht vorbei.

Sie hörte auf zu zittern, und die Kälte wich aus ihrem Körper. Mit dem Telefon in der Hand ging sie in den Laden zurück. Als sie Kens Leiche sah, spürte sie noch den gleichen Schrecken wie eben. Aber ein anderes Gefühl mischte sich in ihre Trauer.

Zorn.

»Was hast du gefunden?« fragte sie Rob.

»Nicht sehr viel«, antwortete er. Er hatte sich im Hinterzimmer des Ladens umgesehen, jedoch nichts berührt und auch den vorderen Teil nicht betreten. »Hier ist eigentlich nur die Tauchausrüstung, die ausgeliehen werden kann.«

»Was ist das?« fragte Katharine und deutete auf eine große weiße Tafel an der Wand, auf der Daten, Uhrzeiten und Namen standen.

»Das sind die Tauchtermine«, sagte Rob und warf zum erstenmal einen genaueren Blick auf die Tafel. »Er hat sie immer ...« Überrascht sah er auf die Termine und hätte fast mit dem Finger auf eines der Felder getippt, zog ihn jedoch rasch zurück. »Du meine Güte! Sieh dir das an!«

Katharine trat neben ihn. »Was denn?«

»Hier!« Er deutete noch einmal auf die Stelle. »Er hatte ein VIP-Tauchen an dem Morgen, nachdem Michael und seine Freunde zum Nachttauchen gefahren waren.«

Katharine sah ihn an. »VIP-Tauchen? Was soll das sein? Mit Filmstars?«

Rob schüttelte den Kopf. »Nein, nein, das war nur sein persönlicher Code. Ab und zu rief Yoshiharas Büro an und verabredete Tauchtermine für die Kinder von Geschäftspartnern.«

»Ich verstehe noch immer nicht.«

»Yoshihara hat nicht nur die Termine arrangiert«, sagte Rob. »Er hat auch seine eigene Ausrüstung schikken lassen, Flossen, Masken, Mundstücke, alles.«

»Inklusive Sauerstoffflaschen«, flüsterte Katharine. Sie begann zu verstehen.

Rob nickte. »Wenn die Jungen die Flaschen genommen haben, die für die Gruppe vom nächsten Morgen schon hier stand ...«, setzte er an, aber Katharine hatte bereits ihr Notizbuch herausgeholt und schrieb die Namen der Jungen vom Brett ab, die für den Tauchgang eingetragen worden waren, den Ken Richter mit dem Kürzel VIP bezeichnet hatte.

Wenn Michael und seine Freunde nicht gewesen wären, dann wären vier dieser Jungen dem Schicksal, das Takeo Yoshihara für sie geplant hatte, nicht entgangen.

Der fünfte war vielleicht schon tot.

Sie hatte das Notizbuch kaum wieder in ihre Tasche gesteckt, als draußen im Dunkeln die erste Polizeisirene heulte.

KAPITEL 30

»Und wenn er es nicht kann?« fragte Katharine. Sie fuhren die Lipoa Street hinauf zum Computercenter. In den fünfzehn Minuten, seit sie den Tauchladen verlassen hatten, hatte Rob zwei Leute angerufen. Al Kalama hatte sich gemeldet, Nick Grieco nicht. Einer schrecklichen Ahnung folgend, hatte Rob beschlossen, bei Nicks Apartment vorbeizuschauen. Die drei Polizeiwagen vor seinem Haus schienen seine schlimmsten Ahnungen zu bestätigen.

»Ich glaube, wir haben jetzt keine Wahl mehr«, sagte Rob düster. »Du kannst Michael nicht länger auf Yoshiharas Anwesen allein lassen, und Phil Howell und ich brauchen jemanden, der uns bei der Suche hilft. Wir brauchen einen Experten. Wir brauchen Al.«

»Aber du hast gesagt, er sei Tauchführer«, sagte Katharine.

»Und Computerfreak. Wenn er nicht gerade taucht, tummelt er sich im Internet. Falls er die Informationen, die wir brauchen, nicht findet, gibt es sie nicht.«

»Warum hat er denn keinen Job, wenn er ein solches Genie ist?«

Rob sah sie mit hochgezogenen Augenbrauen an. »Komm schon, Kath, wir sind hier auf Maui. Ist dir noch nicht aufgefallen, wie viele Jobs nur dazu da sind, die Miete und die Sportausrüstung zu finanzieren? Außerdem hatte Al vor ein paar Jahren mal ein kleineres Problem. Es hatte irgendwas mit einem Regierungscomputer zu tun, in den er sich ohne Erlaubnis eingeklinkt hat. So wie er es erzählt, ist er nur deshalb nicht ins Gefängnis gewandert, weil niemand zugeben wollte, daß das, was er getan hatte, überhaupt möglich war. Und es ist schwer, jemanden wegen eines Verbrechens zu verurteilen, wenn man nicht zugeben will, daß es begangen wurde.«

Die Ampel am Piilani Highway wechselte auf Grün. Als Rob aufs Gaspedal trat, ertönte hinter ihm eine Hupe, und ein alter Honda Civic schoß an ihnen vorbei. Die eingebeulte Beifahrertür war mit einem zerschlissenem Seil zugebunden, und auf dem Dach war ein Surfbrett befestigt. »He Mann, hör auf, mit dieser Schrottkiste die Straße zu blockieren!« Der Fahrer streckte seine Hand aus dem Fahrerfenster und wackelte mit Daumen und kleinem Finger.

Katharines Hoffnungen sanken. »Das ist Al Kalama, nicht wahr?« fragte sie.

»Glaub mir, er ist kein Spinner«, behauptete Rob, aber ein schneller Seitenblick belehrte ihn, daß Katharine ihm nicht glaubte. Ein paar Sekunden später hielt Rob neben dem Honda an.

Al Kalama lehnte bereits an seinem Wagen. Er trug lediglich Shorts und Sandalen und grinste sie breit an. »Wieso die Eile, Mann? Du klangst am Telefon, als wäre jemand gestorben oder so.«

Rob Silver sah den gealterten Strandjungen ernst an. »Ken Richter ist tot, und wir nehmen an, daß Nick Grieco ebenfalls tot ist.«

Kalamas Grinsen erstarb, und er hörte zu, als sie ihm von ihrer Entdeckung im Tauchladen und von den Polizeiautos vor Griecos Wohnung erzählten. Er stieß einen leisen Pfiff aus. »Was, zum Teufel, geht da vor?«

»Um das herauszukriegen, brauchen wir dich«, sagte Rob. Er reichte Kalama die Namensliste, die Katharine von dem Terminbrett in Ken Richters Laden abgeschrieben hatte. »Wir müssen herausfinden, wo diese fünf Jungen sind oder zumindest, ob sie noch leben.«

Al Kalama sah sie überrascht an. »Ich war vor ein paar Tagen mit diesen Jungen tauchen«, sagte er.

Rob sah Katharine an. »Bist du sicher?«

»Klar bin ich sicher! Ich erinnere mich an die Kids, weil die meisten von ihnen Arschlöcher waren. Außerdem hatte einer von ihnen Probleme mit seiner Sauerstoffflasche, was wirklich seltsam war, weil Takeo Yoshihara brandneue Ausrüstung in den Laden geschickt hatte.«

Die Worte trafen Katharine wie Nägel, die man in einen Sarg schlägt.

Michaels Sarg.

Bis zu diesem Augenblick hatte sie sich immer noch an die Hoffnung geklammert, wie vage sie auch sein mochte, daß Michaels Erkrankung auf einem Zufall beruhte, wie Takeo Yoshihara behauptet hatte. »Der Junge, der Probleme mit seiner Flasche hatte«, sagte sie mit zitternder Stimme, »können Sie herausfinden, ob er noch lebt? Ist er noch auf der Insel?«

Kalama zuckte mit den Schultern. »Das ist ein Klacks. Alle Kids, mit denen ich tauchen war, sind entweder an diesem Nachmittag oder am nächsten Morgen abgereist. Dieser Junge kam aus Chicago, und wenn er in der Zwischenzeit gestorben ist, dann müßte bestimmt was davon in den Lokalzeitungen stehen.«

»Kriegen Sie es raus«, bat Katharine. »Bitte.« Sie wandte sich an Rob. »Ich muß zurück. Ich muß Michael da rausholen.« Sie wollte sich ans Steuer des Explorers setzen, aber Rob hielt sie auf.

»Katharine, bist du verrückt? Wie willst du ihn da rausholen? Und selbst wenn du es schaffst, wohin willst du ihn bringen? Außerhalb der Box kann er nicht atmen, das weißt du doch.«

Katharine wischte den Einwand beiseite. »Ich weiß es nicht«, sagte sie. »Ich werde schon einen Weg finden. Mein Gott, Rob, verstehst du denn nicht? Takeo Yoshihara will ihn gar nicht am Leben erhalten. Er will nur herausfinden, wie Michael und seine Freunde mit dem Zeug in Berührung gekommen sind, und sowie er das weiß, tötet er ihn!« Noch während sie sprach, tauchten neue Fragen vor ihr auf.

Was, wenn sie gar nicht mehr auf das Gelände gelassen wurde?

Was, wenn Michael schon ...

Sie weigerte sich, auch nur die Möglichkeit in Betracht ziehen. »Versuche alles herauszufinden, was du kannst«, sagte sie zu Rob. »Finde heraus, was in diesen Dateien ist. Finde heraus, was sie da wirklich machen!« Sie legte ihre Arme um ihn und drückte ihn kurz an sich. Dann ließ sie ihn los und stieg in den Explorer. Als sie eben davonfahren wollte, holte Rob sein Handy hervor und reichte es ihr durchs offene Fenster.

»Nimm das mit«, sagte er. »Ich habe das Gefühl, daß wir bald miteinander reden müssen.«

»Aber wenn ich dein Handy habe ...«, begann Katharine.

Rob unterbrach sie. »Ich besorge mir ein anderes. Phil Howell hat eins. Sein Wagen steht noch hier, also ist er sicher auch noch in der Nähe. Ich ruf' dich an und geb' dir die Nummer, sobald ich es habe.«

Katharine fuhr zurück zum Piilani Highway, und Rob und Al Kalama eilten ins Computercenter.

Weniger als eine Minute darauf saß Al vor dem Terminal neben dem Computer, an dem Phil arbeitete. Al wartete kaum ab, bis Rob ihn Phil vorgestellt hatte. Noch bevor ein Bild auf dem Monitor erschien, flogen seine Finger über die Tastatur.

Während sich Kalama durch das Internet navigierte, wandte sich Rob an Phil Howell. »Ich muß mir mal dein Handy ausleihen, Phil«, sagte er. Als er keine Antwort bekam, warf er einen Blick auf den Monitor, vor dem der Astronom saß. Die Ergebnisse des Programms, das er gestartet hatte, wurden endlich angezeigt. Der Bildschirm zeigte ein neues Fenster, in dem eine Liste der vierundzwanzig Dateien zu sehen war, die der Computer produziert hatte. Jede dieser Dateien enthielt die Resultate einer von vierundzwanzig Ersetzungsgleichungen, die man auf die Originalsequenz von vier Buchstaben anwenden konnte.

Neben jeder Datei wurde angezeigt, wie hoch die Wahrscheinlichkeit war, daß die Buchstabensequenz den DNS-Code repräsentierte.

Die vierte Datei von unten war markiert. Daneben stand: 79 %.

Rob runzelte die Stirn. »Bedeutet es das, was ich glaube?« fragte er Howell.

Der Astronom nickte. Als sich das Fenster geöffnet und er die vierte Reihe von unten gelesen hatte, war ihm ein kalter Schauer über den Rücken gelaufen. Seine Stimme zitterte vor Erregung. »Ich glaube schon. Zumindest glaubt es der Computer.« Langsam schüttelte er den Kopf, als könne er nicht wirklich glauben, was er da sah. »Mein Gott«, flüsterte er. »Was ist, wenn es tatsächlich stimmt?«

»Wenn was stimmt?« fragte Al Kalama von seinem Terminal, aber Phil hatte sich bereits wieder so sehr in seine Arbeit vertieft, daß er die Frage gar nicht mitbekam. Noch bevor Al sie wiederholen konnte, öffnete sich auf seinem eigenen Bildschirm ein Fenster. Es enthielt einen Zeitungsausschnitt aus der *Chicago Tribune* – eine Meldung über den Tod eines gewissen Kevin O'Connor. Der sechzehnjährige Junge sei an nicht näher beschriebenen »Atemproblemen« gestorben.

»Willst du mir nicht sagen, was hier abgeht?« fragte er Rob.

Rob, der fasziniert Phils Bildschirm beobachtet hatte, wandte sich wieder Al zu. »Takeo Yoshihara führt Menschenversuche durch«, sagte er ohne Einleitung. »Katharines Sohn ist einer von denen, mit denen er experimentiert.«

Al Kalama stieß einen leisen Pfiff aus, aber er stellte keine weiteren Fragen. Statt dessen sagte er nur: »Wie können wir das Schwein aufs Kreuz legen?«

»Es gibt ein Verzeichnis im Computer auf seinem Anwesen«, sagte Rob. »Darin sind die Dateien gespeichert, von denen Katharine sprach, bevor sie losfuhr. Wir glauben, daß diese Dateien alle Informationen über das Projekt enthalten.«

»Was ist mit dem Jungen?« fragte Al Kalama. »Was können wir für ihn tun?«

Darauf wußte Rob keine Antwort.

Da er wußte, daß er Phil Howell nicht mit der Frage

nach so etwas Trivialem wie einem Handy von seinem Monitor loseisen konnte, suchte er selbst danach, und als er es gefunden hatte – in der rechten Brusttasche von Howells Hemd –, bemerkte der Astronom nicht einmal, daß Rob es herauszog.

»Kath?« sagte er einen Moment später, nachdem er seine eigene Nummer gewählt hatte. »Es sieht aus, als hättest du recht. Sei vorsichtig.« Er gab ihr die Nummer des Telefons durch, das er sich gerade angeeignet hatte, und beendete das Gespräch.

Noch immer wußte er nicht, wie man Michael Sundquist helfen konnte.

Katharine wurde verfolgt.

Sie wußte es so sicher wie ihren eigenen Namen.

Die Scheinwerfer waren angegangen, als sie in Puunene links abgebogen war. Im Rückspiegel hatte sie beobachtet, daß der Wagen hinter ihr blieb, auch als sie scharf rechts in die Hanson Road abbog, die Abkürzung zum Hana Highway.

Woher hatten die gewußt, daß sie hier vorbeikommen würde?

Wurde ihr Wagen angezapft?

Natürlich wurde er das – die Vorrichtung, mit der sich das Tor automatisch öffnen ließ, sendete zweifellos ein Signal aus, das Takeo Yoshiharas Männer orten konnten.

Sie spielte mit dem Gedanken, von der Hanson Road abzufahren und eine der schmalen Straßen durch die Zuckerrohrfelder nach Kula zu nehmen. Aber obwohl sie schon abgebremst hatte, entschied sie sich im letzten Augenblick anders, als sie die enge Straße sah, die in der Finsternis verschwand.

Eine Finsternis, die ihr düsterer erschien als sonst.

Wenn sie eine dieser Straßen nahm und sich verfuhr, konnte sie sicherlich eine Stunde in Kula oder Pukalani herumirren, bevor sie den Weg nach Makawao fand. Schlimmer noch, wenn der Wagen, der sie verfolgte, sie überholte und von der Straße drängte …

Sie schüttelte die Vorstellung ab und sagte sich, daß sie wieder an Paranoia litt, aber im gleichen Augenblick tauchte – unerwartet und unaufhaltsam – das Bild von Ken Richter vor ihr auf, der in der riesigen Blutlache lag, und die Angst, die sich den ganzen Tag über in ihr aufgebaut hatte, schlug wieder zu. Wenn sie nicht gezögert hatten, Ken Richter zu erschießen, warum sollten sie dann zögern, sie selbst zu töten?

Als der Wagen hinter ihr hupte und dann an ihr vorbei in die Nacht brauste, zuckte sie so heftig zusammen, daß ihr der Sicherheitsgurt in die Schulter schnitt.

Das reicht! schalt sie sich. *Wenn du dich nicht beruhigst, hast du keine Chance, Michael zu retten.*

Sie beschleunigte und fuhr zügig weiter, bis sie die Kreuzung erreichte, von der eine Straße zum Hana Highway führte. Ein paar hundert Meter weiter bog sie ab und fuhr die Straße zum Haleakala hinauf. Sie fuhr ruhig weiter, bis sie in Haliimaile an die Abkürzung kam, die durch die Zuckerrohrfelder führte und sie schließlich zur Baldwin Road bringen würde, nur etwas mehr als einen Kilometer unterhalb von Makawao.

Instinktiv heftete sie ihren Blick auf die beiden Scheinwerfer in ihrem Rückspiegel.

Sie preßte die Lippen aufeinander und fuhr auf die linke Abbiegespur.

Der Wagen folgte ihr.

Sie ging mit dem Tempo herunter, bis sie fast mitten auf der Kreuzung war. Dort gab sie plötzlich Gas, bog scharf nach rechts ab und mogelte sich in eine Lücke in den bergauf fahrenden Verkehr, die so klein war, daß der Fahrer des Wagens, den sie geschnitten hatte, wütend hupte. Katharine kümmerte sich nicht darum, sondern schaute in den Seitenspiegel.

Der andere Wagen war nach links abgebogen, und sie sah, wie seine Rücklichter auf der Straße verschwanden, die bergab nach Haliimaile führte.

Sie fühlte sich erleichtert, auch wenn sie sich etwas albern vorkam. Immerhin gelang es ihr, ihre Angst im Zaum zu halten, bis sie zu der Abzweigung auf der Olinda Road kam, zu der dunklen, schmalen Straße zu ihrem Haus.

Ihr Fuß bewegte sich vom Gaspedal zur Bremse, als habe er einen eigenen Willen. Der Explorer rollte aus. Seine Scheinwerfer erhellten die Straße und vertrieben die Schatten bis zur ersten Kurve der Straße, die sich durch den Eukalyptuswald wand.

Die Straße schien leer zu sein.

Verdächtig leer.

Sie stellte sich vor, wie jemand sie beobachtete, während sie im Haus eine Tasche packte, damit es so aussah, als wolle sie wirklich eine Nacht auf Takeo Yoshiharas Anwesen verbringen.

Wann würden sie kommen?

Würden sie sie in ihrem Haus überfallen?

Oder würden sie warten, bis sie auf dem Anwesen war?

Hör auf!

Niemand ist dir gefolgt, niemand wartet auf dich.

Gerade in dem Augenblick, als sie den Fuß wieder auf das Gaspedal stellen wollte, klingelte das Handy und erschreckte sie so sehr, daß sie laut aufschrie. Sie suchte in ihrer Tasche, klappte das Gerät auf und hielt es ans Ohr. »Rob?«

»Ja, ich bin's«, sagte die vertraute Stimme. »Zwei Dinge. Erstens: Von einem Computer außerhalb des Anwesens kommt Al nicht an das Serinus-Projekt heran. Aber es gibt eine Möglichkeit. Wenn du da bist, mußt du zu irgendeinem Computer – am besten zu dem in meinem Büro – gehen und dich mit dieser Nummer verbinden. Hast du was zu schreiben?« Katharine holte einen Stift aus ihrer Tasche, und Rob diktierte ihr die Telefonnummer. »Wenn du von meinem Büro aus die Verbindung hergestellt hast, kann er mein Terminal sozusagen als Sklaven benutzen, und Yoshiharas zentraler Server merkt nicht, daß er von außen hereinkommt.«

»Und die andere Sache?«

»Michael«, sagte Rob. »Wir brauchen einen Ort, wohin wir ihn bringen können.«

»Zuerst müssen wir ihn rausholen.«

»Ich denke, das schaffen wir. Die große Frage lautet, wohin bringen wir ihn?«

Katharine hatte es vermieden, sich diese Frage zu stellen. Jetzt konnte sie sie nicht länger verdrängen. Wenn Michael wirklich keine frische Luft mehr atmen konnte, wohin sollten sie dann gehen? Egal, wohin, überall …

Und dann fiel es ihr ein: der Schädel.

Der Schädel von den Philippinen – und der Grund, warum er für das Serinus-Projekt von solchem Interesse war. Der junge Mutant – Katharine war sich mittlerweile sicher, daß es sich bei dem ermordeten Kind um einen Mutanten handelte – hatte am Rand des Vulkans gelebt und die Dämpfe aus dem Krater eingeatmet. »Die Große Insel«, sagte sie. »Wenn wir ihn dorthin schaffen, wo der Ausbruch stattfindet, kann er dort vielleicht atmen.«

Nach kurzem Zögern sagte Rob: »Vielleicht hast du recht. Aber er muß auch atmen können, während du ihn aus dem Gebäude schaffst. Und dann noch einmal zehn bis fünfzehn Minuten. Kann er das?«

Katharine zögerte keine Sekunde. »Ich werde dafür sorgen.«

»Wann bist du auf dem Anwesen?«

Katharine sah auf ihre Uhr. Es war kurz nach halb

zehn. »Ich komme gerade nach Hause«, sagte sie und überschlug, wie lange es dauern würde, ein paar Sachen einzupacken und dann zum Anwesen zu fahren. »Ich denke, ich müßte gegen zehn da sein. Hoffentlich lassen sie mich überhaupt rein.«

»So etwas solltest du nicht sagen«, entgegnete Rob. »Du solltest es nicht mal denken. Pack das Nötigste ein und fahr los. Wenn wir Glück haben, kriegen wir alles, was wir brauchen, ein paar Minuten, nachdem du mit Al online geschaltet bist. Was glaubst du, wie lange es dauert, bis du eine Möglichkeit gefunden hast, ihn aus dem Gebäude zu schaffen?«

»Wieviel Zeit habe ich denn?«

»Ich wünschte, ich wüßte es.«

»Also gut, ich sage dir Bescheid, wenn ich da bin. Kann ich mit Al über den Computer sprechen?«

»Aber sicher. So einfach, als würdest ihr in der Schulklasse Zettel austauschen.«

Katharine lächelte bitter. »Warum kann ich das nicht so ganz glauben?«

»Na ja, ich dachte, ich versuch's mal.« Als Rob nach einer kurzen Pause wieder sprach, klang seine Stimme plötzlich scheu. »Katharine? Sei bitte vorsichtig, okay?«

Es waren nicht nur die Worte, sondern auch der Tonfall. Plötzlich fühlte sich Katharine etwas leichter, als sie langsam die Einfahrt hinunterfuhr. »Du machst dir keine Vorstellung, wie vorsichtig ich sein werde«, sagte sie sanft. »Und du kannst dir gar nicht vorstellen, wieviel Mut es mir macht, nur mit dir zu reden, während ich langsam diese Straße entlangfahre. Erinnere mich daran, daß ich nie mehr ein Haus miete, das am Ende einer langen, dunklen Straße liegt.«

»Worüber soll ich reden?«

»Das ist mir egal. Sag mir, daß ich keine Angst haben soll, daß niemand in meinem Haus auf mich lauert, daß mit Michael alles gut wird und daß du mich, wenn alles gut ausgeht, heiraten und wie ein Ritter in funkelnder Rüstung von all dem befreien wirst.«

»Also gut.«

»Wie bitte?«

»Ich sagte, also gut. Zu allem. Du hast mir einen Antrag gemacht. Ich habe angenommen. In deinem Haus ist niemand. Du holst dir, was du brauchst. Dann fährst du zum Anwesen, und wir knacken den Computer und enthüllen Yoshiharas schmutzige kleine Geheimnisse. Dann hole ich dich und deinen Sohn, der lernen muß, mich zu mögen, und dann leben wir glücklich und zufrieden bis an unser Lebensende.«

Katharine schwieg. Dann sagte sie: »Versprochen?«

»Versprochen.«

Sie hatte die Lichtung erreicht. Katharine spähte in die Dunkelheit. Sie sah keinen anderen Wagen.

»Ich komme darauf zurück«, sagte sie. »Ruf mich in einer halben Stunde wieder an. Wenn ich mich nicht melde, hast du mich angelogen, und es war doch jemand in meinem Haus.«

»Ich würde dich nie anlügen. Ich liebe dich. Ich habe dich immer geliebt.«

»Eine toller Zeitpunkt, um mir das zu sagen«, seufzte Katharine. »Trotzdem hat es mir gut getan. Bis später.«

Sie unterbrach die Verbindung und blieb noch einige Sekunden im Wagen sitzen, in denen sie Mut sammelte, um ins Haus zu gehen. Als sie es betrat, schaltete sie das Licht an und sah sich um. Sie erwartete beinahe eine Szene wie aus einem Film, nachdem die Mafia jemandem einen Besuch abgestattet hat.

Es sah alles genauso aus, wie sie es zurückgelassen hatte.

Nichts war angerührt worden.

Katharine warf schnell ein paar Sachen in einen kleinen Koffer, damit es aussah, als wolle sie ein paar Tage auf dem Anwesen verbringen. Als sie daran dachte, was in den nächsten Stunden auf sie zukommen würde, fügte sie noch einige Dinge hinzu.

Nach nicht einmal fünf Minuten saß sie wieder in ihrem Auto, auf dem Weg zu Takeo Yoshiharas Anwesen, was immer sie dort erwarten würde.

KAPITEL 31

Das Handy summte. »Ich bin fast am Tor«, sagte Katharine, noch bevor Rob sich gemeldet hatte.

»Öffnet es sich?«

»Ums Reinkommen mache ich mir keine Sorgen«, entgegnete Katharine. »Ich habe eher das Gefühl, daß das Rauskommen eine heikle Angelegenheit werden könnte. Und ich habe immer noch keine Idee, wie ich mit Michael kommunizieren kann.« Ken Richters Ermordung bewies, daß die Kameraaugen die Notizen erfaßt hatten, die sie mit Michael ausgetauscht hatte. Zweifellos würde auch jedes Wort, das sie sagte, gehört werden.

»Du wirst schon einen Weg finden«, ermunterte Rob sie, und sie hoffte, daß er recht behielt.

Das Tor öffnete sich, so wie jedesmal, wenn sie sich ihm genähert hatte.

Katharine holte tief Luft. Als der Wagen durch das Tor rollte, sagte sie: »Ich bin drin, Rob. Ich rufe dich wieder an, aber wundere dich nicht, wenn ich irgend etwas sehr Seltsames sage. Vielleicht sage ich auch gar nichts.«

»Ich werde mein Bestes tun, es zu entschlüsseln.«

Als sie das Handy zuklappte, ertappte sich Katharine dabei, wie sie im Rückspiegel beobachtete, wie das Tor zuging.

Wie ein Gefängnistor, dachte sie.

Auch wenn der Parkplatz neben dem Forschungspavillon weitaus leerer war als tagsüber, war sie doch überrascht, wie viele Autos dort noch standen. Einen Augenblick lang schien der Mut, den sie in der letzten halben Stunde gefaßt hatte, zu zerbröckeln.

Nicht, bevor du Michael hier rausgeholt hast, sagte sie sich. *Wenn wir es geschafft haben, darfst du heulend zusammenbrechen. Dann spielt es keine Rolle mehr. Aber nicht jetzt!*

Sie parkte den Explorer, nahm den Koffer vom Rücksitz, schloß den Wagen ab und ging in die Lobby des Pavillons. Wenn sie Glück hatte, saß dort der Wachmann, mit dem sie sich angefreundet hatte – war das wirklich erst heute morgen gewesen?

Als die Eingangstür hinter ihr ins Schloß schwang, blickte der Wachmann von seinem Tisch auf. Sie sah in das Gesicht eines Fremden, aber als er aufstand und sie ansprach, merkte sie, daß er sie zumindest kannte.

»Dr. Sundquist. Man hat mir gesagt, daß Sie zurückkommen würden.«

Man? Wer war das? Der andere Wachmann?

Stephen Jameson?

Takeo Yoshihara selbst?

»Mein Sohn«, sagte sie und hoffte, daß sie so besorgt aussah, wie sie sich fühlte. Wenn sie Michael rausholen wollte, mußte sie so durcheinander wirken, als könne sie nicht mehr klar denken. »Er … er ist …« Sie brach ab, als sei sie nicht sicher, was sie dem Wachmann sagen sollte.

»Schon gut, Dr. Sundquist«, beruhigte sie der Mann. »Man hat mir erzählt, was mit Ihrem Jungen los ist. Ich lasse Sie in den Fahrstuhl, und dann können Sie sofort zu ihm.«

Der Fahrstuhl! Den hatte sie ganz vergessen.

Aber sie hatte ja auch noch Stephen Jamesons Karte.

Oder hatte Jameson inzwischen bemerkt, daß sie verschwunden war? Hatte er es bereits gemeldet? Würde die graue Plastikkarte den Fahrstuhl noch aktivieren, oder hatten sie den Code mittlerweile gelöscht? *Mach dir deswegen jetzt keine Sorgen,* sagte sie sich. *Und versuch es vor allem erst gar nicht. Wenn sie das auf den Monitoren sehen, dann ist alles vorbei, noch bevor du richtig angefangen hast.*

Der Computer! Sie mußte zuerst zu Robs Computer. Zerstreut lächelte sie den Wachmann an und stellte ihren kleinen Koffer ab. »Darf ich den ein paar Minuten hier lassen? Ich muß noch eben schnell in Dr. Silvers Büro.«

»Sicher, Dr. Sundquist«, antwortete der Wachmann und setzte sich wieder.

Würde er sie auf dem Monitor beobachten? Sollte sie ihm irgendeine Erklärung anbieten? Nein, warum sollte sie einem Wachmann irgend etwas erklären müssen? Er würde sich nur fragen, warum sie es für nötig hielt, ihn über ihre Motive zu informieren.

Sie stellte den Koffer neben seinem Tisch ab und ging durch den Nordflur in Robs Büro, wo sie das Licht anknipste und dann den Computer einschaltete. Sie rief das Kommunikationsprogramm auf und gab die Nummer ein, die Rob ihr diktiert hatte. Dann drückte sie auf die Eingabetaste. Die Verbindung kam umgehend zustande, und sie hörte ein kurzes Rauschen, als der Computer auf ihrem Schreibtisch sich mit dem Gerät in Kihei verband. Ein Fenster mit zwei Textzeilen öffnete sich. Am Ende der zweiten Zeile blinkte ein Cursor. Mit jeder Sekunde änderte sich die letzte Zahl in der ersten Zeile:

```
Pick-up: 04:00:00  Aktuelle Zeit: 22:16:53
  Zur Bestätigung Eingabetaste drücken.
```

Katharine verstand die Nachricht sofort. Sie sah auf ihre Uhr. Dort war es fast genau zweieinhalb Minuten später, als auf dem Bildschirm angezeigt wurde. Sie stellte ihre Armbanduhr auf die Monitorzeit ein und drückte auf die Eingabetaste. Ein neues Fenster öffnete sich, und Buchstaben zeigten an, daß Al Kalama bereits in das Serinus-Verzeichnis einzudringen versuchte. Noch bevor er die erste Befehlszeile beendet hatte, miniaturisierte Katharine mit der Maus das Programmfenster, so daß man auf dem Monitor nur noch die normale Desktopoberfläche sah.

Sie schaltete den Bildschirm aus, löschte das Licht im Büro und kehrte in den Eingangsbereich zurück.

»Alles klar?« fragte der Wachmann.

Katharine nickte und nahm ihren Koffer. Sie sah noch einmal auf die Uhr, als sie dem Mann durch die Türen folgte, die in den Südkorridor und zum Fahrstuhl am Ende des Flurs führten.

»Schrecklich, wenn das eigene Kind krank ist, nicht wahr?« sagte der Wachmann, während er seine Karte über die graue Platte neben der Fahrstuhltür führte. Katharine nickte, schwieg jedoch. Nach einer kleinen Ewigkeit öffneten sich endlich die Lifttüren, und sie trat in die Kabine.

Zu ihrer Erleichterung kam der Wachmann nicht mit. Er nickte ihr kurz zu und wandte sich ab, während die Türen zuglitten.

Sie sah auf ihre Uhr. Die Ewigkeit hatte zweiundfünfzig Sekunden gedauert.

Katharine zählte die Sekunden, die der Fahrstuhl brauchte, um bis zur unteren Ebene zu gelangen.

Fünfzehn, einschließlich der Zeit, in der sich die Türen öffneten.

Sie trat auf den Flur hinaus und ging zu der Tür, hinter der Michael lag.

Der Raum, in dem Michael gefangen gehalten wurde, verfügte über ein Vorzimmer. Dort saß jetzt eine Frau hinter einem Schreibtisch, auf dem lediglich ein

Telefon stand. Obwohl sie eine weiße Uniform trug, verrieten ihr Blick und ihre Haltung Katharine, daß hier kein mitfühlender Engel saß. Die Frau würde nicht einfach zusehen, wie sie mit Michael das Zimmer verließ.

Falls Michael überhaupt gehen konnte.

»Sie können gleich reingehen«, sagte die Frau. »Dr. Jameson ist bei Ihrem Sohn.«

Sie trat in Michaels Zimmer. Als sie ihren Sohn sah, stieg ohnmächtige Wut in ihr auf.

Die Atmosphäre in der Plexiglasbox war so widerwärtig, daß sich innen an der Wand ein brauner Film abgelagert hatte. An manchen Stellen war er so dick, daß er in langen, schleimigen Fäden über das Plexiglas lief.

Und Stephen Jameson wagte es noch, sie anzulächeln, als er von dem Computer, vor dem er saß, zu ihr aufsah. »Er macht sich sehr gut«, sagte er. »Sie haben einen prächtigen Jungen.«

Als hätte Michael gerade einen Preis gewonnen! dachte Katharine und mußte sich alle Mühe geben, um ihren Zorn im Zaum zu halten.

Zum erstenmal war sie vollkommen überzeugt davon, daß sie ihren Sohn aus diesem ekelhaften Kasten herausholen würde. Egal wie. Selbst wenn sie Jameson und die Wachfrau töten mußte. Und jeden, der ihr sonst noch im Weg stand. In diesem Augenblick hätte es ihr geradezu Freude bereitet, den Mann zu töten, der in ihrem Sohn nichts als ein Versuchstier sah. »Er hatte schon immer sehr viel Mut«, sagte sie so ruhig wie möglich. »Darf ich mit ihm reden?«

»Selbstverständlich.«

Während sie auf die Plexiglasbox zuging, ließ sie ihren Blick durch den Raum wandern, auf der Suche nach den Kameras, die irgendwo versteckt sein mußten. Aber auch diesmal entdeckte sie nichts.

»Hallo, Liebling«, sagte sie leise. »Geht es dir gut?«

Michael nickte ihr hinter dem Glas zu. »Ich denke schon. Werde ich jemals wieder richtige Luft atmen können?« fragte er.

Die Frage zerriß Katharine fast das Herz. Schon bald, hätte sie am liebsten laut geschrien. *Ich hole dich hier raus, und dann bringen wir dich an einen Ort, wo du atmen kannst, bis wir heilen können, was sie dir angetan haben.* Aber das konnte sie nicht sagen.

In dem Schweigen, das folgte, bemerkte sie, daß Michaels Kopf sich bewegte. Es schien, als deute er zu seinem Schoß.

Als sie hinsah, erkannte sie, daß sich der Zeigefinger seiner rechten Hand bewegte. Zuerst verstand sie nicht.

Dann dämmerte es ihr.

Er formte mit den Fingern Buchstaben auf der Bettdecke, so unauffällig, daß jemand, der nicht darauf achtete, nichts bemerken würde. »Natürlich, mein Schatz«, sagte sie. »Dr. Jameson sagt, daß du dich sehr gut machst.«

HOL MICH RAUS, buchstabierten seine Finger.

Katharine warf einen verstohlenen Blick zu Jameson, der sich auf seinen Computer konzentrierte. Sie nickte kurz. »Heute nacht ...«, sagte sie, hielt ihre rechte Hand vor den Bauch und zeigte mit den Fingern eine vier an. Sie sah Michael eindringlich an und fuhr dann fort: »Heute nacht werde ich bei dir bleiben, okay?«

Sie war sich ziemlich sicher, daß er die vier Finger gesehen hatte, die sie bei den Worten »heute nacht« auf ihren Bauch gelegt hatte. Würde er verstehen, daß sie den Zeitpunkt der Flucht meinte – vier Uhr nachts?

Er zwinkerte bestätigend.

»Ich hab's!«

Rob hörte Al Kalamas Aufschrei zuerst gar nicht. In den drei Stunden, während Al neben Phil Howells Monitor gearbeitet hatte, hatte Rob immer faszinierter auf den Bildschirm des Astronomen gestarrt. Unendliche Listen von Dateien rollten vor seinen Augen ab. Stunde um Stunde war das so gegangen, während der Supercomputer ein paar Meter weiter in jedem Rechner, den er finden konnte, nach Dateien mit DNS-Sequenzen suchte. Sobald er eine gefunden hatte, verglich er deren Inhalt – nicht nur mit der Datei, die mit 79prozentiger Wahrscheinlichkeit die DNS-Sequenz eines unbekannten Organismus darstellte, sondern auch mit den anderen dreiundzwanzig Dateien, die das Programm erstellt hatte.

Als Al Kalama aufschrie, waren bereits Tausende von Dateien durchgeschleust worden, und jede von ihnen vergrößerte die Liste digital gespeicherter DNS-Sequenzen: die genetischen Codes der winzigsten einzelligen Organismen, Tausender Spezies von Algen, Moosen, Farnen, Büschen und Bäumen sowie Tausender Würmer, Insekten, Spinnen, Reptilien, Amphibien, Fischen und jeder Spezies warmblütiger Lebewesen, die der Menschheit bekannt waren.

Das erstaunliche Resultat lautete: In jeder Datei gab es Sequenzen – manche kürzer, manche länger –, die einer Sequenz aus den Dateien glich, welche der Computer aufgrund der Signale aus der Tiefe des Weltraums erstellt hatte. Signale, die laut Howell aus der sogenannten Whirpool-Galaxy stammten. Jedesmal gab der Computer die genaue Prozentzahl der Übereinstimmung an. Auch wenn es keine vollkommene Übereinstimmung gab – nicht einmal eine, die der Computer als signifikant bezeichnete –, zeigte sich doch, daß immer mehr Segmente der Sequenz von der fünfzehn Millionen Lichtjahre entfernten Galaxie dem einen oder anderen DNS-Segment eines irdischen Organismus entsprachen.

Insgesamt, dessen war sich Howell mittlerweile sicher, ließ sich daraus nur ein Schluß ziehen: Das Leben, so wie wir es definieren, war nicht auf die Erde beschränkt, vielmehr gab es seine vier Grundbausteine, die vier nitrogenen Basen, auch auf anderen Planeten.

Nicht nur das Leben war universell, auch seine Formen, die man auf anderen Planeten entdecken würde, mußten den unseren ähnlich sein …

Eine Hand auf seiner Schulter riß Rob aus seinen Überlegungen. »Rob!« sagte Al Kalama. »Ich hab's geknackt! Und was jetzt?«

Rob wandte sich dem Computer zu, an dem Al in den vergangenen Stunden geschuftet hatte. Das Serinus-Verzeichnis stand vor ihnen auf dem Bildschirm. Es enthielt mehrere Unterverzeichnisse. Jedes Unterverzeichnis enthielt Dutzende – in manchen Fällen Hunderte – von Dateien.

»Kannst du sie durchsuchen?« fragte Rob, während er einen kleinen Teil der kryptisch benannten Dateien auf dem Bildschirm auftauchen sah.

»Kein Problem«, meinte Al. »Wonach suchen wir?«

»Namen«, antwortete Rob. »Michael Sundquist, Josh Malani und Kioki Santoya, für den Anfang. Außerdem nach einem Jungen namens Mark Reynolds und einem anderen …« Er zögerte und durchforstete sein Gedächtnis nach dem Namen des Jungen aus New Jersey. Schließlich fand er ihn. »Shelby, Shane Shelby. Fang mit diesen Namen an.«

Al Kalamas Finger flogen über die Tastatur. Er aktivierte ein Suchprogramm, gab die Namen ein, die Rob genannt hatte, und drückte auf Eingabe. Eine Liste mit fünfzehn Dateien tauchte auf, jeweils fünf in drei Unterverzeichnissen des Serinus-Verzeichnisses.

Während Rob die Liste durchsah und überlegte, welche Datei er sich zuerst vornehmen sollte, ertönte am Terminal neben ihm plötzlich ein leises Läuten. Er hörte, wie Phil Howell fast ehrfürchtig »O mein Gott« flüsterte.

Einen Augenblick lang war sich Rob nicht sicher, was das Läuten bedeutete, doch dann wurde es ihm klar.

Phil Howell hatte einen Alarm eingestellt.

Einen Alarm, der ausgelöst wurde, wenn der Supercomputer eine Übereinstimmung zwischen seinen Dateien und einer der hunderttausend anderen Dateien fand, mit denen er sie verglich.

Keine teilweise Übereinstimmung, nicht einmal eine nur 99prozentige.

Sondern eine vollkommene Übereinstimmung.

Aber das war unmöglich. Sie kannten die Sequenz und wußten, daß die Möglichkeit vollkommener Dekkungsgleichheit gar nicht existierte – zumindest nicht auf diesem Planeten. Und doch war der Alarm losgegangen.

Mit beschleunigtem Puls sah Rob auf Phil Howells Bildschirm.

Eine einzige Zeile war hervorgehoben. Als Rob sie las, hatte er plötzlich ein Gefühl von Déjà vu, als hätte er diese Anzeige und diesen Dateinamen in genau dieser Konfiguration schon einmal gesehen. Es dauerte eine Weile, bis ihm klar wurde, daß ihm nicht der Dateiname so bekannt vorkam.

Es war der Name des Verzeichnisses, in dem er selbst sich befand.

Das Serinus-Verzeichnis.

»Al«, sagte er leise. »Sieh dir das hier bitte mal an.«

Al Kalama rückte seinen Stuhl zu ihnen und betrachtete den Bildschirm. »O mein Gott«, flüsterte auch er, als er die Adresse der Datei las, die auf dem Monitor hervorgehoben wurde. »Was, zum Teufel, geht hier vor?«

Eine halbe Stunde später wußten die drei Männer Bescheid.

Takeo Yoshihara hatte nicht gelogen, als er sagte, daß seine Leute so etwas wie eine Druse gefunden hatten, die eine organische Substanz enthielt. Aber Rob wußte, daß weder Yoshihara noch sein Team von Wissenschaftlern, das die Substanz analysieren und eine Verwendung dafür finden sollte – das Serinus-Projekt –, eine Ahnung hatten, woher die Substanz aus der Druse stammte.

Auch wenn vulkanische Aktivität tief unter dem Meeresboden sie aus dem Erdinneren nach oben gedrückt hatte, war ihre eigentlich Herkunft doch ein Rätsel, das ohne Phil Howells zufällige Entdeckung nie hätte gelöst werden können.

Plötzlich verstand Rob: Das Objekt, das im Mittelpunkt des Serinus-Projekts stand, war keine Druse.

Es war ein Samen.

Ein Samen aus so ferner Vergangenheit, daß es eigentlich nicht mehr faßbar war, und von einem Planeten, der so weit entfernt war, daß er kaum sichtbar war, einem Planeten, der in der Tat vor fünfzehn Millionen Jahren aufgehört hatte zu existieren.

Dieser Samen war zweifellos einer von vielen – Tausenden, vielleicht Millionen –, die in das Universum ausgesandt worden waren, wie Sporen, die der Wind davonträgt. Die meisten trieben für immer im Weltraum und bewegten sich Jahrtausend um Jahrtausend durch die kalte Leere.

Einige waren auf Sterne gestürzt und verbrannt.

Und einige – nur der winzigste Teil – waren auf Planeten gelandet, wo sie sich tief unter der Oberfläche eingegraben hatten. Und dort lagen sie, schlafend, wartend. Und dann und wann kam einer dieser Samen an die Oberfläche, von aufsteigenden Lavawellen getragen, und brach auf.

Wenn die Bedingungen nicht stimmten – wenn die chemische Zusammensetzung der Atmosphäre nicht entsprechend ausbalanciert war –, starb das Leben, das der Samen enthielt, einfach ab.

Aber manchmal, irgendwo, öffnete sich der Samen und fand eine Atmosphäre vor, die ihm Nahrung bot. Das Leben in ihm konnte sich reproduzieren.

So wurde ein neuer Planet bestellt, und eine Evolution begann.

Und das Leben von dem toten Planeten – dem Planeten, der vor langer Zeit zerstört worden war durch die Explosion des Sterns, um den er kreiste – würde sich auf diesem neuen Planeten fortsetzen.

»Zu wie vielen Planeten werden sie dieses Signal wohl gesendet haben?« fragte Rob mehr sich selbst.

Als Phil Howell nach längerem Schweigen antwortete, hörte Rob schon am Klang seiner Stimme, daß auch Phil die Wahrheit erkannt hatte. »Nicht sie«, sagte er. »Wir. Wir haben uns aus diesen ersten Samen entwickelt.« Er sah Rob an. »Es waren keine Außerirdischen, die dieses Signal ausgesendet haben, Rob. Wir selbst waren es.«

KAPITEL 32

Mitternacht.

Noch vier Stunden.

Wie sollte sie es schaffen?

Ich werde es schaffen, sagte sie sich. *Ich werde nicht zulassen, daß Michael stirbt. Nicht hier, nirgends.*

In seiner Plexiglasbox schien Michael zu schlafen, aber Katharine war sicher, daß er nur so tat. Stephen Jameson sah ihren Sohn mit einem Blick an, als habe er nur eine leichte Erkältung. »Alles in allem macht sich unser Patient recht gut«, sagte er mit dem routiniert beruhigenden Tonfall, den man wahrscheinlich während des Medizinstudiums lernte.

Patient! Wie konnte er Michael als Patient bezeichnen! *Opfer* wäre die bessere Bezeichnung gewesen. Am liebsten hätte sie ihm einen Fausthieb ins Gesicht verpaßt und ihn zu Michael in den Kasten gesperrt. Sollte er doch einmal die tödliche Atmosphäre einatmen, die plötzlich die einzige war, in der ihr Sohn existieren konnte!

Warum ging Jameson nicht nach Hause? Hatte er etwa vor, die ganze Nacht bei Michael zu wachen? Was sollte sie dann tun?

Sie gab sich alle Mühe, daß ihre Maske aus Besorgnis um Michael und Bewunderung für die Bemühungen des Arztes keine Risse bekam. Die Gedanken wirbelten in ihrem Kopf herum, doch dann hörte sie endlich die Worte, auf die sie gewartet hatte.

»Ich glaube, ich werde mir etwas Schlaf gönnen«, sagte Jameson. Er warf noch einen Blick auf die Monitore, die Michaels Körperfunktionen überwachten. »Es scheint sich alles stabilisiert zu haben. Sollte es ein Problem geben – LuAnne weiß, wie ich zu erreichen bin.«

LuAnne, wiederholte Katharine stumm.

Ein Blick in die kalten grauen Augen der Frau im Vorzimmer hatte Katharine bereits gezeigt, daß sie in erster Linie – wenn nicht einzig – dazu da war, sie zu bewachen. Darüber konnte ihr weißer Kittel nicht hinwegtäuschen. »Glauben Sie, er wird wieder gesund?« fragte sie Jameson noch einmal und hoffte, eine glaubwürdige Mischung aus Angst und Vertrauen zu vermitteln.

»Aber gewiß«, beschwichtigte Dr. Jameson sie.

Als spräche er mit einem Kind, dachte Katharine und stieß einen Seufzer aus, von dem sie hoffte, daß er nach Erleichterung klang. »Nun, ich hoffe, Sie bekommen heute nacht genug Schlaf für uns beide. Ich werde jedenfalls kein Auge zumachen.« Hoffentlich übertrieb sie nicht. Aber Jameson schien keinen Verdacht zu schöpfen.

Oder wußte er, daß sie sowieso keine Chance hatte, Michael aus diesem Zimmer zu befreien? Mit dieser Möglichkeit wollte sie sich lieber nicht befassen.

Fünfzehn Minuten, nachdem Jameson gegangen war, machte sich Katharine auf ihre erste Erkundungsmission. Da sie wußte, daß jedes Wort mitgehört wurde, zwang sie sich, Michael zu sagen, daß er sich keine Sorgen machen und noch etwas schlafen solle. Sie hoffte nur, daß demjenigen, der sie belauschte, ihre Worte nicht so lächerlich vorkamen wie ihr selbst. Sie nahm eine kleine Tasche aus ihrem Koffer, ging in das Vorzimmer und fragte die »Krankenschwester«, ob es irgendwo eine Küche gab. »Ohne Kaffee stehe ich die Nacht niemals durch«, sagte sie.

LuAnne sah sie unfreundlich an und zögerte kurz, bevor sie sagte: »Am Ende des Ganges. Aber Kaffee gibt es dort keinen.«

»Kein Problem.« Katharine tat so, als sei ihr die kühle Art der Frau gar nicht aufgefallen, und öffnete die Tasche, in der Kaffeebeutel lagen. »Ich hab' welchen mitgebracht.«

LuAnne schwieg, und Katharine machte sich auf den Weg zur Küche. Als sie an der Tür vorbeikam, hinter der sich die Laboratorien des Serinus-Projekts befanden, fiel ihr auf, daß das Türschild verschwunden war. Sie mußte der Versuchung widerstehen, die Klinke herunterzudrücken.

In der Küche setzte sie einen Kessel mit Wasser auf. spülte zwei Tassen aus und schüttete den Inhalt der Beutel hinein. Als das Wasser kochte, wartete sie etwas und goß es über das Instantpulver. Kurz darauf trug sie die beiden Tassen in das Vorzimmer. »Ich habe Ihnen auch einen gemacht«, sagte sie und stellte die Tassen auf dem Schreibtisch ab. LuAnnes mißtrauischen Blick ignorierte sie einfach. »Der eine ist Mokka, der andere Vanille.«

»Welchen mögen Sie lieber?« fragte die Frau.

»Ich glaube, Vanille.«

»Dann probiere ich mal den anderen.«

Katharine nahm die Tasse mit dem Vanillekaffee und ging wieder in Michaels Zimmer. Er schlief noch immer oder tat zumindest so, wofür Katharine ihm sehr dankbar war, weil es sie von der schwierigen Aufgabe befreite, irgendwelche gezwungene Kommunikation zu betreiben. Wenn jemand sie belauschte, würde es bestimmt auffallen. Sie löschte das Licht, und der Raum wurde in Dunkelheit gehüllt. Nur die Monitore strahlten ein schwaches Licht aus.

Sie machte es sich bequem und hoffte, daß die Dunkelheit und die Stille ihre Wärter gegen vier Uhr so eingelullt hätten, daß sie ihren Plan in die Tat umsetzen könnte.

Vorsichtig holte sie das Handy aus ihrer Tasche und stellte von Klingeln auf Vibrationsalarm um. Selbst die Dunkelheit hat Augen, dachte sie und erinnerte sich an die Kameras beim Tor.

Vierzig Minuten später ging sie den nächsten Akt in ihrem selbst erdachten Stück an. Sie holte sich und der Frau in der Schwesternuniform eine zweite Tasse Kaffee. Diesmal blieb sie jedoch lange genug bei ihr, um zu erfahren, daß LuAnne mit Nachnamen Jensen hieß, keine Verwandten hatte, allein lebte und sich für keines der Themen interessierte, die Katharine anschnitt.

Aber sie nahm die zweite Tasse Kaffee an.

Und später eine dritte.

Auf ihren Wegen in die Küche begegnete Katharine keiner Menschenseele. Auch sonst sah sie keine Wachtposten, außer LuAnne natürlich.

Das konnte zweierlei bedeuten: Entweder dachten sie, Katharine glaube Takeo Yoshiharas Geschichte, oder sie vertrauten ihrem Sicherheitssystem so sehr, daß sie sich keine Sorgen machten.

Als Katharine sah, daß es fünf nach drei war, ging sie ein weiteres Mal mit ihrer Kaffeetasse ins Vorzimmer.

Diesmal lächelte ihr LuAnne tatsächlich zu. »Ich wollte Sie gerade fragen, ob ich Ihnen diesmal einen machen soll.«

»Ach, bloß nicht«, entgegnete Katharine und nahm LuAnnes leere Tasse vom Schreibtisch. »Michael schläft fest, und ich bin es leid, dauernd im Dunkeln zu sitzen. Welcher Geschmack darf es diesmal sein?«

»Ich glaube, ich nehme noch mal Mokka.«

»Kommt sofort.«

Bereits zum viertenmal ging Katharine in die Küche, um zwei weitere Tassen Kaffee zuzubereiten. Diesmal enthielt einer der Beutel, die sie in eine der Tassen leerte, mehr als nur Instantkaffee mit Mokkageschmack. Bevor sie das Haus verlassen hatte, hatte sie den Beutel geöffnet und drei Halcion-Tabletten hineingetan, die ein Arzt ihr vor etwas mehr als einem Jahr verschrieben hatte. Damals war es Michael sehr schlecht gegangen, und sie hatte vor Sorge um ihn kaum mehr schlafen können. Letzten Endes hatte sie die Tabletten nie genommen, aber aus einer Art Aberglaube behalten, als könne ihr Besitz auf magische Weise bewirken, daß sie nie wieder solche Pillen brauchte.

»Manche Nächte scheinen niemals enden zu wollen«, sagte sie, als sie die Tasse auf LuAnnes Schreibtisch abstellte.

»Ja, das stimmt«, pflichtete ihr die Frau bei. Sie nahm ihre Tasse in die Hand, blies kurz in den heißen Kaffee und nahm dann einen ersten Schluck. »Sie können sich nicht vorstellen, wie gut das tut.«

»Trinken Sie nur, soviel Sie wollen«, ermunterte Katharine sie. »Ich habe genug mitgebracht.« Mit ihrem eigenen Kaffee ging sie zurück in Michaels Zimmer.

Im Dunkeln streifte sie die Kleider ab, die sie den ganzen Tag getragen hatte, und zog sich Jeans und

Hemd an, die sie von zu Hause mitgebracht hatte. Das Handy steckte sie in eine Vordertasche, damit sie die Vibration spürte, wenn Rob anrief.

Um halb vier öffnete sie vorsichtig die Tür zum Vorzimmer und schaute hinein. LuAnne saß an ihrem Schreibtisch, aber ihr Kopf war auf die Brust gesackt, und sie schnarchte gleichmäßig. Leise schloß Katharine wieder die Tür.

Um drei Uhr 45 vibrierte das Handy in ihrer Hosentasche. Sie zog es heraus, klappte es auf und wollte gerade Robs Namen sagen. In letzter Sekunde überlegte sie es sich anders. »Michael?« sagte sie. »Bist du wach?«

Sie hörte die blecherne Stimme ihres Sohnes über den Lautsprecher. »Mhm.«

Gleichzeitig meldete sich Rob über das Telefon. »Wenn du nichts sagst, holen wir dich in genau fünfzehn Minuten ab. Wenn es Probleme gibt, dann sag etwas zu Michael.«

Katharine zögerte. Sie hatte einen Plan, aber keine Ahnung, ob er funktionieren würde. Wenn nicht … aber hatte sie eine andere Wahl?

Ohne etwas zu sagen, drückte sie den Ende-Knopf des Telefons und schob es wieder in ihre Tasche. Dann ging sie zu Michael hinüber. Sie konnte kaum sein Gesicht erkennen, aber er starrte sie mit weit aufgerissenen Augen an. Sicherlich hatte er in den vergangenen Stunden nicht geschlafen.

Sie legte einen Finger auf die Lippen, nahm ein Kleiderbündel aus dem Koffer und schob es durch die Luftschleuse in die Box. Michael begann sich unter der Bettdecke anzuziehen, wobei er sich so wenig wie möglich zu bewegen versuchte. Als er fertig war, signalisierte sie ihm, wieder so zu tun, als ob er schlafe. Dann ging sie ins Vorzimmer zurück.

»Na, noch eine …«, begann sie. »LuAnne? LuAnne, was ist los?« Sie eilte hinter den Schreibtisch und schüttelte die Krankenschwester, die von ihrem Stuhl glitt und zu Boden fiel. Hektisch blickte Katharine um sich, als wisse sie nicht, was sie unternehmen sollte. Schließlich nahm sie das Telefon und drückte auf den Knopf mit der Aufschrift »Empfangsbereich«. Nach dem zweiten Läuten nahm jemand den Hörer ab.

»Jensen?« fragte eine Männerstimme.

»Hier ist Dr. Sundquist«, sagte Katharine. »Mit LuAnne stimmt etwas nicht. Ich wollte sie gerade fragen, ob sie noch einen Kaffee will, und dachte, sie sei eingeschlafen. Aber als ich sie aufzuwecken versuchte, ist sie von ihrem Stuhl gerutscht.«

»Was?« sagte der Wachmann. »Ich komme sofort.«

Katharine eilte in Michaels Zimmer zurück und nahm drei weitere Gegenstände aus dem Koffer.

Zwei große Mülltüten aus Plastik.

Und den versteinerten Knochen eines Menschenaffen, dessen Spezies vor Jahrmillionen ausgestorben war.

Sie schob die Müllbeutel in die Luftschleuse. Jetzt riskierte sie es, laut mit Michael zu sprechen. »Halt die Beutel an die Zufuhrleitung«, sagte sie. »Füll sie auf, so gut es geht.« Mit dem Knochen in der Hand ging sie wieder in den Vorraum und drückte erneut auf den Telefonknopf für den Empfangsbereich. Als sich niemand meldete, schlich sie auf den Flur hinaus und stellte sich mit dem Rücken neben den Fahrstuhl.

Während sie die Sekunden zählte, betete sie, daß die Kamera über ihr nur von dem Posten des Wachmanns aus überwacht wurde, der jeden Augenblick aus dem Fahrstuhl kommen mußte.

Als zumindest teilweise Antwort auf ihre Gebete glitten die Türen genau fünf Sekunden später auf, und der Wachmann trat in den Flur.

Katharine schwang den Knochen und ließ ihn mit aller Kraft auf den Nacken des Manns niedersausen.

Mit einem Stöhnen ging er in die Knie.

Katharine schlug noch einmal zu.

Der Mann lag regungslos auf dem Boden, mit dem Gesicht nach unten.

Katharine packte ihn an den Händen und schleifte ihn über den Flur in den Vorraum. Sie schloß die Tür, fesselte ihm mit dem Telefonkabel die Hände hinter dem Rücken und zog ihm die Brieftasche aus der Hosentasche.

Die Fahrstuhlkarte, die sie Jameson gestohlen hatte, mochte gesperrt worden sein, aber diese hier funktionierte bestimmt.

Sie erhob sich und sah auf ihre Armbanduhr.

Sieben Minuten waren vergangen.

Sie eilte in Michaels Zimmer zurück und schaltete das Licht ein. Michael hatte einen Beutel mit Gas gefüllt und wollte gerade die Bänder zusammenziehen.

»Nein, nein, nicht zubinden«, sagte sie. »Beeil dich, füll auch den anderen Beutel, und dann …« Die Worte erstarben ihr auf den Lippen, als sie daran dachte, daß sie überhaupt nicht wußte, wie sie Michael aus der Box befreien konnte.

»O Gott«, flüsterte sie und starrte Michael entsetzt an. »Wie kriege ich dich da nur raus?«

Michael, der die zweite Mülltüte an die Zuleitung hielt, nickte mit dem Kopf zu einer Ecke hin. »Da drüben«, sagte er. »Da ist ein Schalter.«

Katharine suchte die Ecke ab und entdeckte schließlich einen kleinen Knopf, der in die Wand eingelassen war. Als sie darauf drückte, schien sich zunächst gar nichts zu tun, aber dann sah sie, daß Michael zur Decke hinauf deutete.

Direkt über der Plexiglasbox hatte sich eine kleine Schiebetür geöffnet. Ein Stahlohr, an dessen Ende sich ein Haken befand, senkte sich herab. Der Haken verschwand in einer Öffnung auf der Oberfläche der Box.

Ein Klicken zeigte an, daß der Haken eingeschnappt war.

Sekunden später hob sich die Box und schwebte nach oben. Sofort füllten die giftigen Dämpfe den Raum. Hustend ging Katharine zur Tür.

»Nimm einen Beutel«, sagte Michael, während die Zelle ihn langsam freigab. Sie packte den Beutel, den er ihr hinschob, an den Bändern und eilte damit in den Vorraum. Hastig schloß sie hinter sich die Tür.

Neun Minuten waren vergangen.

Sie ließ eine weitere Minute verstreichen und wollte gerade wieder in den Raum zurückgehen, als die Tür geöffnet wurde und Michael erschien. Er hielt den zweiten Müllbeutel in den Händen.

»Komm«, sagte Katharine. Sie öffnete die Tür zum Flur und lief auf den Fahrstuhl zu. Die Karte hielt sie bereits in der Hand. Ein leises Gebet sprechend, führte sie die Karte an der grauen Platte vorbei.

Das Licht wechselte von Rot zu Grün. Sonst aber tat sich nichts.

Die Türen blieben zu.

Dann fiel es ihr ein. Der Lift war automatisch in die obere Ebene zurückgekehrt.

Die fünfzehn Sekunden, die er brauchte, um wieder die untere Ebene zu erreichen, kamen ihr wie eine Ewigkeit vor, aber endlich glitten die Türen auf.

Katharine schob Michael in die Kabine und drückte auf den Aufwärtsknopf. Gerade als die Türen wieder zugingen, sah sie, wie jemand aus einer der Türen im Flur trat.

Aus der Tür zum Serinus-Projekt.

Einen Augenblick lang starrte der Mann sie nur erstaunt an. Dann lief er auf sie zu, doch die Fahrstuhltüren schlossen sich, bevor er sie erreicht hatte.

Der Lift hatte die Hälfte seines Weges zurückgelegt, als sie ein entferntes Klingeln hörten. Alarm.

Als sich die Türen auf der oberen Ebene wieder öffneten, dröhnte das schrille Läuten der Alarmglocke in ihren Ohren. Katharine sah auf die Uhr.

Noch zehn Minuten.

»Also los«, sagte sie zu Michael.

Sie rannten durch den Flur, auf die Doppeltüren am anderen Ende zu. Den aufgeblasenen Müllbeutel schleifte sie unbeholfen hinter sich her. Michael blieb einmal kurz stehen und nahm einen tiefen Zug aus dem zweiten Beutel. Als sie die Türen zur Lobby erreichte, hatte er sie wieder eingeholt.

Sie stieß die Türen auf.

In der Empfangshalle schrillten die Alarmglocken noch lauter, doch niemand war zu sehen.

»Nach draußen«, sagte sie.

Sie liefen zur Eingangstür und standen Sekunden später auf dem Rasen vor dem Haus. Niemand schien sie zu verfolgen, und eine Sekunde lang wagte Katharine zu hoffen, daß ihnen die Flucht glücken würde. Doch dann wischte ein greller weißer Scheinwerfer die Dunkelheit einfach weg.

Wie zwei aufgespießte Insekten duckten sich Katharine und Michael vor dem weißen Licht.

Dann übertönte ein anderes Geräusch das Schrillen der Sirenen.

Das vertraute satte Geräusch der Rotorblätter eines Hubschraubers.

Sie beschirmte ihre Augen mit der Hand und schaute nach oben. Plötzlich erlosch der Scheinwerfer, und sie sah, wie der Hubschrauber zur Landung ansetzte, kaum zwanzig Meter von ihnen entfernt.

Yoshihara, dachte sie entsetzt.

Dann schalteten sich alle Lichter auf dem Anwesen ein, und in diesem Augenblick erkannte sie, wer in dem Helikopter saß.

Rob Silver.

Sie packte Michael an der Hand, lief mit ihm und dem Müllbeutel auf den schwankenden Helikopter zu und schob ihren Sohn hinein.

Sie hörte, wie die Maschine des Hubschraubers aufbrüllte, als Rob sie mit starken Händen packte und in die Kabine zog.

Noch bevor sie ganz drinnen war, ging der Hubschrauber wieder hoch, wendete und schoß zurück in die Dunkelheit.

Von der Terrasse vor seinem Schlafzimmer aus beobachtete Takeo Yoshihara, wie der Helikopter in der Nacht verschwand. Dann sprach er in das Telefon, das er in der Hand hielt, seit ihn der Alarm aus dem Schlaf gerissen hatte.

»Orten Sie den Hubschrauber auf dem Radar«, befahl er. »Finden Sie heraus, wohin sie fliegen. Wir werden sie zurückholen, haben Sie verstanden? Sowohl die Mutter als auch den Sohn.« Bevor er die Verbindung beendete, fügte er hinzu: »Wenn wir losgehen, möchte ich einen Wachmann dabei haben, der als Scharfschütze ausgebildet ist.«

KAPITEL 33

Die Kopfhörer, die Rob Katharine über den Kopf stülpte, nachdem er sie in den Hubschrauber gezogen hatte, dämpften das Brüllen des Motors ein wenig. Aber sie verstand nur, daß er etwas zu ihr sagte, die Worte selbst gingen in dem Lärm unter. Der Hubschrauber raste davon und vollzog so scharfe Wendemanöver, daß Katharine fast schlecht wurde. Als sie schließlich wagte, etwas zu sagen, mußte sie schreien, obwohl das Mikrofon dicht vor ihrem Mund hing.

»Ich sagte, wie lange brauchen wir noch bis zur Großen Insel?«

Rob wollte gerade antworten, als der Pilot plötzlich am Steuerknüppel riß und der Hubschrauber ruckartig nach Backbord ausbrach und dicht an einem Kliff vorbeiflog. Danach fiel er erst einmal nach unten, bevor der Pilot ihn wieder stabilisierte. Sie begannen zu steigen, bis sie schließlich über dem Kliff nach Westen abbogen.

»Vielleicht vierzig Minuten«, antwortete Rob.

Vierzig Minuten? Aber Rob hatte gesagt, daß Michael nur für etwa zehn oder fünfzehn Minuten Luft brauchte. Und auch wenn eine der Plastiktüten noch voll war – sie selbst hielt den Verschluß fest zu, damit kein Gas entwich, bevor Michael es brauchte –, der Beutel, den Michael aus dem Forschungspavillon getragen hatte, war bereits halb leer. Er würde es nie schaffen! Doch bevor sie etwas sagen konnte, meldete sich Michael zu Wort.

»Ich werde versuchen, zwischendurch normale Luft zu atmen«, rief er in sein Mikrofon. »Vielleicht kann ich so an den Gasen sparen.«

Katharine nickte heftig und rief: »Rede nur nicht, sonst verbrauchst du noch mehr!«

Michael hielt den Daumen hoch. Sie sah, wie er noch einen Zug aus dem Müllbeutel nahm, und dann die Luft in der Kabine einatmete.

Eine Sekunde lang keimte Hoffnung in Katharine auf, doch dann begann Michael zu husten, und sie sah, welche Schmerzen er litt. Sofort vergrub er sein Gesicht wieder in der Öffnung des Beutels, und nachdem er das Gas ein paarmal tief eingeatmet hatte, hörte er auf zu husten.

Der Beutel war jedoch noch weiter in sich zusammengefallen. Als Katharine auf ihre Uhr sah, stellt sie fest, daß sie erst seit drei Minuten in der Luft waren.

Wenn es so weiterging, würden beide Beutel leer sein, bevor sie auch nur die Hälfte der Strecke zurückgelegt hätten. »Was sollen wir nur tun?« fragte sie verzweifelt. Michael durfte nicht sterben. Sie wollten ihn doch retten, nicht umbringen.

»Keine Sorge!« rief Rob über den Rotorenlärm hinweg. »Wir sind bestimmt da, bevor er sie geleert hat.«

Katharine schaute durch die Plexiglaskuppel in die Finsternis. Ihre Flugroute führte sie an der Bergflanke vorbei. Der Pilot flog niedrig, fast den Boden streichelnd. Die Regenwälder um das Anwesen herum hatten dem sattem Weideland oberhalb von Makawao und Pukalani Platz gemacht. Vorne und backbord sah Katharine ein paar Lichter, die zu Kula gehören mußten. In der Ferne lagen die Lichter von Kihei und Wailea aufgereiht wie eine Perlenschnur an der Maalaea Bay.

Nach Süden hin erstreckte sich ein riesiges, dunkles Gebiet, das nur von den Lichtern der Makena-Surfanlage und des Maui Prince Hotel erhellt wurden. Ein Dutzend schimmernder Punkte markierten die Häuser am Strand bis zu der Stelle, wo der Strand abrupt am Lavastrom endete. Unter dem Hubschrauber verwandelte sich die Landschaft jetzt erneut, das Weideland wich rauhem Farmland, das die Seeseite von Haleakala prägte. Selbst im Licht der Sterne erkannte sie die dichten Büsche der stacheligen Birnenkakteen und die dürren Kiawe-Bäume, die den größten Teil der Vegetation in diesem Landstrich ausmachten.

Sie sah zu Michael hinüber. Die erste der beiden Tüten war fast völlig geleert, aber während er sich langsam von der Aufregung der Flucht erholte, normalisierte sich auch seine Atmung – wie die ihre – wieder, und das in dem Beutel verbliebene Gas reichte weitaus länger, als Katharine für möglich gehalten hatte. Trotzdem war der Beutel leer, bevor sie die Küste überflogen hatten und den breiten Kanal überquerten, der Maui von der Großen Insel trennt.

Als Michael zum zweiten Beutel griff, merkte Katharine, daß sie nicht direkt auf die Große Insel zuflogen, sondern sich noch immer nach Südwesten bewegten. In der Dunkelheit erkannte sie die Umrisse einer kleinen Insel, die gegen den Nachthimmel hervortrat. Aber es gab keine einzige kleine Insel zwischen Maui und Hawaii. Ein Blick auf den Kompaß bestätigte ihren Verdacht, und während sie nach einem vernünftigen Grund suchte, warum sie in die falsche Richtung flogen, ergriff neue Furcht Besitz von ihr.

Warum hatte Rob ihr versichert, daß Michael nicht länger als eine Viertelstunde Luft brauchte?

Während der Hubschrauber noch immer in einem Neunzig-Grad-Winkel von dem einzigen Ort wegflog, an dem ihr Sohn überleben konnte, dämmerte ihr eine schreckliche Wahrheit.

Rob arbeitete immer noch für Takeo Yoshihara.

Aber nicht nur das, er hatte sie – und Michael – in eine Falle gelockt.

Was sollte sie jetzt tun? Sollte sie versuchen, den Hubschrauber unter ihre Kontrolle zu bringen? Sie verwarf die Idee augenblicklich. Vielleicht kam es in Filmen vor, daß jemand, der noch nie einen Hubschrauber geflogen hatte, einfach zum Steuerknüppel griff. Im wirklichen Leben war das unmöglich.

»Warum fliegen wir nicht zur Großen Insel?« schrie sie gegen den Lärm der Rotorblätter an.

Rob legte die Hand an sein Ohr, als könne er sie nicht verstehen.

Aber er mußte sie verstanden haben! Wütend zeigte sie mit dem Finger auf den Kompaß und auf die Insel unter ihnen. »Das ist nicht die Große Insel, verdammt noch mal! Du hast uns angelogen! Willst du uns umbringen?« Als Rob sie erstaunt ansah, schrie sie: »Warum? Warum tust du das?« Plötzlich schien ihr alles klar. Natürlich war es ihr gelungen zu entkommen – sie hatten ja nichts anderes gewollt. Und sie hatten es perfekt geplant:

Der Mann, der nur einige Sekunden zu spät aus dem Labor gekommen war, um zu verhindern, daß sie mit dem Lift nach oben fuhren.

Der Alarm, der Sekunden zu spät ausgelöst worden war, so daß die Wachen sie nicht mehr einholen konnten, bevor sie in den Hubschrauber gestiegen waren.

Und schließlich der Hubschrauber selbst, der so vollkommen unbehelligt mit ihnen an Bord hatte davonfliegen können.

Was für eine Närrin sie doch war! Sie wollte sich auf Rob stürzen, ihn härter schlagen, als sie den Wachmann geschlagen hatte. Sie wollte ihn erwürgen, aus dem Hubschrauber stoßen. Sie hob die Hand. »Du Schwein!« schrie sie. »Du verdammtes Schwein. Du hinterhältiger Schuft.«

Rob packte Katharine an den Handgelenken und hielt sie fest. »Wovon redest du, Katharine?« fragte er. »Was ist los?«

»Was los ist?« schrie sie. »Mein Gott, Rob, für wie dumm hältst du mich? Glaubst du nicht, ich weiß mittlerweile, warum du gesagt hast, daß Michael nur höchstens fünfzehn Minuten atmen muß?«

»Kath…«

»Ich hätte wissen müssen, daß man länger braucht, um zur Großen Insel zu kommen. Aber ich dachte, du hättest einen besonderen Plan! Ich habe dir vertraut, verdammt noch mal! Ich habe dir vertraut!«

»Schluß jetzt!« Robs Stimme war auch ohne die Kopfhörer gut in der Kabine zu hören. »Verrate mir jetzt endlich, wovon, zum Teufel, du redest!«

»Das weißt du selbst doch am besten!« schrie Katharine zurück und deutete nach unten. Sie hatten die Küstenlinie überflogen, und der Hubschrauber bewegte sich tief über dem Wasser, direkt auf die kleine Insel zu, die sie gesehen hatte. »Das ist nicht Hawaii, Rob. Was ist es? Hat Yoshihara hier ein weiteres Labor? Oder willst du uns einfach in den Ozean schmeißen?«

Mit aschfahlem Gesicht sah Michael seine Mutter an. Er lockerte den Griff an der Plastiktüte, und sofort füllte sich die Kabine mit ätzenden Dämpfen.

Augenblicklich ließ Rob Katharines einen Arm los und umklammerte die Beutelöffnung. »Sei vorsichtig!« rief er. »Du brauchst es noch etwa fünf Minuten. Paß auf, daß nicht noch mehr entweicht!«

Als Michael die halb geleerte Tüte zögernd wieder an den Mund setzte, wandte sich Rob an Katharine. »Der Wind!« rief er. »Wir können nicht direkt zur Großen Insel fliegen – Michael würde es nie schaffen! Aber der Wind trägt die Dämpfe der Eruption nach Westen, und deshalb müßten wir auf der anderen Seite von Koho'olawe am meisten davon abbekommen. Dann können wir wenden und nach Westen fliegen, genau in den Rauch hinein. Für uns dürfte es etwas hart werden, aber Michael müßte allein atmen können. Es dauert länger, aber zumindest hat er so eine Chance!«

Katharine suchte in Robs Gesicht nach der Wahrheit.

Und sie sah nicht nur die Wahrheit dort, sondern auch seine Liebe und den Schmerz darüber, daß sie ihm mißtraut hatte.

Und als hätte das nicht genügt, änderte der Hubschrauber plötzlich die Richtung, und sie hörte die Stimme des Piloten: »Macht ein Fenster auf. Wir wollen mal sehen, ob unser Junge atmen kann!«

Rob ließ Katharine los und öffnete das Fenster auf seiner Seite. Katharine hatte frische Meeresluft erwartet, aber die vulkanischen Dämpfe, die mit der Luft hereinwaberten, stachen ihr sofort in die Augen.

»Bingo!« rief der Pilot. »Was für eine Brise!«

Als der Helikopter sein Wendemanöver beendet hatte, hielt Katharine nach der großen Landmasse Ausschau, die jeden Augenblick aus dem Meer auftauchen mußte, aber Rob sah sie an und schüttelte den Kopf. »Du kannst die Große Insel noch nicht sehen, es ist zu dunstig. In zehn bis fünfzehn Minuten vielleicht. Glaub mir, sie ist immer noch da.« Dann wandte er sich ihrem Sohn zu. »Und, wie ist es, Michael? Kannst du atmen, oder haben wir aufs falsche Pferd gesetzt?«

Katharine sah Michael an. Er atmete die Gase aus dem Beutel aus und versuchte dann erneut, die Luft in der Kabine einzuatmen. Auch dieses Mal begann er zu husten, doch dann beruhigte er sich, zögerte und atmete die Kabinenluft. Nach einer längeren Pause, in der Katharine um ihn bangte, hielt er schließlich den Daumen hoch. »Besonders toll ist es nicht«, sagte er. »Aber ich fühle mich besser als gestern in der Schule.«

»Halt dir zwischendurch weiter den Beutel an den Mund, aber nur, wenn es nicht anders geht«, empfahl Rob. Dann sagte er grinsend zu Katharine. »Und was dich betrifft, ich vergebe dir dein Mißtrauen.« Er umarmte sie.

Eine halbe Stunde später flog der Hubschrauber mit weit geöffneten Fenstern die Kalapana-Küste südwestlich von Hilo entlang. Der Berg war mit glühenden Eruptionskanälen gespickt, und Michael betrachtete voller Faszination die Lavaströme, die sich wie brennende Schlangen über die Bergflanke wanden.

Der Ozean stürzte sich auf die Steinklippen an der Küste, die im unheimlichen silbernen Mondlicht gut zu erkennen waren. Das Meer schäumte vor Wut, weil der Berg es gewagt hatte, mit langen Fingern aus geschmolzenem Felsen in sein Reich einzudringen. Der Pazifik startete einen Gegenangriff nach dem anderen, indem er riesige Wassermassen gegen die Felsen schleuderte.

Die Gischt spritzte hoch wie Geschoßhülsen, die aus Maschinengewehren geschleudert wurden.

An der Frontlinie der Schlacht stiegen riesige Dampfwolken in die Luft, dort, wo der Ozean das Feuer des Berges erstickte. Hinter den Linien, am Fuß des Berges, stiegen Rauchsäulen auf.

Der Hubschrauber überquerte die Küste und flog die Bergflanke hinauf. Der Boden unter ihnen bestand aus nichts als nackter Lava. Nur an wenigen Stellen hatten sich ein paar struppige Büsche festklammern können. Wohin Michael auch blickte, überall stieg Rauch oder Dampf aus den Eingeweiden des Berges auf. Die Luft roch ätzend nach Schwefel.

Er sog ihn tief in seine Lunge ein und spürte die Wärme, die seinen Körper erfüllte, als er die Gase umwandelte. »Wohin fliegen wir?« rief er.

»Der Pilot sagt, daß es hier irgendwo eine Lichtung gibt, wo er landen kann«, antwortete Rob. »Du sollst so nah wie möglich an diese Eruptionskanäle heran.«

In der Ferne schossen Flammen wie ein Leuchtfeuer aus einem Krater. Als der Pilot höher ging und über den Krater flog, sahen sie zum erstenmal dessen höllischen Inhalt. Lava brodelte mit teuflischer Wut, Flammen hüpften über die Felsen, böse Fontänen aus geschmolzenem Stein schossen in die Höhe. Einige von ihnen zerbrachen in der Luft und stürzten in den Krater zurück, andere explodierten in einem Feuerregen, der im Wind trieb, bis er so weit abgekühlt war, daß der feurige Glanz erstarb.

Die Hitze stieg in Wellen auf, und die Luft über dem weit aufgerissenen Höllenmaul, in das Michael starrte, schimmerte und tanzte. Die Flammen wirkten nahezu hypnotisch und bezauberten Michael, der das Spektakel wie in Trance betrachtete.

Erst als der Hubschrauber wieder tiefer ging und der Kraterkessel aus seinem Blick verschwand, dachte Michael wieder an ihren Zielort. Eine Minute später landete der Pilot auf einer Lichtung, die Michael in dieser Wüste aus Feuer und Lava wie eine Oase vorkam. Aus irgendeinem Grund hatte der Lavastrom ein kleines Areal verschont, auf der ein Wäldchen aus struppigen Kiawe-Bäumen stand. Wie durch ein Wunder bedeckte sogar dünnes Gras den Boden.

In der Mitte der Lichtung befand sich eine Feuerstelle, ein Steinkreis ähnlich dem Ort, wo seine Mutter das Skelett ausgegraben hatte.

Dahinter sah man die Ruine einer Hütte mit Wänden aus Lava. Das Dach war schon lange eingestürzt.

Der Hubschrauber landete, und der Pilot schaltete den Motor aus. Als das Brüllen erstarb und die großen Rotoren langsam zum Stillstand kamen, senkte sich eine unheimliche Stille über die Menschen in der Kabine.

»Was ist das hier?« fragte Michael.

»Eine Art Lager«, antwortete der Pilot. »Das ist alles, was davon übrig geblieben ist. Es ist ungefähr der einzige Ort, an dem man hier landen kann. Ansonsten weißt du nie, was unter dir ist.«

Katharine sah ihren Sohn unsicher an. Die plötzliche Stille hatte sie irritiert, als hinge die Fähigkeit ihres Sohnes zu atmen irgendwie von dem Motor des Hubschraubers ab. »Nun?« fragte sie.

Michael stieß die Tür auf und sprang auf den Boden. Nach einer Weile drehte er sich um und sah seine Mutter strahlend an. »Es funktioniert! Ich kann atmen!« Doch ebenso schnell, wie es gekommen war, erlosch sein Strahlen wieder. Zweifelnd wanderte sein Blick über die düstere Landschaft, durch die Dunkelheit, in der glühendes Feuer leuchtete und Rauch und Dämpfe wirbelten. »Wird es ab jetzt so bleiben?« fragte er. Seine Stimme zitterte, ohne daß er etwas dagegen tun konnte. »Werde ich hier den Rest meines Lebens verbringen müssen?«

Katharine sah ihrem Sohn in die Augen. Er tat ihr unendlich leid.

Aber sie konnte ihm keine Antwort geben.

KAPITEL 34

Katharine und Rob saßen dicht nebeneinander nahe einem Lagerfeuer, das der Hubschrauberpilot angezündet hatte. Der Mann hockte vor ihnen und stocherte mit einem Ast in den Flammen. Er war groß, sehnig und dünn. Sein Name war Arnold Berman – »aber alle nennen mich Puna« –, und Katharine schätzte ihn auf Mitte Zwanzig.

Der Wind hatte gedreht, so daß die Dämpfe nicht mehr so intensiv über die Lichtung wehten. Sofort hatte Michael wieder Schmerzen verspürt und sich auf die Suche nach einer Fumarole gemacht. Dort drangen der Rauch und die Gase aus der Tiefe der Erdkruste ungehindert in seine Lunge und gaben ihm die Kraft, die Sauerstoff ihm nicht mehr geben konnte. Katharine hatte Angst davor, ihn aus den Augen zu verlieren, und wollte mit ihm gehen, aber Rob hielt sie zurück.

»Laß ihn, Kath«, sagte er. »Was auch immer geschieht – wie immer all das hier enden wird –, er muß allein damit fertig werden. Genau wie du und ich.«

Da sie körperlich ebenso erschöpft war wie geistig, hatte sie sich widerwillig gesetzt, aber schon wenige Minuten später bereute sie es. Nachdem sich die erste Freude darüber, Michael von Takeo Yoshiharas Anwesen befreit zu haben, gelegt hatte, wurde ihr mit einem Schlag wieder bewußt, wie schlecht es ihrem Sohn ging. Die fast unirdische Landschaft drohte sie zu erdrücken. Am Rand der Lichtung flackerten Flammenzungen aus den Feuergruben hervor, um sie herum verbreiteten die

Lavaströme ein seltsam pulsierendes Licht. Als Puna das kleine Feuer entfachte, hatte es sie sofort dorthin gezogen, nicht wegen der Wärme, sondern weil es ihr vertraut war, weil es die Dämonen, die sie umgaben, im Zaum zu halten schien. Zum erstenmal sah sie den Mann, der sie hierher geflogen hatte, richtig an.

Aschblondes Haar hing ihm bis auf die Schultern, und er trug die Maui-Uniform: Shorts, T-Shirt und Sandalen. Er sah mehr wie ein Surfer aus als wie ein Hubschrauberpilot. »Wie kann ich Ihnen jemals für das danken, was Sie heute nacht für uns getan haben?« sagte sie.

»Ken Richter war mein bester Freund«, entgegnete Puna. »Wir kennen uns schon lange. Wenn es stimmt, was Rob sagt, hätte ich gern eine Bombe über dem Haus dieses Scheißkerls abgeworfen, nachdem wir Sie abgeholt hatten.«

»Es stimmt«, sagte Katharine seufzend. Rob legte seinen Arm um ihre Schultern. »Es stimmt alles.« Sie lehnte sich an Rob und sah ihn an. »Was machen wir jetzt?«

»Im Moment können wir nur warten«, antwortete Rob. »Aber wie ich es sehe, bekommen wir bestimmt Gesellschaft, sobald es hell wird.«

Katharine fröstelte. »Takeo Yoshihara sucht uns, nicht wahr?«

»Wahrscheinlich«, sagte Rob. »Aber wenn er glaubt, daß wir hier draußen ganz allein sind, irrt er sich.« Er drückte sie fester an sich und blickte zum Himmel hinauf. Und dort oben war es, genau wie Phil Howell gesagt hatte. In der Schwärze des Himmels, an dem man wegen der Feuer, die um sie herum brannten, keinen Stern sehen konnte, leuchtete ein einziges strahlendes Licht.

Ein Licht, das mit jeder Nacht noch strahlender leuchten und dann, in einer Woche oder einem Monat, verschwinden würde.

Für immer.
Die Nova.
»Schau«, sagte er leise und dirigierte Katharines Blick zu dem leuchtenden Stern. »Von dort ist alles gekommen.« Dann versuchte er Katharine zu erklären, was er und Phil Howell entdeckt hatten.

Das erste Licht des Tages vertrieb die Dunkelheit vom östlichen Horizont, als ein Geräusch in Katharines Träume drang.

Sie war wieder im Labor des Serinus-Projekts, aber in den Plexiglasboxen saßen keine Ratten, Hamster oder Affen mehr. In jedem Käfig saß ein kleiner Junge.

Die Reihen der Käfige schienen endlos, und jeder Gang führte in einen anderen, so daß sich ein endloses Labyrinth auftat. Katharine sah sich durch die Gänge laufen, auf der Suche nach Michael, aber es gab zu viele Käfige, zu viele Kinder, und alle streckten ihre Arme nach ihr aus und flehten sie an, ihnen zu helfen.

Schließlich blieb sie stehen und öffnete einen Käfig, aber kaum hatte sie das getan, als das gefangene Kind zu husten und zu würgen begann. Als sie den kleinen Jungen in den Arm nahm – ein Junge, der genau so aussah wie Michael in diesem Alter –, wurde aus seinem Husten ein konvulsivisches Zucken.

Das Kind starb in ihren Armen.

Sie rannte weiter, aber nun verfolgte sie etwas, das näher und näher kam. Ein düsteres Brummen, das immer lauter wurde.

Wupp, wupp – wupp, wupp ...

Sie lief schneller und schneller, aber die Flure wurden immer länger, und an jeder Abzweigung mußte sie sich neu entscheiden. Doch wohin sie auch lief und welche Abzweigung sie nahm, ihr Verfolger kam immer näher.

Wupp, wupp – wupp, wupp ...

Sie schrie nach Michael, und betete, daß er ihr antworten würde, daß sie ihn fände, bevor …

»Katharine!«

Ihr Name! Jemand rief nach ihr! Aber es war nicht Michael.

»Katharine!«

Sie schreckte hoch, ihr Traum löste sich auf, und mit einem Schlag erinnerte sie sich, wo sie war. Sie war von Yoshiharas Anwesen geflohen, Michael war bei ihr, ebenso Rob, und sie waren in Sicherheit.

Wupp, wupp – wupp, wupp …

Der Lärm war noch immer da, und sie wußte nun auch, was es war.

Sie erhob sich und ignorierte, daß ihre Glieder steif geworden waren. Sie war an Robs Schulter eingedöst, dicht neben dem kleinen Feuer sitzend, das Puna die ganze Nacht genährt hatte. »Wo ist er?« fragte sie und suchte den heller werdenden Himmel nach der Quelle des Lärms ab.

Dann sah sie ihn. Er kam aus der Richtung von Maui. Sie erkannte Takeo Yoshiharas Hubschrauber sofort. »Michael«, flüsterte sie und klammerte sich an Robs Arm, während sie den Helikopter im Auge behielt. »Wo ist Michael?«

»Er ist noch nicht zurückgekommen«, antwortete Rob. »Gehen wir ihn suchen.«

»Da!« rief Takeo Yoshihara und deutete auf die Hänge des Kilauea. Arnold Bermans Hubschrauber stand deutlich sichtbar auf einer kleinen Lichtung.

»Soll ich landen?« fragte der Pilot.

»Erst wenn wir den Jungen gefunden haben!« Ein zufriedenes Lächeln umspielte Yoshiharas Lippen, während er nach unten sah. Auch wenn das Glühen der Lavaströme, die sich durch die rissigen und zerfurchten Spalten wälzten, in der Morgendämmerung langsam verblich, tanzten die Flammen doch immer noch über Feuergruben und Kratern. Immer noch stiegen Dampf und Rauch von den Fumarolen auf, die den großen Riß säumten – die Stelle, an der irgendwann einmal ein riesiges Stück der Insel Hawaii abbrechen und im Meer versinken würde. Eine Hunderte von Metern hohe Flutwelle würde folgen – nicht heute oder morgen, nicht in diesem oder im nächsten Jahr. Auch zu Lebzeiten Takeo Yoshiharas würde sich wahrscheinlich nichts dergleichen mehr ereignen, nicht einmal Generationen darauf. Was Yoshihara im Grunde bedauerte: Eine solche Naturkatastrophe und die Zerstörungen, die sie anrichten würde, wäre zweifellos ein interessantes Phänomen. Aber an diesem Morgen hatte er Wichtigeres zu erledigen, als über vulkanische Aktivitäten nachzudenken.

Sein Timing war perfekt.

Sie waren im Dunkeln in Maui gestartet, aber wenn sie den Jungen fanden – und natürlich würden sie ihn finden –, würde es langsam hell werden.

Hell genug, um ihn zu jagen und einzufangen.

Oder zu töten.

Es gab nur wenige Zeugen. Nur die Mutter, den törichten Dr. Silver und den Piloten. Keiner von ihnen würde überleben.

»Fliegen Sie niedriger«, befahl er. »Wir sollten gleich …« Er sprach den Satz nicht zu Ende, denn er hatte gesehen, daß sich dort unten etwas bewegte. Er sah durch sein Leica-Fernglas, das an einem Riemen um seinen Hals hing. »Ja«, sagte er leise. »Da ist er.«

Das Fernglas auf Michael Sundquist gerichtet, dirigierte Takeo Yoshihara den Piloten zu der Stelle, wo der Junge stand.

Fast zwei Stunden waren verstrichen, aber Michael hatte schon lange jedes Zeitgefühl verloren. Der ewige Rhythmus des Feuers, das über dem Krater tanzte, hatte ihn in seinen Bann gezogen. Nachdem er die kleine Oase verlassen hatte, wo inmitten der Lava Bäume wuchsen und die anderen noch recht gut atmen konnten, hatte er sich behende durch die geschundene Landschaft bewegt. Seine Sinne, die mit jeder Minute geschärft wurden, in der er die Stoffe einatmete, die sein Körper jetzt brauchte, führten ihn von einem Eruptionskanal zum nächsten. An jedem blieb er stehen und inhalierte die schweren Dämpfe, die aus den Rissen in der Erdkruste aufstiegen, atmete den stechenden Rauch ein, der aus den Fumarolen drang. Schließlich kam er zum Krater. Dort stand er an der Kante, und während ihn die Nacht in ihren dunklen Mantel hüllte, hatte er bewundernd beobachtet, wie das Feuer im Erdinnern brodelte. Die Flammen tanzten und formten subtile Muster über dem geschmolzenen Stein, der pochte, als wäre er das Herz des Planeten. Jetzt, da der schwarze Mantel langsam von Michael abglitt, konnte er eine Veränderung ausmachen.

Der Rhythmus der Flammen schien intensiver zu werden, als hätten sie noch etwas Wichtiges mitzuteilen, bevor der strahlende Glanz der Sonne ihren eigenen Glanz verblassen ließ.

Michael streckte sich. Obwohl er so lange am Rand des Kraters gehockt hatte, fühlte er sich nicht steif oder verspannt. Dann – er fühlte es mehr, als daß er es hörte – mischte sich ein neuer Rhythmus unter den alten. Zuerst versuchte Michael ihn zu ignorieren, doch schließlich wurde er so heftig, daß er seinen Blick von den pulsierenden Flammen losriß und nach oben sah.

Der Helikopter, der hoch über ihm schwebte, sah aus wie eine schimmernde Libelle, die mit den ersten Strahlen der aufgehenden Sonne ihre Beute sucht. Zunächst blickte Michael fasziniert in den Himmel, aber als der Hubschrauber immer niedriger flog und auf ihn zuhielt, verwandelte sich seine Faszination in Angst.

Dies war in der Tat ein Jäger, auf der Jagd nach ihm.

Doch mit der Erkenntnis, daß er das Opfer der großen metallenen Libelle sein sollte, kam die Überzeugung, daß er bleiben mußte, wo er war, nahe an den Feuern, deren Rauch und Dämpfe sein Leben erhielten. Sie würden ihn beschützen.

Michael richtete sich auf und wartete.

Katharine stolperte über den steinigen Pfad, der von der Lichtung zu den Lavaströmen führte. Rob folgte ihr. Plötzlich huschte ein Schatten über sie hinweg. Sie sah nach oben. Takeo Yoshiharas Hubschrauber, der während der letzten Minuten hoch über ihnen gekreist war, ging plötzlich hinunter.

»Sie haben ihn gefunden!« rief sie Rob zu. »Schnell!«

»Landen!« befahl Takeo Yoshihara.

Noch während das Kommando seines Arbeitgebers in seinen Ohren dröhnte, suchte der Hubschrauberpilot nach einem geeigneten Platz, aber er fand keinen. Er hatte bereits mehr als einmal gespürt, wie gefährlich die Dampfsäulen waren, die aus der vernarbten Landschaft aufstiegen. Manche von ihnen hatten eine solche Wucht, daß sie den Hubschrauber regelrecht hochhoben. Gleichzeitig waren sie so dünn, daß sich der Pilot nicht auf sie einstellen konnte. Wenn er die zusätzliche Höhe ausgleichen wollte, ging es im nächsten Augenblick herunter wie in einem Lift, dessen Kabel gerissen waren. »Hier gibt es keinen Landeplatz«, sagte er schließlich.

»Dann suchen Sie einen!« verlangte Yoshihara. Er behielt Michael Sundquist im Auge, der am Rand der höchsten Kraterwand stand. Nur ein paar Meter weiter ging es tief hinab in einen brodelnden Lavasee.

»Tut mir leid«, entgegnete der Pilot. »Ich soll Sie fliegen, nicht umbringen.«

Takeo Yoshihara kniff die Augen zusammen, und sein Blick sagte dem Piloten, daß er in Zukunft wohl nicht mehr für seinen Chef fliegen würde. Yoshihara wandte sich an den Wachmann neben ihm.

»Erschießen Sie den Jungen«, befahl er.

Der Mann griff nach hinten und nahm das mit Laser ausgerüstete Gewehr in die Hände, das er für diese Aufgabe mitgenommen hatte. Er preßte den Kolben fest gegen seine rechte Schulter, schaltete den Laser ein, öffnete mit dem Fuß die Kabinentür und spähte durch das Zielfernrohr über dem Lauf. Der Hubschrauber, den jetzt nicht nur die Dampfsäulen, sondern auch die aufkommenden Passatwinde durchschüttelten, flog viel zu unruhig, als daß man richtig zielen konnte. »Zu hoch«, sagte der Mann.

»Tiefer gehen«, befahl Yoshihara dem Piloten.

Der Pilot wog die Gefahren gegen den Verlust seines nicht unbeträchtlichen Gehalts ab und näherte den Hubschrauber vorsichtig dem zerfurchten Berg.

Yoshiharas Scharfschütze sah in seinem Zielfernrohr, wie der rote Laserpunkt über Michael Sundquists Gesicht flackerte, viel zu unruhig für einen gezielten Schuß.

Eine AK-47 oder eine Uzi wäre besser gewesen, dachte er.

»Niedriger!« herrschte Yoshihara den Piloten an. Je spitzer der Winkel, desto besser standen die Chancen, das Ziel zu treffen.

Michael sah, daß ein Gewehrlauf aus der Kabinentür des Helikopters ragte, und wußte sofort, daß der Mann auf ihn zielte und ihn töten wollte. Aus irgendeinem Grund schien ihn das jedoch keineswegs zu beunruhigen. Die Ruhe, die beim Betrachten der Flammen über ihn gekommen war, verließ ihn nicht. Anstatt zu versuchen, vor seinen Jägern zu fliehen, trat er noch näher an den Kraterrand heran, als habe ihm eine innere Stimme gesagt, daß die Feuer der Erde nicht seine Feinde, sondern seine Beschützer waren.

»Gut«, murmelte Takeo Yoshihara, als er sah, daß Michael dicht am Kraterrand stand. Wenn den Jungen ein Schuß traf, würde er in dieses Meer aus geschmolzenem Stein stürzen und verbrennen. »Niedriger!« befahl er erneut.

Der Pilot umklammerte den Steuerknüppel. Als er in die Feuerhölle blickte, die sich unter ihm auftat, mußte er den Blick abwenden, um nicht die Nerven zu verlieren.

Nur noch drei Meter.

Er würde noch drei Meter tiefer gehen, mehr nicht. Selbst wenn es ihn seinen Job kostete, er würde nicht tiefer gehen.

Den Blick auf den Höhenmesser geheftet, drückte er seine Maschine noch etwas nach unten.

Selbst durch die schützende Plexiglaskuppel spürte er die Hitze.

Zweieinhalb Meter.

Zwei.

Noch zwei Meter, dann würde er den Hubschrauber auf der Stelle halten und noch etwas wenden, damit der Schütze ungehindert auf den Jungen schießen konnte, der noch immer am Kraterrand stand und ruhig zu ihnen hinaufsah.

Warum lief er nicht davon?

War er verrückt?

Noch zwei Meter …

Michael spürte keine Furcht, als er sah, wie der Hubschrauber über dem Krater schwebte und immer tiefer ging. Er spürte ein leichtes Beben in der Erde, als würde dort unten etwas erwachen. Als der Helikopter näherkam, erhob sich die glühende Oberfläche des Lavasees im Krater.

Der Lavaspiegel hob sich, und die seltsam rhythmischen Wellenbewegungen des brodelnden Gesteins wurden von einer Feuersäule unterbrochen, die wie eine Fontäne aus dem Krater schoß. Sie schleuderte Felsbrocken, Asche und Feuer in die Luft. Der Ausbruch schien aus dem Nichts zu kommen und war doch überall.

Michael duckte sich unter einen breiten Vorsprung aus Lava, ohne die Augen von dem Schauspiel zu wenden, das sich ihm bot.

Der Scharfschütze sah das rote Flackern auf Michaels Gesicht. Der Laserpunkt hatte sein Ziel gefunden. Doch gerade als er abdrücken wollte, traf ein Stück geschmolzener Lava den riesigen Propeller des Hubschraubers. Ein Rotorblatt löste sich aus seinem Schaft. Der verwundete Hubschrauber schwankte in der Luft, und die Metallschneide wirbelte in die Kabinentür und trennte den Arm des Scharfschützen über dem Ellenbogen ab. Schreiend stürzte der Mann in den Mahlstrom, der sich unter ihm auftat.

Sein Blut war gegen die Frontscheibe der Kabine gespritzt und nahm dem Piloten die Sicht, der verzweifelt versuchte, die tödlich getroffene Maschine irgendwie unter Kontrolle zu halten.

Takeo Yoshihara stieß einen schrillen Schrei aus. All seine Selbstbeherrschung löste sich in Luft auf, als er in den Höllenschlund starrte, dem der Hubschrauber entgegen taumelte. Sein Schrei wurde von der Kabine verschluckt, und er erstarb jäh, als die Treibstofftanks, überhitzt durch das alles verschlingende Feuer des Berges, explodierten. Noch während der Hubschrauber in die Tiefe des brodelnden Sees stürzte, zerriß es ihn in Tausende kleiner Fetzen.

Als wisse sie, daß ihre Mission beendet war, erstarb

die Feuersäule augenblicklich und zog sich in die Eingeweide des Berges zurück. Das Zittern der Erde unter Michaels Füßen ließ nach.

Als Katharine und Rob Michael erreichten, waren der Hubschrauber und seine Insassen verschwunden, so vollständig verbrannt, als hätten sie nie existiert.

»Es ist wunderschön, nicht wahr?« sagte Michael, der in den Schlund des Kraters schaute.

Katharine legte einen Arm um ihren Sohn, den anderen um Rob Silver. »Es ist schön«, stimmte sie ihm zu. »Es ist das Schönste, was ich je gesehen habe.«

Epilog

Zwei Wochen später

Es kam ihr nicht vor wie zwei Wochen. Es schien ihr kaum zwei Tage her zu sein. Aber die Erschöpfung, die Katharines Begleiter geworden war, seit sie mit Michael aus Takeo Yoshiharas Labor geflohen war, sagte ihr, daß in der Tat so viel Zeit verstrichen war.

Sie war auf das Anwesen zurückgekehrt, in ein eigenes Büro, das allerdings nicht im Nordflügel des Forschungspavillons lag.

Der gesamte Nordflügel war von der Pressearmee besetzt worden, die das Anwesen gestürmt hatte. Katharine und Rob waren in die einstigen Räume des Serinus-Projekts gezogen, und ironischerweise schützte Takeo Yoshiharas Sicherheitssystem sie nun vor den oben überall ausschwärmenden Reportern. So konnten sie sich ganz der Suche nach einer Lösung widmen, um die Schäden zu beheben, die Michael und einem halben Dutzend anderer Jugendlicher auf dem ganzen Erdball zugefügt worden waren.

Wo immer man die Opfer gefunden hatte, waren

»Räucherkammern« für sie eingerichtet worden, wo sie einigermaßen gut existieren konnten, bis ein Mittel gefunden worden war. Das Geld für diese Kammern hatten die Firmen bereitgestellt, die Yoshihara kontrolliert hatte.

Aber gab es überhaupt ein Mittel?

Die meisten Wissenschaftler, die sich an dem Serinus-Projekt beteiligt hatten, schwiegen auf Anraten ihrer Anwälte und gaben keinerlei Auskunft über die Kugel – oder den Samen, wie es jetzt hieß. Auf diese Bezeichnung hatte sich die Presse geradezu gestürzt. Aber die Wissenschaftler weigerten sich, irgend etwas über das Projekt zu sagen.

»Bis vor zwei Tagen wußten wir selbst nichts davon«, hatte Doktor Wolfgang von Schmidt behauptet. »Wir wurden zusammengerufen, um etwas über ein neues Projekt zu erfahren, das Takeo Yoshihara plante. Ich brauche wohl kaum erwähnen, daß wir entsetzt waren, als wir erfuhren, daß zu seinen Plänen Menschenversuche gehörten. Natürlich haben wir jede Zusammenarbeit abgelehnt.«

Bis auf zwei Wissenschaftler hatten sich alle Teilnehmer des Treffens im Hotel Hana Maui von Schmidts Version angeschlossen. Allerdings mußten sie ihre Unschuld von Gefängniszellen in Honolulu aus beteuern, anstatt aus Hotelsuiten auf Maui.

Das Laborpersonal kam ungeschoren davon, bis auf den Mann, der die Sauerstoffflaschen gefüllt hatte, bevor sie zu Kihei Kens Laden geschickt worden waren. Die Biologen und Genetiker arbeiteten nun unter Katharines und Robs Leitung daran, die Bestandteile des Samens zu analysieren und einen Weg zu finden, seine Auswirkungen umzukehren.

Bis jetzt hatten sie keine Fortschritte erzielt. So sehr Katharine sich bemühte, optimistisch zu bleiben, ihre Hoffnung schwand mit jedem Tag, der kein Ergebnis brachte. Als an diesem Morgen ein Assistent an ihre offene Bürotür klopfte, schaute sie von ihren Unterlagen auf und wappnete sich gegen weitere schlechte Nachrichten.

»Da gibt es etwas, das Sie sehen sollten, Dr. Sundquist«, sagte der Mann. »Sofort.«

Sie folgte ihm durch das Labor. Schließlich standen sie vor den Plexiglasboxen, in denen die Tiere auf ihren Tod warteten.

Der Assistent ging auf eine Box zu. Katharine selbst hatte noch vor kurzer Zeit versucht, den Insassen der Zelle zu trösten, einen Schimpansen, dessen Lebenswille gebrochen schien. Das Tier, das auf so herzzerreißende Weise einem kleinen Kind ähnelte, hatte noch geatmet, sie aber anscheinend nicht mehr wahrgenommen, sondern mit stumpfem Blick ins Leere gestarrt, als sähe es etwas, das nicht existierte. Katharine hatte dem Tier ein paar Worte zugeflüstert, aber da schien es sie sowenig zu hören wie zu sehen. Schließlich hatte sie eingesehen, daß sie für das Wesen nichts mehr tun konnte, und sich abgewandt.

Auf dem Rückweg in ihr Büro hatte sie einen Gedanken nicht loswerden können:

Würde Michael genauso enden?

Jetzt stand sie wieder vor dem Affen. Sie hatte erwartet, ein totes Tier vorzufinden, aber zu ihrer Überraschung saß der Schimpanse auf dem Boden und kratzte sich mit der linken Hand, während er in der rechten eine Banane hielt. Als er Katharine erblickte, schnatterte er leise und streckte den Arm aus, als wolle er ihr ein Stück von der Frucht anbieten.

Katharine sah zu den Monitoren, mit denen die Atmosphäre in den Boxen überwacht wurde. Als ihr die Bedeutung dessen, was dort stand, klar wurde, wußte sie, was sie zu tun hatte.

Sie durfte keine Zeit verlieren.

Phil Howell, den der Ansturm der Reporter ebenso überrascht hatte wie Katharine und Rob, hatte sich mittlerweile auch auf das Anwesen geflüchtet, wo er in einem unterirdischen Büro eine wissenschaftliche Monografie über den Ursprung des Samens verfaßt hatte. Jetzt stand er nervös auf dem Podium des größten Konferenzraums und stellte seinen Bericht vor. Zuerst mußte er jedoch das Lampenfieber unterdrücken, das ihn in dem Augenblick befallen hatte, als er den Raum betrat und den Horden von Journalisten entgegensah, die ihm ihre Mikrofone hinhielten und ihn mit Fragen überhäuften.

Mit einem Kopfschütteln hob er abwehrend die Hände und bahnte sich einen Weg zum Podium. Dort wartete er schweigend, bis die Journalisten ruhig geworden waren. Dann begann er:

»Die Zivilisation, die den Samen hervorgebracht hat, wußte, was mit ihr geschehen würde, so wie wir wissen, wie lange unsere Sonne noch genug Energie spendet und wie sie sterben wird. Für uns liegt dieses Ereignis allerdings so weit in der Zukunft, daß wir es nicht ernsthaft in unsere Überlegungen einbeziehen müssen.« Nach kurzem Schweigen fuhr er fort: »Aber sie wußten vor fünfzehn Millionen Jahren, daß ihre Sonne explodieren würde. Sie wußten, daß ihr Planet verbrennen und sie alle sterben würden.

Nicht nach und nach, nicht während Jahrhunderten, Jahrzehnten oder auch nur Jahren.

Sie würden auf einen Schlag vernichtet werden.

Also bereiteten sie sich vor. Wahrscheinlich Jahrhunderte lang. Wie sie wußten, konnten sie nicht verhindern, daß ihre Sonne explodierte. Also taten sie etwas anderes. Sie flohen.«

Jemand im hinteren Teil des Raumes stand auf. »Aber das ist ihnen nicht gelungen«, sagte die Frau. »Der Samen, den sie ausgesandt haben, ist nicht lebensfähig. Was immer daraus entspringen würde, kann in unserer Atmosphäre nicht existieren.«

Phil Howell sah zu Rob Silver hinüber, der neben der Tür des Konferenzraums lehnte. »Vielleicht kannst du darauf antworten, Rob.«

Rob trat auf das Podium und blickte in die teils erwartungsvollen, teils skeptischen Gesichter. »Wir sind uns ziemlich sicher, daß der Inhalt des Samens durchaus lebensfähig ist.« Ein Murmeln ging durch die Reihen. »In diesem Augenblick lebt Michael Sundquist auf den Hängen des Kilauea und atmet Luft ein, die uns alle vergiften würde. Und es geht ihm gut. Im Keller dieses Gebäudes lagern ein Schädel und ein Skelett, die sehr große Ähnlichkeit mit dem Knochenbau des Frühmenschen haben. Erste Tests haben gezeigt, daß die DNS dieser Knochen der organischen Substanz in dem Samen sehr ähnlich ist. Auch wenn wir es noch nicht beweisen können, sind wir überzeugt, daß die Lebewesen, deren Knochen wir gerade analysieren, in sehr jungen Jahren mit der Substanz eines der Samen in Verbindung gekommen sind, wahrscheinlich noch im Mutterleib. Die Atmosphäre dieses Planeten verändert sich ständig, wie alles im Universum. Wenn es heute Gebiete auf diesem Planeten gibt, in denen Organismen wie jene, die den Samen erzeugt haben, existieren können, wie viele solcher Gebiete mag es vor Äonen von Jahren gegeben haben, als das Leben eben erst entstand?«

Rob machte eine Pause und sah die Frau aus der hinteren Reihe an. »Abgesehen davon, daß das Leben nicht *hier* entstand.«

Die Frau runzelte die Stirn. »Wie bitte?«

»Liegt das nicht auf der Hand?« entgegnete Rob. »Das Leben auf diesem Planeten ist nicht von hier ausgegangen«, wiederholte er. »Es wurde adaptiert.«

Einen Augenblick lang herrschte völlige Stille. Dann

sprangen ein Dutzend Reporter gleichzeitig auf und bedrängten ihn mit Fragen.

Rob wartete, bis sie sich beruhigt hatten, und erklärte: »Es ist ganz einfach: Das Leben ist nicht auf diesem Planeten entstanden – es *kam* hierher. Bevor jener Planet vor fünfzehn Millionen Jahren explodierte, wurde die Essenz seiner Lebensform sozusagen evakuiert. Und sie ist hier gelandet. Hier und vielleicht auf vielen hundert oder tausend weiteren Planeten.« Sein Tonfall veränderte sich, als spreche er nicht mehr allein zu den Menschen in diesem Raum, sondern zu allen und überall. »Wenn Sie heute abend zum Himmel schauen, und den einen Stern sehen, der heller leuchtet als alle anderen, werden Sie verstehen, was es ist. Oder was es war.«

Schweigen senkte sich über den Raum, bis die Frau aus der letzten Reihe, die immer noch stand, es aussprach:

»Unsere Heimat?«

»Ganz recht«, sagte Rob leise. »Unsere Heimat.«

Dann sah er Katharine, die an der Tür stand und ihm zuwinkte. Rob überließ Phil wieder die Leitung der Pressekonferenz und verließ mit ihr den Raum.

Michael war an diesem Morgen noch vor der Dämmerung aufgewacht. Sofort hatten sich seine Augen im Dunkeln auf die Nova gerichtet, das hellste Objekt am Himmel. Das strahlende Licht hatte eine besondere Bedeutung für ihn gewonnen, da es zum erstenmal in jener Nacht aufgetaucht war, als seine Mutter ihn aus seinem durchsichtigen Gefängnis befreit und zu dieser Oase an den Berghängen des Kilauea gebracht hatte.

Die Oase war so etwas wie sein Hauptquartier. Mittlerweile stand hier ein Zelt. Es gab einen kleinen Tisch und Bänke, und ein halbes Dutzend Klappstühle stand um einen kleinen Steinkreis herum, in dem ständig ein Feuer brannte.

Außerdem hatten sie eine improvisierte Küche eingerichtet, mit einem Propangasherd und einem riesigen Kühlschrank, dessen Eis alle drei Tage erneuert wurde. Sie hatten ihm auch angeboten, einen kleinen Generator in die Oase zu bringen, aber Michael hatte sie gebeten, lieber davon abzusehen. Er wollte nicht auch das ständige Dröhnen des Motors noch hören müssen.

Die Hubschrauber waren schon schlimm genug.

Einige Reporter hatten etwas weiter den Berg hinab ihr Lager aufgeschlagen, und mittlerweile hatte ein ganzes Rangerteam nur die eine Aufgabe, Michael wenigstens einen kleinen Teil seiner Privatsphäre zu erhalten. Sie achteten darauf, daß kein Reporter zu Michael vordringen konnte. Die Reporter hatten Generatoren mitgebracht, und wenn der Wind ungünstig stand, konnte Michael sie nur allzu gut hören. Wenn er nachts zum Krater ging, um zu beobachten, wie die Flammen über der glühenden Lava tanzten, fehlte ihm der Schutz der Dunkelheit, den er wie einen Mantel hatte überstreifen können. Die grellen Halogenscheinwerfer, mit denen die Reporter ihr Camp beleuchteten, durchschnitten die Nacht wie Messer.

Jeden Tag kamen Besucher. Auch seine Mutter und Rob kamen täglich, und sei es nur für eine oder zwei Stunden. Fast immer aßen sie dann zusammen, und manchmal verbrachte einer der beiden die Nacht bei ihm, in seinem Zelt, während er unter der Weite des Sternenhimmels ruhte.

Mit jedem Tag fühlte er sich besser, und mit jedem Tag strahlte der kleine Stern etwas heller. Vor drei Tagen hatte man ihn zum erstenmal auch noch in der Morgendämmerung sehen können, bevor er schließlich hinter dem Horizont verschwunden war.

Aber Michael wußte, daß der Stern irgendwann erlöschen würde, und auch wenn er seiner Mutter oder Rob nichts davon gesagt hatte, fürchtete er sich doch vor diesem Tag.

Als er am Morgen nach oben sah, hatte sich etwas verändert. Die Nova leuchtete nicht mehr so hell wie in der Nacht zuvor. Lange blickte er hinauf, als könne er erzwingen, daß sie wieder strahlte, und sank schließlich in einen unruhigen Schlaf.

Als er erwachte, ging die Sonne auf. Außer der Nova waren alle Sterne verschwunden.

Das beklemmende Gefühl in seiner Brust war zurückgekehrt.

Er sagte sich, daß es nichts zu bedeuten habe. Vielleicht hatte er sich erkältet. Morgen oder übermorgen würde es ihm wieder besser gehen. Doch er kannte die Wahrheit: So wie die Nova verblaßte, würde der Schmerz in seinem Körper zunehmen.

Und in der Nacht, in der die Nova verschwand, würde er sterben.

Er verbrachte den Tag allein und wanderte über den Berg. Er besuchte seine Lieblingsstellen, inhalierte Rauch und Dämpfe und hoffte, daß sie den Schmerz in seinem Körper vertreiben und ihm seine Energie zurückgeben würden.

Sie taten es nicht.

Es war kurz vor drei, als er das Dröhnen der Rotorblätter hörte. Er sah zum Himmel hinauf und erkannte Punas Hubschrauber, der tiefer ging und schließlich in der Oase landete. Noch bevor die Rotoren zum Stillstand gekommen waren, sprangen Katharine und Rob aus der Maschine. Seine Mutter legte ihre Hände auf seine Schultern, sah ihm in die Augen und stellte die Frage, die sie jeden Tag stellte, wenn sie ihn besuchte:

»Wie geht es dir? Geht es dir gut?«

Michael zögerte. Er wollte sie nicht damit belasten, daß er wieder Schmerzen in der Brust spürte. Es reichte, wenn er selbst sich Sorgen machte. »Es geht mir gut«, sagte er. Zu seiner Überraschung schien seiner Mutter diese Antwort nicht besonders gut zu gefallen.

»Bist du sicher? Du hast keine Schmerzen? Du fühlst dich wohl?«

Michael sah sie zweifelnd an. »Ich ... es geht mir gut, Mom. Wirklich.«

Aus irgendeinem Grund wirkte seine Mutter keineswegs erleichtert. »Ich habe dir etwas mitgebracht«, sagte sie schließlich.

Michael sah, wie Rob und Puna eine Kiste aus dem Hubschrauber luden.

Eine Plexiglasbox.

Wollten sie ihn etwa wieder in diesen Glaskasten stecken?

Unwillkürlich trat er einen Schritt zurück. Seine Mutter ergriff seinen Arm. »Nein!« sagte er. »Ich will nicht ...« Doch dann sah er, daß die Box nicht leer war.

Ein Schimpanse saß darin.

»Er ist aus dem Labor«, sagte seine Mutter, als Rob die Zellentür aufschloß. »Noch heute morgen glaubte ich, er würde sterben.«

Rob schob den Kastendeckel hoch. Zuerst schien sich der Schimpanse zu wundern, daß sich die Tür seines Gefängnisses geöffnet hatte. Zögernd kam er heraus und sah sich neugierig um. Dann fiel sein Blick auf Michael. Mit zwei schnellen Schritten lief er auf ihn zu, sprang ihm in die Arme, umschlang ihn und roch an seinem Ohr.

»Aber wie kann er atmen?« fragte Michael. Er erwartete, daß der Affe jeden Augenblick nach Luft schnappen würde. Wie auf ein Stichwort atmete das Tier plötzlich pfeifend. »Steckt ihn wieder in den Kasten«, bat Michael. »Er stirbt!«

Katharine schüttelte den Kopf. »Nein, Michael, er wird leben.«

Michael sah sie verwirrt an. »Ich verstehe das nicht …« Im nächsten Augenblick legte seine Mutter ihre Arme um ihn und drückte ihn und den Affen fest an sich.

»Es ist vorbei«, sagte sie. »Die Tiere im Labor sind gestorben, weil die Wirkung des Samens irgendwann nachläßt! Und wenn sie das tut, können die Tiere natürlich nur überleben, wenn sie wieder Sauerstoff atmen. Noch heute morgen war ich überzeugt davon, daß dieser Bursche den Tag nicht überstehen würde. Aber dann hat jemand die Gasmischung geändert und wieder Sauerstoff zugeführt. Und sieh ihn dir an! Es geht ihm gut!«

Als er langsam begriff, machte sich Michael los und sah seiner Mutter in die Augen. »Wann?« fragte er. »Seit wann?«

»Es fing vor einer Woche an. Sein Zustand verschlechterte sich ständig. Wir glaubten, daß er abbaute, aber das Gegenteil war der Fall. Es ging ihm immer besser, nur wir vergifteten ihn immer weiter.«

Michael hörte nicht mehr zu. Er sah zu der Nova hinauf und erinnerte sich daran, was Rob gesagt hatte.

In zwei Wochen würde der Stern sterben.

Vielleicht auch erst in einem Monat.

Aber das spielte jetzt keine Rolle mehr, denn lange nachdem der Stern erloschen war, würde er selbst noch leben.

Er lächelte seine Mutter verlegen an. »Mom?«

Katharine sah ihn an.

»Als du mich vorhin gefragt hast, wie es mir geht …«

Sie nickte.

»Na ja, da habe ich gelogen. Ich fühle mich schon den ganzen Tag ziemlich lausig, und der Rauch und die Dämpfe haben auch nicht geholfen.«

Die Dunkelheit senkte sich herab, als der Hubschrauber ein letztes Mal von der Großen Insel aus startete und Michael, Katharine und Rob zurück nach Maui brachte.

Unter ihnen glühten die Eruptionskanäle des Vulkans immer heller, und die Flammen über dem Krater begannen ihren nächtlichen Tanz. Doch Michael sah, daß der See aus Lava sich langsam zurückbildete und die Schlangen aus geschmolzenem Stein auf ihrem Weg zum Meer langsamer wurden. Der Ausbruch neigte sich seinem Ende zu, und der Berg fiel langsam wieder in einen unruhigen Schlaf.

Über ihnen hing die Nova am Himmel, aber auch die anderen Sterne tauchten nach und nach auf.

Bald – sehr bald – würde die Nova verblassen.

Aber anders als der Berg würde sie nie wieder erwachen.

NACHWORT

Die Idee zu *Hauch der Verdammnis* kam mir vor mehr als anderthalb Jahren, als ich am Strand in der Nähe meines Hauses auf Maui spazierenging. Auf dieser paradiesischen Insel steht eines der größten astronomischen Observatorien der Welt, und hier arbeitet einer der leistungsstärksten Computer, die es gibt. Ein paar Kilometer weiter spuckt ein aktiver Vulkan, der Kilauea, beständig Lavaströme aus. Aus diesen scheinbar unvereinbaren Zutaten entwickelte sich das Konzept eines Romans, den ich als »spekulative Fiktion« bezeichnen würde.

Allerdings wußte ich nicht, daß das, was ich für »spekulativ« hielt, sich als gar nicht so spekulativ erweisen würde. Während ich schrieb, las ich die Nachricht, daß es möglicherweise doch Leben auf dem Mars gegeben habe und die Überreste dieses Lebens im Kern eines Meteoriten auf die Erde gelangt seien. Kurz danach erschienen neue Fotos des Raumschiffs *Galileo,* die zeigten, daß der Jupitermond *Europa* unter der ihn bedeckenden Eisschicht durchaus Wasser und Vulkane beherbergen könnte. Mehr als ein Wissenschaftler hat die Theorie aufgestellt, daß gerade unter diesen Bedingungen Leben entsteht.

Nur drei Monate vor Veröffentlichung von *Hauch der Verdammnis* berichtete das *Smithsonian Magazine,* daß beim Treffen der American Association for the Advancement of Science in Seattle über sehr ungewöhnliche Lebensformen auf dem Meeresboden in der Nähe hydrothermaler vulkanischer Eruptionskanäle diskutiert worden sei. Diese Lebensformen existieren und entwickeln sich ohne Sauerstoff und ohne Sonnenlicht; Lebensformen, die bei einer Temperatur von 250 Grad gedeihen und Gase wie wasserstoffhaltigen Schwefel einatmen, eines der tödlichen Gase, die menschliches Leben, so wie wir es bislang kannten, beenden würden. Zudem sind viele Wissenschaftler mittlerweile der Meinung, daß die Vulkane tief unter dem Ozean nicht nur Leben beherbergen, sondern der Ort sind, an dem das Leben begann.

Mit einemmal scheinen all unsere Annahmen über den Ursprung des Lebens auf den Kopf gestellt. Und nun, da ich *Hauch der Verdammnis* geschrieben habe und Sie es gelesen haben, stellt sich die Frage: Wie spekulativ ist dies alles wirklich?

Oder ist es möglich, daß sich alles auf diese Weise abgespielt hat?

John Saul
irgendwo in der Wüste Arizonas
30. April 1997

DANKSAGUNG

Mein Dank geht an John L. Africano, Astronom und leitender Ingenieur bei der Rockwell International Organisation, und an Paul W. Kervin, Forschungsleiter bei Philips Laboratory, für ihre Hilfe und die Zeit, die sie mir geschenkt haben. *Mahalo*, Freunde, für die Führungen, die Geschichten und für eure Arbeit.

Besonders dankbar bin ich David Fisher, Direktor des Small Business Development Center des Maui Research and Technology Park. Danke, daß du mir alles gezeigt und mich einigen faszinierenden Leuten vorgestellt hast.

Ich danke A. Keith Pierce, dem Konstrukteur des McMath-Pierce-Solarteleskops, für die Zeit, die er sich genommen hat, um mir Kitts Peak zu zeigen. Danke, Keith, es hat Spaß gemacht.

Mein besonderer Dank gilt auch Les Horn und William Longacre, die mich mit den richtigen Leuten zusammengebracht haben.